Nós, os Deuses

Do Autor

TRILOGIA
O IMPÉRIO DAS FORMIGAS

As Formigas
Vol. 1

O Dia das Formigas
Vol. 2

A Revolução das Formigas
Vol. 3

TRILOGIA
O CICLO DOS DEUSES

Nós, os Deuses
Vol. 1

O Sopro dos Deuses
Vol. 2

O Mistério dos Deuses
Vol. 3

Bernard Werber

O Ciclo dos Deuses

Nós, os Deuses

Volume 1

Tradução
Jorge Bastos

BERTRAND BRASIL

Rio de Janeiro | 2014

Título original: *Nous, les Dieux*

Capa: Raul Fernandes

Editoração: FA Studio

Texto revisado segundo o novo
Acordo Ortográfico da Língua Portuguesa

2014
Impresso no Brasil
Printed in Brazil

CIP-Brasil. Catalogação na publicação
Sindicato Nacional dos Editores de Livros – RJ

W516n Werber, Bernard, 1961-
Nós, os deuses/ Bernard Werber; tradução Jorge Bastos. – 1. ed. – Rio de Janeiro: Bertrand Brasil, 2014.
434p.; 23 cm. (O Ciclo dos Deuses; 1)

Tradução de: Nous, les Dieux
Continua com: O Sopro dos Deuses
ISBN 978-85-286-1578-4

1. Ficção francesa. I. Bastos, Jorge. II. Título. III. Série.

13-05229
CDD: 843
CDU: 821.133.1-3

EDITORA BERTRAND BRASIL LTDA.
Rua Argentina, 171 – 2º andar – São Cristóvão
20921-380 – Rio de Janeiro – RJ
Tel.: (0xx21) 2585-2070 – Fax: (0xx21) 2585-2087

Atendimento e venda direta ao leitor:
mdireto@record.com.br ou (21) 2585-2002

Para Gérard Amzallag,
um espírito livre

Preâmbulo

Não teriam sido as mais ferozes civilizações, e não as mais requintadas, que deixaram suas marcas na história humana?

Olhando com atenção, as culturas desaparecidas não eram em absoluto as menos evoluídas. Basta, às vezes, que um chefe ingenuamente se engane com as promessas de paz dos adversários ou, senão, que acasos meteorológicos revirem o rumo de uma batalha e o destino de um povo inteiro pode se transformar. Os historiadores do campo vencedor sempre reescreveram, como bem quiseram, o passado dos derrotados, justificando sua aniquilação. A fórmula "danem-se os vencidos" liquida todo e qualquer constrangimento para as gerações futuras e encerra o debate. Encontrou-se, inclusive, uma legitimação científica para tais massacres, com a "seleção natural" de Darwin e a teoria da "sobrevivência dos mais aptos".

Assim se fez a história dos humanos na Terra, baseada em carnificinas e traições esquecidas.

Quem assistiu a isso?

Quem sabe, realmente, o que se passou?

Encontrei apenas uma resposta: "o" ou "os" deuses, à condição, é claro que "ele" ou "eles" exista(m).

Tentei imaginar esses testemunhos discretos. Deuses observando a humanidade buliçosa, como entomologistas escrutam formigas.

Se deuses existirem, qual terá sido a sua educação?

Tudo evolui. Como teriam passado da juventude à idade madura? Como intervêm? Por que se interessariam por nós?

Busquei respostas em textos sagrados, indo do Livro dos mortos tibetano ao *Livro dos mortos* egípcio, passando pelo xamanismo e pelas grandes cosmogonias dos povos dos cinco continentes. Todos fornecem informações que só muito raramente se contradizem. Tudo se passa como se existissem, de um lado, uma percepção coletiva da dimensão que nos ultrapassa, e, de outro, regras estabelecidas para o jogo cósmico.

Filosofia e ciência sempre se opuseram. Para mim, no entanto, elas se juntam no que se pode chamar "espiritualidade laica", na qual importam mais as perguntas do que as respostas.

Quanto ao restante, dei livre curso à imaginação.

A meu ver, *Nós, os deuses* se coloca como o prolongamento natural de meus livros anteriores *Tanatonautas* e *O império dos anjos*. Após a conquista do Paraíso e a descoberta do mundo angelical, era lógico o nível de evolução superior ser, precisamente, o dos deuses...

Por essa razão, Michael Pinson, assim como seu estranho amigo Raul Razorback, Freddy Meyer, Marilyn Monroe, todos os ex-tanatonautas/ex-anjos, reunidos sob o slogan "O amor como espada, o humor como escudo", estão aqui de volta. Deixei-me levar por esse mundo imaginário, como num sonho desperto e, à noite, continuava a viver certas cenas.

Trabalhei ouvindo muitas trilhas sonoras de filmes, sobretudo as de *O senhor dos anéis*, *Duna* e *Fernão Capelo Gaivota*. Juntaram-se ainda as nove sinfonias de Beethoven, Mozart, Grieg, Debussy, Bach, Samuel Barber e a sinfonia *Os Planetas*, de Gustav Holst, no que se refere aos clássicos. Pelo lado do rock, Mike Oldfield, Peter Gabriel, Yes, Pink Floyd.

Quando falei de meu projeto a meu editor, ele se entusiasmou com essa criação mundial. Resultado: mais de mil páginas, que constituirão três volumes.

No fim da busca iniciática de meu herói: o encontro com o Criador do universo.

Talvez vocês, nesse momento, também façam a si mesmos a pergunta: "E eu, se estivesse no lugar de Deus, o que faria?"

Bernard Werber

"Foi para que visses tudo isto que foste trazido até aqui."

Ezequiel 40-4

"Aqueles que não compreenderam o passado,
Aqueles que não compreenderam o passado da humanidade em geral,
Aqueles que não compreenderam seu próprio passado em particular,
Estão condenados a reproduzi-lo."

Edmond Wells,
Enciclopédia dos saberes relativo e absoluto, tomo V.

"Uma cobaia de laboratório disse a uma colega cobaia: 'Amestrei o cientista. Toda vez que aperto esse botão, ele me traz comida.'"

Freddy Meyer

1. ENCICLOPÉDIA: NO COMEÇO

... Nada.
No começo, não havia nada.
Nenhum brilho perturbava o escuro e o silêncio.
Por todo lugar era o Vazio.
Era o reino da primeira força.
A força "N": a força Neutra.
Mas o Vazio sonhava em se tornar alguma coisa.
Então, apareceu uma pérola branca em pleno espaço infinito: um Ovo Cósmico portador de todas as potencialidades e de todas as esperanças.
Esse Ovo começou a se rachar...

Edmond Wells,
Enciclopédia dos saberes relativo e absoluto, tomo V.

2. QUEM SOU EU?

Outrora fui mortal.
Em seguida, fui anjo.
E agora, o que serei?

3. ENCICLOPÉDIA: NO COMEÇO (*continuação*)

... E o Ovo Cósmico explodiu.

Isto aconteceu no ano 0, mês 0, dia 0, 0 hora, 0 minuto, 0 segundo.

A casca do ovo primordial partiu-se em 288 pedaços, pela segunda força.

A força "D", a força de Divisão.

Da deflagração brotaram luz, calor e uma vasta nuvem de poeira, espalhando-se num salpicar colorido pelas trevas.

Um Novo Universo havia nascido.

Espalhando-se, as partículas se puseram a dançar a sinfonia do tempo que começava a correr...

Edmond Wells,
***Enciclopédia dos saberes relativo e absoluto*, tomo V.**

4. CHEGADA

Eu voava.

Puro espírito, atravessei o espaço à velocidade do pensamento.

Deixei o império dos anjos, mas para ir aonde?

Planei suavemente.

À minha frente, uma luz.

Ela fascinava minha alma. Senti-me como a borboleta atraída pela chama.

Descobri um planeta isolado no vazio sideral.

Um planeta com dois sóis e três luas.

Entrando em sua atmosfera, minha alma foi aspirada pela superfície.

Caí.

Surpresa: faltava-me sustentação. A gravidade me puxava.

Embaixo, o oceano se aproximou, vindo rápido ao meu encontro.

Durante a descida, solidifiquei-me. Minha pele se opacificou. Primeiro meus pés, em seguida as pernas, os braços e o rosto. Onde havia um invólucro translúcido, passou a ter uma pele rosada e opaca.

Meus dedos dos pés sentiram um choque.

Com grande rebuliço, rompi o espelho turquesa.

Estava sob a água.

Era frio, grudento, desagradável.

Eu sufocava. Asfixiava-me. O que estava acontecendo? Precisava de... ar.

Debati-me. Devia subir com urgência. A água salgada fazia arder meus olhos. Cerrei as pálpebras. Fiz um esforço. Emergi, enfim, à superfície, engoli uma enorme quantidade de ar e, aliviado, consegui manter a cabeça fora da água.

Eu respirava!

Veio-me, de início, uma sensação de pânico, que se tornou, em seguida, quase agradável.

Esvaziei os pulmões e os enchi novamente de ar.

Aspiração, expiração. Isso me lembrava a primeira baforada de ar de meu último nascimento humano. O ar, a droga original à qual é impossível não recorrer. Meus alvéolos pulmonares se inflaram como se cada um fosse uma pequena bexiga. Abri os olhos e percebi o céu. Gostaria de voar alto, em direção às nuvens, mas era prisioneiro da gravidade.

Sentia a carne ao redor de minha alma, e ela pesava. Senti a rigidez dos ossos, a sensibilidade da pele, e uma ideia apavorante me invadiu. Tive medo.

Eu não era mais um anjo. Teria voltado a ser um "humano"?

5 ENCICLOPÉDIA: NO COMEÇO (*continuação*)

... Poucos segundos tinham passado, e algumas dessas partículas se aglomeraram, levadas pela terceira força.
A força "A", a força da Associação.
As partículas Nêutrons, representando a força Neutra, se ligaram às partículas Prótons, carregadas positivamente, para formar um núcleo. As partículas Elétrons, carregadas negativamente, gravitaram ao redor desse núcleo, dando-lhe perfeito equilíbrio.
As três forças juntas tinham encontrado seus lugares e distância, para formar uma entidade mais complexa, primeira representação do poder de Associação: o Átomo. A partir daí, a energia se transformou em matéria.
Foi o primeiro salto evolutivo.
Essa matéria, no entanto, sonhava em ter acesso a um estágio superior. Foi como apareceu a Vida.
A Vida era a nova experiência do Universo, e ela inscreveu em seu coração a marca daquelas três forças (Divisão, Neutralidade, Associação) que a compunham, usando suas três iniciais: D.N.A.

Edmond Wells,
Enciclopédia dos saberes relativo e absoluto, tomo V.

6. NA CARNE

Como é difícil voltar a ser material tendo sido um puro espírito.

Como pesa. Eu tinha esquecido.

Por baixo da carne, senti agitarem-se nervos, tubos e sacos gargarejantes. Senti bater o coração, a saliva refrescar a garganta. Experimentei deglutir. Bocejei com exagero, mostrando meus dentes novos em folha. Tossi repetidamente.

Testei o maxilar. Apalpei-me. De fato, estava empossado de um corpo, como quando era um humano mortal na Terra.

E estava ouvindo com meus ouvidos e não mais com a alma.

Já que não era mais capaz de voar, nadei. Que meio de locomoção difícil! É lento e cansativo.

Afinal, à distância, distingui uma ilha.

7. ENCICLOPÉDIA: NO COMEÇO (fim)

... Mas a Vida não era o resultado final de experiência para esse universo recém-nascido. A própria Vida sonhava em chegar a um estágio superior. Começou, então, a proliferar, diversificar-se, tentar experiências com formas, cores, temperaturas e comportamentos. Até o momento em que, de tanto experimentar, a Vida encontrou o cadinho ideal para dar prosseguimento à sua evolução.

O Homem.

Colocado numa estrutura vertical composta por duzentos e oito ossos, o Homem era uma camada de gordura,

uma rede de veias e músculos envolvida por uma pele espessa e elástica. O Homem, além disso, era dotado, em sua parte superior, de um sistema nervoso central com desempenho bastante particular, plugado em receptores visuais, auditivos, táteis, gustativos e olfativos.

Com o Homem, a Vida pôde descobrir a experiência da Inteligência. O Homem cresceu, proliferou, confrontou-se com outros animais e com seus semelhantes.

Ele os Dominou.

Ele os Negligenciou.

Ele os Amou.

A Vida, no entanto, sonhava em ter acesso a um outro estágio superior. E pôde começar a seguinte experiência:

A Aventura da Consciência.

Ela se alimentava ainda e incessantemente com essas três energias primordiais:

A Dominação.

A Neutralidade.

O Amor.

Edmond Wells,
***Enciclopédia dos saberes relativo e absoluto*, tomo V.**

8. UMA ILHA

Cheguei à praia. Tudo em mim doía. Todos os meus ossos. Todos os meus músculos. Todas as minha juntas. Caí, esgotado por ter nadado tanto tempo. Sentia frio e tossia. Ergui a cabeça para saber onde estava. Era uma praia de areia clara e fina, coberta por uma espessa bruma, deixando entrever apenas troncos de coqueiros. Mais adiante, pelo marulho das ondas, imaginei penhascos abruptos entrando mar adentro. Eu tremia, sem forças e perdido. Voltava, insistente, à pergunta que acalentara toda a minha vida: "*Mas, afinal... O que estou fazendo aqui?*"

Odores marinhos e vegetais chegaram a mim, repentinamente. Eu tinha esquecido que podia cheirar com o nariz. Mil aromas me envolveram. O ar morno estava saturado de iodo, de perfumes florais, pólen, relva e espuma do mar. Também de coco, baunilha e banana. Um sabor adocicado se acrescentava a eles, talvez o do alcaçuz.

Abri bem os olhos. Estava numa ilha, num planeta isolado. No horizonte, não distinguia mais terra alguma. Além dos vegetais, haveria outra forma de vida ali?

Uma formiga respondeu à pergunta, escalando meu dedão do pé. Apenas uma. Peguei-a, para olhá-la bem de perto. Ela agitava as antenas, tentando descobrir o que estava acontecendo, mas eu sabia que discernia apenas uma forma gigantesca e rosada.

– Onde estamos?

As antenas se inclinaram ao som da minha voz. Para ela, eu era uma montanha morna, cujo respirar perturbava seus receptores olfativos.

Devolvi a formiga à areia, e ela se foi, em zigue-zague. Meu mestre Edmond Wells era um especialista nesses insetos. Poderia, talvez, me ensinar como me comunicar com eles. Mas eu estava sozinho ali.

Foi quando um urro rasgou o ar. Um urro humano.

9. ENCICLOPÉDIA: DIANTE DO DESCONHECIDO

O que mais assusta o Homem é o Desconhecido. Assim que o Desconhecido, mesmo que adverso, é identificado, o Homem se sente mais seguro. Mas "não saber" dispara seu processo de imaginação. Em cada um surge seu demônio interior, o "pior de si". Acreditando enfrentar as trevas, ele enfrenta os monstros fantasmagóricos do seu inconsciente. No entanto, é no momento mesmo em que o ser humano encontra um fenômeno novo não identificado que seu espírito funciona melhor, em seu mais alto nível. Ele mantém o foco. Mantém-se desperto. Com todas as suas faculdades sensoriais, ele procura compreender para represar o medo. Descobre, em si, talentos insuspeitos. O desconhecido o fascina e excita ao mesmo tempo. Ele o teme e, simultaneamente, o deseja, na expectativa de o cérebro conseguir encontrar soluções para se adaptar. Enquanto inominada, qualquer coisa dispõe de grande poder de desafio para a humanidade.

Edmond Wells,
Enciclopédia dos saberes relativo e absoluto, tomo V.

10. PRIMEIRO ENCONTRO

O grito vinha do alto do penhasco. Corri em sua direção, ao mesmo tempo preocupado com o que o podia ter provocado e tranquilizado pela presença humana. Apressei-me, ladeira acima, e cheguei ofegante no alto do promontório rochoso.

Havia ali um corpo estendido, de bruços. Era um homem, vestido com uma toga branca. Aproximei-me e o virei. Uma queimadura ainda fumegava em seu flanco. Uma barba branca cobria o rosto enrugado. O homem me intrigava, sua figura não me era estranha. Eu a vira em livros, dicionários e enciclopédias. De repente, descobri. *Júlio Verne.*

Precisei engolir em seco várias vezes para que a saliva umedecesse as cordas vocais e me permitisse articular.

– Você é...

Falar me arranhava a garganta.

O homem agarrou-se em meu braço, com o olhar desvairado.

– DE JEITO ALGUM... vá... LÁ NO ALTO! ...

– Não se deve ir aonde?

Ele se ergueu com dificuldade e apontou com o indicador na direção do que, sob a neblina, parecia ter a vaga forma de uma montanha.

– ... NÃO VÁ LÁ NO ALTO!

Ele tremia. Os dedos se crisparam em torno do meu pulso. Seu olhar se dirigiu ao meu e, em seguida, desviou-se até um ponto situado além do meu ombro. O rosto todo refletia um pavor extremo.

Virei-me, sem, porém, nada distinguir, afora os coqueiros semiocultos pelas névoas brumosas e ligeiramente agitados pelo vento. De repente, como se a enormidade do perigo lhe trouxesse de volta a energia, ele deu um pulo, correu em direção à beira do penhasco, querendo saltar no vazio. Precipitei-me atrás e o agarrei, no exato momento em que o corpo se projetava.

Ele se debateu, chegando a me morder para largá-lo. Consegui mantê-lo seguro e, com a outra mão, agarrar sua toga. Olhou-me por alguns instantes, surpreso com a minha insistência, e sorriu tristemente. O tecido branco se rasgou, inexoravelmente. Tentei mantê-lo preso, mas já ouvia o barulho seco do corpo, caindo na areia molhada. Um pedaço do pano continuou entre meus dedos crispados.

Lá embaixo, Júlio Verne estava estirado como uma marionete desarticulada.

Endireitei-me devagar e revistei com os olhos o que tanto o apavorara. Em vão. Via apenas uma sucessão de troncos, com as enormes folhas agitadas pelo vento, a neblina persistente e, distante, provavelmente uma montanha.

Sua imaginação, fertilíssima, lhe teria criado uma armadilha?

Desci com dificuldade o penhasco, achando a atmosfera cada vez mais pesada e quente. Para minha grande surpresa, ao chegar à praia, o corpo do escritor havia desaparecido. Restava apenas sua marca afundada na areia, rodeada por recentes vestígios de cascos de cavalo.

Eu não estava refeito da surpresa, quando uma outra já se manifestava. Chamou-me a atenção um bater de asas sobre a minha cabeça. Uma ave surgira na densidade da bruma, imobilizando-se à minha frente. De perto, constatei que o ser alado não era absolutamente um pássaro, mas uma jovem em miniatura, com grandes asas de borboleta – azul fosforescente – prolongadas por compridas protuberâncias negras.

– ... Eeeh... Bom-dia – cumprimentei.

Ela me examinou, reticente, balançando a cabeça e parecendo curiosa. Tinha grandes olhos verdes, manchas sardentas e uma longa cabeleira ruiva, presa por um ramo trançado de grama. Continuou batendo asas perto das minhas orelhas, observando-me e parecendo nunca ter visto nada semelhante.

Sorriu e eu lhe devolvi o sorriso.

– Eeeh... humm... Você compreende, quando eu falo?

A moça-borboleta abriu, então, a boca, deixando ver uma língua fina e pontiaguda, vermelho-carmim, como uma fita comprida.

Sacudiu delicadamente a cabeleira de fogo, mas fugiu esvoaçando, quando tentei aproximar meus dedos de seu rosto.

Corri em seu encalço, tropecei em pedras pontudas e fiquei estatelado no chão. Um corte desagradável rasgou meu pulso.

Dor aguda.

Diferente daquela que me queimara os olhos ao contato da água salgada, ou da falta torturante de ar nos pulmões. Eu estava sangrando.

Olhei com espanto o sangue vermelho-escuro brotar na pele rosa-claro.

Tinha esquecido como doía... se machucar. Lembrei-me dos momentos de sofrimento do corpo, quando eu era um humano. Unhas encravadas, cáries dentárias, aftas, neurites, reumatismos... Como pudera aguentar tamanhas misérias? Sem dúvida, por ignorar, então, a possibilidade de uma vida sem qualquer sofrimento. Mas agora, tendo conhecido o bem-estar do puro espírito, a dor era intolerável.

A moça-borboleta desaparecera na direção das árvores semiencobertas pela bruma.

Em que mundo eu havia aterrissado?

11. ENCICLOPÉDIA: E SE ESTIVERMOS SÓS NO UNIVERSO?

Um dia, assaltou-me essa estranha ideia: "E se estivermos sós no universo?" De maneira confusa, mesmo os mais céticos flertam com as ideias da existência de povos extraterrestres e a de que se nós, humanidade terrestre, fracassarmos, em algum lugar, talvez muito distante, outros seres inteligentes serão bem-sucedidos. Isso tranquiliza... Mas, e se estivermos sós? Realmente sós? Se não houver mais nada vivo e nenhuma outra inteligência no infinito do espaço? Se todos os planetas forem como esses que se podem observar no sistema solar... Gelados ou quentes demais, constituídos por magmas gasosos ou aglomerados rochosos? Se a experiência terrestre não passar de um continuum de acasos e coincidências tão extraordinários que nunca se repetiram em outro lugar?
Se for um milagre único e não reproduzível? Isso significa que, se fracassarmos, se destruirmos nosso planeta (e adquirimos recentemente essa possibilidade com a energia nuclear, a poluição etc.), nada vai subsistir. Talvez cheguemos, afinal, a um "the game is over", sem qualquer possibilidade de reinício do jogo. Talvez sejamos a última chance. Nossa culpa, então, seria enorme. A não existência de extraterrestres é uma ideia bem mais incômoda do que a de sua existência... Que vertigem. E, ao mesmo tempo, que responsabilidade. Talvez seja esta a mensagem mais subversiva e mais antiga: "Talvez estejamos sós no universo e, se fracassarmos, nada mais existirá em lugar algum."

Edmond Wells,
Enciclopédia dos saberes relativo e absoluto, tomo V.

12. ENCONTROS

Precisava encontrar a moça-borboleta. Entrei num bosque de coqueiros, com matagal cada vez mais denso. Um farfalhar bem próximo, na vegetação, me fez parar. Na bruma que se dissipava, percebi algo com um torso humano e o restante do corpo, equino.

A criatura mantinha os braços cruzados, a expressão fechada, e tinha, na nuca, uma crina negra, parecendo um xale esvoaçante ao vento. O homem-cavalo veio lentamente em minha direção e abriu os braços, como para um abraço. Recuei assustado. Ele soprou um vapor pelas narinas, corcoveou relinchando e bateu com os dois punhos no peitoral. Dava a impressão de um vigor ao mesmo tempo humano e animal. Enquanto pateava o chão como um touro se preparando para o ataque, virei as costas e fugi, correndo. Mas podia ouvir o galope em meu encalço. Ele ganhava terreno. Dois braços peludos me agarraram. O homem-cavalo me ergueu, prendendo-me contra o peito. Nem meus gritos nem alguns pontapés desesperados pareciam afetá-lo. Partimos a galope. Suspenso a poucos centímetros do chão, sentia a relva bater como chicotadas em meus tornozelos.

Atravessamos, assim, a floresta de coqueiros, até uma ampla clareira, da qual partia uma trilha em aclive. Ele enveredou por ela, sem me largar. Galopamos por um bom tempo. Ao redor, sucediam-se bosques, terras planas e pequenos lagos com árvores retorcidas ao redor.

No final do caminho, chegamos a um vasto altiplano. No centro, erguia-se o que me pareceu ser uma grande cidade branca, cercada por um quadrado de muralhas de mármore, com vários metros de altura. De um lado e de outro, duas colinas a encerravam, ocultando toda visibilidade. Apenas a base da montanha em frente emergia na neblina.

Na brancura da muralha, o portal da cidade recortava sua ogiva dourada, ladeada por duas imensas colunas, uma negra e outra branca. Foi onde terminou nossa corrida.

O homem-cavalo me colocou no chão, segurando ainda meu braço, e bateu várias vezes na porta, com a argola da aldrava. Alguns instantes depois, o portal se abriu lentamente. Surgiu um barbudo com uma imponente barriga, vestindo uma toga branca, medindo mais de dois metros e com a cabeça ornada por uma coroa de folhas de vinha. Dessa vez, sem asas de borboleta nem cascos de cavalo. Afora o tamanho gigantesco, o homem parecia "normal".

Olhou-me desconfiado.

– O senhor é "aquele que se espera"? – perguntou.

Senti-me aliviado, tendo, enfim, à minha frente, um ser falante com quem eu podia me comunicar.

Com um tom divertido, o gigante acrescentou:

– Em todo caso, posso de imediato constatar que está... – (Baixando os olhos.) – Nu.

Escondi desajeitadamente o sexo com as mãos, enquanto o homem-cavalo soltava uma gargalhada e também a moça-borboleta, que tinha reaparecido de repente. Não sabia se os dois falavam, mas, pelo visto, compreendiam o que se dizia.

– Aqui não se exigem trajes de gala, mas não chega também a ser um clube de nudismo.

De uma sacola, tirou uma túnica e uma toga brancas e ensinou-me a vesti-las. Devia dar duas voltas com o pano ao redor do corpo e depois jogar a aba que sobrara por cima do ombro.

– Onde estou?

– No lugar da Última Iniciação. Chamamos habitualmente isso aqui de "Aeden".

– E essa cidade?

– É a capital. Chamamos habitualmente de Olímpia. E o senhor, como se chama? Quero dizer, como se chamava, na época em que possuía um?

É verdade que, antes de ser um anjo, eu tinha sido um mortal.

Pinson. Michael Pinson. Francês. Sexo masculino. Casado. Pai de família. Morto porque um Boeing explodira seu prédio.

– Michael Pinson.

O gigante marcou um sinal em sua lista.

– Michael Pinson? Muito bem. Residência nº 142.857.

– Antes de seguir adiante, gostaria de saber o que faço aqui.

– O senhor é um aluno. Veio para aprender a mais difícil profissão.

Diante da minha incompreensão, prosseguiu:

– Já não foi tão simples ser um anjo, não é mesmo? Pois bem, saiba que há coisa ainda mais complicada. Uma tarefa que exige talento, habilidade, criatividade, inteligência, sutileza, intuição... – (O gigante mais soprava as palavras do que articulava.) – De-us. O senhor está no Reino dos deuses.

De fato, eu tinha imaginado a possibilidade de haver entidades superiores aos anjos, mas daí a pensar que pudesse eu, um dia, me tornar um... deus...

– ... É coisa que se aprende, é claro. Por agora, o senhor é apenas um aluno-deus – completou meu interlocutor.

Eu não voltara, então, a ser exatamente um humano, como tinha imaginado devido ao envoltório de carne. Edmond Wells me explicara no passado que "Elohim" – nome dado a Deus em hebreu – era, na verdade, um plural. Paradoxo da primeira religião monoteísta: seu deus único era designado no plural.

– ... E o senhor?

– Chamam-me habitualmente Dioniso. Erroneamente já fui descrito como o deus dos festejos e libações, da vinha e das orgias. Erros e contraverdades. Sou o deus da Liberdade. Ora, na imaginação popular, desconfia-se da liberdade, e ela é facilmente associada à devassidão. Sou um deus muito antigo e defendo a liberdade de expressão do que melhor houver em nós, pouco me importando passar por libertino.

Ele soltou um suspiro, pegou uma uva e jogou-a na boca.

– Hoje é o meu turno de receber os recém-chegados, pois sou também professor da Escola dos deuses; ou seja, sou Mestre-deus.

Um gigante Mestre-deus coroado com vinha, uma moça-borboleta suspensa nos ares, um homem-cavalo pateador... Onde viera parar?

– Assisti a um crime, lá embaixo, no penhasco.

Dioniso olhou para mim com delicadeza, sem parecer se interessar muito pela informação.

– Conseguiu identificar a vítima? – perguntou.

– Acho que era Júlio Verne.

– Júlio Verne? – Repetiu, olhando sua lista. – Júlio Verne... Ah, está aqui, o escritor de ficção científica do século XIX. Um precursor, avançado demais... Curioso demais, também. Saiba que os curiosos muitas vezes têm problemas.

– "Problemas"?

– Não seja tão curioso, por sua vez. Será difícil tomar conta de todos, pois há alunos demais nessa turma. Por agora, contente-se em instalar-se em seus aposentos, ou seja, em sua residência. Vai se sentir em casa.

Havia tanto tempo eu não me sentia "em casa".

– Em Aeden, as noites são frescas, assim como o amanhecer. Aconselho que vá se acomodar. Residência 142.857.

A querubina pode guiá-lo, se quiser. Não é longe, mas pode montar no centauro, se estiver cansado.

"Querubina" era a moça-borboleta, "centauro", o homem-cavalo; todas essas misturas de humanos e animais eram quimeras. Apenas quimeras. Isso me lembrava *A ilha do doutor Moreau*, em que um cientista louco cruzava homens e bichos.

– Prefiro ir sozinho. Onde fica?

– Tome a grande avenida, atravesse a praça central; em seguida, pegue a terceira rua à esquerda, rua das Oliveiras. Encontrará facilmente o 142.857. Descanse, mas se mantenha preparado. Assim que o sino bater três vezes, dirija-se logo à grande praça.

Calcei as sandálias que Dioniso me entregou. Com elas, e vestido com a minha toga imaculada, atravessei o portal de Olímpia.

13. ENCICLOPÉDIA: JERUSALÉM CELESTE

Trecho do Apocalipse de João: "Ele me transportou até uma alta montanha. Mostrou-me uma grande cidade, a 'Jerusalém Celeste'. Era cercada por grande muralha com 12 portas, tendo um anjo em cada porta. Ou seja, 12 anjos, e, sobre cada porta, o nome de uma das 12 tribos dos filhos de Israel"...

"A cidade era construída em forma de quadrado, com largura e comprimento iguais"...

"A ela virão a glória e a honradez das nações. Nada maculado entrará, e nem quem pratica a abominação e a mentira."

Edmond Wells,

***Enciclopédia dos saberes relativo e absoluto*, tomo V.**

14. A CIDADE DOS BEM-AVENTURADOS

A cidade dos deuses resplandecia diante dos meus olhos maravilhados.

Como um sulco de arado bem-traçado, uma larga via ladeada de ciprestes atravessava a cidade.

Eu seguia pela avenida central de Olímpia.

De um lado e de outro, colinas e vales eram constelados de edifícios monumentais, provavelmente concebidos por titãs. Rios se entrelaçavam e se perdiam ao longe, cortados por pontes de madeira, indo se misturar a lagos cobertos por nenúfares arroxeados. Nas encostas escarpadas que eu via ao sul, amplos tanques em patamares apresentavam, espetados, bambus, caniços e palmeiras. Era como se um arquiteto bêbado houvesse desenhado a cidade de seu delírio: uma sucessão de desníveis encerrados por altas muralhas.

Uma multidão colorida circulava pelas avenidas, ruas, ruelas. Rapazes e moças vestiam, como eu, uma toga branca; provavelmente alunos-deuses. Não prestavam a menor atenção em mim.

Uma jovem de toga amarela conduzia um cãozinho bassê com três cabeças, uma espécie de minicérbero. Havia também centauros, sátiros, querubins.

Eu podia distinguir "machos" e "fêmeas". Borboletas com jeito masculino e até centauros escondendo, sob longos cabelos-crina, o busto proeminente.

Andando, descobria outros ambientes. Feiras livres em que pessoas e monstros conversavam por sinais; casinhas de pedras brancas e telhas vermelhas, com colunas coríntias, balaustradas esculpidas e tritões de pedra nas fontes, deixando escorrer uma água com reflexos acobreados.

O ar morno estava perfumado por pólen e grama recém-cortada. Pareceu-me poder distinguir, ao longe, plantações de cereais, tendo em volta árvores frutíferas. Alguns herbívoros não quiméricos – cabras, carneiros e vacas semelhantes aos da Terra – ruminavam, indiferentes à paisagem grandiosa.

Outras residências apareciam por trás dos pinheiros. Todas de um só andar.

No final da avenida, cheguei a uma espaçosa praça circular com um lago, no centro do qual havia uma ilhota e uma árvore secular.

Mais de perto, descobri que a majestosa árvore tratava-se de uma macieira. Seus frutos eram dourados. Seria a macieira do Jardim do Éden, a árvore do conhecimento do Bem e do Mal, que ocasionara a saída de Adão e de Eva do Paraíso? A casca era enrugada por milênios, e as raízes brotavam do chão de sua ilhazinha particular com contorções, circundando os rochedos. Os galhos se espalhavam amplamente pelo céu, ultrapassando a circunferência do lago, que tinha uma mureta de proteção. A sombra da árvore cobria quase toda a praça central.

Novamente recordei trechos do Apocalipse, escritos por João. "*No meio da praça da cidade, estava a Árvore da vida... e as folhas da Árvore podiam curar as nações.*"

Da praça central partiam quatro largas avenidas perpendiculares. As placas indicavam:

a leste: CAMPOS ELÍSIOS

ao norte: ANFITEATRO E MÉGARO.

a oeste: PRAIA.

Nenhuma placa apontava o sul. Um leve sopro de ar refrescou minha nuca. Virei-me e vi a querubina, voando em silêncio, bem perto, com seus cabelos ruivos e expressão vivaz.

– O que quer? Como se chama?

A quimera espirrou, e eu lhe estendi uma ponta de minha toga para que assoasse. O esforço realçou suas sardas.

– Muito bem. Como não quer dizer nada, vou então chamá-la... Moscona. Picado por abelha a gente se torna abelhudo, lendo muito se torna leitão, mosqueando se torna...

Moscona se irritou com a brincadeira. Estirou a língua fina de borboleta, fez um muxoxo e virou os olhos. Imitei-a mostrando a língua e retomei meu caminho, sem lhe prestar mais atenção.

Constatei que, assim como as avenidas eram retas, as ruas eram curvas, contornando a praça central. Diante das residências, abriam-se jardins com árvores que eu desconhecia, cujas flores pareciam orquídeas e o perfume lembrava o sândalo e o cravo.

Cheguei à rua das Oliveiras, e o 142.857 era uma ampla casa branca com telhas vermelhas, protegida por um alinhamento de ciprestes. Não havia grades nem mureta, estando tudo aberto. Um caminho de pedrinhas conduzia à porta sem fechadura. A querubina continuava a me seguir; fiz-lhe sinal mostrando que "estava em casa" e preferia ficar só. Pouco me importei com sua fisionomia de decepção ao lhe bater a porta no nariz.

Constatei que uma trava de madeira permitia trancar-me por dentro, e suspirei aliviado. De imediato, senti-me feliz, tendo um lugar onde ninguém me incomodaria. Havia muito tempo não vivenciava tal sensação. "Em casa". Examinei o local. Uma ampla sala principal, com um sofá vermelho no centro e uma mesinha baixa de madeira escura, em frente à parede branca, com uma tela plana de televisão.

Na lateral, uma biblioteca cujos livros só apresentavam páginas em branco, todas absolutamente virgens.

Uma televisão sem controle remoto ou teclas.

Livros sem texto.

Um crime sem investigação.

À direita da biblioteca havia uma poltrona e uma escrivaninha com diversas gavetas. Sobre o tampo, uma pena de pássaro mergulhada num tinteiro. Esperavam que eu preenchesse, escrevendo, os livros vazios?

Afinal – convenci-me –, minhas aventuras mereciam uma narrativa. Como todo mundo, eu tinha vontade de deixar a minha marca. Mas, por onde começar? "Por que não começa pela letra A?", sussurrou minha voz interior. "Seria o mais lógico". "A", que seja. Sentei-me à escrivaninha e escrevi.

"A... A que tenho o direito de descrever? Mesmo no presente momento, mesmo com um distanciamento, tenho dificuldade de acreditar ter participado – eu, Michael Pinson – de tão formidável epopeia e..."

A pena ficou suspensa. Não fui somente Michael Pinson. No Paraíso, redescobri que, como humano, passei por centenas de vidas ao longo de três milhões de anos. Fui caçador, camponês, dona de casa, artesão, mendigo. Fui homem e fui mulher. Conheci opulência e miséria, saúde e doença, poder e escravidão. Minhas vidas, em sua maior parte, foram banais... Mas passei por uma dezena de carmas interessantes. Odalisca entusiasta de astrologia, num harém egípcio; druida curandeiro com plantas, na floresta de Broceliande; soldado músico tocando gaita de foles, na Inglaterra saxã; samurai hábil no manejo do sabre, no império nipônico; dançarina de cancã, com muitos amantes, na Paris de 1830; médico precursor da assepsia cirúrgica, na São Petersburgo czarista...

As vidas extraordinárias, em sua maioria, terminaram mal. Tendo assistido a um massacre e ficado horrorizado com seus semelhantes, o druida preferiu dar fim a seus dias. A dançarina também se matou, por uma paixão infeliz. O médico russo sucumbiu, vitimado pela tuberculose. De errância em errância, no entanto, eu me aperfeiçoei.

Em minha última encarnação, fui Michael Pinson, e foi a sua aparência que mantive. Nessa última existência, tive um amigo, Raul Razorback, que me fez participar de uma estranha aventura. Já adultos, e ambos homens de ciência, unimos nossos conhecimentos – eu, médico, e ele, biólogo – para tentar uma experiência aliando ciência e espiritualidade: viajar fora do corpo, para descobrir o continente dos mortos. Chamamos essa empreitada "tanatonáutica", do grego *tanatos*, "morte", e *nautis*, "exploradores".

Construímos, nós tanatonautas, tanatódromos de onde partir. Com paciência, capturamos técnicas de descorporificação e voo das almas, além da Terra. Guerreamos para sermos os primeiros a chegar ao Paraíso, antes de clérigos das religiões consagradas. Ultrapassamos cada uma das sete portas do continente dos mortos, enfrentando com determinação cada novo território desconhecido. Ser tanatonauta exigia pioneirismo, mas era também uma ocupação perigosa. Pouco a pouco esclareci segredos milenares, reservados apenas a iniciados. Revelei mais do que a humanidade estava preparada para ouvir.

Um avião, entrando sala adentro em minha casa, pôs fim à minha vida como Michael Pinson e à vida de todos os meus. "Alguém" me chamava no céu.

No alto, fui medido e julgado por tudo que, como Pinson, e nessa última roupagem humana, fiz de bom e de ruim. Felizmente, nesse último processo, fiz jus a um advogado excepcional: o escritor Émile Zola em pessoa, meu anjo da guarda. Graças a ele, escapei e acreditei estar livre para sempre da obrigação de renascer mortal.

Tornei-me puro espírito. Um anjo. Como anjo, ganhei o encargo de três humanos a quem devia, por minha vez, ajudar a saírem do ciclo das reencarnações. Lembro-me desses três "clientes". Igor Tchekov, soldado russo; Venus Sheridan, modelo e atriz americana; Jacques Nemrod, escritor francês.

Mas não é nada fácil ajudar os humanos. Edmond Wells, meu mentor em matéria de angelismo, tinha o costume de dizer: "Eles se esforçam para reduzir a infelicidade, em vez de construir a felicidade." Ensinou-me a agir sobre os humanos com a ajuda de cinco alavancas: os sonhos, as intuições, os sinais, os médiuns e os gatos. Pude, com isso, salvar um dos meus clientes, Jacques Nemrod, propondo-lhe abandonar, se quisesse, o ciclo das reencarnações. Quanto a mim, fui autorizado a deixar o império dos anjos e passar para a etapa acima.

E agora, cá estou em... "Aeden". Fui mortal e fui anjo. O que serei, daqui para a frente?

"Aluno-deus", disse Dioniso.

Deixei descansar a pena no tinteiro e me levantei para continuar a visita pela casa. À direita da sala, havia um quarto, e nele uma cama larga com baldaquino. No armário, aguardavam-me umas vinte túnicas e togas brancas, idênticas às que vestia. No prolongamento do quarto, um banheiro todo de mármore com bacia, banheira, pia e torneiras douradas. Um frasco de pó cinza continha perfume de lavanda. Sob a água com que preparei um banho, a espuma estava bem cremosa. Despi-me e entrei na banheira, satisfeito.

Fechei os olhos. Ouvia meu coração bater...

15. UM VISITANTE

... Toc, toc.

Assustei-me. Seria ainda Moscona? Como insistia, levantei-me para enxotá-la, molhando todo o chão. Passei uma toalha ao redor da cintura e, com a outra mão, empunhei a escova de esfregar as costas. Assim armado, fui abrir a porta.

Mas não era uma quimera quem estava na entrada. Edmond Wells, meu mestre em angelismo, sorria, parado à minha frente:

– Você tinha dito "até breve".

Gaguejei, confuso:

– O senhor respondeu "adeus".

– Exatamente. "A... deus", isto é, "em ou com os deuses". E cá estamos, ao que parece.

Trocamos um longo abraço.

Dei passagem para que, afinal, entrasse. Na sala, Edmond Wells sentou-se à vontade no sofá vermelho e, sem preâmbulos, como sempre, informou:

– Essa turma é particularmente numerosa. "Eles" ficaram com poucos alunos recentemente e, dessa vez, exageraram. Até eu vim.

Com sua expressão enigmática, as orelhas pontudas, o rosto triangular, Edmond Wells não havia mudado. Ainda me impressionava. Em sua última encarnação humana, fora entomologista especializado em formigas. Mas sua atividade favorita sempre fora a de acumular saberes e criar vínculos entre seres tidos como incapazes de comunicação mútua. Formigas e homens, claro, mas também anjos e humanos.

– Minha residência não é longe, estou na rua das Oliveiras, casa 142.851 – disse ele, como se estivéssemos de férias, enquanto eu, rapidamente, vestia túnica, toga, e calçava sandálias.

Ele me tratava por você; eu, porém, adotava um tom mais cerimonioso, pois sentia-me incapaz de tal familiaridade. Disse-lhe com um sussurro:

– Passam-se coisas estranhas aqui. Na praia, chegando, encontrei Júlio Verne. Ele praticamente morreu em meus braços. Com uma ferida aberta no flanco. Assassinado. Dioniso simplesmente me disse que o problema era, na certa, por ele ter vindo cedo demais e ser excessivamente... curioso.

– Júlio Verne sempre foi um pioneiro – reconheceu Edmond Wells, nem tão preocupado quanto Dioniso com o misterioso crime.

– Ele só teve tempo de insistir que eu não fosse à montanha do Olimpo. Como se tivesse visto algo terrível lá.

Edmond Wells pareceu hesitante e nossos olhares se dirigiram à janela, pela qual se podia ver a base da montanha, sempre envolta numa camada de nuvens. Insisti:

– Tudo é tão esquisito aqui.

– Você quer, na verdade, dizer "tão maravilhoso".

– E esses livros? Todas as páginas estão em branco.

O sorriso de meu mestre se ampliou:

– Cabe a nós preenchê-los, então. Vou poder continuar minha obra, minha Enciclopédia dos saberes relativo e absoluto. E não serão mais informações sobre homens e animais, ou sobre anjos, mas diretamente sobre os deuses.

Da sacola que trazia a tiracolo, puxou um livro igual aos meus, só que parecendo usado.

Alisou a lombada.

– Agora, o que vamos viver não vai se perder. Memorizei os fragmentos dos textos que me pareceram mais importantes e vou completá-los com o que descobrirmos aqui.

– Mas, por que o senhor...

– Você não precisa mais me chamar de senhor. Não sou mais seu mestre; sou também aluno-deus. Somos colegas.

– Por que voc... Não, não vou conseguir, sinto muito... Por que seguir na busca do saber?

Espantou-se por eu não conseguir modificar a formalidade de nossa relação, mas não insistiu.

– Talvez porque, quando eu era criança, tinha pavor de ser ignorante. Verdadeiro pavor. Um dia, vendo que eu não conseguia recitar minha lição, um professor me disse: "Você é vazio." Desde então, procuro me preencher. Não com decorebas, mas com informações. Aos 13 anos, comecei a compilar em cadernos enormes imagens, informações científicas e reflexões próprias. (Sorriu com a lembrança.) Recortava fotografias de atrizes peladas em revistas e as colava, entre fórmulas matemáticas, nesse meu livro. Era para ter vontade de sempre consultá-lo. Nunca acabei de preenchê-lo. Como sabe, mesmo quando estava no império dos anjos, quis continuar com o projeto da Enciclopédia e inspirei um humano a continuá-lo. Isso quase causou a minha perda. Aqui, vou poder dar prosseguimento à busca dos saberes relativo e absoluto.

– O quinto tomo da Enciclopédia?

– O quinto tomo oficial, mas redigi alguns "oficiosos", escondidos em vários lugares.

– Enciclopédias dos saberes relativo e absoluto escondidas na Terra?

– Claro. Meus pequenos tesouros a serem descobertos mais tarde, por quem tiver paciência de procurar. Mas, por enquanto, começo este aqui.

Olhei o objeto. Na capa, Edmond Wells escrevera, com bela caligrafia: ENCICLOPÉDIA DOS SABERES RELATIVO E ABSOLUTO, TOMO V.

Estendeu a obra em minha direção.

– ... Escrevi porque sempre recebi, no acaso dos encontros, enorme quantidade de saber vindo de muita gente. Mas, quando tentava retransmiti-lo, para que esse saber continuasse a viver, percebia que pouquíssimas pessoas mostravam interesse. Só se pode oferecer a quem está apto a receber. Coloquei-o, então, num manuscrito, para todo mundo. Como uma garrafa lançada ao mar. Que o receba quem for capaz de apreciá-lo, mesmo que não nos encontremos.

Abri o livro. Como primeiro subtítulo, podia-se ler: "No começo". Vinham em seguida "Diante do desconhecido", "E se estivermos sós no universo", "Jerusalém Celeste"... O último se intitulava "A simbólica dos algarismos".

– Outra vez? O senhor o colocara nos quatro outros volumes.

O enciclopedista não se perturbou.

– É a chave para tudo. A simbólica dos algarismos. Devo repeti-la e completar, pois constitui a via mais simples para a compreensão do sentido da evolução do universo. Lembre-se disso, Michael...

16. ENCICLOPÉDIA: SIMBÓLICA DOS ALGARISMOS

A aventura da consciência segue a simbólica dos algarismos, inventados há três mil anos pelos indianos.

A curva indica o amor.

A cruz indica a prova.

O traço horizontal indica o apego.

Examinemos seus desenhos.

"1". O mineral. Um puro traço vertical. Sem apego, sem amor, sem prova. O mineral não tem consciência. Simplesmente está ali, primeiro estágio da matéria.

"2". O vegetal. Um traço horizontal sobreposto por uma cruz. O vegetal está apegado à terra por sua barra horizontal, simbolizando a raiz que o impede de se movimentar. Ele ama o céu e lhe apresenta suas folhas e flores para recolher luz.

"3". O animal. Duas curvas. O animal ama a terra e ama o céu, mas sem apego por nenhum dos dois. Ele é apenas emoção. Medo, desejo... As duas curvas são as duas bocas. Aquela que morde e aquela que beija.

"4". O homem. Uma cruz. Está no cruzamento entre "3" e "5". O "4" é o momento da prova. Ou ele evolui e se torna um sábio, um "5", ou volta ao estágio "3", do animal.

"5". O homem consciente. É o contrário do "2". Apega-se ao céu por sua linha horizontal superior e ama a terra, por sua curva inferior. É um anjo. Transcendeu sua natureza animal. Distanciou-se dos acontecimentos e não reage mais de maneira instintiva ou emocional. Venceu medo e desejo. Ama seu planeta e todos os seus congêneres, observando-os de longe.

"6". O anjo. A alma esclarecida fica liberta do dever de renascer carnalmente. Sai do ciclo das reencarnações, tornando-se puro espírito, sem mais sentir dor e nem necessidades elementares. O anjo é uma curva de amor, uma pura espiral partindo do coração, descendo em direção à terra para ajudar os homens e terminando sua curva em direção do alto, buscando ainda a dimensão superior.

"7". O deus. Ou, pelo menos, "o aluno-deus". O anjo, continuando a subir, atinge a dimensão superior. Exatamente como "5", tem uma barra que o apega ao alto. Mas, em vez de apresentar uma curva de amor em direção ao baixo, tem uma linha. Ele age sobre o mundo de baixo. O "7" ainda se

apresenta como uma cruz, como um "4" de cabeça para baixo. Trata-se, então, de uma prova, um cruzamento. Ele precisa conseguir algo para continuar a subir.

Edmond Wells,
Enciclopédia dos saberes relativo e absoluto,
(retomada do tomo IV).

17. PRIMEIRA FESTA NO ANFITEATRO

E o que haveria acima, um "8"?

O sino bateu. Três longas badaladas. Corremos em direção à praça central, com sua secular macieira. Outros alunos-deuses tinham tomado a dianteira, vestidos com togas brancas. Havia gente de toda idade; sem dúvida, aquela que marcara sua última passagem na Terra. Olhávamo-nos, surpresos de sermos tantos, procurando entender o que havia em nós de tão extraordinário para que merecêssemos estar ali.

Com gestos, uma jovem trajando toga amarelo-açafrão indicava que nos puséssemos em fila.

– É uma Hora – cochichou-me Edmond Wells.

– Não sei, estou sem relógio.

Meu mentor sorriu.

– Não entendeu. É uma "Hora", isto é, uma semideusa grega. Assim se chamam.

– São 24?

– Não – sussurrou-me no ouvido. – Apenas três. Eunomia, a Hora da Disciplina; Diké, a Hora da Justiça; e Irene, a Hora da Paz. São semideusas, filhas de Têmis, deusa da Lei, e de Zeus, rei dos deuses.

Pela maneira eficaz como aquela Hora nos colocava em fila, achei que devia ser a primeira, Eunomia. Em grego, o prefixo "eu" significa "bom", como em "eufonia", o bom som, "euforia", o bom estado. No caso de nossa Hora, o bom nome.

Cada aluno se apresentava, e Eunomia assinalava numa lista os presentes, indicando para onde se dirigir. Quando eu disse o meu nome, ela me olhou com insistência. Estaria também se perguntando se eu era "aquele que se espera"?

Porém, apenas indicou-me a avenida Norte que levava ao Anfiteatro.

Havia ali uma nova multidão na entrada. Outra Hora, sem dúvida, Diké, também verificava os nomes em sua lista. De passagem, olhando por cima de seu ombro, observei que o nome de Júlio Verne estava riscado e no lugar fora posto o de... Edmond Wells. Estaria, meu instrutor, substituindo improvisadamente o escritor assassinado?

Enunciei "Pinson" e recebi, em troca, uma caixa. Curioso, logo me apressei a abrir. Havia, dentro, uma cruz do tamanho da mão, com uma argola de vidro transparente na parte superior e uma correntinha para pendurá-la no pescoço. Na parte de baixo, três rodinhas dentadas, ou rosetas, com uma letra gravada em cada.

– É um "ankh" – disse Edmond Wells. – O "cetro dos deuses".

O cetro dos deuses... Olhei do outro lado e vi um número: "142.857", como minha residência.

Sem me afastar do meu mentor e amigo, entrei no Anfiteatro. Arquibancada circular e palco central, como em todo anfiteatro antigo. Ao redor, alunos, em grupos pequenos, conversavam inquietos.

– É como se estivéssemos no sonho de uma criança – comentei.

Meu amigo propôs outra hipótese:

– ... Ou em um livro. Como se alguém tivesse escrito um livro com esse cenário. E basta um leitor se debruçar sobre as páginas para que o livro ganhe vida. Conosco dentro.

Sacudi os ombros, nada convencido, mas ele prosseguiu, imperturbável:

– Algum escritor devorou mitologia grega para melhor materializá-la e para nos fazer vivê-la. Para mim, "tudo parte de um romance e acaba em um romance".

Abracei a ideia.

– Nesse caso, o escritor nos observa como personagens. Teria já escrita toda a história? Teria começado pelo fim ou está descobrindo o enredo ao mesmo tempo que nós, suas criaturas?

Olhou para mim, meio sério e meio curioso.

De toga amarela, uma jovem coroada com flores e frutos fez-nos sinal para que ocupássemos as laterais, dando passagem aos que chegavam.

– A terceira Hora?

– Não, esta parece um outro tipo de semideusa: uma estação.

Estava tão próxima que pude sentir seu perfume. Algo entre o junquilho e o lírio. Se fosse uma estação, devia ser a Primavera. Admirei os grandes olhos claros, os cabelos de linho, as mãos delicadas. Tive vontade de tocá-la, mas Edmond Wells me conteve.

Olhei meus companheiros de turma, espalhados pela arquibancada. Não faltavam celebridades, e pude reconhecer de relance o pintor Henri de Toulouse-Lautrec, o romancista Gustave Flaubert, Étienne de Montgolfier, um dos dois irmãos pioneiros do balão ascensional, o ceramista Bernard Palissy, o pintor impressionista Claude Monet, o aviador Clément Ader, o escultor Auguste Rodin. Havia também mulheres: a atriz

Sarah Bernhardt, a escultora Camille Claudel, a física Marie Curie, a atriz Simone Signoret, a dançarina-espiã Mata Hari.

Edmond Wells, muito mundano, encaminhou-se até essa última.

– Salve, eu me chamo Edmond Wells, e este é meu amigo Michael Pinson. A senhora não é Mata Hari?

A jovem morena confirmou. Trocamos olhares, sem saber muito o que dizer.

A noite caía lentamente, e todos, ao mesmo tempo, fomos nos colocando ao longo dos degraus. No céu, apareceram não uma, mas três luas, em formação triangular. O alto do monte Olimpo continuava mergulhado na bruma.

Em voz alta, formulei a pergunta que me obcecava:

– O que, afinal, há lá em cima?

Vincent Van Gogh foi o primeiro a responder:

– Cinza, com reflexos dourados laranja e azuis.

Mata Hari cochichou:

– Um mistério.

Georges Méliès acrescentou:

– Magia.

Gustave Eiffel garantiu, à meia-voz:

– O Arquiteto do Universo.

Simone Signoret sugeriu:

– O Produtor do filme.

Marie Curie devaneou:

– O Princípio Último.

Sarah Bernhardt hesitou:

– ... Estamos em Olímpia. Não seria... Zeus?

Atrás de nós, uma voz concluiu:

– Não há nada.

Todos nos voltamos. Vimos um homenzinho com longos cabelos emaranhados, óculos redondos e barba escura.

– ... Não há nada lá em cima. Nem Zeus, nem Arquiteto, nem magia... Nada. Apenas neve e neblina ao redor. Como em toda montanha.

Enquanto pronunciava essas palavras com segurança, uma luz se acendeu de repente no cume e começou a piscar, como a sinalização dos faróis, na bruma.

– Você viu? – perguntou Méliès.

– Vi – respondeu o barbudo. – Vi uma luz. Uma simples luz. "Eles" ligaram um projetor lá no alto, apenas para instigar a fantasia, e vocês se comportam como mosquitos fascinados pela lâmpada. Tudo não passa de cenário e encenação.

– Quem é o senhor, para ser tão categórico? – perguntou Sarah Bernhardt, irritada.

O homem se curvou:

– Pierre Joseph Proudhon, ao seu dispor.

– Proudhon? O teórico do anarquismo? – inquiriu Edmond Wells.

– O próprio.

Eu já ouvira falar desse agitador, mas não conhecia sua aparência. Parecia-se com Karl Marx, na verdade. Sem dúvida, na época, era moda usar barba e cabelos longos. A fronte era alta e lisa, os cabelos repuxados para trás. Ele completou:

– Proudhon: ateu, anarquista, niilista e contente de sê-lo.

– No entanto, o senhor reencarnou... – observou Sarah Bernhardt.

– Ahã. E olha que eu não acreditava em reencarnação.

– E se tornou um anjo.

– Pois é. Também não acreditava em anjos.

– E agora é um aluno-deus...

– Uhum. Vou ser o "deus dos ateus" – anunciou Proudhon, satisfeito com seu achado. – Francamente, acreditam nessa escola de deuses? Acham que teremos um vestibular para Demiurgo?

Um novo aluno entrou na discussão. O sujeito sofria de um acentuado estrabismo convergente, que ele tentava dominar.

– Lá em cima – exclamou, compenetrado –, há certamente algo grande e muito belo. Somos apenas alunos-deuses, pequenos deuses. Ele é o Grande Deus.

– O que o senhor imagina? – perguntei.

– Imagino algo que nos ultrapassa. Em potência, em majestade, em consciência, em tudo – disse, extático.

Esse novo aluno se chamava Lucien Duprès e contou ter sido oftalmologista. Ele enxergava duplicado, mas ajudava os outros a ver com clareza. Até compreender que a única maneira boa de se ver era por intermédio da fé.

– Ahã. O senhor tem toda liberdade para repetir essas baboseiras – resmungou Proudhon. – Quanto a mim, não tenho medo de repetir bem alto: “Nem Deus, nem patrão.”

Um burburinho de reprovação percorreu as fileiras de alunos. O anarquista continuou:

– Sou como São Tomé. Só acredito no que vejo. E vejo pessoas ajuntadas numa ilha, sem parar de repetir um nome de deus, deus disso, deus daquilo, enquanto tantas religiões proíbem pronunciá-lo. Todos se acham crentes e não passam de um bando de blasfemadores. Aliás, o que é um deus? Temos poderes especiais? Eu apenas constatei ter perdido meus atributos de anjo. Antes, eu voava e atravessava a matéria. Agora, sinto fome, sede e ganhei uma toga que me dá coceira.

Nisso ele tinha razão. A mim também o tecido áspero incomodava, e bastou ele enunciar a palavra fome para meu estômago reclamar, pedindo socorro. Pierre Joseph Proudhon continuou:

– Repito que todo esse cenário de papelão e essa montanha enfumada não passam de blefe.

Soou, nesse instante, um som breve e surdo.

Um centauro apareceu, tendo a tiracolo um enorme tambor, em que batia com duas baquetas.

Um segundo centauro chegou, tamborilando em uníssono. Em seguida um outro, até se completar uma procissão de uns vinte centauros batendo tambor com toda força.

Avançaram em linha, percorrendo o Anfiteatro inteiro e se colocando à nossa volta, nos cercando. Ninguém mais se mexia. Os tambores soaram cada vez mais forte. Nossas caixas torácicas vibravam. Os corações batiam no compasso. Eles eram, agora, uma centena a bater e a bater. O ritmo ressoava em meu corpo: nas têmporas, peito, braços e pernas. Tomei consciência de cada osso recobrado e do conjunto do esqueleto.

Os centauros pareciam manter uma espécie de diálogo vibrante. Alguns improvisaram solos que pareciam chamadas às quais os outros responderam, com o mesmo leitmotiv.

Um relincho bruscamente perturbou a formação.

Uma mulher entrou em cena; uma amazona sobre um cavalo, que caminhava. Usava um capacete, vestia uma toga prateada e brandia uma lança, tendo pousada em seu ombro uma coruja, que olhava fixamente a plateia. Os centauros, com as baquetas para o alto, se imobilizaram.

No estranho silêncio que se impôs, a mulher se colocou no centro da arena. Devia medir perto de dois metros, como Dioniso. Como, sem dúvida, todos os Mestres-deuses.

Falou, separando cuidadosamente as palavras:

– Vocês formam uma turma realmente muito, muito numerosa. E nem todos os alunos chegaram. São quase uma centena, e outros virão no decorrer da noite. Nunca tivemos tantos alunos. Ao todo, serão 144 em aula.

– 12 x 12 – murmurou Edmond Wells ao meu ouvido. – Como os 144 filhos de Adão e Eva, os 144 primeiros humanos...

A mulher bateu no chão com sua lança, como para repor ordem numa classe agitada.

– Para cada turma, sempre escolhemos anjos vindos de mortais de mesma cultura e de mesmo país. Desse modo, evitamos o nacionalismo, que incita a formação de grupos. Esse ano, optamos por ex-franceses.

A deusa percorreu o Anfiteatro com os olhos. Ninguém se movia. Até Proudhon se mantinha quieto.

Com um gesto brusco, saltou do cavalo, que se manteve impassível.

– Aqui – prosseguiu ela –, vocês serão "deuses de povos", como em outros lugares alguns são "pastores de rebanhos". Aqui, aprenderão a ser bons pastores.

Enquanto caminhava pela arena, a coruja deixou seu ombro e voou, passando por cima de nossas cabeças.

– Saibam que haverá duas sessões, durante as quais 12 Mestres-deuses se encarregarão da instrução de vocês. Eis a lista:

1. Hefesto. Deus da Forja.
2. Posídon. Deus dos Mares.
3. Ares. Deus da Guerra.
4. Hermes. Deus das Viagens.
5. Deméter. Deusa da Agricultura.
6. Afrodite. Deusa do Amor.

Da segunda sessão, participarão:

7. Hera. Deusa da Família.
8. Héstia. Deusa do Lar.
9. Apolo. Deus das Artes.
10. Ártemis. Deusa da Caça.
11. Dioniso. Deus da Festa, que vocês já conhecem.

Terminando, virei também ao curso:

12. Atena. Deusa da Sabedoria.

Não sei por quê, de todos aqueles nomes, somente um permaneceu em minha lembrança: Afrodite, deusa do Amor... Sim, esse nome havia sido pronunciado. Tive uma sensação estranha, como se já a conhecesse. Ou como se fizesse parte de uma família do meu passado. Ou do meu futuro.

Dando mais alguns passos, a deusa com capacete prosseguiu:

– ... A esses 12 Mestres-deuses se juntarão auxiliares-deuses. Na primeira sessão, serão Sísifo, Prometeu e Héracles. Na segunda, terão a visita de Orfeu, Édipo e Ícaro. Estarão também Cronos, o deus do Tempo, em preâmbulo para o curso preparatório, e Hermafrodito, que trará, se acharem necessário, um apoio psicológico, mantendo-se permanentemente à disposição de vocês.

Um murmúrio geral invadiu a arquibancada, mas Atena ainda não havia acabado. Novamente, sua lança bateu no chão.

– Acrescento que aqui, como em toda comunidade, devem-se obedecer estritas regras de vida.

1. Nunca se aventurar fora dos muros de Olímpia após o sino dar as dez badaladas das dez da noite.

2. Nunca empregar violência contra qualquer habitante da ilha, seja ele deus, quimera ou outro aluno. Estamos em um lugar de paz, um santuário.

3. Nunca faltar a uma aula.

4. Nunca se separar de seu ankh, o objeto em forma de joia que lhes foi entregue num estojo. Devem tê-lo permanentemente no pescoço. Ele os identifica e lhes será útil no trabalho.

Novos rumores em nossas fileiras, e Atena, consciente da curiosidade provocada por suas palavras, acrescentou um detalhe:

– Saibam que, fora das muralhas de Olímpia, não estarão em segurança. A ilha inteira tem perigos que a imaginação de vocês não concebe.

Em vez de se aquietarem, os rumores redobraram.

– Além disso – complementou, alçando a voz –, há um personagem capaz de lhes tirar qualquer vontade de fazer turismo: o diabo em pessoa.

Ela própria estremeceu de horror, pronunciando a palavra.

Dessa vez, um verdadeiro tumulto se desencadeou. A lança não foi mais suficiente para nos calar, e os centauros precisaram bater os tambores, para que nos acalmássemos. Cada um tinha sua própria visão do diabo. As percussões silenciaram. Atena concluiu:

– Primeira aula, amanhã. O deus Cronos, responsável pelo tempo, irá esperá-los para a aula zero. Insisto que as aulas devem transcorrer na calma, tranquilidade de espírito e total serenidade.

Foi quando um tremendo grito de agonia se fez ouvir.

18. ENCICLOPÉDIA: GRITO

A vida muitas vezes começa e termina com um grito. Entre os gregos da Antiguidade, os soldados, quando atacavam, deviam lançar um "halalá" como grito de guerra para transmitir coragem uns aos outros. Os germânicos faziam um som no interior dos seus escudos, com o intuito de obter um efeito de ressonância, capaz de assustar os cavalos do exército adversário. Na tradição celta, falava-se de Hoper Noz, o gritador da noite que, com seus clamores, levava os viajantes a cair em armadilhas. Na Bíblia, Rubem, filho de Jacó, tinha um grito tão poderoso que matava de medo quem o ouvisse.

Edmond Wells,
***Enciclopédia dos saberes relativo e absoluto*, tomo V.**

19. PRIMEIRO ASSASSINATO OFICIAL

O urro durou um tempo longo e cessou bruscamente.

Entreolhamo-nos inquietos. O barulho parecia ter vindo dos fundos do Anfiteatro. A coruja de Atena voou naquela direção, enquanto centauros galoparam para fora da arena. Dirigimo-nos apressados para fora.

Os centauros, logo rodeados por uma multidão compacta, isolaram o local onde, abrindo espaço aos empurrões, consegui perceber a vítima, caída de costas com os braços em cruz. O buraco no lugar do coração era tão enorme que, através dele, podia-se ver o chão. Como acontecera com Júlio Verne, ao redor do ferimento, a carne estava queimada.

Percorreu-me um calafrio. Como anjo, acreditei estar definitivamente livre do medo da morte. De volta à carnalidade, lá estava de novo o medo ancestral. Vi, então, que, de certa forma, eu voltara a ser mortal. Não só podia sofrer, como também morrer.

Por que os deuses renunciavam aos privilégios dos anjos?

Já estava escuro, e um aluno aproximou uma tocha do rosto deformado pelo terror, iluminando-nos ao mesmo tempo, figurantes estarrecidos.

– Quem é? – perguntei.

– Chamava-se Debussy, Claude Debussy – cochichou um melomaníaco.

O compositor de *Prelúdio à tarde de um fauno* estava entre nós e desaparecera, sem que eu sequer o reconhecesse.

– Quem fez isso? – perguntou alguém.

– O diabo... – sugeriu o místico Lucien Duprès.

– Ou, quem sabe, esse famoso "Grande Deus" de vocês...? – ironizou Proudhon. – Já que é o deus da justiça, por que não puniria, de vez em quando, suas ovelhas? Já que acreditam, aceitem que ele os abata.

Atena balançou a cabeça, preocupada. A coruja esvoaçava ao redor, como que tentando descobrir o criminoso.

– O culpado é um de vocês – declarou a deusa. – Um aluno-deus... deicida.

Deicida era uma palavra impressionante.

– Quem viu a vítima pela última vez? – perguntou.

Dois centauros colocaram o corpo do músico sobre uma maca. Cobriram-no com um pano, sob o qual de repente a vítima me pareceu ainda se mexer. Esfreguei os olhos. Devia se tratar de um movimento reflexo ou uma alucinação minha.

– Não foi o primeiro crime – murmurei. – Houve também Júlio Verne.

– Quem falou? – exclamou Atena, com um ouvido que não imaginei tão apurado.

Escondi-me por trás de uma cabeça. A coruja, num impulso, sobrevoou-nos para examinar de perto. Passando sobre mim, senti o fluxo do ar movimentado por suas asas.

– Sangue no reino dos deuses... O deicida, com certeza, é um dos 144 membros dessa turma.

Seu rosto endureceu.

– Posso descobri-lo e castigá-lo. E saibam que a punição será exemplar.

– Na realidade, 144 – 1. Somos agora 143 – observou Joseph Proudhon, aparentemente pouco impressionado, tanto com o crime quanto com a ameaça de castigo.

Perturbado, eu segurava com toda força o ankh pendurado em meu pescoço.

20. ENCICLOPÉDIA: ANKH

O ankh, uma cruz ansada, foi, no Egito antigo, o símbolo dos deuses e dos reis. Tem como forma um "T" encimado por uma argola. Também é chamado "Nó de Ísis", pois, para os egípcios, essa argola representava a árvore da energia vital, identificada com Ísis. Isso remete também à lembrança de que o acesso à divindade adquirida, ou desejada, se faz pelo desatamento de nós — este ato, no sentido figurado, leva ao "desatamento" da evolução da alma, em sentido próprio. Vê-se o ankh entre as mãos de Akhenaton e também empunhado pela maioria dos sacerdotes do culto solar. Essa cruz particular, segura pela alça durante as cerimônias fúnebres, era considerada a chave para a vida eterna, fechando zonas proibidas aos profanos. Às vezes, ela era desenhada na testa, entre os olhos, representando a obrigatoriedade do segredo para cada novo iniciado. Aqueles que conheciam os mistérios do além não os deviam revelar a ninguém, sob risco de esquecê-los.

Em sua maioria, os coptas consideravam o ankh a chave da eternidade.

A cruz ansada também é vista nas mãos de indianos, representando a união dos princípios ativo e passivo, ou seja, os dois símbolos sexuais, unidos numa entidade andrógina.

Edmond Wells,
Enciclopédia dos saberes relativo e absoluto, tomo V.

21. FLORESTA AZUL

– Não acha que estamos fazendo uma enorme besteira?

Edmond Wells e eu escalávamos a muralha oriental de Olímpia, usando nossos lençóis trançados como se fossem cordas.

– A única maneira de saber é fazendo – respondeu-me.

Descíamos lentamente, enquanto eu resmungava:

– Júlio Verne me disse: "De jeito nenhum... não vá lá."

Tanta tergiversação irritou meu mentor.

– O que você quer exatamente, Michael? Que fiquemos parados criando hipóteses sobre o que há no alto da montanha?

Era difícil reconhecer, naquele sujeito resoluto, incitando à transgressão, o mesmo Edmond Wells que sempre me ensinara a obedecer às regras do império dos anjos.

Chegando, afinal, à base da muralha que cercava a cidade, minhas mãos ardiam de tanto eu me agarrar às cordas improvisadas. Escondemos rapidamente os lençóis em moitas de acácias.

De onde estávamos, só se viam duas luas, e a montanha parecia ainda mais impressionante.

O Olimpo...

Avançamos pela relva alta, seguindo em direção leste.

À medida que progredíamos, a encosta se tornava mais íngreme, com a pradaria dando lugar a bosques cada vez mais frequentes, até formarem uma floresta densa. Em seguida, a inclinação se atenuou e nossa caminhada entre as árvores pôde se acelerar.

O céu crepuscular foi se tornando vermelho-peônia.

De repente, ouvimos um ruído. Deitamo-nos no mato. Uma silhueta se aproximava lentamente. Uma toga branca. Era um aluno. Quis me levantar e chamá-lo, mas Edmond Wells me puxou pela manga, fazendo sinal para que eu permanecesse escondido. Não compreendi por que tanta prudência, até uma querubina aparecer, sobrevoar o fugitivo e partir em direção à cidade. Poucos segundos depois, um centauro chegou aos atropelos e agarrou o descuidado aventureiro.

– As querubinas vigiam, os centauros capturam – cochichou Edmond.

O homem-cavalo partiu com nosso colega em direção sul, deixando-me preocupado:

– O que vão fazer com ele?

Edmond Wells permaneceu pensativo, enquanto o homem-cavalo desaparecia ao longe. Ele espreitou as redondezas para confirmar não haver mais querubinas, nem centauros.

– Refazendo as contas, como disse Proudhon, não somos mais 143. Somos 143 – 1 = 142.

Voltamos a caminhar junto às árvores e vigiando as alturas. Mantínhamo-nos atentos ao menor barulho, mas somente o farfalhar das folhagens quebrava o silêncio. Começou um vento, vindo do oeste. Soprou cada vez mais forte, estufando nossas togas, balançando as árvores e arrancando folhas.

Distingui, distante, uma querubina tentando voar em direção contrária, mas em seguida desistiu, afastando-se diante da tempestade. Pensei que talvez aquelas moças aladas tivessem uma cidade só delas. Um amplo ninho de pássaro, quem sabe? Imaginei-as se espreguiçando, lascivas, num abrigo acolchoado de grama macia, líquens e gravetos.

Barulho de cascos. Um centauro percorria as redondezas, sem dúvida à cata de novos transgressores. Escondemo-nos da melhor maneira possível numa vala, enquanto ele farejava o ar. A crina voava ao vento, batendo-lhe no rosto. Empinou para examinar mais de cima o local, mantendo-se em equilíbrio sobre as patas traseiras e com a mão espalmada, a proteger os olhos. Com um galho comprido, bateu em algumas moitas, tentando espantar eventuais intrusos. Mas a ventania esmoreceu suas suspeitas e ele, por sua vez, também partiu em direção à cidade.

Saímos da vala. O vento pouco a pouco se acalmou. Meu dentes batiam descontroladamente.

– Está com frio? – perguntou Edmond Wells.

– Não.

– Com medo?

Não respondi.

– Está com medo do deicida? – insistiu Edmond.

– Não.

– Do diabo, então?

– Também não.

– De quê, então? De ser capturado por um centauro?

– Estava pensando em... Afrodite.

Edmond Wells bateu carinhosamente em meu ombro.

– Não comece com fantasias.

– Dioniso disse que este é o lugar da Iniciação Última. É normal, então, que tenhamos o melhor e o pior, que experimentemos o medo absoluto e o desejo absoluto. O diabo e a deusa do Amor...

– Ah, Michael, sempre se deixando levar pela imaginação. Está apaixonado por alguém que sequer viu. É o poder das palavras, não é? "Deusa do Amor", você gosta de pronunciar essas palavras...

A floresta parecia cada vez mais impenetrável. O céu passava do vermelho ao violeta, do violeta ao cinza e, afinal, ao azul-marinho. No alto, o pico brumoso da montanha triangular emitiu um novo sinal luminoso, como se nos desafiasse.

A escuridão se acentuou. Eu não distinguia mais meus próprios pés. Pensava ser melhor desistir de nosso intento, quando ouvi, lá embaixo, soarem as 12 badaladas da meia-noite.

Tudo se esfumava no escuro. Percebi, no entanto, uma minúscula luz cintilando no mato. Um vaga-lume. Um enxame de vaga-lumes formou uma nuvem de luz, à altura dos nossos olhos.

Edmond Wells pegou um dos insetos fosforescentes e colocou-o na palma da mão. O vaga-lume não fugiu. Inclusive, aumentou a intensidade luminosa. Com delicadeza, o especialista em formigas me passou o vaga-lume, que se aconchegou em minha mão. Espantava-me uma criatura tão pequenina produzir tanta claridade. Claro, minhas pupilas tinham se acostumado com o escuro, mas a luz servia quase como lanterna de bolso.

Ajudados pelos vaga-lumes, retomamos o caminho até que, de repente, outras luzes atravessaram as trevas. Escondemo-nos de novo no mato e assistimos a uma cena espantosa: alunos-deuses avançavam, produzindo raios para se iluminar. Descobrimos que os ankhs podiam produzir raios. De imediato, compreendi por que Atena fora tão categórica, acusando algum aluno-deus da morte de Claude Debussy. Em torno do ferimento, a carne estava carbonizada. Cruz ansada, cruz de vida, mas também cruz de morte.

Adiante, os caminhantes tinham também percebido nossa presença. Eles desligaram os ankhs, enquanto deixamos nossos vaga-lumes no chão. Já não os distinguíamos mais e nem eles a nós, mas estávamos mutuamente conscientes das nossas presenças, a mais ou menos cinquenta metros de distância. Assumi o risco:

– Quem são vocês?

– E vocês? – respondeu uma voz feminina.

Uma voz masculina intimou:

– Vocês primeiro.

Diálogo de surdos. Tentei uma composição:

– Vamos falar juntos, então.

– Está bem. Vou contar até três. Um... Dois... Três...

Ninguém se mexeu. A situação me fez pensar num trecho da Enciclopédia de Wells, sobre o paradoxo do prisioneiro, que nunca confia totalmente em seus cúmplices e prefere sempre denunciá-los, para não correr o risco de ser denunciado por eles. Mas ali algo me perturbava. Aquela voz masculina... pareceu-me familiar. Incrédulo, arrisquei:

– ... Raul?

– MICHAEL!

Na escuridão, corremos um em direção ao outro e, tateando, nos encontramos e abraçamos, perplexos. Raul, Raul Razorback. Meu melhor amigo. Meu irmão. Raul, o garoto taciturno que conhecera no cemitério de Père-Lachaise e que me contagiara com seu gosto pela conquista de territórios desconhecidos do espírito. Em sua companhia, eu ampliara os limites do conhecimento do território dos mortos. Raul, o verdadeiro inventor da tanatonáutica, o intrépido pioneiro do além. Ele estendeu seu ankh, apontando-o para o chão. A luz iluminou seu rosto afilado e também o meu.

– Michael, sempre me seguindo em todo lugar!

Abraçou-me mais uma vez com seus braços compridos. Atrás dele, duas outras silhuetas se mostraram. Esfreguei meus olhos. Ali estava Freddy Meyer, o rabino cego que nos iniciara nos segredos da cabala, com seu rosto redondo e ar bonachão, o pioneiro dos voos em grupo, com tranças amarradas por fios de prata. Freddy, aquele que, com uma pilhéria, desfazia as situações mais aflitivas.

– O universo é realmente pequeno – exclamou. – Não se consegue mudar de planeta sem encontrar velhos amigos...

Iluminou o chão com um raio de ankh, e pude ver seu rosto.

Ele, que na Terra era cego, tinha recobrado a visão. Marilyn Monroe estava a seu lado. Marilyn Monroe, a grande sex symbol, se tornara companheira do rabino, no país dos anjos: "Porque o humor é o que melhor cimenta a relação de um casal", foi como ela explicou. A celebridade estava mais sedutora do que nunca, com uma toga bem-ajustada ao corpo. Abracei-a também.

– É isso – disse Freddy –, mal voltou à carne e se aproveita de qualquer pretexto para agarrar minha mulher...

– Atena disse haver apenas franceses aqui. Marilyn, se não me engano, é americana...

Freddy explicou que, ao se casar, a companheira pôde escolher entre as duas nacionalidades. Para não se afastar dele, se declarara francesa, o que era permitido na administração celeste. Achei, na verdade, que as autoridades do Olimpo deviam querer muito a presença do rabino alsaciano em nossa turma para permitirem tal distorção do regulamento. Ou, quem sabe, encarassem dessa forma a questão da nacionalidade, uma vez que Mata Hari e Vincent Van Gogh tinham morrido na França, mas eram de origem holandesa...

A atriz continuava muito impressionante. O nariz arrebitado, os olhos azuis, sombreados por longos e sedosos cílios, a pele macia. Tudo nela misturava força e fragilidade, suavidade e tristeza, encanto e emoção.

Edmond Wells saiu, por sua vez, da sombra. Sempre existira uma desconfiança mútua entre meu mentor e Raul, mas agora pareciam ter esquecido as incompatibilidades.

– "O amor como espada, o humor como escudo!" – exclamou Marilyn, relembrando a frase que nos ligava antigamente.

Retomamos juntos nossa antiga divisa, sem mais nos preocuparmos com querubinas e centauros.

– "O amor como espada, o humor como escudo!"

Nossas mãos se juntaram. Estávamos de novo unidos e nos sentíamos bem. Quantas imagens comuns nos vinham à lembrança.

Juntos, quando éramos anjos, nos lançáramos no cosmo, em busca de um planeta habitado por seres inteligentes, e encontramos Vermelho.

Juntos, tínhamos lutado contra o exército dos anjos decaídos e os vencêramos, conduzidos por "O amor como espada, o humor como escudo".

– Éramos tanatonautas, quando partimos à descoberta do continente dos mortos – disse Freddy Meyer. – Éramos angelonautas, ao explorarmos o império dos anjos. Agora que descobrimos o reino dos deuses, precisamos de um novo nome.

– "Teonautas", de "teo", deus em grego, pois somos exploradores da divindade – falei.

– Está aprovado "teonautas" – completaram meus amigos.

Raul me mostrou como manipular o ankh. Para produzir relâmpagos de luz, devia-se girar a roseta D e apoiar em cima. Iluminando o chão, constatei que meus três companheiros estavam sujos de terra.

– Cavamos um túnel por baixo da muralha, num canto em que um bosque oculta a saída – explicou o rabino. – Apenas o disfarçamos com pedras. Sendo três, foi rápido.

– Vamos prosseguir juntos a viagem – propôs Edmond Wells.

Éramos agora cinco a caminhar por entre as árvores. Atravessamos leitos secos de rios, enveredamos por trilhas. Por trás de um muro de arbustos, descobrimos um local estranho.

Era um vale, tendo no centro um rio azul-turquesa, com vários metros de largura, luminescente, resplendoroso no escuro, como uma grande piscina iluminada pelo interior. A água era opaca, mas em certos pontos podiam-se ver noctilucas, que são uma versão aquática dos vaga-lumes. Elas é que iluminavam a água.

Eu nunca vira um azul tão intenso.

I. OBRA EM AZUL

22. O RIO AZUL

Azul.

Permanecemos um bom tempo a observar o correr da água. Vaga-lumes rodopiavam pela superfície, toque de luz no espantoso quadro.

O vento tinha se acalmado. Não havia centauro à vista. Se tivessem ido se deitar, como será que dormiam? De pé, com a cabeça dependurada, como os cavalos, ou deitados de lado, como os homens?

O sino bateu lá embaixo, no vale, a badalada única de uma hora da manhã e foi quando, para grande surpresa nossa, uma luz forte surgiu no horizonte. Uma onda de luz atravessou as nuvens, muito mais forte do que os clarões esporádicos no alto da montanha. Uma aurora acontecia àquela hora e compreendi que o segundo sol acabava de assumir seu turno. Erguia-se mais baixo do que o primeiro e, por isso, mantinha-se vermelho.

Já inúteis, nossos vaga-lumes nos abandonaram. O rio azul-turquesa passou a violeta, sobre fundo de areia bege e floresta verde-claro.

Acompanhamos a margem em busca de uma passagem, mas uma barulhenta queda-d'água, que fez Marilyn Monroe lembrar-se da filmagem de *Torrente de paixão*, nos barrou o caminho. Não conseguiríamos atravessar. Mais embaixo, a jusante, a correnteza se mantinha forte, mas parecia menos ameaçadora. Devíamos tentar a travessia a nado ou procurar mais?

Um som de passos interrompeu nosso dilema e fez com que nos escondêssemos no mato. Era um aluno-deus que vinha em nossa direção, sozinho. Com um salto, Raul se ergueu:

– Pai!

Francis Razorback parecia bem menos surpreso com o encontro inusitado do que o filho.

– O que faz aqui, Raul?

– Acha-me incapaz de me tornar um deus, pai?

Um livro caiu de sua toga e Raul apressou-se em pegá-lo.

Francis Razorback explicou que, tendo escrito na Terra *A morte, essa desconhecida*, dava prosseguimento a sua obra, com Mitologia. Anotava, desde que chegara, tudo de que se lembrava das aulas de filosofia e mitologia grega que havia dado em sua última vida. Contava completar a centena de páginas já escritas com suas descobertas na ilha.

Edmond Wells se mostrou interessado e confessou também continuar sua Enciclopédia de forma mais ampla. Disse que gostaria de poder incluir nela os conhecimentos mitológicos de Francis Razorback, certamente mais precisos do que os dele.

Mas Francis Razorback fez um gesto negativo.

– Alguém mais se beneficiar dos frutos de minhas pesquisas? Seria muito fácil! A cada um seu trabalho e caminho próprios!

– Acho que o saber não pertence a ninguém – disse meu mentor. – Está à disposição de todos. Basicamente, Hesíodo nos tornou acessível a mitologia grega, ao que me parece. Nada inventamos, nada criamos, apenas recapitulamos conhecimentos já existentes antes de nós, cada qual à sua maneira.

O outro se calava, nada convencido com tais argumentos.

– O senhor não inventou a mitologia grega, senhor Razorback, e eu não inventei a física quântica. Nada disso nos pertence propriamente. Nossas obras são apenas vetores de transmissão. Somos as fitas que juntam as flores de um buquê.

O rosto de Francis Razorback enrubesceu violentamente.

– Quando eu era mortal, não emprestava a ninguém a minha escova de dentes e nem permitia que comessem em meu prato. Não vejo por que, virando deus, mudaria meu comportamento. Tudo se dilui e se desagrega quando aceitamos desnecessárias misturas. Guarde o senhor as flores de seu buquê, que eu guardo as minhas.

– Mas papai... – tentou Raul.

– Não se meta, meu filho, você não sabe de nada – cortou Francis Razorback.

– Mas...

– Pobre Raul. Sempre gemendo, sempre se queixando. Igualzinho à mãe. A infeliz ficou eternamente à minha sombra, como você. Quando fui embora, vi que só eram mesmo capazes de viver por procuração.

– Mas papai... você nos abandonou!

Razorback se empertigou e fixou o filho, que se encolheu.

– Com meu desaparecimento, obriguei que descobrissem seus talentos próprios. Um músculo não utilizado se atrofia. Pois bem, a audácia é um músculo, a independência é um músculo, a ambição é um músculo.

Raul tentava se justificar:

– Pai, você me disse: “Obedeça-me, seja livre.” São duas noções contraditórias.

– Eu o observei do além e vi que continuou a se arrastar, em vez de avançar.

– Como pode dizer isso, pai? – protestou Raul. – Eu criei a tanatonáutica. Descobri o planeta Vermelho.

– Sem mérito – prosseguiu o pai. – Sempre precisando de companhia. E qual companhia foi procurar? Gente ainda mais indecisa e medrosa que você. Sozinho, teria chegado mais rápido, mais alto, mais longe. Sem eles, seria um verdadeiro herói.

– Um herói morto – suspirou Raul.

O pai sacudiu os ombros.

Nós realmente não tínhamos o que fazer naquele duelo, mas percebi de repente um brilho, que outras vezes já me inquietara, no olhar do meu amigo.

– É verdade, você provou toda a sua bravura e o senso de sacrifício... se suicidando – insistiu Raul.

– Perfeitamente – retrucou o outro. – Suicidei-me para continuar a explorar novos territórios. Em plena morte. Para mostrar o caminho. Sempre tentando, encarando deuses, provocando o destino. Você sempre pesou os prós e os contras, multiplicando as hesitações, antes de ousar o avanço.

E com isso, como se estivesse cansado de tanto falatório, Francis Razorback se despiu rapidamente, jogando túnica, toga e livro sobre um arbusto. Nu, lançou-se à água, sem ligar para o frio e nem para a correnteza, afastando-se com um nado crawl perfeito. No meio do rio, voltou-se em nossa direção:

– Está vendo, filho, continua vacilante, esperando os outros em vez de seguir em frente. Na vida, primeiro parte-se para cima e depois se argumenta.

Dispúnhamo-nos, de fato, a seguir o exemplo audacioso, quando Marilyn nos impediu. Criaturas surgiram à tona da água. Mulheres-peixes. O torso era o de jovens mulheres, mas o quadril se prolongava em longo rabo de peixe, com nadadeiras laterais e dorsais.

As escamas cintilavam um azul prateado, como purpurina.

– Pai, cuidado! – gritou Raul.

O ex-professor não podia ouvir. Nadava em boa velocidade. Quando se deu conta da ameaça já era tarde. Por mais que acelerasse, não chegaria à outra margem. As criaturas do rio o agarraram pelos tornozelos, puxando-o para o fundo. Raul preparou-se para mergulhar e tentar socorrê-lo, mas o rabino Freddy Meyer o conteve com mão firme.

– Largue-me! – exclamou Raul, debatendo-se.

Freddy não conseguiria impedi-lo por muito tempo. Percebi caber a mim alguma ação e, pegando uma pedra, bati com ela na cabeça do meu amigo. Eu acabava de encontrá-lo, não queria perdê-lo tão rápido. Por um instante, ele me olhou, surpreso, e caiu desmaiado na areia.

No rio, seu pai agitava, pela última vez, com o braço fora da água, desaparecendo em definitivo.

Sem dúvida atraído por nossos gritos, um centauro se aproximou a galope. Freddy e eu agarramos Raul pelos pés e ombros e o levamos para o mato, onde nos escondemos.

O centauro chegou, viu nossas pegadas, farejou-as, bateu com um galho na vegetação e, afinal, se afastou.

As sereias puseram fora da água seus lindos rostos e começaram um canto melodioso, chamando-nos.

– Não vamos conseguir mais nada esta noite. Acho melhor voltarmos – disse Edmond Wells, franzindo o cenho.

Lembrei-me a tempo de pegar o livro, intitulado Mitologia.

23. MITOLOGIA: GÊNESE GREGA

No início, havia Caos.

Nada o tinha prefigurado. Surgira assim, sem forma, sem ruído, sem brilho e de tamanho infinito. Milhões de

anos sonolentos se passaram até que, inopinadamente, Caos desse vida à Gaia, a Terra.
Gaia era fecunda e gerou um ovo, de onde surgiu Eros, a pulsão do amor. Deus não encarnado, Eros circulou pelo universo, invisível, impalpável, mas espalhando pulsões amorosas.
Engendrar divindades tinha encantado Caos. Ele, então, resolveu continuar e criou Érebo, as Trevas, e Nix, a Noite. Os dois não demoraram a se acasalar e geraram Aither, o Éter, que subiu, sobrepondo-se ao universo, e Hemera, a Luz, que decidiu clareá-lo. Trevas e Noite, no entanto, brigavam muito. E detestavam os filhos, achando-os estranhos. Evitavam-nos. Assim que Éter e Luz apareciam, Trevas e Noite se iam. Quando resolviam voltar, eram os outros que escapuliam.
Gaia, por sua vez, continuou a gerar.
Apareceram Urano, o Céu, que tomou posição acima de sua cabeça; Úrea, as Montanhas, que se instalaram em seu flanco; Pontos, a Água, escorrendo por seu corpo. Um quarto rebento permaneceu escondido em seu seio: Tártaro, o mundo subterrâneo das cavernas. Com céu, mar, montanha e mundo subterrâneo, Gaia passou a ser deusa e planeta perfeito. Mas continuava longe de ser estéril, e seu panteão não estava lotado. Com seu primeiro filho, Urano, pôs no mundo 12 Titãs, três Ciclopes e três Hecatônquiros, gigantes com cinquenta cabeças e cem braços.
Quando Urano tomou consciência de não passar de um brinquedo nos braços de sua mãe, recusou o papel de pai, desprezou e aprisionou os Titãs e os Ciclopes no mundo de baixo, o Tártaro. Furiosa, Gaia preparou um podão afiado e o entregou aos filhos, que reclamavam, presos em seus subterrâneos. Eles que matassem o enlouquecido pai e se libertassem.

Mas todos temiam muito o genitor e não ousavam agir. Melhor definhar na clausura do que se arriscar ao castigo do Céu. Apenas Cronos, o caçula dos Titãs, aceitou o podão. Ele atacou quando Urano tomava à força sua mãe Gaia. Agarrou o sexo do pai, cortou-o fora e jogou-o no mar. Urano urrou de dor, fugiu o mais alto que pôde e lá ficou, horrorizado com o crime cometido por seu próprio filho, que ele logo amaldiçoou: "Aquele que ousou erguer a mão contra seu procriador será, por sua vez, ferido por seu próprio filho."

Após tantos nascimentos e violências, Urano, o Céu, e Gaia, a Terra, se separaram para sempre. E chegou, então, a hora do reino de Cronos, deus do Tempo.

Edmond Wells,
***Enciclopédia dos saberes relativo e absoluto*, tomo V**
(a partir de Francis Razorback, ele próprio
se inspirando em Hesíodo, 700 a.C.).

24. MORTAIS. ANO 0

Afundei na poltrona de casa, extenuado. Que noite. Voltar, pelo menos, foi mais fácil do que sair, graças ao túnel cavado por meus amigos sob a muralha. Fora preciso, no entanto, carregar Raul, ainda inconsciente.

Pelo número do ankh, pude encontrar seu endereço. Estava na residência 103.683. Foi deixado sobre a cama, deitado. No dia seguinte teria um bom galo enfeitando a cabeça, mas estaria ainda entre nós e não no fundo do rio azul.

Fechei os olhos. Uma sensação nova dominava meu corpo. O cansaço. Todos os músculos queimavam. O coração em disparada. Estava molhado de suor, com a túnica grudenta. Além disso, sentia fome. Tinha fome e sede. Estava exausto, mas tenso demais para dormir. Mesmo não tendo ouvido o sino, imaginei serem, pelo menos, duas horas da manhã.

Agora, sim. O sino bateu duas vezes. Precisava urgentemente descansar. As aulas começariam às oito horas. Em minha pele de mortal, eu necessitava de, pelo menos, seis horas de sono para me recuperar.

Virei e revirei na cama. Meu olhar fixou a cruz ansada em meu pescoço. Era um belo objeto. Por falta do que fazer, apoiei sobre o botão D. O ankh emitiu um raio, partindo não em linha, mas como um feixe de filamentos, de ofuscante brancura, convergindo em direção ao alvo. Da experiência, resultou a destruição de uma cadeira.

Era o que acontecia quando um ankh não produzia luz. Uma tremenda arma. Girando a roseta D, vi que podia diminuir ou aumentar a potência do raio. Quanto mais forte, mais se parecia com um raio laser. Para que serviria a letra A? Girei e apertei. Nada. E o botão N? Esperava uma catástrofe qualquer, mas não que a tela da televisão se iluminasse.

O controle remoto que eu tanto procurara, então, estava em meu ankh. O que haveria na programação da Tele Olimpo? Olhei as imagens. Numa cama, uma pequena mulher de olhos puxados, rodeada por duas enfermeiras e um homem, estava em trabalho de parto. A mulher cerrava os dentes e não gritava. As enfermeiras também se mantinham caladas. Tudo transcorria em atmosfera de recolhimento. Na lateral da tela, um algarismo identificava o canal: 1. Girei a roseta e passei para o 2. Outro parto. Dessa vez, tratava-se de uma mulher loura e obesa. Havia menos luz e mais gente. Um sujeito franzino, com olhar de cão de caça bretão, certamente o marido, lívido, apertava a mão da parturiente que, por sua vez, triturava a dele.

De vez em quando, ele se debruçava com esforço para ver o que se passava, mas logo recuava, assustado. A mulher ofegava como um cachorrinho e reclamava com todo mundo, creio que em grego. Uma nuvem de enfermeiras trabalhava ao seu redor com alguns jovens médicos. No fundo da sala, via-se uma família inteira. Mas era a voz da futura mãe que dominava o ambiente, dando conselhos aos conselheiros e descompondo o corpo médico inteiro.

Terceiro canal. O parto acontecia não mais num hospital, mas numa cabana de madeira, entre árvores, em paisagem africana. Havia apenas mulheres. A parteira ostentava ornamentos complicados em sua cabeleira trançada e usava um vestido de gala, como para uma festa. Em volta, mocinhas cantarolavam uma canção melodiosa, ritmada por tocadores de tantã e retomada por pequena multidão, esperando no quintal.

Não havia um quarto canal. Pelos três primeiros, deduzi que, em Olímpia, a televisão só transmitia partos. A menos que tivesse caído num dia "Especial: nascimentos ao redor do mundo".

Voltei ao canal 1. Uma frágil criaturinha choramingava brandamente. Uma enfermeira colocou em seu minúsculo punho uma pulseira identificatória e aplicou-lhe no braço um aparelho de perfusão. Outra fixou um tubo com um pedaço de esparadrapo, entrando por uma das narinas.

No 2, um grande bebê bem forte lançava pontapés ao vento e berrava, sob os aplausos da família. Cada um vinha beijá-lo, enquanto uma enfermeira, armada com tesouras mal-afiadas, se esforçava para cortar o cordão umbilical.

O recém-nascido do terceiro canal estava sendo carregado pela parteira que, pela janela, o apresentou aos desocupados que aguardavam no quintal. Eles retomaram a cantoria que a mãe, em sua cama, acompanhava.

Veio-me uma intuição que me arregalou os olhos. Três nascimentos. Era isso! Eram meus ex-clientes, as três almas das quais, como anjo, eu tivera o encargo. Procurei reconhecê-las. A criança africana, é claro, era Venus Sheridan, a estrela americana querendo voltar a suas raízes profundas, em sua nova vida. A criança grega seria Igor, meu soldado russo. Por fidelidade às línguas cirílicas, escolhera renascer em terra helena. Ele a quem a mãe odiava, quis uma que o adorasse. Bastava ver como a gorda senhora o cobria de beijos calorosos, para não haver dúvida quanto a ele ter escapado do ciclo de maldições, que sempre o fizera cair sob a guarda de uma genitora querendo destruí-lo. E isso havia durado umas dez encarnações. Consequentemente, a criança asiática seria Jacques, meu escritor. Tinha verdadeira paixão pelo Oriente e lá estava ele. Eu o livrara da obrigação de renascer, mas nem por isso ele quisera se tornar um anjo... Preferira voltar à Terra para agir como bodhisattva, essas almas despertas que escolhem voltar, para agir sobre seus semelhantes na matéria.

Os recém-nascidos tinham os rostos enrugados de velhinhos. A Enciclopédia dos saberes relativo e absoluto tinha razão, garantindo que, nos primeiros segundos após o nascimento, quem chega traz ainda a fisionomia do velho que foi no derradeiro estágio de sua encarnação anterior. Eles conservam também restos de lembranças, até que o dedo de seu anjo da guarda trace, sob o minúsculo nariz, o escape para o esquecimento. É o beijo de amnésia do anjo.

No entanto, uma menina ainda pequena, irmã mais velha do recém-nascido africano, veio cochichar em seu ouvido algo perturbador: "Não esqueça, não esqueça tudo que aconteceu a você. Não esqueça e, quando puder falar, conte para mim, que já esqueci."

25. MITOLOGIA: CRONOS

Cronos se livrou do pai, Urano, ao castrá-lo, e tomou-lhe o trono. Afastado da Terra, este último passou a se manifestar apenas esporadicamente, fazendo chover. Quanto à Gaia, a mãe Terra, buscou ao acaso outro amante, dentro de sua progenitura, e o escolhido foi Pontos, a Água. Juntos, deram à luz uma multidão de criaturas aquáticas. Os Titãs, por sua vez, também se entregaram a relações incestuosas com as irmãs. O mais velho, Oceano, criou com Tétis três mil filhas, que foram fontes e rios. Nix engendrou, desordenadamente: Hipnos, o sono; Tanatos, a morte; Éris, a discórdia; e Nêmesis, a cólera.

Cronos igualmente uniu-se à irmã Réa, em núpcias das quais nasceram Héstia, Hera, Deméter, Hades e Posídon. No entanto, lembrando que o pai o havia amaldiçoado, dizendo que também ele seria destronado pelos filhos, Cronos resolveu devorá-los à medida que nasciam.

Irritada com tanto rigor, Réa se escondeu em Creta, para dar à luz seu sexto filho: Zeus. Seguiu os conselhos de Gaia, sua mãe, que lhe indicou uma artimanha. Ela deu a Cronos uma pedra embrulhada num pano, dizendo tratar-se do recém-nascido. O ingênuo pai logo a engoliu. Zeus sobreviveu graças a esse ardil, crescendo numa gruta, mimado por Ninfas que cantavam a seu redor toda vez que ele chorava, pois os gritos chamariam a atenção de Cronos.

Desse modo, Zeus chegou à idade adulta. Enviou ao pai uma tentadora bebida alcoólica, adicionando um terrível vomitivo. O estratagema funcionou. Juntamente com a pedra embrulhada, Cronos expeliu seus cinco primeiros

filhos. Antes que pudesse reagir, Zeus, Héstia, Deméter, Posídon e Hades se refugiaram no alto do monte Olimpo. Para a vingança, Cronos pediu a ajuda de seus irmãos e irmãs Titãs. A guerra dos Imortais foi feroz, entre a velha e a nova geração. Os Titãs, mais experientes, levavam a melhor, mas um deles, Prometeu, tomou o partido de Zeus, dando-lhe conselhos. Disse-lhe que chamasse a si os Ciclopes de olho único e os Hecatônquiros de cem braços. Foram excelentes aliados. A Zeus, eles ofereceram o trovão, o relâmpago e o raio; a Posídon, o tridente; e a Hades, o capacete da invisibilidade.
A luta continuou até a vitória decisiva do grupo do Olimpo. Os Titãs, vencidos, foram acorrentados nas profundezas do mundo inferior do Tártaro. Cronos, o pai, teve o privilégio de apenas ser banido na ilha dos Bem-Aventurados.

Edmond Wells,
Enciclopédia dos saberes relativo e absoluto, tomo V
(a partir de Francis Razorback, ele próprio
se inspirando em *A teogonia*, de Hesíodo, 700 a.C.).

26. SÁBADO: AULA DE CRONOS

Oito horas. O sino tocava suas badaladas matinais. Adormeci diante da televisão ligada, enfiado em minha toga ainda cheia de lama. Tomei uma chuveirada e me vesti.

Era sábado, dia de Saturno, denominação romana do deus grego Cronos.

Nem sinal de café da manhã. As ruas de Olímpia estavam desertas e, aqui ou ali, restava ainda um pouco de bruma. Umedecidas pelo orvalho matinal, as plantas exalavam odores picantes. Alguns centauros, sátiros e ninfas, deambulando, pareciam vir de uma noitada exaustiva. Senti um certo frio, com minha toga muito fina. Um punhado de alunos já se agrupara sob a macieira, batendo os pés para se aquecerem. Sem dúvida, eu estava ocupado demais, no primeiro dia, tentando reconhecer os defuntos célebres, e não percebera meus amigos do império dos anjos. Entregue a suas próprias descobertas, também Raul sequer havia reconhecido o pai no Anfiteatro... Ali, porém, localizei de imediato os teonautas. Estavam todos presentes, exceto, precisamente, Raul.

– Sabem de Raul?

Marilyn e Freddy não tinham notícias. Edmond Wells achou que ele não tardaria a vir, assim como o restante da turma. De todo lugar, de fato, alunos atrasados chegavam às pressas.

O ambiente me lembrou a volta às aulas da minha infância de mortal, quando esperávamos diante da escola, tentando imaginar como seriam os professores.

Raul, afinal, apareceu. Tinha na cabeça um curativo. Não se juntou a nós e nem respondeu a meu cumprimento. Propositadamente, lançou-se em animada conversa com desconhecidos.

– Cansei de esperar – disse Marilyn. – Estou com frio, com a pele arrepiada.

Freddy passou-lhe o braço por cima dos ombros para aquecê-la e ela se enroscou com ternura.

Mata Hari veio em nossa direção.

– Parece haver alunos a menos. Faltaram dois à chamada. Somos apenas 140.

– Eles nos matam, vão nos assassinar um a um – exclamou Proudhon. – Não estamos numa escola, mas num matadouro.

Debussy foi o primeiro, outros em seguida, e depois virá a nossa vez.

– O que aconteceu com os dois outros? – perguntou Lucien Duprès, o aluno-deus vesgo.

– Talvez se tenham perdido na floresta – respondi, evasivo.

– Acredita que tentaram uma escapulida noturna? – comentou, espantado.

– Talvez tenham retrocedido, para voltar ao império dos anjos – sugeri.

– Atena falou de um castigo excepcional para o deicida – lembrou Marilyn.

– Os deuses do Olimpo sempre me pareceram uns bárbaros. Nosso professor do dia, Cronos, simplesmente comia os próprios filhos.

A Hora Eunomia, sempre impecável em seu traje açafrão, convidou-nos a segui-la em direção à avenida do Sul.

Em procissão, seguimos seus passos. Aproveitei para me aproximar de Raul.

– Bati em você para salvá-lo. Vi que queria socorrer seu pai, mas o sacrifício em nada o ajudaria.

Ele me olhou com dureza e senti ser ainda cedo demais para a reconciliação e o perdão.

O palácio de Cronos se situava no lado direito da avenida. Com um campanário, mais parecia uma igreja. Os sinos, aliás, continuavam a bater animadamente a chamada, anunciando o início da sessão.

O portão estava aberto e a Hora Eunomia indicou que tomássemos lugar em bancos de madeira, diante de um estrado, sobre o qual havia uma escrivaninha junto a algo como um oveiro, esses recipientes que sustentam ovos quentes em equilíbrio, mas com um metro de altura e tendo na base dois buracos vazios e uma gaveta. Atrás, um quadro-negro aguardava o professor.

Examinei o local. Nas paredes, prateleiras mostravam, na maior desordem, uma coleção de despertadores, relógios de mesa, pêndulos, cucos, ampulhetas, clepsidras, relógios solares. Havia peças de colecionador que provavelmente valiam uma fortuna, e outras modestas, em baquelita ou plástico. Ouvia-se uma confusão de tique-taques.

Esperávamos aos cochichos até que, no fundo, uma porta se abriu e um velho de mais de dois metros entrou, apresentando no rosto contrações nervosas.

Tão logo apareceu, os relógios cessaram seus sons cadenciados. Ele limpou a garganta, e nosso silêncio se tornou atento.

– Aqui no Olimpo, nós gostamos de enigmas – começou. – Proponho um:

"Ele devora todas as coisas,
Pássaros, bichos, árvores, flores.
Ele rói o ferro e morde o aço,
Transforma duras pedras em pó,
Leva à morte reis, destrói cidades,
E aplana as mais altas montanhas.
Quem ele é?"

Considerou-nos em silêncio e se sentou, meio sem graça.

– Ninguém tem uma ideia?

Não se ouviu o menor som. Com um suspiro, então, ele próprio respondeu:

– O tempo.

Ergueu-se e anotou "Cronos" no quadro-negro.

– Eu sou Cronos, o deus do Tempo.

O tal deus do Tempo não era dos mais elegantes em seus andrajos. A toga azul-noturno até podia estar salpicada de estrelas, dando a ilusão de um firmamento, mas apresentava alguns rasgões e pendia lamentavelmente em seus braços.

– Sou o primeiro instrutor de vocês, mas não o primeiro mestre – precisou. – Sou o mestre zero. Vou ensinar-lhes a criar tempo, mas também a se apossarem dele. Saibam que existi antes de todos os outros deuses e que sou pai de Zeus.

Tudo o que eu lera sobre ele no livro de Francis Razorback me voltou ao espírito. Esse... deus, se bem entendi, o mais moço dos titãs, arrancara fora os testículos de seu pai, para não haver novos herdeiros. Depois, matou os próprios filhos, para evitar que lhe fizessem o mesmo.

– ... Primeiro ponto. Tomem conhecimento de suas ferramentas de trabalho.

Enquanto escrevia no quadro: "As ferramentas divinas", interrogou:

– Quem pode me repetir as cinco alavancas de que dispunham como anjos?

Mãos se ergueram. Cronos apontou para uma moreninha com covinhas nas bochechas. Ela recitou bem comportada:

1) Os sonhos.
2) As intuições.
3) Os sinais.
4) Os médiuns.
5) Os gatos.

– Muito bem, mocinha. Podem todos continuar a usá-las, mas vocês dispõem, além disso, de uma ferramenta própria dos deuses, o ankh.

Tirou de dentro da toga uma cruz bem maior que as nossas.

– Vamos examiná-lo juntos. Ele apresenta três botões negros com letras brancas: D, N, A. Falarei apenas do "D". "D" dispara o raio. "D" divide, desmonta, destrói, desintegra. No que concerne aos povos que vocês guiarão, "D" lhes permitirá fazer troar a tempestade, incendiar e matar. Deve ser usado com parcimônia. Mesmo no Olimpo, o botão "D" é capaz de matar. Por isso, estão proibidos de apontar o ankh em direção a outro aluno, de um Mestre-deus, uma quimera ou qualquer outra criatura viva que seja. Se usarem essa ferramenta com má intenção, serão castigados. Sei que já ocorreu um incidente e que um aluno assassinou um outro.

Quando Cronos acrescentou com frieza: "Esse deicida não perde por esperar", tive a impressão de que olhava para mim em particular e tremi, mas ele prosseguiu, voltando a olhar o grupo em seu conjunto:

– ... Lembrem-se de sempre recarregar a bateria do ankh, antes das aulas. Vão achar em seus quartos uma pequena base com uma cavidade e basta introduzi-lo ali. Para as almas recentes, posso dizer que funciona exatamente como um telefone celular.

Dito isto, o mestre empunhou uma corda à sua direita.

Um sino ecoou e um outro ancião gigante surgiu, trôpego sob o peso de uma imensa esfera coberta por um encerado, com mais de três metros de diâmetro, que ele fez atravessar a porta com dificuldade.

– Já não era sem tempo – gemeu o arfante carregador. – Não aguentava mais.

– Apresento-lhes Atlas. Podem aplaudi-lo para incentivar.

Todos aplaudimos.

Com a respiração aos assobios, o passo pesado, Atlas se dirigiu ao imenso oveiro, sobre o qual jogou (mais do que colocou) a esfera e começou a enxugar, com um lenço à sua medida, o rosto coberto de suor.

– Não podem imaginar como isso pesa, são toneladas.

– Descanse um pouco – aquiesceu Cronos. – Vai se sentir melhor.

– Não, não vou me sentir melhor. Estou cheio de semelhantes condições de trabalho. Ninguém leva em conta a dificuldade de minha tarefa. Preciso de um assistente, ou, pelo menos, de um carrinho de mão.

– Veremos isso mais tarde – concordou Cronos educadamente. – O momento e o lugar não são os mais apropriados para esse tipo de discussão.

Com o queixo, apontou para os alunos. Ofegando mais ruidosamente do que um forno, Atlas se retirou, arrastando os pés.

Cronos retomou a aula, com a voz grave:

– Ser deus é passar do microcosmo ao macrocosmo. Como anjos, vocês tinham o encargo de trabalhar artesanalmente para três mortais, do nascimento à morte, ou seja, um período que raramente ia além de um século. A tarefa divina que têm pela frente concerne a rebanhos humanos de milhares, ou mesmo milhões de indivíduos, a serem seguidos por vários milênios.

Eu ouvia prestando toda atenção, devorando cada uma das palavras.

Cronos retirou o encerado protetor e pudemos ver uma esfera de vidro. Nela, havia um planeta parecendo em suspensão e cuja superfície encostava na parte interna das paredes do vidro.

– Aproximem-se.

Todos nos precipitamos, enquanto o deus diminuía a claridade, para observarmos melhor o planeta, que passou a emitir uma luz própria.

– Seus ankhs têm uma alça com uma lupa. Coloquem-na contra a parede vítrea e, em seguida, girando o botão “N”, que já lhes serviu para mudar o canal da televisão, observem de perto a região que mais lhes interessar.

Ergui a mão.

– E o botão “A”, para que serve?

Cronos ignorou minha pergunta e insistiu que testássemos nossa nova ferramenta. Subimos em cadeiras e nos colocarmos à altura do equador da esfera, para aplicar o olho no ankh-lupa e escrutar a superfície do planeta.

– Esse mundo se encontra fisicamente aqui, dentro desse globo de vidro? – interrogou Georges Méliès.

– Boa pergunta, mas a resposta é não. Essa esfera é apenas uma tela, e o que vocês discernem em seu interior não passa de uma projeção, em volume e relevo, desse planeta. Uma espécie de holograma.

– Como a esfera é iluminada? – perguntou outro aluno.

– Ela reflete a luz irradiada por seu próprio sol. Tudo que aí veem acontece realmente. Lembrem-se, todavia, de que tudo que fizerem agirá diretamente sobre o planeta.

– Onde realmente se encontra o planeta? – perguntou Gustave Eiffel.

– No cosmo, em algum lugar. Não precisam saber. Seu local não tem qualquer importância para a continuação do trabalho de vocês.

Na superfície do planeta, com ajuda da lupa, descobri um vasto oceano escuro, percorrido por finas linhas de espuma branca e do qual emergiam alguns continentes com litorais acidentados. Em terra, havia praias, planícies, florestas, cadeias montanhosas, às vezes cobertas de neve, vales, zonas desérticas, riachos e rios. Regulando o zoom do ankh com a tecla "N", pude distinguir burgos, vilarejos, cidades e até mesmo estradas e casas. Um verdadeiro mundo em miniatura.

Girei ainda mais o botão "N", fazendo gado e campos aparecerem, engarrafamentos nas estradas e humanos minúsculos indo e vindo nas artérias das cidades. Estas pareciam entidades pulsando, a exalar fumaças como respiração e fazendo palpitarem milhares de luzinhas.

Faltava, no entanto, o som. Cronos sabia disso e distribuiu fones de ouvido, indicando onde plugá-los nos ankhs. Funcionava como um microfone direcional, e, para onde eu dirigisse minha lupa, podia ouvir o som correspondente.

Isolei dois humaninhos na multidão. Havia uma tradução simultânea no sistema de áudio, pois as palavras se tornavam imediatamente compreensíveis. Queixavam-se do tempo que, segundo diziam, estava "doido". Mais adiante, num templo, um grupo reclamava do abandono dos deuses.

Todos nós deslocávamos as nossas lupas, maravilhados. Lembrei-me do tempo em que, como anjo, eu espiava de meus domínios o dia a dia dos mortais a meu encargo. Mudei o ângulo de visão, como um diretor de cinema aproveitando todas as tomadas possíveis e suas perspectivas.

Alguns alunos se puseram na ponta dos pés, para alcançar o hemisfério norte. Outros, agachados, observaram os territórios meridionais. Com nossos fones e ankhs, parecíamos médicos auscultando uma enorme verruga viva.

Ignorávamos a opacidade das paredes, podíamos atravessar telhados, penetrar as casas, desvendar os segredos dos humanos. Na zona escura, era noite. Alguns roncavam dormindo, outros amavam. Havia quem não conseguia dormir e se levantava para fumar um cigarro na varanda, aproveitando para regar os gerânios. Em algumas casas, as televisões ainda estavam ligadas.

Aliás, já amanhecia. As crianças humanas se levantavam, se lavavam, se vestiam, bebiam alguma coisa às pressas. Algumas se preparavam para a escola. Adultos se apressavam, dirigindo-se às fábricas ou escritórios.

Quanta agitação nas ruas tumultuadas. Automóveis buzinavam nos engarrafamentos, e pedestres se atropelavam nas entradas do metrô. Transcorrido algum tempo, tudo recomeçava, em sentido inverso. As janelas se iluminavam ao mesmo tempo que as ruas. Os televisores acendiam.

Era hora do telejornal. Pude ver o que estava sendo transmitido pelo jornalista. Numa região montanhosa, humanos brandiam armas. Gritavam, corriam, lutavam, trocavam tiros, urravam de dor, morriam.

A guerra, com certeza, era um espetáculo para os deuses, pois a maioria de nós tinha as lupas voltadas para os campos de batalha. Todos observamos os beligerantes, sem saber por que ou contra quem lutavam. Alguns alunos-deuses apostaram na vitória dos que usavam uniformes verde-escuros, pois pareciam mais habilidosos do que os de verde-claro. Mas a morte invadia também as cidades. Pessoas estavam reunidas em um cinema para assistir a uma comédia romântica quando, de repente, o edifício explodiu. Entre gritos e pânico, corriam para todos os lados. Ambulâncias chegavam, com sirenes barulhentas. Corpos dilacerados jaziam nas calçadas e ruas. Homens e mulheres choravam, gemiam torcendo as mãos, horrorizados.

Em seguida, equipes de socorro retiraram os corpos. A rua era limpa, a vida retomava seu curso, os humanos voltavam às suas atividades. Como formigas se reorganizando após um pontapé de uma criança no formigueiro.

Assustamo-nos quando um sino soou e Cronos acendeu a luz. Como se saíssemos de um sono profundo, permanecemos ali, esfregando os olhos. Por um instante, tivemos a impressão de estar naquele planeta, entre seus habitantes. Afastamos as lupas e desligamos os fones.

– Não se deixem impressionar pela efervescência das atividades humanas – aconselhou-nos o deus do Tempo. – É preciso que compreendam a humanidade em sua essência, suas aspirações, suas esperanças, e não em seus... gestos.

Cronos tirou da parte de baixo do oveiro um pêndulo bastante grande, pesado e complexo.

– Alguém teve a curiosidade de se interessar pelo calendário desse planeta?

A moreninha que antes já citara as cinco alavancas dos anjos novamente ergueu o braço.

– Estão no ano 2035 – respondeu.

– No ano 2035 "deles" – completou Cronos. – Na verdade, essas pessoas estão a cerca de 15 bilhões de anos após o Big Bang, cinco bilhões após o nascimento do seu planeta, três bilhões após o nascimento do primeiro humano, e no ano 6000 após o estabelecimento da primeira cidade. Para maior clareza em nossa demonstração, no entanto, vamos manter as referências que usam.

Cronos acionou um mecanismo e o número 2035 apareceu numa tela, no alto do grande pêndulo.

– O lugar lembrava um pouco nossa Terra – murmurou um aluno.

O mestre concordou.

– Não há tantas maneiras assim de se fabricar um mundo em que os seres sejam capazes de proliferar.

Para nosso alívio, ele acrescentou:

– Não se tratava, no entanto, da Terra. Notaram algumas diferenças?

As respostas se atropelaram.

– As roupas. Usavam trajes estranhos.

– A alimentação. Comiam pratos que não consegui reconhecer.

– As religiões. Os símbolos religiosos são desconhecidos na Terra e os templos não se pareciam nada com os nossos.

– O planeta tinha sete continentes e não cinco, e com outras formas.

– Os carros eram mais largos.

Cronos aprovava, com a cabeça, cada observação e acrescentou:

– Esse planeta é tão grande quanto a Terra, e as estações são mais rigorosas: verões tórridos, invernos extremamente frios... Tem mais de oito bilhões de habitantes – disse ele, escrevendo no quadro-negro. – Nós, deuses, identificamos cada planeta. Chamamos esse de "Terra 17". Terra por ser esta sua categorização em matéria de gravidade, meteorologia e química, que são iguais às de onde vocês vêm. E 17 porque é o número de turmas que já trabalharam nela.

– Nesse caso, como se chama nossa Terra de origem? – perguntou Edmond Wells.

– "Terra 1".

Todos tivemos uma sensação de orgulho, por pertencer à primeira Terra, o planeta original do qual todos os demais não passavam de mera cópia. Cronos confirmou:

– "Terra 17" é, de fato, um ersatz de "Terra 1". Foi criada especialmente para os exercícios dos deuses. É um "planeta-rascunho", na verdade, e, como todo rascunho, destina-se a tentativas e experiências...

Fiquei empolgado com a ideia.

– Vou mostrar-lhes algo que nenhum outro professor poderia realizar.

Com o satisfeito sorriso de um relojoeiro contente com seu protótipo, colocou seu estranho pêndulo sob a luz fria de uma lâmpada suspensa no teto. Apareceu, então, por transparência, toda uma rede de mecanismos, uns com entalhes e outros lisos, entremeados por tubos contendo líquidos coloridos. No centro desse emaranhado mecânico, havia um amplo mostrador redondo de relógio, com seus dois ponteiros. O conjunto tinha em cima uma tela numérica mostrando 2035.

Cronos abriu com cuidado o vidro protegendo o relógio e, com o dedo, empurrou o ponteiro comprido para a frente. Uma rápida e furtiva olhada no planeta "Terra 17" me fez constatar que os carros se transformavam em bólides e as pessoas caminhavam em marcha acelerada.

Todos voltamos a empunhar nossos ankhs para observar o efeito produzido no planeta, que dava a impressão de piscar... Luz, trevas, dia, noite se sucediam a toda velocidade, enquanto na tela os números desfilavam: 2036, 2037, 2038, 2039...

Achando que o tempo não estava ainda passando rápido o bastante, Cronos trocou o ponteiro longo pelo mais curto e não eram mais os anos que passavam, mas as décadas. Como paralisada, "Terra 17" não piscava mais. Em sua superfície, os imóveis erguiam-se e desapareciam, dando lugar a outros mais altos ainda, estradas serpenteavam, alargavam-se, multiplicando suas vias e, no céu, desfilavam aeronaves de todas as formas.

Depois, estradas deixaram de crescer, aeronaves se tornaram raras e, afinal, desapareceram, autoestradas se tornaram trilhas...

2060, 2070, 2080, 2090... Gostaria que Cronos interrompesse a correria para poder entender porque tudo parara, mas continuava a progressão louca.

2120, 2150, 2180, 2190. Afinal, parou em 2222.

– Olhem bem – propôs ele –, olhem o planeta, passados dois séculos.

Outra vez escureceu a sala e nós instalamos nossos fones.

Não havia mais cidades enfumaçadas e iluminadas. Nenhum automóvel. Nenhuma luz na noite. Apenas algumas tribos errantes, armadas com lanças e arcos.

27 ENCICLOPÉDIA: TRÊS PASSOS ADIANTE, DOIS PARA TRÁS

As civilizações nascem, crescem e morrem como órgãos vivos. Têm seu ritmo próprio, com três passos adiante e dois para trás. Elas respiram. Dessa forma, conhecem um tempo de exaltação, em que tudo parece ser conduzido por uma espiral virtuosa: maior conforto e liberdade, menos trabalho, melhor qualidade de vida, menores perigos. É o momento de inspiração. São três passos adiante. Em seguida, alcançado um certo patamar, o impulso cessa e a curva vacila. Vêm a confusão e o medo, engendrando violência e caos. São dois passos para trás.
Em geral, essa fase também atinge um limite, antes de saltar para nova fase de inspiração. Mas quanto tempo perdido. Viu-se, assim, o império romano se construir, crescer, prosperar e tomar a dianteira sobre as outras civilizações de seu tempo, em todos os domínios: direito, cultura, tecnologia... Em seguida, corrompeu-se, aceitou a tirania e acabou em plena decadência, invadido por bárbaros. Foi preciso esperar a Idade Média, para novamente a humanidade retomar sua obra, estacionária desde o apogeu do império romano. Mesmo as civilizações mais bem-governadas e mais previdentes chegam ao declínio, como sendo inelutável a queda.

Edmond Wells,
Enciclopédia dos saberes relativo e absoluto, tomo V.

28. O TEMPO DOS RASCUNHOS

Campos devastados. Paisagens em ruínas. Estradas esburacadas e comidas pela vegetação. Prédios arrebentados, onde se escondiam uns poucos humanos, prontos a matar para se apropriarem de alimentos. Hordas de crianças, de volta ao estado selvagem, disputavam um grosseiro repasto com hordas de cães, bastante organizados. Soldados sobreviventes das guerras atacavam os raros viajantes, que buscavam hipotéticos horizontes melhores, assaltando-os e matando-os.

Em 2222, em "Terra 17", a humanidade esquecera tanto a moral quanto a medicina. Epidemias dizimavam os sobreviventes. Não havia mais televisão e nem rádio ou qualquer visão global. A civilização cedera lugar à violência implacável, ao mais absoluto cada-um-por-si. Agarrado a minha lupa, através dos sete continentes, procurei o que pudesse se assemelhar a uma forma qualquer de renovação.

Graças à perseverança, acabei localizando, no fundo de uma floresta espessa, uma clareira, onde uma tribo parecia ter organizado um vilarejo. As cabanas, sobre pilotis, se apoiavam umas às outras, em círculo. No centro, uma grande fogueira aquecia humanos com cabeleiras lustrosas de gordura animal e enfeitadas com plumagem de pássaros.

Retorno à pré-história...

Num canto, no entanto, um ancião contava a crianças atentas – e eu pude aprender ao mesmo tempo que elas – a história do desastre do planeta, como lhe fora transmitida pelo pai que, por sua vez, a ouvira de um antepassado memorialista.

– Antigamente – narrou ele –, os homens voavam no céu. Conversavam a distância com o mundo inteiro. Viajavam a lugares longínquos em cabinas particulares. Tinham máquinas de pensar melhores e mais rápidas do que eles próprios. Sabiam até mesmo produzir luz sem fogo. Antigamente... uma centena de nações vivia em paz, graças à civilização 'democrática'. Depois, à margem, um pequeno grupo de Estados, ricos em matérias-primas, começou a suprimir esses valores 'democráticos', substituindo-os por uma religião fundada na Proibição. Quem se convertia, se autodenominava um 'proibidor'. Eles começaram a ganhar fama assassinando os partidários de outros cultos e incendiando-lhes os templos. Depois, atacaram seus próprios afiliados moderados e, é claro, os opositores. Nos locais em que se reuniam os fiéis da democracia, eles colocavam bombas, provocando inúmeras vítimas. Não sabendo como reagir à violência gratuita sem, com isso, trair seus próprios valores, os democratas primeiro fecharam os olhos e depois tentaram aliciar os proibidores, oferecendo tratamentos privilegiados. Mas estes identificaram nessa atitude apenas um sinal de fraqueza e multiplicaram, com ímpeto renovado, as iniquidades. Quanto pior se tornava o comportamento dos proibidores, mais os democratas procuravam legitimar as matanças, encontrando desculpas e acusando a si próprios de terem-nas provocado.

"Os proibidores tinham, sobre os democratas e os fiéis de outros cultos, a vantagem de se sentirem seguros, convencidos da justeza de suas crenças e também por terem um discurso simples. Enquanto os demais viviam na dúvida e na complexidade, eles tranquilamente proibiam às mulheres a educação e o trabalho, mantendo-as enclausuradas e limitadas à cozinha e à procriação. Os democratas estavam convencidos de que tanto obscurantismo estaria inevitavelmente fadado ao rápido desaparecimento, num mundo regido pela ciência, lógica e tecnologia. Mas não foi o que ocorreu. O movimento proibidor cresceu e se desenvolveu cada vez mais, sobretudo entre os adversários do progresso. Isso começou pelas classes mais desfavorecidas, fortalecidas pela impressão de estarem conseguindo desforra, mas contaminou, por fim, as classes intelectuais, que passaram a ver nessa violência e simplicidade a forma de um novo projeto para o futuro.

"Uma a uma, as nações democráticas caíram, curvando-se sob o jugo dos homens daquela religião. Em vez de se unirem, continuaram as disputas quanto à maneira de enfrentar a ameaça. E não encontraram nenhuma. Enquanto os últimos bastiões de resistência parlamentavam, o terror reinou. Apenas a ordem dos proibidores fazia a lei. As pessoas passaram a se converter para terem paz ou salvarem suas vidas. E adotaram o dogma proibidor. As mulheres obedeciam aos homens, os homens ao chefe, e este tinha todos os direitos. Ninguém mais ousou se exprimir, ninguém mais ousou se instruir, senão em conformidade com a religião, e ninguém mais se atreveu a ter um pensamento pessoal. Todo mundo era obrigado a rezar ininterruptamente em horas marcadas. Quem não o fizesse era logo denunciado por seu vizinhos."

– Por que isso deu certo? – perguntou uma criança.

– Os democratas tinham perguntas. Os proibidores tinham respostas. Quando ficou claro que as zonas democráticas não passavam mais de bolsões corroídos pelos cegos atentados dos fanáticos, o verdadeiro chefe dos proibidores, afinal, se revelou. Não era um chefe terrorista, como se dizia em todo lugar, mas um dos dirigentes oficiais da mais rica nação produtora de matérias-primas. Um homem que sempre alardeara apoio à democracia. No sistema proibidor, a duplicidade era considerada uma estratégia militar.

"O dirigente anunciou ser ele o único representante da palavra religiosa e impôs uma ditadura mundial. A partir daí, criou uma hierarquia de chefes e subchefes devotados à sua pessoa. Uma polícia política e uma polícia religiosa impunham a lei. Proibiu-se, a toda a população, qualquer prazer pessoal, mas o chefe, sua família e todos os seus viviam na opulência, no vício e na orgia, gozando de todas as riquezas. E nada proibindo a si mesmos."

– E eles ainda voavam, se deslocavam sem cavalos e faziam luz sem fogo? – questionou uma criança da tribo.

O velho limpou a garganta, para retomar sua fala:

– ... Os proibidores perseguiram os cientistas e engenheiros, com medo que inventassem novos meios de resistência. Qualquer um que parecesse minimamente intelectual era torturado até a morte, para que ninguém divulgasse teorias julgadas, de antemão, subversivas.

"Os proibidores realizaram autos de fé de livros científicos e destruíram todas as obras de arte que não fossem suas. Considerados feiticeiros, por serem essencialmente democratas, os médicos foram mortos e as epidemias se alastraram. Tendo já proibido a educação para as mulheres, a tecnologia e a medicina, os proibidores baniram as viagens, a música, a televisão, os livros; desautorizaram até mesmo o canto dos pássaros, considerando que podiam prejudicar o chamado à oração... Os proibidores reescreveram a história como bem entenderam e eliminaram todas as distrações, exceto o espetáculo obrigatório das execuções públicas em estádios. O medo se instalou em todo lugar."

– Como, então, nós sobrevivemos? – perguntou uma outra criança.

– O tirano acabou morrendo de velhice. Sua sucessão gerou tremendas lutas entre os filhos. A partir daí, não houve mais grande exército e nem grande polícia religiosa unificada. O império teocrático espatifou-se em pedaços. Os ex-oficiais se transformaram em chefes de guerra. Em um ou em outro lugar, bandos independentes se impuseram pela força. Matar para não ser morto tornou-se a regra. Diante de tal lei do mais forte, alguns, como nossos antepassados, decidiram deixar as cidades e se embrenharam em florestas, longe dos ataques dos soldados, dos fanáticos e dos bandidos. Por essa razão estamos aqui e, graças a isso, posso lhes contar nossa história.

– Como eu gostaria de ter um livro nas mãos – disse uma criança. – Descobrir como o homem fazia para voar nos céus como um pássaro, falar a distância e ter luz sem fogo...

Eu mal podia acreditar no que ouvia.

Como eu, os demais alunos-deuses, de uma maneira ou de outra, tomaram conhecimento do ocorrido entre 2035 e 2222. Olhávamos uns para os outros, incrédulos. Seria tão fácil assim, então, fazer regredir uma civilização avançada a seu ponto de partida?

Cronos interrogou:

– Por que, segundo vocês, esse planeta decaiu?

– Por causa da ditadura de um tirano religioso – sugeriu alguém.

– Isso é apenas um sintoma. Espero maior perspicácia da parte de quem está se tornando deus.

– Os democratas estavam convencidos de suas democracias serem mais poderosas do que uma religião fanática e, quando se deram conta, era tarde demais. Eles subestimaram o adversário.

– É um pouco melhor.

– Acostumados ao conforto, os democratas se tornaram preguiçosos e sem vontade de lutar.

– Nada mal.

Querendo expor nossa versão, falávamos todos ao mesmo tempo. Com um gesto, Cronos pediu que usássemos a palavra, um de cada vez. Edmond Wells ergueu o braço:

– Havia uma distância grande demais entre os mais instruídos e a maior parte da população. Uma elite progredia cada vez mais rapidamente, enquanto a maioria não tinha a menor ideia de como funcionavam as máquinas, no entanto utilizadas cotidianamente. De nada serve suspender o teto, se o piso afunda.

– As conquistas os inquietavam, pois eram incompreensíveis. A derrota os trouxe de volta a um mundo conhecido e, por isso, tranquilizador: o passado – disse Sarah Bernhardt.

– Ao que parece, os maus alunos queriam se livrar dos bons, para se manterem tranquilos na mediocridade – acrescentou Gustave Eiffel.

– Perderam pouco a pouco a liberdade de pensar, o progresso, o conjunto dos conhecimentos, a igualdade entre os sexos e colocaram seu destino nas mãos dos mais retrógrados e cínicos, em nome dos princípios de... tolerância! – sublinhou Voltaire.

– Afastaram-se demais da natureza – disse Rousseau.

– Perderam o senso do belo – propôs Van Gogh.

– Apoiaram-se na tecnologia. Acreditaram que a ciência fosse mais forte do que a religião – completou Saint-Exupéry.

– Desconfiavam da ciência e confiavam na religião – sugeriu Étienne de Montgolfier.

– Talvez por ser a religião incontestável, enquanto a ciência pode sempre ser questionada.

– Eram todos uns cretinos... e bem-feito para eles! Tiveram o que mereciam – resmungou Joseph Proudhon.

– Não se pode dizer isso – retrucou Voltaire. – Eles quase conseguiram.

– No entanto... fracassaram – concluiu o anarquista. – A religião é uma arapuca para idiotas. Temos aí a prova flagrante.

– Não podemos enfiar todas as religiões no mesmo saco. Apenas uma reivindicava a violência como ato místico, e foi como se instalou o terror – disse Lucien Duprès.

– Agora que "Terra 17" voltou à casa "ponto de partida", vocês vão poder testar suas aptidões em matéria de improvisação divina – avisou Cronos.

Como regra do jogo, o deus do Tempo nos propôs que cada um de nós escolhesse uma comunidade humana ao acaso, dentre as que vagavam por um lugar ou por outro, e tentássemos fazê-la evoluir.

Pusemo-nos ao trabalho. Por intermédio dos sonhos, dos médiuns e com o uso dos raios, procuramos influenciar xamãs, feiticeiros, sacerdotes e artistas, para que agissem sobre o cotidiano das populações deserdadas. Graças ao botão "D", podíamos intervir nos conflitos, fulminando inimigos de nossa tribo favorita. Aos indivíduos mais criativos, procuramos inspirar invenções técnicas, científicas ou artísticas. Não era nada fácil. Os humanos esqueciam, ao acordar, o que haviam sonhado e interpretavam erroneamente os sinais. Já os médiuns, entendiam como bem queriam. Comecei a me irritar com tanta incompreensão.

Pouco a pouco, aqueles "pagãos" acabaram tomando consciência de minha existência e me veneraram. Pude, assim, inspirar-lhes alguma ordem.

Nossas manifestações divinas, de início, surpreenderam, depois assustaram, mas, em seguida, fascinavam. Novas religiões apareceram em "Terra 17". O mal para corrigir o mal. Também meus amigos tinham suas populações de devotos. A Marilyn, comoviam seus adoradores. Nem mesmo no tempo de sua maior glória ela fora venerada a tal ponto.

Edmond Wells nada dizia e observava sua gente, como antigamente observava as formigas.

Por trás de nós, Cronos circulava, debruçando-se de vez em quando para ver os trabalhos. O rosto enrugado permanecia impávido, e não conseguíamos descobrir se nossas intervenções agradavam ou não. Marie Curie se irritou com a agitação de seu rebanho humano. Sarah Bernhardt se divertia com as trapaças do seu. Édith Piaf cantarolava, guiando sua horda. Mata Hari mantinha um indecifrável semblante de madona.

Após duas horas de livre exercício dos nossos poderes, o deus do Tempo fez soar o sino e nos propôs que mutuamente examinássemos nossos trabalhos. A maior parte não parecia ter obtido melhores resultados do que eu, com exceção, talvez, de Lucien Duprès, cuja comunidade demonstrou ter progredido. Ele se comunicava com os seus pelo consumo de cogumelos exóticos. Refugiados numa ilha, parcialmente protegidos de vizinhos predadores, seus humanos praticavam uma arte de viver semelhante à das comunidades hippies dos anos 1970. Eram pacíficos e serenos. Tinham hábitos livres, e todos participavam das atividades comuns.

Num bloco de notas, Cronos anotou suas observações e nos interrogou quanto às nossas primeiras impressões.

– Se os assustarmos demais, vão ficar místicos – observou um aluno-deus.

– Se os deixamos à vontade, não param de fazer tolices – lamentou outro. – Ou seja, comportam-se realmente como animais.

– Sem temer o castigo, não respeitam mais nada.

– E por quê? – interrogou o professor.

Cada um de nós tinha uma ideia particular.

– Têm uma atração natural pela morte e pela destruição. Sem polícia e sem punição, não respeitam os demais – disse uma jovem.

– Por quê? – insistiu sutilmente o professor.

As respostas vinham em atropelo.

– Talvez por não compreenderem, de fato, o que se passa.

– Por não se amarem uns aos outros.

– Porque não amam o projeto global da sua espécie.

– Porque não o enxergam.

– Porque sequer o imaginam.

– Por viverem permanentemente no medo – foi a minha opinião.

Cronos se voltou para mim.

– Desenvolva a ideia.

Pensei:

– O medo cega-os e impede que encarem a existência pacífica por tempo duradouro.

Edmond Wells balançou a cabeça.

– Eles têm medo porque muito precocemente, na evolução da consciência, a tecnologia decolou de maneira excepcional. Os humanos dispunham de ferramentas extraordinárias, mas a alma estava ainda no nível três. Voltaram, então, a uma tecnologia adaptada ao patamar de suas almas. Uma tecnologia básica, para seres básicos.

A maior parte dos alunos aprovou.

Cronos também pareceu satisfeito com a resposta.

– Esperem. Esperem – interpôs-se Lucien Duprès. – Isso é verdade para alguns, mas não para todos. Em minha comunidade, por exemplo, eles já perderam o medo e se encaminham em direção ao amor. Transcenderam o nível três, estão no quatro, a caminho do cinco.

– Funcionou bem com os seus porque são poucos – completou alguém ao lado.

– São apenas duzentos ou trezentos, numa humanidade que chegou a contar 12 bilhões de almas e foi reduzida a três bilhões, pela vontade de um religioso maluco, mas já é um bom começo. Além disso, o que um pequeno número de pessoas determinadas pôde destruir pelo viés de uma religião, outros podem reconstruir pela espiritualidade.

– Sim, mas a nova religião deles somos nós – ironizou Proudhon. – Substitui-se a religião que inventaram por outra, imposta. Qual diferença?

– Não estou falando de religião, mas de espiritualidade.

– Para mim, é a mesma coisa.

– Pois, para mim é exatamente o oposto. A religião é o pensamento pré-fabricado, imposto a todo mundo, e a espiritualidade é uma percepção elevada do que pode estar "acima de si" – explicou Lucien Duprès. – Mas cada um as distingue de um modo diferente.

– O famoso Grande Deus, então, que você imagina morando lá em cima, é o quê? Religião ou espiritualidade? – perguntou Proudhon, zombando.

A discussão se generalizou. Cronos novamente fez soar o sino.

– É hora de passarmos ao exercício seguinte. O que em nosso nome foi feito, em nosso nome será desfeito – concluiu o deus do Tempo, cofiando a barba. – É chegada a hora de despejar nesse planeta-rascunho a cólera divina.

Todos os relógios e marcadores mostravam as mesmas 19 horas, e a obscuridade externa começava a invadir nossa sala de aula.

– Muito bem. Acertem todos os seus ankhs, girando a roseta D ao máximo.

– Mas será um genocídio! – exclamou Lucien Duprès.

Cronos ainda se deu ao trabalho de explicar ao inconformado aluno:

– Sua experiência foi minoritária. Ao lado desse pequeno sucesso com poucas centenas de indivíduos, há bilhões de numanos em má situação e dos quais se devem abreviar os sofrimentos.

– Mas minha comunidade prova ser possível salvá-los. Meu "pequeno" sucesso, como o senhor denomina, pode contagiar o restante – insistiu Lucien Duprès.

– O resultado demonstrou que você é, um deus bastante apto e tenho certeza de que, no Grande Jogo, vai se sair muito bem.

– Qual Grande Jogo?

– O jogo dos alunos-deuses. O jogo de Y.

– Não quero saber de jogo de Y, quero continuar ajudando minha comunidade. Veja como são felizes. Têm um vilarejo, revezam-se no trabalho, cantam, não brigam, produzem arte...

– É só uma gota de água límpida num oceano poluído. Agora precisamos trocar a bacia – impacientou-se Cronos.

– Não podemos colocá-los de lado, como num tubo de ensaio? – perguntei, por via das dúvidas.

– Não se chega ao novo partindo do velho. Essas pessoas a quem vocês parecem ter se apegado, porque começaram a conhecê-las, estão presas a hábitos vindos de milhões de anos de erros e violência. Já subiram e desceram. Têm o nível de consciência dos povos da Antiguidade. Uma mentalidade de escravos. Não se pode fazer nada por eles. Não são sequer humanos "bem-sucedidos". Valem, no máximo, 3,1 na escala da consciência. Enquanto vocês valem 7, entendam! Eles não passam de... animais.

– Animais também merecem viver – disse Edmond Wells.

– Não procurem virtudes e lembrem-se dos defeitos. Não viram as torturas, injustiças, fanatismos, covardias e toda a selvageria de que são capazes? Não compreenderam com que facilidade uma religião simplista e violenta pôde se impor no planeta inteiro, sem qualquer resistência de fato? Isso aconteceu. Acontecerá de novo. Sinto muito, meu pobre Lucien, mas esses humanos não têm jeito...

Alguns alunos, murmurando, aprovaram. Cronos aproveitou para o golpe final.

– Estarão apenas dando fim a uma humanidade agonizante. Essa humanidade já viveu demais. Inscrevem-se 2.222 anos nos calendários, mas, na verdade, são três milhões de anos. Ela sofre de reumatismo e cânceres. Tenho certeza de que, se ela pudesse se exprimir, pediria que lhe abreviassem o sofrimento... Não é um crime, é uma eutanásia.

Lucien não estava absolutamente convencido.

– Se for isto ser deus... prefiro devolver meu avental.

Voltou-se para nós.

– E todos deveríamos desistir. Não compreendem que estão nos forçando a cumprir algo ignóbil? Deram-nos um planeta para brincar e destruir. É como se esmagássemos... insetos!

Edmond Wells esboçou um gesto, mas baixou os olhos. Lucien trepou numa mesa.

– Ei, pessoal! Acordem, enfim. Não entendem o que está acontecendo?

Ninguém se mexeu. É verdade que não estávamos tão orgulhosos das nossas respectivas comunidades humanas. Apenas Lucien Duprès fizera evoluir seu rebanho de humanos. Era o único que tinha algo a perder. Os meus seres da floresta, por exemplo, sofriam de problemas crônicos de saúde que eu não consegui resolver. Uma disenteria. Por mais que mastigassem folhas com efeitos analgésicos, pouco adiantava. Provavelmente a água que bebiam estava infestada de ameba.

Lucien nos admoestou um por um.

– Você, Rousseau, Saint-Exupéry, Méliès, Édith Piaf, Simone Signoret... Edmond Wells; e você, Raul, Michael, Mata Hari, Gustave Eiffel... vão deixar um mundo inteiro morrer?

Todos baixamos os olhos. Ninguém reagia.

– Muito bem. Entendi.

Enojado, Lucien desceu da mesa e se dirigiu à porta.

– Não vá! – gritou Marilyn Monroe.

– Não me interessa mais ser aluno-deus – respondeu Lucien, sem se virar.

– Você pode ajudar os homens. Talvez não estes, mas outros, que vão nos entregar mais tarde – cochichou-lhe Sarah Bernhardt, no momento em que ele passava perto.

– Para em seguida matá-los? Ótimo negócio. Tenho o mesmo poder que um... criador de porcos no matadouro.

Lucien afastou as mãos amigas que tentavam retê-lo e chegou à porta, sem que Cronos fizesse qualquer gesto ou pronunciasse qualquer palavra para impedi-lo. Só depois que o ex-oftalmologista saiu, ele murmurou:

– Pobre sujeito. Não se dá conta do que está perdendo. Em todas as turmas há almas sensíveis que não suportam o choque. Mas, quanto antes se forem, melhor. Outras almas delicadas preferem deixar o jogo? Podem dizer.

Nenhuma reação.

Cronos desviou o olhar da porta.

– Aproxima-se agora o meu momento favorito – anunciou.

Respirou fundo, expirou ruidosamente, concentrou-se como para degustar um prato requintado.

– Fogo!

Proudhon foi o primeiro a atirar. Um imenso iceberg se despregou no polo sul e fundiu, num piscar de olhos. Os outros alunos o seguiram. Após uma certa hesitação, regulei meu ankh e apontei. Primeiro nos espantamos com o fato de atirarmos aqui e atingirmos lá. Depois, tomados por um frenesi, atacamos o gelo. Descobri em mim um certo prazer em destruir, talvez maior do que em construir. Vinha-nos uma sensação de poder. Éramos deuses.

Derreter o gelo dos polos fez subir o nível dos oceanos. Tsunamis gigantescas invadiram os litorais, abatendo-se sobre os vilarejos costeiros, inundando terras, derrubando penhascos, engolindo vales, transformando o cimo das montanhas em ilhas e depois submergindo-as. No final de alguns minutos, terra alguma aflorava mais no planeta.

Quando Cronos ordenou: "Cessar fogo!", ali onde se viam sete vastos continentes, não havia senão um pesado oceano escuro, percorrido por ondas encrespadas por espuma. O mais alto pico culminava na superfície das águas.

Alguns raros animais e humanos, tendo sobrevivido milagrosamente, tentavam escapar da morte, agarrados a objetos flutuantes. Com o zoom do meu ankh, vi uma espécie de Arca de Noé. Depois outra. Alguns humanos haviam encontrado meio de sobreviver. Incrível tenacidade.

– Poupem-lhes o sofrimento – ordenou Cronos.

Mirando os ankhs para tiros de precisão, os deuses atingiram os minúsculos alvos que boiavam.

Não se viam mais humanos. Sem ter onde pousar, os pássaros giravam pelos ares até caírem, exaustos, nos oceanos, onde o mundo marinho retomava seus direitos.

Aquecendo os polos, havíamos também produzido uma enorme nuvem de vapor, que cobriu o planeta e opacificou o céu. Os raios solares não chegavam mais à superfície e a temperatura caiu bruscamente. De tal forma que, no fim de um certo momento, a água acabou congelando.

Os peixes ficaram presos na água solidificada. "Terra 17" se tornou um planeta de gelo. A superfície formou o maior ringue de patinação que se possa imaginar. Não existia a menor forma de vida, fosse humana, animal ou vegetal.

Fim de percurso para "Terra 17", que se tornou uma pérola perfeitamente lisa e nacarada.

Um ovo branco flutuando no cosmo.

29. ENCICLOPÉDIA: OVO CÓSMICO

Tudo começa e termina com um ovo. O ovo é o símbolo da aurora e do crepúsculo, na maior parte das mitologias do mundo.

Nas cosmologias egípcias mais antigas, a criação é descrita como tendo partido de um ovo cósmico, que encerrava o sol e os gérmens da vida.

Para os adeptos do orfismo, Cronos, o tempo canibal, e Faetonte, a noite de asas negras, deitaram um ovo prateado na obscuridade, contendo o céu em sua parte superior e a terra na parte inferior. Quando o ovo se partiu, dele saiu Fanes, o deus revelador, que tem a figura de uma abelha zumbindo.

Para os hindus, em sua origem, o universo era destituído de existência, até tomar a forma de um ovo, cuja casca constituía o limite entre o nada e coisa alguma: o *Hiranyagarbha*. Esse ovo cósmico partiu-se no final de um ano, e a película interna se transformou em nuvens; as veias, em rios; e o líquido interior, em oceano.

Para os chineses, do caos universal saiu um ovo que se partiu, livrando a Terra Yin e o Céu Yang.

Para os polinésios, originalmente havia um ovo contendo Te-tumu, a fundação, e Te-papa, o rochedo. Quando ele quebrou, apareceram três plataformas superpostas, sobre as quais Te-tumu e Te-papa criaram o homem, os animais e a vegetação.

Na cabala, o universo é considerado como vindo de um ovo partido em 288 pedaços.

Encontra-se ainda o ovo no centro das cosmogonias japonesa, finlandesa, eslava e fenícia. Símbolo da fecundidade

entre muitos povos, ele é, pelo contrário, símbolo da morte para outros, que comem ovos em sinal de luto. O ovo, inclusive, é, às vezes, colocado em túmulos, trazendo ao defunto forças para a viagem no além.

Edmond Wells,
***Enciclopédia dos saberes relativo e absoluto*, tomo V.**

30. O PALADAR DO OVO

Ovos. Trouxeram-nos ovos crus em oveiros de madeira para comer. Com uma colher, batemos na parte de cima, para quebrar a casca, separando com todo cuidado os pedaços e evitando que caíssem no interior.

Estávamos sentados em bancos compridos, no Mégaro da zona norte. Era uma grande construção circular, concebida como refeitório para os alunos-deuses.

Instalamo-nos em mesas em madeira de acácia, cobertas com toalhas brancas de algodão, sobre as quais nos aguardavam pirâmides de ovos. Como fazia calor, as portas tinham sido deixadas abertas. Raul ainda se mantinha afastado, nos evitando.

Enfiei minha colher na gema do ovo e levei-a à boca. Finalmente, provaria um alimento de verdade. Havia tanto tempo isso não acontecia comigo. Que sensação! Senti o gosto do ovo na língua, no céu da boca. Pude distinguir a clara da gema. Era salgado, doce, amargo e suave ao mesmo tempo. Milhares de papilas gustativas despertaram, surpresas. Após a visão, o tato, a audição e o olfato, descobri um outro sentido: o paladar.

O ovo em estado líquido escorreu com fluidez por dentro da garganta. Pude senti-lo ainda descer pelo tubo digestivo, mas depois a sensação foi desaparecendo.

Comer. Engolir essa lava branca e amarelo-ouro... Uma delícia. Ingeri ovo atrás de ovo.

– Na Holanda – disse Mata Hari –, em meu vilarejo natal de Leeuwarden, tradicionalmente se jogava um ovo por cima do telhado de cada casa recém-construída. Onde ele caísse, enterrava-se o que sobrara e acreditava-se que, se um raio caísse, seria ali. É claro, o melhor era lançar o ovo o mais longe possível, para afastar o perigo.

Edmond Wells brincava com um ovo.

– Não tinha pensado, mas, antes do estágio 1, mineral, há um estágio 0, do ovo. A curva do amor, mas perfeitamente fechada...

Na toalha branca, ele desenhou com o dedo a forma de um zero.

– De fato, tudo parte disso e volta a isso – confirmou Gustave Eiffel. – O ovo, o zero. A curva fechada.

O ovo me fez lembrar "Terra 17", o planeta gelado, e rememorar os últimos habitantes, agitando os braços fora da água. Imaginei-os debatendo-se no oceano glacial e fui tomado por súbito enjoo, esquecendo qualquer prazer. Não consegui mais me conter e corri para fora, indo vomitar no mato. Edmond me acompanhou, procurando me ajudar, e eu lhe disse em voz baixa:

– Lucien talvez tivesse razão...

– Não, não tinha. Desistir é abandonar o jogo. Quando se joga, deve-se tentar melhorar o andamento das coisas. Abandonando o jogo, perde-se tudo.

Voltamos à mesa, onde os outros, em plena discussão, preferiram ignorar meu mal-estar.

– O que vai acontecer com Lucien? – preocupou-se Marilyn.

É verdade, ele não tinha vindo para a nossa mesa e, olhando ao redor, vi que também não tinha escolhido outra.

– Se Lucien tiver partido para a montanha, corre o risco de ser pego por um centauro – pensou em voz alta Edmond Wells.

– Ou pelo diabo – completou outro aluno-deus.

Todos estremecemos. Pronunciar esse nome gerou um calafrio no grupo inteiro.

Dioniso apareceu e anunciou que, findo o jantar, haveria uma cerimônia, celebrando o luto pela humanidade da "Terra 17". Deveríamos nos trocar, vestir togas limpas e voltar ao Anfiteatro.

Eu não conseguia afastar do espírito a imagem do "rebanho" humano afogado por nossas mãos.

31. ENCICLOPÉDIA: MORTE

No jogo adivinhatório do tarô de Marselha, a morte-renascimento é simbolizada pelo 13º arcano, o arcano sem nome. Vê-se nele um esqueleto cor da pele, ceifando um campo negro. Seu pé direito está enfiado na terra e o esquerdo se apoia sobre uma cabeça de mulher. Ao redor: três mãos, um pé e dois ossos brancos. No lado direito, uma cabeça coroada sorri. Da terra saem brotos amarelos e azuis.

A lâmina faz referência à simbólica V.I.T.R.I.O.L.: *Visita Interiorem Terrae Rectificando Invenies Operae Lapidem.* "Visita o interior da terra e, ao retificar, encontrará a pedra oculta."

Deve-se, então, utilizar a foice para retificar, segar o que ultrapassa, para que renasçam na terra negra novos brotos. É a carta da mais forte transformação. Por isso, causa medo.

A lâmina constitui também uma ruptura no jogo.
Os 12 arcanos precedentes são considerados pequenos Mistérios. A partir do décimo terceiro, os seguintes pertencem aos grandes Mistérios. Veem-se, então, aparecerem lâminas decoradas com céus e anjos ou símbolos celestes. Intervém a dimensão superior. Todas as iniciações atravessam uma fase de morte-renascimento. No sentido esotérico, isso significa a mudança profunda que transforma o homem no decorrer de sua iniciação. Se ele não morrer como ser imperfeito, não poderá renascer.

Edmond Wells,
***Enciclopédia dos saberes relativo e absoluto*, tomo V.**

32. LUTO

Sentia um gosto amargo na boca. Voltei a pensar em Júlio Verne. "Ele chegou cedo demais", dissera Dioniso. Cedo demais para ver o quê? Os bastidores antes do espetáculo?

Passavam-se coisas estranhas.

Horas e estações nos receberam no Anfiteatro e nos reagrupamos no centro.

Como na vez anterior, centauros nos cercaram, com tambores a tiracolo, mas outros vieram se juntar, com trompas de caça que tinham um som bem grave. Entoaram uma melopeia, uma lancinante melodia se transformando em canto fúnebre, enquanto Atlas veio deixar diante de nós, sob o vidro, o ovo liso em que se transformara a defunta "Terra 17".

Dioniso se ergueu.

– Um mundo morreu. Tenhamos todos um pensamento por essa multidão humana que fez o que pôde, sem conseguir se elevar.

Teve um gesto de recolhimento.

– Aqui jaz uma humanidade fracassada.

Deu um beijo no globo de vidro. Cronos não fez nenhum comentário. Alguns alunos pareciam perplexos.

O ritmo dos tambores se acelerou e as trompas entoaram algo menos triste. Uma festa teve início e os alunos-deuses se agruparam, de acordo com seus gostos.

Os entusiastas da conquista do céu contavam, em suas fileiras, Clément Ader, pioneiro da aviação; um dos irmãos Montgolfier, pioneiro dos voos em balão; o piloto de caça e poeta Antoine de Saint-Exupéry; e o fotógrafo aéreo Nadar. Apaixonado por travessias oceânicas, o barão-pirata Robert Surcouf conversava com o marquês de Lafayette.

Pelo lado dos artistas, pintores, escultores e atores também se uniram. Havia Henri Matisse, Auguste Rodin, visivelmente reconciliado com Camille Claudel, Bernard Palissy, Simone Signoret e Sarah Bernhardt. Os escritores François Rabelais, Michel de Montaigne, Marcel Proust e Jean de La Fontaine formaram outro grupo e eu, por minha vez, me alegrava com a companhia dos amigos teonautas: Freddy Meyer, Marilyn Monroe e Edmond Wells. Raul continuava emburrado em algum lugar e certos alunos, como Gustave Eiffel, Mata Hari, Georges Méliès, Joseph Proudhon e Édith Piaf, que preferiram permanecer isolados.

Mas era a mesma discussão que agitava todos os grupos.

Cada qual tentava compreender quais regras regiam nosso novo mundo. Mata Hari pôs um ponto final nas diversas conjecturas, ganhando ousadamente o centro do tablado.

Livrou-se com agilidade da toga que entravava seus movimentos, guardando apenas a túnica, e começou a requebrar, lascivamente, numa dança com ares orientais. Os braços ondulavam, as pernas se flexionavam, o belo rosto permanecia hierático, com olhar misterioso. Era compreensível que tivesse enfeitiçado tantos homens.

Ao redor da esfera, contendo os restos de "Terra 17", ela viravoltava como se a quisesse despertar. As três luas de Olímpia se refletiram no vidro polido e com seu pálido brilho se juntaram à magia do instante. Mata Hari passou a girar cada vez mais rapidamente. O ritmo se acelerou, seu corpo parecia uma serpente se contorcendo aos arranques e nossos queixos caíam, deixando escapar uma só nota, a nos unir em uníssono: "Aaaaahhhh", enquanto batíamos as mãos e os centauros batiam as suas, nas peles esticadas dos tambores.

A dançarina continuou, com as pálpebras cerradas. Meu coração pulsava ao som dos tambores, meus braços se erguiam e minha boca repetia a geral surpresa da multidão. Mata Hari nos fascinou em seu transe.

Bruscamente, ela caiu. Cessou a música. Todos nos preocupamos, mas ela se ergueu, sorridente.

– Que dançarina, que incrível dançarina! – repetiu perto de mim Georges Méliès, aplaudindo com toda força.

Uma outra visão, porém, já nos desviava a atenção. Um grupo de Mestres-deuses chegou, reconhecíveis pela alta estatura e togas com cores vivas. Dispersaram-se na multidão e voltaram a se agrupar. Uma graciosa silhueta entrou por último no Anfiteatro. Sem que nos fosse apresentada, eu soube quem era.

Era ela.

Haveria para mim, a partir daí, um antes e um após a visão de Afrodite. Bela: o adjetivo não basta para descrevê-la. Era a própria encarnação da Beleza.

Nas dobras de sua toga escarlate, apareciam e desapareciam pernas com perfeito contorno, em que as fitas cor de ouro das sandálias se entrelaçavam, indo dos tornozelos aos joelhos.

A cabeleira dourada esparramava-se sobre o tecido vermelho. A pele tinha um suave fulgor. Ao redor do pescoço esguio, colares de pedras finas ou preciosas – ametistas, opalas, rubis, diamantes, granadas, turquesas, topázios – acrescentavam cintilamentos a seu olhar esmeraldino. As maçãs do rosto esculpiam duas faces bem lisas. Dos lóbulos delicados das orelhas pendiam brincos, representando olhos.

Tambores e trompas retomaram uma música suave. Os sinos do palácio de Cronos fizeram coro. Freddy Meyer e Marilyn Monroe abriram o baile e, na pista, insólitos casais se formaram. Eu não conseguia despregar os olhos de Afrodite, que cumprimentava alternadamente os outros Mestres-deuses presentes.

– Tudo bem? – perguntou Edmond Wells.

Meu mentor olhava para mim surpreso e, em seguida, balançando a cabeça, seguiu em direção de Afrodite, que inclinou seu esplêndido corpo para ouvir o que ele lhe dizia ao ouvido. Ela pareceu divertir-se e, afinal, voltou os olhos para mim.

E agora?

Estava me olhando!

Avançou a meu encontro. Falou comigo!

– Seu amigo disse que o senhor é tímido e não ousa me convidar para dançar – disse, parecendo vir de longe sua voz, com um leve sotaque grego.

Senti seu perfume me invadir.

As batidas do meu coração fizeram estremecer minha toga. Precisava dizer algo, mas a boca ressecada não obedeceu.

– Talvez queira dançar? – insistiu ela.

Segurou minha mão.

O contato de sua pele produziu em mim um efeito de descarga elétrica e, às cegas, deixei-me conduzir à pista. Ela tomou minha outra mão. Era mais de um palmo mais alta e precisou se inclinar para que eu ouvisse o que dizia, em voz baixa:

– Você é... "aquele que se espera"?

Limpei a garganta, soltei minhas cordas vocais e consegui balbuciar:

– Ahnn...

– A esfinge garantiu que "aquele que se espera" saberia a resposta.

– Ahnn... a qual pergunta?

– A que a esfinge estabeleceu para reconhecer "aquele que se espera".

– Seria o enigma: "Quem tem quatro patas pela manhã, duas ao meio-dia e três ao anoitecer?" Deste, eu conheço a solução: o homem. Ele anda de quatro quando criança, com duas pernas em adulto, e se apoia numa bengala, envelhecendo.

Ela sorriu com condescendência.

– Ah, esse era para os alunos-deuses de três mil anos atrás. Serviu para Édipo, claro, mas a esfinge imaginou muitos outros, desde então. Escute esse último.

Parando de dançar, cochichou o enigma, soletrando cada sílaba. Eu sentia seu hálito quente e perfumado em minha orelha.

"É melhor do que Deus.
É pior do que o diabo.
Os pobres têm.
Aos ricos falta.
E quem comer, morre.
O que é?"

33. *MITOLOGIA*: OS OLÍMPICOS

Após os reinos do deus Caos e o de Cronos, o deus do Tempo, veio a era dos deuses olímpicos. Zeus, novo senhor do mundo, repartiu as funções e honrarias segundo a dedicação com que seus irmãos e irmãs o tinham ajudado na luta contra os titãs. Para Posídon, o controle dos mares. Para Hades, o reino dos mortos. Para Deméter, os campos e colheitas. Para Héstia, o fogo. Para Hera, a família, etc. Feita a partilha, Zeus construiu seu palácio no alto do monte Olimpo e anunciou que lá se dariam todos os encontros dos deuses, para se decidir o futuro do universo. Sua mãe, Gaia, se irritou com a prepotência do filho e pariu um monstro terrível, Tífon, com cem cabeças de dragão, cuspindo fogo. Era tão grande que o menor dos seus movimentos gerava uma tempestade. Quando se apresentou no Olimpo, os deuses ficaram tão apavorados que se disfarçaram de animais e foram se esconder no deserto do Egito. Zeus ficou sozinho para enfrentar Tífon. O monstro venceu o rei dos deuses. Cortou-lhe os tendões dos braços e das pernas e o aprisionou numa caverna. Hermes, no entanto, um jovem deus astuto e ligado aos olímpicos, conseguiu o capacete de invisibilidade de Hades e com ele libertou Zeus. Restaurou os tendões do rei e trouxe-o de volta ao Olimpo. Tífon voltou ao ataque, mas dessa vez, do alto, Zeus o fulminou com um raio. O monstro ainda arrancou encostas da montanha para lançá-las contra o palácio, mas Zeus, com seus raios, reduziu-as em pedaços, que caíram soterrando Tífon. Zeus, então, acorrentou o

monstro e jogou-o na cratera do vulcão Etna, onde, às vezes, Tífon ainda desperta e novamente cospe fogo.

Edmond Wells,
Enciclopédia dos saberes relativo e absoluto
(a partir de Francis Razorback, ele próprio se inspirando em *A teogonia*, de Hesíodo, 700 a.C.).

34. NA FLORESTA AZUL

Nova fuga noturna. Freddy Meyer, Marilyn, Edmond Wells e eu, todos os teonautas estavam presentes. Inclusive Raul, que nos seguiu a distância, não conseguindo ainda dominar o rancor.

Edmond Wells caminhava ao meu lado:

– E então, com Afrodite, como foi?

– Melhor do que Deus, pior do que o diabo... – E acrescentei: – Os pobres têm, aos ricos falta, e quem comer, morre. O que é? O senhor, que é hábil em enigmas, poderia decifrar este, proposto pela deusa.

Ele diminuiu o passo.

– A resposta deve ser simples – terminou dizendo meu mentor. – Por agora não a percebo, mas vou pensar ainda. Gosto bastante desse seu enigma.

Chegando à beira do rio azul, começamos a construir uma jangada, para fazer a travessia sem sermos devorados pelas sereias. Cortamos bambus e os amarramos com lianas. Nossos movimentos eram precisos. Trabalhávamos tentando fazer menos barulho possível.

– Não tem nenhuma piada de reserva? – perguntou Edmond a Freddy, enquanto amarrava os bambus.

O rabino procurou lembrar:

– Tenho sim. É a história de um sujeito que caiu em areias movediças. Já estava preso até a cintura, quando os bombeiros chegaram para socorrê-lo. "Não se preocupem comigo, disse o homem. Eu tenho fé e Deus me salvará." A lama já estava na altura dos ombros, quando os bombeiros voltaram e quiseram lhe lançar uma corda. "Não é preciso", repetiu o sujeito. "Não preciso de vocês. Tenho fé e Deus me salvará." Os bombeiros hesitaram, mas não quiseram agir contra a vontade da vítima. Após algum tempo, apenas a cabeça continuava de fora. Os bombeiros vieram mais uma vez e o homem voltou a insistir: "Não, não, eu tenho fé. Deus há de me salvar." Os bombeiros, então, desistiram. A cabeça afundou. A lama tomou o queixo, o nariz, os olhos, o homem ficou sem ar e morreu. Chegando ao Paraíso, foi tomar satisfações com Deus: "Por que me abandonaste? Eu tinha fé e nada fizeste para me salvar. "Não fiz nada para te salvar?", exclamou Deus. "Quanta ingratidão! E os bombeiros que enviei três vezes?"

Rir nos relaxou. A noite pareceu menos ameaçadora. Em seu canto, Raul revirava o matagal. Será que achava que o pai pudesse ter escapado do antro das sereias, se escondendo em seguida na vegetação da floresta? Meu amigo já havia encontrado, em tempos passados, o pai enforcado no banheiro, com o livro inacabado caído aos pés. Mais uma vez o genitor dava-lhe o golpe do "Seja digno de mim após minha morte" e mais uma vez ele fora incapaz de segui-lo. Era compreensível que jogasse a culpa em nós – e em mim, em particular.

Sem nos preocuparmos com Raul, continuamos a juntar os bambus, quando nos pegou de surpresa um grifo. Era uma estranha criatura, com asas de morcego, bico de águia e corpo de leão. Rapidamente sacamos nossos ankhs, para atirar e fugir. O monstro, no entanto, parecia não ter qualquer intenção belicosa. Sequer lançou algum grito que atraísse os centauros. Chegou a encostar amistosamente a cabeça em meu pescoço e pude ver que a criatura era vesga. Como Lucien Duprès! Seria ele?

Mas o grifo não era a única quimera naquelas paragens. Uma sereia emergiu da água, estendendo os braços a Raul, que recuou assustado. Tentava lhe dizer algo, mas apenas uma triste melopeia saía de seus lábios carnudos. Raul ficou paralisado, perplexo. Tive uma rápida intuição, que logo se transformou em certeza. Se o grifo vesgo fosse um avatar de Lucien Duprès, a sereia tão interessada em meu amigo podia ser uma metamorfose de seu pai, Francis. Os alunos-deuses excluídos ou punidos, então, se transformavam em quimeras. Podia ser uma explicação...

Aqueles centauros, querubins, sátiros e demais criaturas surpreendentes seriam certamente antigos alunos-deuses reprovados. Emudecidos, não podiam mais se explicar. Uma questão permanecia: a metamorfose se relacionava com o local do acontecimento? Fugindo para a floresta, Lucien se tornou um grifo. Afogado no rio, Francis passou a ser uma sereia. A antiga personalidade tinha ainda o seu papel, pois um afável pássaro-lira, com longa plumagem macia, pousou próximo de nós, lançando melodiosos trinados. Claude Debussy? Por isso os centauros tinham tanta pressa, evacuando as vítimas, para que não assistíssemos às metamorfoses e o segredo se mantivesse.

Ousado, Edmond Wells acariciou a juba leonina do grifo, que aceitou o afago. Perto de Raul, a sereia continuava seus gemidos.

Marilyn também percebeu:

– Raul – exclamou –, abrace a sereia. É o seu pai.

A sereia fez sinal com a cabeça. Raul permanecia paralisado, incrédulo, e afinal avançou, hesitante, na direção do peixe-mulher, que lhe abriu os braços. Era difícil imaginar seu pai naquele ser com suaves traços femininos e longa cabeleira úmida, escorrendo sobre seios magníficos... A criatura tomou-o pelo braço, empurrando-o em nossa direção, para que participasse da construção da embarcação...

– Mas pai...

O canto da sereia o intimou.

– Teu pai sabe o que faz – disse Freddy. – No que nos concerne, nunca deixaste de ser bem-vindo entre nós.

– Todos juntos – lembrou Marilyn. – "O amor como espada, o humor como escudo."

Juntando-se a nós, após uma última hesitação, Raul retomou nossa antiga divisa. A expressão emburrada se desfez. Todos o abraçamos. Eu estava feliz, reavendo meu amigo de sempre.

A construção da jangada ia célere, sob os olhares atentos do grifo, da sereia e do pássaro-lira.

A uma hora da manhã, o segundo sol se levantou e nossa embarcação estava pronta. Foi empurrada ao rio e tomamos nossos lugares, um após o outro. Avançamos graças a longos galhos servindo de remo. Francis Razorback nos ajudou, propulsando com seus braços vigorosos e a poderosa nadadeira da cauda.

Estariam dormindo as outras sereias? Uma leve correnteza nos desviava para a direita, mas com nossos remos corrigimos o rumo. Cruzávamos o rio sem deixar de vigiar a superfície.

De repente, uma mão emergiu da água. Mal tive tempo de gritar:

– Cuidado!

Mãos femininas surgiram de todos os lados, como nenúfares que nascessem espontaneamente. Puxaram nossos remos, tentando nos fazer cair. Quase todos os abandonamos, para não sermos arrastados. Raul pegou seu ankh e ajustou a roseta D. Atirou na água, mas já não víamos as criaturas do rio.

Para que não nos ajudasse, Francis Razorback foi puxado por duas outras sereias para o fundo.

Percebemos, de repente, um movimento sob a jangada. Elas tentavam nos virar. Atiramos com os ankhs, sem conseguir atingi-las.

Afinal, de tanto ser balançada, a jangada emborcou. Caímos todos na água.

Afundei, consegui trazer a cabeça de volta à tona e procurei em qual direção nadar. A margem mais próxima era a mesma de onde partíramos.

Meus companheiros fizeram o mesmo.

As sereias nos vinham ao encalço.

Uma delas segurou meu calcanhar e puxou com força. Meu corpo afundou, debatendo-se. Estava prestes a me tornar uma sereia.

Mas o impacto de um raio atingiu a mão que me agarrava.

A sereia me largou.

Fora da água, os ankhs continuavam eficazes e Mata Hari, pendurada numa árvore da margem, atingira em cheio o alvo.

– Rápido – gritou ela.

Descargas acertaram as mãos das sereias. Não as feriam, mas, assustadas, uma a uma as criaturas hostis nos deixaram, abandonando o combate com gritos estridentes.

Sem fôlego, alcançamos todos, afinal, a margem, de onde a dançarina nos estendia a mão, ajudando-nos a subir.

– Obrigado – agradeci.

– Não há de quê – respondeu. A ideia era boa, mas creio que precisam de uma embarcação mais estável para chegar ao outro lado. Tenho uma ideia, mas sozinha não conseguirei pôr em prática. Posso me juntar a vocês?

– Considere-se desde já uma teonauta – aprovou Edmond Wells.

Nem por isso deixei de lançar um olhar desconfiado a Mata Hari. Há quanto tempo nos seguia? Por mais que tentasse decifrar seu rosto, nada conseguia ler naquelas límpidas pupilas.

35. ENCICLOPÉDIA: ESPELHO

No olhar dos outros, procuramos antes de tudo nosso próprio reflexo.

Em primeiro lugar, no olhar de nossos pais.

Em seguida, no olhar dos amigos.

Depois saímos em busca de um único espelho de referência. Isto significa sair em busca do amor, mas, na verdade, trata-se de uma busca da própria identidade. Uma paixão, muitas vezes, é o encontro do "bom espelho", que nos devolve um reflexo satisfatório nosso. Nesse caso, queremos nos amar no olhar do outro. Instante mágico aquele em que dois espelhos paralelos trocam, entre si, imagens mutuamente agradáveis. Aliás, basta colocar dois espelhos frente a frente para se dar conta de que refletem centenas de vezes a imagem, em infinita perspectiva. Desse modo, o encontro do "bom espelho" nos torna múltiplos e abre-nos horizontes sem fim. Que sensação de poder e de eternidade!

Mas os dois espelhos não são fixos, eles se movem. Os dois apaixonados crescem, amadurecem, evoluem.

Eles estiveram frente a frente, no início, mas mesmo que por um tempo seguissem caminhos paralelos, não avançaram obrigatoriamente na mesma velocidade e nem na mesma direção. E também não quiseram permanentemente o mesmo reflexo de si. Vem, então, a ruptura, o instante em que o outro espelho deixa de estar em frente. É não só o fim da história de amor, mas também a perda do reflexo próprio. Não nos achamos mais no olhar do outro. Não sabemos mais quem somos.

Edmond Wells,
***Enciclopédia dos saberes relativo e absoluto*, tomo V.**

36. O ESTÁGIO DO ESPELHO. DOIS ANOS

Ensaboei-me, lavei-me e me livrei do suor como de uma película plástica. Os músculos estavam aquecidos, as têmporas latejavam, o coração pulsava sangue.

Os dias eram realmente cheios. Ontem, uma morte, encontros, uma festa, outra morte, uma expedição, novos encontros... Hoje, meus primeiros passos como aluno-deus, a descoberta de um mundo em miniatura, a destruição desse mundo, o encontro da mais bela mulher do universo, a construção de uma jangada, a travessia do rio azul, a luta contra as sereias!

E, finalmente, de volta em casa.

Em minha banheira.

Afrodite...

Era como se esta visão apagasse todo o restante: o medo, a curiosidade, a ambição de encontrar o Grande Deus.

Afrodite...

"*Melhor do que Deus e pior do que o diabo...*"

Sentia ainda, impregnado em minhas narinas, o seu perfume, em minha pele a lembrança da sua, em minha orelha a suavidade do seu hálito.

"*Melhor do que Deus...*" O que pode haver melhor do que Deus? Um super-Deus. Um rei dos deuses. A mãe de Deus.

Devia anotar todas as hipóteses, o menor esboço de solução. Saí do banho, sequei-me com uma toalha, retomei meu livro de páginas em branco e escrevi tudo de que me lembrava.

Era preciso não pensar nisso o tempo todo. Distrair-me.

Liguei a televisão. Quando ainda era mortal, em "Terra 1", aquela máquina era o que melhor funcionava para interromper o turbilhão dos pensamentos.

Vejamos em que situação estão meus três recém-nascidos reencarnados.

Canal 1: A pequena asiática (que foi o francês Jacques Nemrod) era uma linda menina de 2 anos, o que significava que um dia em Olímpia correspondia a dois anos na Terra.

Ela se chamava Eun Bi e vivia no Japão. Não em Tóquio, mas numa pequena cidade de tipo moderno, com altos edifícios. Comia na companhia dos pais. De repente, estabanada, derrubou um copo, que se quebrou. O pai se irritou, deu-lhe uma palmada e a criança começou a chorar. A mãe tomou-a nos braços e, como punição, Eun Bi foi deixada numa banheira, da qual era pequena demais para conseguir sair sozinha. Tentou algumas vezes e acabou se deitando no fundo.

Nessa posição, descobriu um espelho, que estava na beirada esmaltada da banheira. Ela pegou o objeto, olhou a própria imagem e chorou ainda mais. Furioso, o pai veio e apagou a luz. Eun Bi continuou a choramingar. Na sala de jantar, a mãe censurou o pai, por estar sendo duro demais com a criança, e ele respondeu: "Ela precisa aprender." Os dois brigaram e o pai se trancou no quarto, batendo a porta.

Canal 2: O menino (que foi o intrépido soldado russo Igor) se chamava Theotime. Também estava comendo, mas com grande apetite. Disse já bastar a quantidade de arroz e peixe com molho que a mãe lhe servia. Ela ainda insistiu, dizendo ser preciso comer para crescer. Fiquei contente, constatando que a mãe não o maltratava, como em seus carmas anteriores. Não só o alimentava bem, mas enquanto comia, vinha lhe dar o tempo todo longos beijos úmidos. O pai lia um jornal, sem se interessar muito pela cena. Pela janela, pude perceber o mar e o céu azuis. O cenário, afinal, era bem parecido com o de Olímpia.

A mãe trouxe sorvetes e, em seguida, balas.

Theotime deixou a mesa empanturrado. Pegou um revólver de plástico e começou a atirar, para todo lado, flechas com pontas de borracha (reminiscência de Igor?). Apontou na direção de um espelho e se aproximou. Pôs a si mesmo em mira, ameaçando-se. Atirou.

Canal 3: O pequeno africano Kouassi Kouassi (que foi a esplêndida top model americana Venus), terminara de comer. Remexendo num móvel, descobriu um espelho. Ver a si mesmo pareceu diverti-lo muito. Mostrou a língua, fez caretas e riu, exagerando os gestos. A irmã mais velha trouxe um mangusto, uma espécie de roedor, que ela deixou em seu braço. Juntos, acariciaram o animal e depois ela chamou o menino para brincar de esconde-esconde com os outros oito irmãos, no mato, em volta da casa.

Meus ex-clientes me comoviam. Venus certamente achava sua vida anterior superficial e quis um retorno à natureza. Escolheu a África e a selva. Jacques sempre foi um apaixonado pelo Oriente. Sem dúvida pediu a troca de sexo para melhor explorar seu lado "yin". Quanto a Igor, optou por uma mãe que fosse o contrário da precedente: a criança maltratada era agora um menino mimado.

Que cada um resolvesse sua neurose cármica em seu novo corpo de carne e osso. Pensei nos psicanalistas, achando que a volta à primeira infância resolve os nós da alma. Se soubessem ser preciso voltar muito, muito atrás...

"Não se deve imaginar a alma no corpo, mas, pelo contrário, o corpo na alma", rezava um ensinamento de Edmond Wells. "A alma, do tamanho de uma montanha, é deixada num corpo, pequeno como uma pedra. A alma é imortal, o corpo é efêmero."

Olhei-me no espelho. Que idade eu tinha em minha última vida de mortal? Beirava os 40 anos. Tinha mulher, filhos, era um adulto. Observei minha fisionomia e percebi que algo mudara em meu rosto. Apresentava-se menos tenso. Eu me suavizara. Sem mais preocupações de dinheiro, de vida conjugal, de impostos, de responsabilidades familiares de tipo algum, e nem obrigações profissionais, problemas com carro, apartamento, férias, patrimônio. Isso me livrara de algumas rugas. Não possuía mais nada e, sem esse peso, sentia-me leve.

Comparado ao que é preciso enfrentar em "Terra 1", as histórias com Afrodite, o enigma, o aprendizado de aluno-deus e a exploração de um pico de montanha pareceram brincadeiras infantis.

Resolvi me deitar. Sem esquecer de recarregar meu ankh antes de dormir. Nesse mundo mágico, sequer foram capazes de inventar um ankh que se recarregasse sozinho.

Enfiei-me afinal entre os lençóis, abracei meu travesseiro e fechei as pálpebras, como um comerciante abaixa o portão metálico, para trancar sua loja. Mas as pálpebras voltaram a se abrir, por conta própria.

Quem será mesmo o professor, amanhã? Ah, sim!

Hefesto, o deus da Forja.

Tive um estalo.

E se todas essas histórias fossem apenas um sonho?

Eu sonhei ser um tanatonauta.

Sonhei ser um anjo.

Sonhei ser um aluno-deus.

Ao acordar, vou retomar minha vida normal; vou pegar minha pesada pasta normal, beijar minha família normal e seguir para o meu trabalho normal, como médico num hospital.

Lembrei-me do terrível trecho da Enciclopédia: "E se a Terra (Terra 1?) for o único planeta habitado em todo o universo..." Dei-me conta de sempre ter (vagamente) acreditado em extraterrestres.

Na verdade, mesmo os mais céticos e os mais ateus, vivendo na Terra, têm crenças. Muito simplesmente porque é mais agradável assim. E talvez sejam essas crenças que façam com que existam anjos, deuses e extraterrestres. Mesmo que tudo isso seja de mentira.

"A realidade é o que continua a existir, quando se deixa de acreditar."

Amanhã, corro o risco de a realidade normal vir me trombar de frente.

Vou entender que essa aventura não passou de um sonho.

Vou me lembrar do sonho com o Império dos anjos e com Olímpia, pensando: "Que pena não ser de verdade".

Vou me conscientizar de não haver reencarnação, não haver anjos, não haver deuses. São invenções permitindo apenas que aguentemos melhor o estresse da vida. Nascemos a partir do nada. Ninguém, lá em cima, nos olha e nem se interessa por nós. De qualquer maneira, nada existe acima ou abaixo de nossa realidade. Após a morte, mais uma vez voltamos ao nada. Tornamo-nos apenas carne, devorada por vermes.

Sim, todo esse mundo fantástico talvez não passasse de um sonho e, ao dormir, me arrisco a voltar à realidade "normal". Fechei os olhos, curioso quanto ao que se passaria no dia seguinte ao despertar.

37. *MITOLOGIA*: HEFESTO

Para provar a Zeus que não precisava dele, Hera fez sozinha Hefesto nascer, sem qualquer fecundação. O nome significa "aquele que brilha durante o dia". Tão logo saiu do ventre materno, o recém-nascido pareceu miúdo e horrivelmente feio. De raiva, Zeus agarrou-o e tentou matá-lo, lançando-o do céu na ilha de Lemnos. Hefesto sobreviveu, mas quebrou uma perna e ficou para sempre manco.

Tétis e Eurinoméa, duas nereidas, o recolheram e levaram para uma gruta no fundo dos mares onde, durante 29 anos, ele aprimorou seu ofício de ferreiro e também de mágico. (Observe-se que na Escandinávia e na África ocidental encontra-se esse mito do ferreiro estropiado. Pode-se achar que o estropiavam de propósito, sem dúvida para que permanecesse no vilarejo e não se associasse a eventuais inimigos.)

Terminado o aprendizado, Hera repatriou o filho para o Olimpo, oferecendo-lhe a melhor das forjas, com vinte foles funcionando noite e dia. Os trabalhos de Hefesto eram obras-primas de ourivesaria e mágica. Ele se tornou mestre do fogo, deus da metalurgia e dos vulcões.

Por se ressentir pelo fato de a mãe o ter abandonado tanto tempo, Hefesto resolveu fabricar uma armadilha. Forjou para ela um trono de ouro, com laços mágicos que a prenderam quando veio nele se sentar. Para se libertar, precisou prometer ao filho coxo que o introduziria por completo no círculo dos deuses do Olimpo. A partir daí, Hefesto trabalhou para todas as divindades, fabricando joias para as deusas e armas para os deuses. Foram obras suas, entre outras, o cetro de Zeus, o arco e as flechas de Ártemis e a lança de Atena. Ele moldou na argila a virgem Pandora. Para secundá-lo em seus trabalhos, construiu duas mulheres-robôs de ouro. Para Aquiles, Hefesto fabricou o escudo que o tornou vitorioso em tantos combates. O rei de Creta, Minos, pôde, graças ao deus, contar com o robô de metal Talos, que dispunha de uma única veia, ligando o pescoço ao tornozelo (técnica conhecida pelos escultores, para fazer escorrer a cera). O robô percorria diariamente, três vezes, toda a circunferência da ilha, jogando no mar os navios invasores que porventura acostassem. Quando os sardos invadiram e incendiaram Creta, Talos se lançou no braseiro, queimando a si próprio, mas trazendo junto, um a um, os inimigos, até carbonizá-los todos.
Hefesto, um dia, presenciou uma briga entre Hera e Zeus e tentou defender a mãe. Irritado, Zeus jogou-o outra vez na ilha de Lemnos, quebrando-lhe a segunda perna. A partir disso, Hefesto só pôde andar amparado por muletas, mas os braços, com esse exercício, ganharam um vigor que lhe foi muito útil no ofício de ferreiro.

Edmond Wells,
Enciclopédia dos saberes relativo e absoluto, tomo V
(a partir de Francis Razorback, ele próprio
se inspirando em *A teogonia*, de Hesíodo, 700 a.C.).

38. DOMINGO. AULA DE HEFESTO

Acordei e era a realidade "Olimpo, num planeta isolado do universo" que se sobrepunha à realidade "Paris, Terra".

Estava meio decepcionado com a experiência de ser aluno-deus. Ser mortal era, afinal, mais simples. Além disso, sendo ignorantes, podemos imaginar qualquer coisa; informados, quanta responsabilidade.

Sonhei com quê? Acabei lembrando: sonhara que estava com a família, em férias. Viajamos de carro e ficamos presos várias horas, num engarrafamento na saída de Paris, pela Porte d'Orléans. As crianças reclamavam, irritadas por estarem tanto tempo trancadas. Chegando na Côte d'Azur, fazia muito calor. Descobrimos que o apartamento alugado tinha uma torneira pingando o tempo todo e as janelas não fechavam direito. Deitamos na praia, no meio de uma multidão de pessoas com cheiro de filtro solar, e mergulhei em águas esverdeadas. Rose, minha mulher, estava emburrada sem motivo aparente. Procuramos um restaurante e comemos mariscos com batatas fritas, após termos esperado uma infinidade de tempo até que um garçom se dignasse a nos atender. O prato veio frio. Uma das crianças estava doente. Em seguida, como Rose continuava zangada por alguma razão desconhecida, deixou-me sozinho no restaurante e tomei um café amargo, lendo um jornal que falava de atentados terroristas.

Apoiei-me nos cotovelos. Aquele, então, era o sonho. E o que via ali era a "realidade de referência". Abri a janela, respirei profundamente e o ar cheio de perfume de lavanda entrou em meus pulmões. Aquilo, então, iria continuar...

Estávamos no domingo, *dies dominicus* em latim, "o dia do Senhor". O sol já chegava ao Olimpo e o sino de Cronos soou, nos lembrando serem oito horas. Devíamos nos dirigir à aula, nossa primeira verdadeira aula, uma vez que a do deus do Tempo só fora ministrada a título preparatório.

Arrastei-me até o banheiro e apaguei com água fria os últimos traços do meu sonho.

Vesti a toga, a túnica e calcei as sandálias, aproveitando por um instante as exalações dos ciprestes do meu pequeno jardim particular.

Um rápido desjejum de ovos crus no Mégaro. Marilyn e Simone Signoret pareciam não lembrar terem sido outrora rivais pelo amor do cantor-ator Yves Montand. Estavam numa tranquila tagarelice de atrizes.

– Eu disse a ele: "Nós, mulheres, temos apenas duas armas: o rímel e as lágrimas. Mas não podemos usar as duas ao mesmo tempo" – argumentava Marilyn.

Ao lado, pelo contrário, os filósofos das Luzes, Voltaire e Rousseau, não tinham esquecido os antigos conflitos.

– A Natureza sempre tem razão.

– Não, o Homem tem sempre razão.

– Mas o homem faz parte da natureza.

– Não, ele a transcende.

Uma vez mais, os pintores Matisse, Van Gogh e Toulouse-Lautrec ocupavam uma mesa, assim como Montgolfier, Ader, Saint-Exupéry e Nadar, os apaixonados por aeronáutica. O barão Georges Eugène Haussmann e o engenheiro Eiffel discutiam urbanismo. Haussmann confessava não adorar a torre Eiffel que, segundo ele, quebrava certas linhas. Gustave Eiffel, pelo contrário, felicitava Haussmann pela ideia de harmonizar as fachadas dos imóveis e criar os Grandes Bulevares.

– Bem, na verdade – disse Haussmann –, não foi por vontade minha. Após a Comuna, recebi diretrizes: devia abrir avenidas largas, para se poder usar o canhão sobre a população, em caso de motins.

Sem graça, Eiffel deglutiu um ovo.

A observá-los, dei-me conta de começar a considerá-los não mais como colegas, mas como concorrentes. Éramos de início 144. Quantos restariam no final?

Oito horas e meia.

Em fila, nos dirigimos à porta oriental, que levava aos Campos Elísios. Havia dois gigantes postados, de braços cruzados e expressão sisuda. Ao sinal da estação outono, acionaram as impressionantes fechaduras, numa sequência de estalidos e rangidos metálicos.

Lá fora, se abria uma longa avenida, margeada de cerejeiras cobertas de branco: os Campos Elísios. Para além das árvores, querubins cuidavam do gramado cor de esmeralda e canteiros com flores multicoloridas. Molhavam as plantas com regadores mínimos e cortavam as folhas velhas com podadeiras arredondadas. Nas laterais, muros altos isolavam a linha dos Campos Elísios do restante da ilha. Grifos vigiavam, impedindo toda intrusão ou evasão.

Paramos diante de um cristal de quartzo com vinte metros de altura, era o palácio de Hefesto. Tinha reflexos nas cores turquesa e verde. Uma moradia fora escavada em seu interior e as portas, de vidro translúcido, estavam escancaradas.

Entramos e descobrimos prateleiras cheias de coleções de minerais preciosos. Cada amostra apoiava-se sobre uma base, com uma etiqueta indicando a designação científica: ágata, bauxita, zinco, pirita, topázio, âmbar, sílica... No fundo da sala, uma dezena de foles mantinham aceso um forno, mais parecendo um vulcão.

No centro, um estrado, uma escrivaninha e o oveiro gigante, preparado para receber os mundos.

Quando entramos, um homem velho, debruçado sobre uma bancada, com uma lupa de relojoeiro fixada ao olho, se endireitou e ajeitou a toga azul-turquesa, protegida por um grosso avental de couro, da mesma cor.

– Muito bem, muito bem. Acomodem-se – resmungou, indicando-nos os bancos.

Duas mulheres-robôs, em ouro, vieram ajudar o velho a sentar-se numa cadeira de rodas e o empurraram em nossa direção. Fitou-nos. O rosto espinhento era sulcado de rugas. Das narinas e orelhas saíam tufos de pelos. Os braços atléticos tinham a espessura de coxas. As mãos, quando as ergueu para retirar a lupa, impuseram silêncio.

Atrás dele, as mulheres-robôs tinham os belos rostos retilíneos das estátuas gregas. Sem o chiado dos mecanismos hidráulicos e mecânicos que acompanhavam cada um dos seus gestos, poderiam passar por verdadeiras mulheres de carne e osso. Algo me incomodava. Elas tinham o semblante de Afrodite.

Mostrando que o momento era de reconciliação e que, após turbulências, as relações voltavam às boas, Raul veio sentar-se ao meu lado, enquanto Hefesto ganhava o estrado.

Atlas apareceu à porta, trôpego sob a esfera de três metros de diâmetro, até deixá-la sobre o oveiro. Ele explodiu:

– Basta. Não aguento mais. Peço demissão.

– O que estás dizendo, Atlas? – perguntou Hefesto, rispidamente.

Os dois velhos se enfrentaram. Atlas foi o primeiro a desviar o olhar.

– Nada, nada – resmungou.

Posto em xeque, o gigante retirou-se, prostrado.

Com dificuldade, Hefesto se levantou da cadeira de rodas e pegou suas muletas. Apoiado na da esquerda, escreveu no quadro-negro, com a mão direita: "PRIMEIRA AULA – CRIAÇÃO DE UM MUNDO." Em seguida, despencou de volta na cadeira de rodas, que uma das ajudantes mecânicas havia aproximado.

– Tendo já passado pela aula preparatória e aprendido, com Cronos, como utilizar o ankh para o "pior"...

Uma pequena contração facial acompanhou essa última palavra. Dirigiu-se ao oveiro, retirou a capa protetora e ali estava "Terra 17", transformada em pérola branca, flutuando dentro da esfera de vidro.

– ... Vocês agora aprenderão comigo como utilizá-lo para o "melhor". Um mundo morreu, que um novo mundo se faça.

Apoiado em seu gargalo, o ovo-túmulo pareceu me fixar como um olho. Eu não conseguia esquecer que toda uma humanidade vivera em sua superfície. Uma humanidade que havia cometido desatinos, é verdade, mas merecia ser destruída por isso?

– Aproximem-se e regulem seus ankhs na potência máxima.

O deus salmodiou, como se dirigindo ao planeta defunto:

– Pelo fogo foi morto, pelo fogo renascerá. Vamos derreter essa ganga de gelo. Estão prontos... então, alunos-deuses, fogo!

De todos os lados, o raio assaltou o ovo, que estremeceu com pulsações. A esfera parecia um ser vivo, sofrendo e se retorcendo, atravessada por espasmos e procurando dolorosamente se restabelecer.

Um vapor claro se libertou do gelo e se desmanchou. De branco, o ovo passou ao cinza. Sob as nuvens, vimos a superfície se tornar amarela, laranja e, em seguida, vermelha.

– Continuem! – incentivou o deus da Forja.

O planeta apresentou rachaduras, como um bolo cozido demais. Vulcões surgiram, parecendo bocarras a clamarem inutilmente e expelindo um licor alaranjado. Continuamos a atirar e zonas cozidas emergiram entre as crateras, primeiro marrom e em seguida negras, quase calcinadas. Hefesto nos fez sinal para que parássemos e, então, desenhou um círculo no quadro-negro.

– O planeta está envolvido por uma epiderme, sua crosta. O magma é o sangue que circula, movido pelo coração quente do planeta. É preciso chegar a um equilíbrio interno e externo.

“Homeostasia”, escreveu no quadro.

– A crosta é sensível e delicada, é por onde passa o equilíbrio entre o interior e o exterior desse mundo. A superfície deve ser espessa, mas não demais, senão o planeta estará sendo comprimido e a pressão interna causará explosões vulcânicas. Guardem essa noção de “pele sólida, mas flexível”.

Fez sinal para que prosseguíssemos.

Sob nossos tiros coordenados, “Terra 17” continuou a ser cozida. Ela inchava e fumegava, turgescente. Placas se deslocaram, iguais a cascas de ferida, deixando ver cortes vermelhos de magma, como rachaduras.

– Nas caldeiras dos vulcões em fusão, poderão criar o primeiro estágio da matéria: o mineral.

Nosso Mestre-deus mandou que regulássemos o zoom dos ankhs para conseguirmos uma visão até a dimensão do átomo.

Nossas lupas se tornaram microscópios. Nos fornos da superfície caótica, apareceram núcleos e elétrons distintos. Luas distantes de seu planeta, planetas distantes de seu sol.

Hefesto prosseguiu a aula:

– Todos os elementos estão separados no caldeirão original. Cabe a vocês reunirem harmoniosamente as três forças elementares: o elétron negativo, o nêutron neutro e o próton positivo, para chegarem à primeira arquitetura fundamental, o átomo. Cuidado, não basta associar ingredientes, é preciso também situá-los. Cada elétron deve ser colocado em boa órbita, para não despregar. Se pudéssemos observar essa matéria que nos envolve com microscópios suficientemente fortes, constataríamos que ela se constitui basicamente de vazios. A agitação das partículas é o que produz o efeito da matéria. Pois bem, passemos ao primeiro exercício: fabricar hidrogênio. Para esse átomo simples, um núcleo e um elétron bastam.

O hidrogênio foi nossa primeira criação *ex nihilo*. Obtivemos sucesso sem grandes dificuldades.

– Passem ao hélio. Dois elétrons e um próton.

Mais uma vez, problema algum. Hefesto propôs, então, que déssemos livre curso à criatividade.

– Criem seus átomos e os aglomerem a outros átomos similares, como tijolos, e fabriquem moléculas e matéria. Deem atenção ao trabalho nesses três níveis: o átomo, a molécula e a matéria. Procurem construir a mais bela catedral de átomos que forem capazes. Apontarei as três melhores.

Experimentei diversas combinações de elétrons, núcleos e átomos expelidos do caldeirão do planeta, até entender a maneira de trabalhar e chegar a uma pedra translúcida. Esmerei-me ainda, subtraindo, aqui e ali, um átomo. Aumentei o tamanho do núcleo, acrescentei átomos em algumas órbitas e suprimi em outras. Após várias horas de labor, estava satisfeito com minha "pinsonita", um cristal de cor índigo.

Bem a tempo, pois Hefesto estabeleceu um limite aos trabalhos práticos, levando-nos ao exame dos trabalhos dos colegas. Raul havia elaborado a Raulita, uma pedra translúcida e verde, próxima da esmeralda. Edmond, a edmondita, que era uma pedra branca nacarada, com reflexos róseos. Marilyn criara a monroeita, amarela e assemelhando-se à pirita, enquanto Freddy apresentou sua meyerita prateada, com reflexos azuis.

O deus da Forja percorreu a sala, passando por trás de nós e auxiliado pelas mulheres-robôs. Estudou cada composição acenando a cabeça e pedindo que indicássemos nossos nomes. Assinalava, então, alguma marcação em sua listagem e, no final, voltou à escrivaninha. Dali mesmo anunciou que a mais bela criação era a sarahita, obra de Sarah Bernhardt. Ele mostrou a pedra, em forma de estrela, coberta de lascas douradas, com reflexos malva-amarelados. O conjunto parecia um ouriço e fiquei curioso, tentando descobrir como conseguira agenciar os átomos e chegar àquela forma. Moldar um prisma ou um cristal comprido já me parecia uma loteria, mas uma estrela...

– Podem aplaudir – exclamou o perito em ourivesaria. – Ela, hoje, foi superior a todos.

Nada sei a respeito das gemas, mas podia constatar que Sarah Bernhardt havia conseguido insinuar um surpreendente cintilamento astral no seio de sua pedra em forma de estrela.

– Sempre adorei as joias – confessou.

Uma mulher-robô se encarregou de rapidamente cingir a cabeça da vencedora com uma coroa de louros em ouro, enquanto Hefesto interrompeu bruscamente as congratulações, avisando ser uma praxe a eliminação do pior ou piores alunos.

– Christian Poulinien, você foi reprovado.

O infeliz tentara construir um tipo de átomo de urânio, acumulando mais de uma centena de elétrons em torno da órbita de seu núcleo. O resultado foi uma molécula bem instável. Era tão rica em elétrons e tão desequilibrada que podia servir de combustível para uma bomba atômica.

– Você foi o aluno-deus com pior nota e será excluído.

Christian Poulinien ainda tentou protestar:

– Se tivesse tido mais tempo, teria estabilizado a arquitetura atômica e... Não entendo, estava a ponto de... – virou-se para nós – Não me abandonem... Não veem o que está acontecendo? Os próximos serão vocês!

Um centauro já se aproximara e agarrou o reprovado pela cintura, sem que nenhum de nós reagisse.

O híbrido carregou Christian Poulinien e logo deixamos de ouvir suas reclamações. Estranhamente, o desaparecimento não me causou abalo nenhum.

Raul murmurou:

– Subtraindo: 140 – 1 = 139.

Hefesto se colocou diante de “Terra 17” e, com a lupa do ankh, escrutou minuciosamente a superfície. Afastou a lente, efetuou alguns acertos com seu próprio raio e anunciou:

– Este planeta apresenta já uma diversidade mineral em boa quantidade para ser estabilizado.

Abriu, em seguida, a gaveta na parte inferior do oveiro e tirou a pêndula de Cronos, que ainda marcava “Ano 2222”. Apertou um botão e os algarismos passaram a indicar: “Ano 0000”.

– Temos presentemente um novo mundo – declarou o deus da Forja e escreveu no quadro-negro: “TERRA 18”.

Com o ankh, aqueceu um pouco a superfície, para solidificar a camada superior, e depois acrescentou, em alguns pontos, uma camada de sal.

Eu sentira um aperto no coração, assistindo com tristeza à morte de “Terra 17”, desaparecida nas águas e no gelo. Agora, com um lampejo de esperança, vi o nascimento de “Terra 18”. O planeta parecia um bolo de chocolate morno, recém-saído do forno. Um bolo crocante, marrom e esférico.

39. ENCICLOPÉDIA: RECEITA DO BOLO DE CHOCOLATE

Ingredientes para seis pessoas: 250 gramas de chocolate puro, 120 gramas de manteiga, 75 gramas de açúcar, 6 ovos, 6 colheres de sopa de farinha de trigo, 3 colheres de sopa de água.

Preparação: 15 minutos. Cozimento: 25 minutos.

Derreter o chocolate com a água numa panela, em fogo

brando, até obter uma massa untuosa e perfumada. Acrescentar a manteiga e o açúcar, em seguida a farinha de trigo, misturando sempre e mantendo a massa bem homogênea.
Acrescentar à mistura as gemas dos ovos, uma a uma, e bater em separado as claras em neve, bem espessa, incorporando-as delicadamente à massa de chocolate. Deitar a mistura na forma, da qual se untaram anteriormente as paredes. Levar ao forno durante mais ou menos 25 minutos, a 200 graus Celsius (no termostato). A arte consiste em se obter uma crosta cozida, mantendo o interior fofo. Para isso, é preciso vigiar o bolo, retirando-o do forno de vez em quando, entre o 20º e 25º minuto. O bolo estará cozido quando o centro não estiver mais líquido e quando uma faca enfiada em seu interior ainda sair coberta de chocolate.
Servir em temperatura morna.

Edmond Wells,
Enciclopédia dos saberes relativo e absoluto, tomo V.

40. NASCIMENTO DE UM MUNDO

Sal. Um mineral comestível. Que sabor forte, servi-me mais um pouco. Prosseguimos nossa aprendizagem gustativa. De tanto que repeti, picava-me o céu da boca, chegando a causar dor. Trouxeram-nos ovos crus, para acompanhar o sal. Dessa maneira, em cada refeição, ingeríamos, no sentido próprio, a aula do dia.

Voltamos ao Anfiteatro, para festejar o nascimento de "Terra 18".

Às batidas surdas dos tambores, em música alegre, acrescentou-se um instrumento também relacionado à nossa aula com Hefesto: sinos tubulares de cobre que, em linha, reproduziam, juntos, o som metálico de uma forja.

Formaram-se casais, improvisando-se uma dança.

De mãos dadas, começaram uma ciranda em torno de "Terra 18", que reinava no centro da arena. Com seus continentes marrom, novos em folha, o próprio planeta parecia palpitar ao ritmo da música.

Eu vigiava a chegada de Afrodite, mas nenhum Mestre-deus viera nos controlar naquela noite. Tudo indicava terem resolvido deixar nos divertirmos sozinhos, com nosso mundo novo. Raul sugeriu que escapássemos, aproveitando o tempo para a construção da nova embarcação.

– Posso acompanhá-los? – perguntou, com sua voz grave, Édith Piaf.

– Não temos mais lu...

– Será bem-vinda – interrompeu Freddy Meyer, cortando minha negativa à cantora.

Com Édith Piaf e Mata Hari, então, nosso grupo de teonautas afastou-se, escapulindo pelo túnel sob a muralha leste. Desembocamos, alguns minutos depois, na floresta azul e tomamos a direção do rio.

Tínhamos compreendido que uma simples jangada não bastava para nos proteger das sereias. Edmond Wells e Freddy Meyer se encarregaram do projeto de um barco de verdade. Lastramos o casco com várias pedras, para garantir maior estabilidade. Em silêncio, íamos amarrando os bambus. Édith Piaf firmava os nós. Marilyn e eu aprontamos varas longas, para manter distantes as sereias. Freddy se afastou, preparando algo que trouxera num saco grande.

Suavemente, a noite se sobrepôs ao crepúsculo. Os vaga-lumes passaram a nos iluminar. O pássaro-lira e o grifo vesgo se aproximaram, procurando como ajudar. Um visitante inesperado chegou. Era um hesitante sátiro-criança que abraçava as pernas de Marilyn. Com um empurrão, ela o afastou, mas ele se agarrou em sua toga. Quando afinal conseguiu se livrar, ele correu para Édith Piaf, que também o repeliu. O sátiro, então, se dirigiu a cada um de nós, nos puxando e querendo mostrar algo que lhe parecia essencial.

– O que ele quer? – perguntou Raul.

O sátiro parou o que fazia e articulou claramente:

– O que ele quer. O que ele quer. O que ele quer.

Olhamos todos para ele, espantados.

– Você fala?

– Você fala. Você fala – repetiu o sátiro.

– Ele imita o que a gente diz – constatou Marilyn.

– Ele imita o que a gente diz, ele imita o que a gente diz – respondeu o sátiro.

– Não é um sátiro, é um eco – observei.

– É um eco. É um eco. É um eco.

Ele sacou uma flauta de Pan, tirou dela três notas e, imediatamente, outros sátiros apareceram, homens e mulheres com patas de bodes montanheses.

– Isso está se complicando – suspirou Freddy Meyer.

– Isso está se complicando, isso está se complicando – repetiram em coro os sátiros, como se fosse uma canção de lenhadores.

Eles nos puxavam pelas togas, para nos levarem não se sabe aonde, mas resistimos.

Lembrei-me de que quando era mortal, um dos meus filhos quis fazer comigo essa mesma brincadeira de repetição e aquilo me tirou a paciência. Uma vez mais, era o efeito de espelho:

"Digo a você o que diz a mim." Cursando medicina, aprendi que um doente com ecolalia não consegue deixar de repetir a última frase ouvida, qualquer que seja o interlocutor.

Um sátiro pegou uma liana e se pôs a amarrar os bambus. Não só repetiam o que dizíamos, mas também o que fazíamos. Estávamos cada vez melhor.

– Acho que vão nos ajudar – sensibilizou-se Marilyn.

Eram já cerca de vinte sátiros, repetindo nossos gestos.

– Vão nos ajudar, vão nos ajudar.

Sem mais tentar afastá-los, aceitamos a presença deles em nosso bando.

Era difícil chamar nossa construção de barco, mas parecia mais sólida do que a jangada anterior.

Antes de embarcar, Freddy Meyer tirou uma corda do saco que trazia e amarrou uma ponta num tronco de árvore. O rabino sabia sempre o que fazia e ninguém lhe perguntava porquê.

Um a um, tomamos lugar no barco e acertamos nossos remos. Os sátiros nos empurraram para a correnteza, sem procurar embarcar.

– Obrigado pela ajuda – agradeci.

– Obrigado pela ajuda. Obrigado pela ajuda – repetiram em conjunto.

O início da travessia decorreu sem problemas. Acima de nós, os vaga-lumes esvoaçavam, iluminando a espuma à proa. A água estava opaca e mal parecia se movimentar, sob algumas marolas. Na popa, Freddy ia desenrolando sua corda. As três luas brilhavam no céu escuro.

Eu estranhei a ausência das sereias. Estariam dormindo àquela hora, ou era a nossa vigilância que elas procuravam adormecer? A resposta não demorou a vir, enquanto deslizávamos pelo rio azul. Uma triste melopeia subiu nos ares, logo acompanhada por várias sereias. Mulheres-peixe emergiram, colocaram-se sobre rochedos, fora da água, olhando-nos com delicadeza. As longas cabeleiras escorriam sobre os seios e todas entoaram em coro uma melodia hipnótica, talvez a mesma que em tempos idos enfeitiçou os marujos de Ulisses, em sua odisseia. Francis Razorback não estava presente. Na certa o tinham mantido no fundo do rio, para que não nos ajudasse.

Subiu o tom da cantilena, tornando-se mais agudo e parecendo querer nos perfurar os tímpanos. Com um gesto, Freddy fez sinal a Édith Piaf, como sendo sua vez de entrar em cena e ela soltou a voz, cuja potência era espantosa em corpo tão franzino, cantando "Mon légionnaire". As sereias se calaram por um instante, surpresas com a resposta cantada. Pouco a pouco, no entanto, recomeçaram. Com todo seu fôlego, Piaf não teve a menor dificuldade para encobrir suas vozes: "Ele era grande, era bonito, tinha o cheiro da areia quente, meu legionário..."

– Tomara que tudo isso não atraia os centauros – preocupou-se Mata Hari.

Uma a uma, as sereias desistiram e voltaram a mergulhar no rio. Fomos todos felicitar nossa cantora, que fez questão de ir até o último refrão de "Mon légionnaire". A trégua, no entanto, teve curta duração. Voltamos à travessia, mas sentimos pesos insólitos em nossos remos. As sereias estavam de volta, tentando novamente virar nosso barco. Ele era mais estável do que parecia. Marilyn mal teve tempo de murmurar "o amor como espada, o humor como escudo" e já estávamos com nossos ankhs armados e apontados para tudo que emergia. Raul, por sua vez, deu grandes golpes com a vara, na esperança de nocautear algumas daquelas criaturas que lhe haviam levado o pai.

Os vaga-lumes fugiram com os clarões dos ankhs. As sereias em fúria não eram mais uma dezena, mas uma centena a atacar nosso barco. Algumas chegavam a sair completamente da água, para nos atingir com as caudas. Nossa artilharia funcionou, mas comecei a sentir mãos molhadas e escamas lisas em minhas pernas, os corpos molengos se enrolando em meus tornozelos. Unhas se encravaram em meus braços e batatas da perna. Dentes pontiagudos como de enguias me morderam os pulsos.

Mata Hari estava em pleno corpo a corpo, mulher-mulher contra mulher-peixe. Raul se encontrava em má situação. Uma sereia o agarrou por trás e puxava com força decuplicada. Caíram os dois na água. Larguei minha vara e empunhei o ankh que, felizmente, não esquecera de recarregar. Com um raio certeiro, derrubei a criatura atacando Mata Hari na popa. Com outro, fiz a adversária de Raul largá-lo e corri para içar o amigo a bordo.

Como estávamos todos entregues à batalha, o barco não avançava mais. Perdemos as varas e tínhamos apenas os ankhs como defesa. Freddy, porém, ainda não dissera sua última palavra. Do saco, tirou um arco e uma flecha lisa, à qual amarrou a outra extremidade da corda. Apontou e atirou a flecha na árvore mais próxima. Dispúnhamos agora de uma corda ligando as duas margens. Puxando por ela, recuperamos velocidade. De imediato, distribuímos tarefas: Raul, Mata Hari e eu nos servíamos dos ankhs; Edmond, Freddy, Marilyn e Édith Piaf se agarraram na corda, para que conseguíssemos, afinal, atravessar o rio.

As sereias perceberam nossa tática e atacaram por baixo da água, na superfície e com saltos no ar. Os ankhs metralhavam incessantemente, até minha roseta “D” não responder mais: a bateria estava descarregada.

Não havia tempo a perder e me juntei aos que puxavam a corda. Foi quando o barco capotou. Com uma das mãos, nos agarramos à corda e, com a outra, nos pusemos a nadar. Como todos, eu desferia pontapés para todo lado, afastando o inimigo. Quase sem fôlego, chegamos à outra margem, enquanto o segundo sol se levantava no horizonte.

Estávamos molhados, exaustos, mas não sofrêramos nenhuma perda.

– Sem barco, como vamos voltar? – inquietou-se Edmond Wells.

Freddy Meyer apontou para a corda:

– Não precisamos mais, pois temos isto. – Ele trepou na árvore e prendeu uma empunhadura de madeira na corda. – Esse vaivém chama-se tirolesa. Os alpinistas usam para atravessar precipícios. Vai nos permitir voltar, passando por cima do rio e evitando as sereias.

Mas as criaturas aquáticas tinham compreendido o uso que esperávamos fazer da corda e saltavam, tentando agarrar-se a ela. Uma sereia tomou impulso, como fazem os golfinhos nas piscinas dos parques aquáticos, voando para fora da água e conseguindo se agarrar à corda. Uma outra logo imitou-a, agarrando-se à primeira; em seguida, outra e mais outra. Em pouco tempo, formaram um amontoado como um cacho de uvas. A corda cedeu e afinal o galho em que estava amarrada bruscamente partiu-se, com o peso.

Ficava difícil voltar atrás.

– Não faz mal – resignou-se Raul. Os conquistadores queimavam os navios, para não ficarem tentados de voltar ao mar. Como não temos escolha, só nos resta a audácia.

Um grunhido abafado se fez ouvir distante e todos nos espantamos.

– E... E se voltássemos nadando? – sugeriu timidamente Édith Piaf.

41. ENCICLOPÉDIA: *O HOMEM SUPERLUMINOSO*

Dentre as teorias mais avançadas de compreensão dos fenômenos da consciência, a de Régis Dutheil, professor de física da faculdade de medicina de Poitiers, é particularmente notável. A tese básica desenvolvida por esse pesquisador se apoia nos trabalhos de Feinberg. Três mundos existiriam, definidos pela velocidade de movimento de seus elementos constituintes.

O primeiro, é o mundo "subluminoso", que é este em que vivemos e cuja matéria obedece à física clássica das leis de Newton sobre a gravidade. É um mundo constituído por brádions, isto é, partículas com velocidade de movimentação inferior à da luz.

O segundo mundo é "luminoso". Constitui-se de partículas pertencentes ao muro da luz, os lúxons, submetidas às leis da relatividade de Einstein.

E existiria, enfim, um espaço-tempo "superluminoso". Seria um mundo constituído por partículas ultrapassando a velocidade da luz, chamadas táquions.

Para Régis Dutheil, esses três mundos correspondem a três níveis de consciência do homem. O nível dos sentidos, que percebe a matéria; o nível de consciência local, que é um pensamento luminoso, ou seja, move-se à velocidade da luz; e o da superconsciência, um pensamento se movendo mais rápido que a luz. Dutheil acredita que é possível chegar à superconsciência pelos sonhos, meditação e uso de certas drogas. Mas fala ainda de uma noção mais ampla: o Conhecimento. Graças ao verdadeiro conhecimento das leis do universo, nossa consciência poderia acelerar-se e chegar ao mundo dos táquions.

Dutheil acredita "haver, para um ser que vive no universo superluminoso, uma instantaneidade completa de todos os acontecimentos constituindo sua vida". A partir daí, noções de passado, presente e futuro se fundem e desaparecem. Juntando-se às pesquisas de David Bohm, ele acha que, na morte, nossa consciência "superluminosa" parte para um outro nível de energia mais evoluído: o espaço-tempo dos táquions. Já no final da vida, Régis Dutheil, ajudado por sua filha Brigitte, publicou uma teoria ainda mais audaciosa, segundo a qual não só o passado, o presente e o futuro estariam reunidos no aqui e agora, mas todas nossas vidas, anteriores e futuras, se passariam ao mesmo tempo que nossa vida presente, na dimensão superluminosa.

Edmond Wells,
***Enciclopédia dos saberes relativo e absoluto*, tomo V.**

42. MARGEM

Nada em comum, entre as duas margens do rio azul. Do outro lado, o chão era escuro, as flores e íris negras e as folhagens sombrias.

– Eu posso cantar algo, para nos dar ânimo – propôs Édith Piaf.

– Não é preciso, obrigado.

De repente, o grunhido rouco, vindo de pulmões desmedidos nos fez dar um salto. Tivemos um mau pressentimento.

– O que devemos fazer? – perguntou Marilyn.

– Vamos voltar – sugeriu Édith Piaf.

Foi quando percebi um zumbido acima de minha cabeça. Moscona!

– Cuidado, uma espiã! – exclamou Mata Hari que, com um pulo, agarrou a querubina, mantendo-a presa na mão.

– Devemos esmagá-la, ou vai nos denunciar – observou Édith Piaf.

– É impossível matá-la. É uma quimera, é imortal – lembrei.

– Mas podemos prendê-la num lugar de onde não possa escapar – propôs Raul.

Pelas asas, ele segurou minha Moscona, cujos cabelos estavam em completa desordem. Ela brandiu o punho como para nos ameaçar e, abrindo bem a boca, estirou a língua de borboleta, emitindo um assobio agudo.

– Quem sabe se não são ultrassons, como em certos animais, podendo alertar os centauros – disse Mata Hari.

Por via das dúvidas, com uma tira de pano arrancada da toga, amordaçou a querubina, que ficou ainda mais irritada, se mexendo como podia e tentando se desvencilhar. Intervim:

– Podem soltá-la. Eu a conheço.

Em vez de me ouvir, Raul amarrou-lhe as pernas com um fiapo de toga.

A criatura alçou um voo desengonçado, puxando a perna para mostrar que as amarras a machucavam.

– Ela deve saber o que temos pela frente e veio nos alertar – sugeri.

– Ou não quer que descubramos o que temos adiante – respondeu Raul, desconfiado.

Sacudi os ombros e estiquei um dedo no ar, como um poleiro. Moscona veio pousar e retirei a mordaça que a incomodava.

– Não se pode viver o tempo todo com medo. Às vezes, é melhor correr o risco e confiar.

A encantadora pequena quimera fez um teimoso beicinho e apontou, com a ponta do queixo, o fio que a mantinha presa. Retirei-o. Para a surpresa dos meus companheiros, ela não fugiu.

– Sei que mesmo não podendo falar, você pode compreender, Moscona. Vai nos ajudar? Precisamos de você. Se estiver de acordo, mostra com a cabeça.

A querubina sacudiu o rosto de cima para baixo.

– Muito bem. Você veio avisar para não continuarmos?

Ela concordou.

– Sabe que não temos como voltar.

Ela, então, fez sinais, mostrando a corda e a margem.

– Ela parece dizer que pode amarrar a corda do outro lado...

– Acredita realmente que ela faria isso por nós? – espantou-se Édith Piaf.

Mas a querubina já tinha partido em velocidade, sem levar nada consigo.

– De qualquer maneira, a corda era pesada demais para uma borboleta – disse Marilyn, compreensiva.

– Bem, só nos resta ficar esperando os centauros – completou Raul. – Estamos perdidos.

– Por que então não continuar em frente? – perguntou Edmond Wells. Perdido por perdido, pelo menos vamos saber o que há adiante.

De novo, o grunhido rouco, mas agora também passos pesados, fazendo tremer o chão.

– Eu posso cantar para afastar a ameaça – ofereceu Édith Piaf, com todos seus membros já tensos. – Deu certo ainda há pouco.

– Não é necessário, realmente.

Estávamos nessa expectativa, quando a salvação veio ao som de asas batendo e era Moscona que voltava, acompanhada pelo grifo vesgo. Ela mostrou a ele a corda e o bastão. O leão alado com bico de águia pegou-os e voou de volta para a outra margem, fazendo exatamente o que eu pedira que Moscona fizesse. O estrabismo prejudicava a precisão dos gestos, mas, com a ajuda dos sátiros, do outro lado do rio, o bastão foi rapidamente preso ao chão. Freddy elevou, do nosso lado, o ponto de fixação da corda, para que as sereias não a alcançassem mais. Instalou a empunhadura de madeira, amarrada também por um barbante preso à árvore, para ser trazida de volta com facilidade.

– Muito bem, a tirolesa está pronta.

O rabino foi o primeiro, verificando o bom funcionamento do dispositivo. Suavemente deslizou sobre as águas azuis, fora do alcance das criaturas aquáticas, que se desesperavam, tentando agarrá-lo.

– Funciona – gritou, já do outro lado, confirmando a segurança da engenhoca.

Marilyn Monroe puxou o barbante para trazer a empunhadura e partiu, aterrissando incólume. Foi a vez de Mata Hari tentar a travessia e, em seguida, Edmond Wells, Édith Piaf, Raul e eu, por último.

Nesse meio-tempo, as sereias tinham se organizado. Uma verdadeira coluna viva ergueu-se contra mim, no meio do rio. Estavam trepadas sobre os ombros, umas das outras, para conseguir boa altura. Minha perna foi agarrada por um punho assustador.

O charmoso peixe ameaçava me levar para a água. A querubina pousou em seus olhos, tentando distraí-lo.

O ankh de Raul ainda funcionava bem e um tiro certeiro desprendeu de mim a mão inimiga.

São e salvo, cheguei por minha vez à margem.

– Obrigado, Raul.

A querubina zumbiu, lembrando também ter tido um papel em meu salvamento.

– Obrigado também, Moscona. Escapei por um triz.

Os sátiros retomaram em coro:

– Escapei por um triz. Escapei por um triz.

Eles nos puxaram pela toga.

– O que querem agora? – perguntou Raul.

– O que querem agora. O que querem agora.

O rabino examinava a tirolesa.

– Precisamos prender a corda mais alto, da próxima vez. Basta suspender as pernas e estaremos fora do alcance das sereias – observou com simplicidade.

– De qualquer forma, não vamos deixar a corda à vista – aconselhou Edmond Wells. – Não tem porque chamar a atenção dos centauros. Vamos retirá-la.

Eu estava alagado. Olhei para as negras folhagens adiante, de onde, uma vez mais, partiu um assustador rugido, repercutindo em nós. O animal parecia decepcionado, por frustrarmos o encontro marcado. Os grunhidos foram encobertos pela triste melopeia das sereias, saudando nossa partida ou lamentando o próprio fracasso.

43. MITOLOGIA: AS SEREIAS

Sereias, o nome significa "aquelas que prendem com uma corda", pois seu canto é considerado perfeito para amarrar os homens. São filhas do rio Áquelos e da ninfa Calíope, apresentando rosto, braços e seios de mulher e uma longa cauda de peixe. Afrodite seria a responsável por essa

aparência, como castigo por não terem oferecido a virgindade a um deus.
Dotadas de vozes mágicas, as sereias enfeitiçam os marinheiros que, ao ouvi-las, perdem o senso de orientação. Elas os devoram após o naufrágio. Os nomes variam, mas reza a lenda que a mais célebre delas, Partenópia, vinda do Adriático, chegou a Capri e deu origem à cidade de Nápoles.
Para os alquimistas, as sereias simbolizavam a união do enxofre (peixe) e do mercúrio, integrantes da composição da Grande Obra.
O conto de Andersen, *A pequena sereia*, conta mais prosaicamente como, pelo amor de um príncipe, uma sereia aceitou trocar a cauda de peixe por pernas de mulher, para ir dançar. A história é uma parábola: à custa de mil sofrimentos, os humanos procuraram deixar sua condição animal, para conquistar a verticalidade.

Edmond Wells,
***Enciclopédia dos saberes relativo e absoluto*, tomo V**
(a partir de Francis Razorback, ele próprio
se inspirando em *A teogonia*, de Hesíodo, 700 a.C.).

44. MORTAIS. 4 ANOS. A PROVA DA ÁGUA

De volta à residência 142.857. Estava com fome. Os ovos e o sal não bastaram para tanto esforço físico. Gostaria de ter pratos mais consistentes à disposição. No dia seguinte, teríamos aula com Posídon, o deus dos Mares. Quem sabe, não haveria peixe no cardápio? Eu não bancaria o difícil, nem mesmo diante de uma cauda frita de sereia.

Afundei na banheira. A cada dia e noite, as provas eram mais difíceis e, pela manhã, eu me encontrava exausto, mas ao mesmo tempo agitado e sem conseguir dormir, apesar de fechar bem os olhos.

Um ruído na janela me chamou a atenção. Reabri as pálpebras e passei uma toalha na cintura. Era Moscona, batendo no vidro. Deixei-a entrar e voltei ao banho. Tinha dúvidas quanto a ficar pelado diante do minúsculo rosto feminino, mas, afinal, Moscona era uma querubina e não se exigem grandes pudores diante de uma quimera. Aliás, de qual sexo seria, antes da mutação? Sem se dar conta das minhas preocupações, Moscona se aboletou à beira da banheira.

– Estou com fome, e você? O que você come, por aqui?

Como resposta, a querubina estendeu a língua de borboleta e apanhou no ar uma mosca que teve a má sorte de estar passando por ali. Com duas mastigadas, o inseto desapareceu.

– Agora estou vendo porque você faz tanta careta por eu chamá-la Moscona. É mais ou menos como se me chamassem Hambúrguer.

A querubina aprovou com a cabeça.

– Não faz mal. Mesmo assim, vou continuar dizendo Moscona, pois o nome lhe cai muito bem.

A moça-borboleta, em sinal de protesto, jogou água da banheira em meus olhos, mas ao mesmo tempo riu.

– Conte para mim, pois tenho certeza que conhece todos os segredos da ilha.

Minha amiga assumiu um ar sério e eu comecei:

– Responda por sim ou não. Você sabe o que há no alto do Olimpo?

Nem sim, nem não, apenas uma expressão enigmática.

– Existe um grande Deus, acima dos Mestres-deuses?

Ela pensou e balançou a cabeça afirmativamente.

– Você já o viu?

O movimento negativo foi claro e várias vezes repetido, como para mostrar que ninguém ali jamais o tinha visto e jamais o veria.

– E o diabo?

Ela estremeceu, da mesma forma que Atena, quando se evocou este nome.

– Por acaso conhece a resposta para o enigma: "O que é melhor do que Deus e pior do que o diabo?"

Moscona ergueu os olhos ao céu. Não sabia. Tentei outra pergunta:

– Sabe quem é o deicida?

Ela olhou para meu ankh e, em seguida, voou em direção à tomada. O que queria dizer? Acabei compreendendo que me aconselhava a recarregar a arma, para que estivesse pronta, caso o matador de deuses me atacasse.

– Acha que ele pretende eliminar os deuses, um após o outro?

Os bracinhos se agitaram veementes, parecia convencida disso.

– Já houve assassinatos assim, em turmas anteriores?

A boca desenhou um "não".

Resolvi sair do banho. Vesti um roupão e deixei o ankh na base de recarga. Moscona fez sinal, concordando.

Continuei o interrogatório:

– Você conhece os mortais do planeta "Terra 1"?

Fez sinal negativo.

– Deixe-me, então, mostrar alguns.

Na tela do televisor, Kouassi Kouassi, com 4 anos, brincava nas águas de um laguinho raso, no meio de um bando de meninos.

Estavam alegres e jogavam água uns nos outros, mergulhando no líquido já enlameado. Um grupo de mulheres conversava um pouco adiante, lavando roupas enquanto tomava conta da prole. Nenhuma se preocupou com a chegada de um crocodilo, indo em direção às crianças, que o receberam como um novo amiguinho. Tamborilaram em sua cabeça, montaram a cavalo, esporeando-lhe os flancos com os calcanhares; nada parecia irritá-lo. O sáurio escancarou a bocarra e soltou um vagido, sem assustar nem as mães nem os pequenos.

– Engraçado, não? São assim os humanos no meu planeta – comentei. – Eu próprio fui assim... Talvez, quem sabe, você também.

Ela voltou a fazer um sinal negativo e, de repente, percebi que talvez viesse de uma turma originária de um planeta totalmente desconhecido para mim. Como o planeta Vermelho, que descobri quando era anjo.

Mudei o canal. Numa praia, a mãe de Theotime lhe tinha fixado boias nos braços e uma outra mais, em torno do pescoço, com uma cabeça de pato. A criança brincava, feliz da vida. Não tinha medo da água; aliás, como o pai, que nadava já bem longe, afastado da família. A mãe de Theotime o ergueu e deixou cair na água. O menino agitou as pernas gorduchas e caiu de barriga, levando um caldo e começando a chorar. De tão carinhosa, a mãe tornara Igor um tanto desajeitado.

No outro canal, Eun Bi chorava numa piscina, com a mãe a segurá-la. A menina estava lívida de medo e aos urros, sem se preocupar com as pessoas em volta, que dispunham, cada uma, de apenas alguns centímetros de água para si, sem esbarrar em quem estava ao lado. Todos acabaram se irritando com os gritos da criança e fazendo comentários. A mãe tirou Eun Bi da água, aplicou-lhe uma palmada e jogou-a de volta na piscina, para que fosse obrigada a nadar. Novo berreiro. A menina se debateu, engoliu água, erguendo a cabeça para cuspir e se engasgando. As pessoas ao redor passaram a criticar também a mãe, que afinal desistiu da aula de natação e Eun Bi foi deixada no deque da piscina, enrolada numa toalha e tremendo de frio.

Moscona arregalou os olhos, estupefata.

Desliguei a televisão e expliquei:

– São meus ex-clientes. Estavam aos meus cuidados, na vida anterior... Mas você, também, talvez tenha sido anjo antes, não? E deve ter sido aluna-deus?

A graciosa querubina olhou para mim, sem fazer nenhum gesto e voou pela janela aberta do banheiro.

Fiquei a olhá-la, enquanto se transformava em mariposa.

Precisava me concentrar. Quem seria nosso mestre no dia seguinte?

45. MITOLOGIA: POSÍDON

Filho de Cronos e Reia, Posídon, "o que sacia a sede", quando nasceu foi devorado pelo pai, como toda a prole, e foi trazido, por Zeus, de volta à vida. Como irmão, tornou-se deus do Olimpo, recebendo o reino dos mares. Comandava as águas, desencadeando tempestades e fazendo brotarem fontes a seu bel-prazer.

Ao lado de Zeus, combateu os titãs e os gigantes, sobre os quais lançou pedaços de penhascos, arrancados graças à força dos oceanos.

Quando o senhor do Olimpo afinal derrubou o pai, Cronos, do trono, ofereceu a Posídon um palácio submarino na Beócia, ao largo do Egeu. Mas isso não o satisfez e ele

lançou seu tridente na acrópole de Atenas, caindo no local onde até hoje existe um poço de água salgada. Quando a deusa Atena teve a má ideia de vir morar ali perto, Posídon, furioso, atacou a cidade com fortes ondas. Para evitar o desastre, a cidade precisou desistir do sistema matriarcal, adotando o patriarcal para o culto religioso. As mulheres perderam o direito de voto e os filhos deixaram de ostentar o nome materno. Tais imposições não agradaram a Atena e o senhor do Olimpo foi obrigado a intervir, para evitar a guerra fratricida.

Casando-se com a nereida Anfitrite, Posídon, nem por isso, deixou de ter inúmeros amores com deusas e ninfas. Ele ajudou Afrodite, quando foi surpreendida nos braços de Ares e, depois disso, a deusa deu-lhe dois filhos, Rodo e Herófilo. Com Gaia, Posídon concebeu Anteu, o monstruoso gigante que aterrorizou o deserto da Líbia e devorava leões. Para fugir do deus dos Mares, Deméter transformou-se em égua, mas, como garanhão, fez que desse à luz o cavalo Árion, que tinha um pé de homem e podia falar.

Também Medusa se deixou tomar pelo deus dos Mares, em pleno templo de Atena e, para puni-la, a deusa brandiu sua lança, confiscando-lhe a beleza e substituindo seu belo rosto por um ninho de serpentes. Dessa união, no entanto, nasceu Pégaso, o cavalo alado. Posídon ainda engendrou outros rebentos monstruosos, como Tríton, meio-homem, meio-peixe, o ciclope Polifemo e o gigante Órion.

Posídon, todavia, estava sempre tentando expandir seus domínios. Conspirou contra Zeus com Apolo, que os castigou obrigando-os a construírem as muralhas de Troia, para o rei Lamoedon. Como este havia combinado um

salário que depois não quis pagar, Posídon lhe enviou um monstro marinho que devastou a cidade.

Edmond Wells,
***Enciclopédia dos saberes relativo e absoluto*, tomo V**
(segundo Francis Razorback, ele próprio
se inspirando em *A teogonia*, de Hesíodo, 700 a.C.).

46. O TEMPO DOS VEGETAIS

Segunda-feira, dia da Lua. Aula de Posídon. Na avenida dos Campos Elísios, o palácio de Posídon mais parecia, visto de fora, um efêmero castelo de areia, construído na praia e à espera da próxima maré. Por dentro, causava a sensação de um hangar de pescador, com barcas, redes, conchas e ânforas. Ao longo das paredes, aquários exibiam algas, anêmonas e corais com reflexos cambiantes.

O professor do dia era um gigante de barba branca, com corte quadrado. Não largava o tridente, arrastado com um ranger de ferro. A fisionomia não era nada amena. Olhou-nos já parecendo irritado e vociferou:

– Atlas!

Atlas acorreu, deixou "Terra 18" no suporte no centro da sala e saiu, sem as habituais reclamações.

Posídon aproximou-se e, com o olho colado na lupa do ankh, como um investigador buscando pistas no local do crime, trovejou:

– E querem chamar isso de mundo!

Permanecemos todos quietos, encolhidos em nossos bancos.

– Pois acho que há planetas que deviam envergonhar quem os moldou! – acrescentou, batendo na escrivaninha com o tridente. – Desde que sou Mestre-deus em Olímpia, nunca, mas realmente nunca vi um mundo tão pífio. Onde pensam que vão chegar com esse desastre? Nem redondo ele é.

O mestre levantou-se e perambulou defronte o estrado, ora brandindo o tridente ameaçador em nossa direção, ora repuxando furiosamente a barba.

– Tem calombos em toda parte. Não dá para seguir adiante. Você aí, no fundo, vá chamar Cronos.

O aluno designado saiu às pressas, partindo em direção à moradia do mestre. Não demorou a voltar com o deus do Tempo, que continuava esmolambado.

– Pediu que eu viesse?

– Pedi, pai. Viu o lixo que essa nova turma pretende utilizar como mundo de partida?

Cronos preparou sua lupa de relojoeiro para examinar o trabalho, fez várias caretas e disse, quase se desculpando:

– Parecia, no entanto, estar bem encaminhando com o ovo cósmico que dei a eles...

– Foi Hefesto, então, que estragou tudo. Aluno, traga ele aqui – trovejou mais uma vez o deus dos Mares.

O mesmo colega partiu correndo e voltou, acompanhado pelo deus da Forja, ajudado pelas duas mulheres-robôs, preocupadas com o menor desequilíbrio do deus. Ele rapidamente compreendeu que "Terra 18" criava problema e, com a lupa do ankh, investigou o planeta.

– Ah, tudo bem... Não há razão para ser tão perfeccionista – resmungou.

O irascível Posídon explodiu:

– Ah, é? Pois bem, eu me recuso a trabalhar nessa "Terra 18". Você que se vire como quiser, conserte isso ou arranje uma "Terra 19" que sirva.

Esperávamos calados. Se os professores não conseguiam entrar num acordo, não cabia a nós, alunos iniciantes, nos metermos.

– Trata-se apenas de um planeta novo – justificou Hefesto.

O deus do Tempo concordou:

– Recomeçar tudo vai atrasar as aulas. Isso é impossível, precisamos trabalhar com esse mundo imperfeito mesmo.

Os olhares de pai e filho se cruzaram. Posídon foi o primeiro a abaixar os olhos e suspirou.

– Pelo menos, Hefesto, aplaine esses calombos.

Com má vontade, o deus da Forja obtemperou, usando seu ankh e o senhor do tempo procurou ajudar, acelerando o relógio, para que os vulcões em que o companheiro intervinha esfriassem mais rapidamente.

– Aí está, não podemos fazer mais nada – anunciou Cronos, fazendo sinal às mulheres-robôs para que retirassem Hefesto na cadeira de rodas.

Querendo escapar logo dali, o deus ajudava a empurrar, já se encaminhando em direção à porta.

– Um mundo imperfeito em seu estágio mineral nunca será um mundo perfeito nos estágios mais avançados da evolução – resmungou Posídon, depois dos colegas se retirarem. – Um planeta é como um ser vivo. É preciso que respire. Nunca se perguntaram por que a crosta dos pães tem entalhes? Olhem só que planeta mais mal-acabado.

Lançando, com o tridente, raios em potência máxima, ajeitou ainda "Terra 18" aqui e ali e, afinal, se endireitou, cansado.

As derradeiras montanhas incendiadas se apagavam, como últimas velas num bolo de aniversário. Delas subiram vapores brancos até o céu, formando nuvens que se juntaram, criando uma atmosfera que pouco a pouco cobriu todo o planeta, com sua veste algodoada.

– Quem obteve a melhor nota na última aula? – perguntou o deus dos Mares, apagando as lâmpadas da sala.

Sarah Bernhardt ergueu a mão.

– À senhora, então, a honra do chute inicial. Dê um tiro nas nuvens. Um simples raiozinho deve bastar.

Ela assim fez. Mesmo surpresa com o pedido, armou o ankh na direção da cobertura de nuvens. Mal a luz atingiu "Terra 18", as nuvens claras se juntaram e se adensaram, transformando-se em nuvens primeiro de cor cinza escuro e depois negro opaco. Relâmpagos e raios explodiram, sem a interferência dos nossos ankhs. De onde estávamos, só podíamos distinguir pontos brancos, como flashes espocando. Mais abaixo, formaram filamentos, ligando a atmosfera à superfície do planeta. Nesse ínterim, as nuvens negras estouraram, fazendo cair uma chuva diluviana.

Com um gesto de mão, Posídon ordenou que nos aproximássemos da esfera, para contemplar o espetáculo. Todas as cavidades do planeta se inundaram com a água escura. As fendas profundas, separando os continentes, levavam mais tempo para se preencherem. Vales desapareceram sob as águas, formando lagos que às vezes transbordavam, escorrendo em rios e se ramificando.

Em seguida, como se as nuvens tivessem cuspido tudo que podiam, a chuva cessou. As nuvens negras voltaram ao cinza, ao branco, se tornaram translúcidas e, enfim, se dispersaram.

Entre a atmosfera e a superfície do planeta, o espaço se encheu de ar e, embaixo, a água assumiu uma cor azul-marinho.

Posídon voltou a acender as lâmpadas.

– Chegaram ao momento mais interessante do aprendizado. Aqui e agora, de fato, vamos criar Vida.

No quadro-negro, ele escreveu: "Criação da Vida" e, abaixo, anotou:

0: ponto de partida. O ovo cósmico.

1: a matéria. O mineral.

2: a vida. O vegetal.

A *Enciclopédia dos saberes relativo e absoluto*, de Edmond Wells, voltou-me à lembrança. "2", o vegetal: um traço horizontal sob uma curva, fixado no chão, amando a luz...

Posídon indicou-nos como operar. Bastava agir por meio de ínfimos impulsos de raio, sobre o filamento de DNA, movimentos tão precisos que se passavam na ordem do átomo. Gravaríamos, assim, o programa do ser vivo a ser manipulado. Era como se perfurássemos aquelas fitas antigas, que serviram primitivamente como primeiros programas informáticos. Posídon lembrou ser importante, em seguida, proteger essa memória com um núcleo.

No filamento do DNA, tínhamos liberdade para colocar o que nos viesse à cabeça. Cabia-nos programar a cor, o tamanho, a forma, o gosto, as diferentes espessuras da pele, sua solidez e dureza.

Era incrível o que se podia fazer com apenas hidrogênio, oxigênio, carbono e nitrogênio, pois tudo que possui vida se origina sempre da combinação desses quatro átomos. Depois, a programação do DNA faz o restante.

– Para cada criação – esclareceu Posídon – devem encontrar:

- Um meio de alimentação.
- Um meio de reprodução.

Tentem, inventem, busquem soluções. Deixem-se levar pelo delírio. Não hesitem em criar colônias em grutas abissais, em anfractuosidades ou, inclusive, na superfície dos oceanos.

Operem como melhor lhes parecer. Dispõem de algumas horas. Terão tempo suficiente para corrigir suas composições e adaptá-las às condições climáticas porventura impostas pelos colegas.

Como um mecânico com as mãos na graxa, estávamos mergulhados no coração das células. Comecei com um fio de DNA, esmerando-me como se fosse um motor que eu reparava. Em seguida, alinhei meus cromossomas nos núcleos, como fios num saco. De início, minhas estruturas todas desmoronaram. O invólucro da minha célula não era forte o bastante, ou o DNA do núcleo era muito improvável.

Pouco a pouco, percebi quais interações intervinham nas combinações e obtive a forma mais elementar de vida: uma bactéria esférica, com uma célula única, contendo um núcleo e seu DNA.

Satisfazendo a primeira questão de Posídon: "Como ela se alimenta?", minha bactéria absorvia luz por fotossíntese e migalhas de moléculas orgânicas, oriundas dos experimentos abandonados dos meus colegas. A resposta para a segunda pergunta: "Como se reproduz?", era ainda mais simples: por parteno gênese. Ela se dividia em duas novas células, exatamente idênticas à primeira.

Dei uma olhada no trabalho de Freddy Meyer, ao meu lado.

Ele tinha chegado a um ser pluricelular, uma espécie de alga. Raul, por sua vez, elaborara um vírus simples, bem sólido, capaz de se nutrir e se reproduzir no interior de outros organismos. Edmond Wells havia fabricado uma esponja, se alimentando não só de luz, mas também de gás. Graças a um sistema de filtragem, sua criação suportava bem o oxigênio que, até então, se mostrava venenoso para toda forma de vida. Incorporando essa energia, a esponja produzia filamentos, permitindo-lhe se deslocar na superfície. Quanto à Mata Hari, ela simplesmente inventou a sexualidade, criando organismos que se reproduziam não mais por divisão, mas se unindo a indivíduos diferentes, com mistura de seus códigos de DNA.

– Nada mal.

– Não foi fácil – admitiu ela. – Fui obrigada a passar por uma fase de canibalismo. Um indivíduo ingeria outro, para associar os dois DNA. Daí, compreendi que teria melhor resultado em dois tempos: fundir primeiramente duas células num ser com duplo DNA e produzir, em seguida, um terceiro ser, vindo da união das duas células.

– 1 + 1 = 3 – concluiu, brincando, Edmond Wells.

Essa divisa logo me pareceu ter uma força incrível. Tão precocemente surgida na vida, 1 + 1 = 3 parecia indicar o segredo da evolução. Circulando por trás de nós, para verificar nossos progressos, Posídon parou, incentivando Mata Hari. Com isso, outros alunos passaram a copiar esse sistema revolucionário, permitindo escapar do ciclo da reprodução solitária e passando ao dos indivíduos diferenciados.

Construímos e desconstruímos, melhorando nossos protótipos, criando seres cada vez mais complexos. Havia plânctons, dáfnias, larvas. Alguns queriam chegar aos peixes, mas Posídon os interrompeu. Nada que tivesse olhos, nada que tivesse boca; não devíamos nos afastar do reino vegetal. Devíamos ficar em "2".

Aceitamos esse limite. Minha "pinsoneta" era uma flor rosa água meio pálida, mas resistente. Reproduzia-se com facilidade, graças ao sistema de filtros, inspirado por Edmond Wells, e por um mecanismo de sexualidade de minha invenção, que enviava gametas na água. Ou seja, beneficiava-se de todas as últimas tendências vanguardistas.

A "razorbacketa" de Raul era uma anêmona com longos tentáculos. Edmond mimava sua "wellseta", alga de cor malva, com ares de alface e equipada com um sistema de cápsulas cheias de ar, o que lhe permitia flutuar na superfície e, com isso, dispor de oxigênio e luz. Ela ainda mais me impressionava porque minha "pinsoneta", vivendo nas profundezas, só utilizava o oxigênio da água e da luz fraca, filtrada pelas camadas marinhas superiores.

Mata Hari modelou a "harieta", uma flor simples, vermelha, que balançava, fixada no solo. Seu coração cuspia intermitentemente gametas que, encontrando outros, geravam uma nova planta. Elas começaram a pulular no oceano primitivo e observei que, por causa da sexualidade, esses vegetais não eram similares e se adaptavam ao meio, cada um à sua maneira.

Gustave Eiffel obteve uma criação espetacular e de grande beleza. Seu mecanismo de coral crescia, misturando uma estrutura, metade mineral e metade vegetal, e sua coloração rosa alaranjada chamava a atenção, no azul sombrio da água. Mais discreto, Freddy Meyer havia imaginado um musgo azul-celeste, claro e fino, aderindo às rochas e tingindo-as de turquesa. Já a moita de ramos moles, negra e amarela, de Sarah Bernhardt, era bonita, mas parecia se reproduzir com dificuldade.

As plantas estavam em todo lugar. Havia mais de 150 espécies vegetais e algumas não pertenciam a nenhum de nós. Talvez nascessem espontaneamente. Posídon, aliás, aconselhou que não subestimássemos os vegetais, pois dispunham de enormes poderes, mesmo sendo imóveis.

– Lembrem-se – disse ele. – Em suas últimas vidas como mortais, adoravam os vegetais e eles influíam nas existências de vocês. O café estimula. O açúcar da cana ou da beterraba gera energia, assim como o chocolate, que a alguns vicia. E ainda há o chá, o tabaco... Ah, o tabaco! Uma simples folha e ela age sobre todo o organismo humano. Interfere no controle das gorduras, no sono, no humor. Sem falar, é claro, das plantas utilizadas como drogas, a folha de coca, a folha de maconha, a papoula, o cânhamo... É engraçado, não acham, vegetais manipularem os humanos? Quantas civilizações foram deformadas por plantas! Nunca subestimem uma dimensão da evolução. Mesmo que lhes pareça, de início, inferior, ela cria problemas, mesmo assim.

Posídon cofiou a alva barba, inclinou-se, estudou e, afinal, anunciou o vencedor. Bernard de Palissy foi quem ganhou a coroa de louros de ouro. O ceramista conseguira uma planta compacta, que crescia bem rapidamente, alimentando-se apenas de luz e de alguns elementos químicos, retirados do solo.

O último colocado foi Vincent Van Gogh. O pintor tinha elaborado uma flor aquática com pétalas amarelas, parecendo seus célebres girassóis, mas dispondo de um mecanismo que ele fora o único a imaginar: um sistema de modificação das cores, originalmente destinado à camuflagem, mas que ele logo aperfeiçoou, para que a "gogheta" mudasse de cor aleatoriamente, apenas pela beleza.

– Na natureza, a estética constitui um luxo inútil – comentou sobriamente Posídon. Nesse estágio da evolução, deve-se primeiro pensar em termos de eficiência.

Em nossas fileiras, alguns pintores esboçaram solidariedade pelo infeliz impressionista e Van Gogh não se resignou com o fracasso, protestando:

– Não concordo. A finalidade da evolução não é a eficiência, mas literalmente a beleza. A "gogheta" não é um equívoco de amador. A obra é um esforço em direção à perfeição e só posso deplorar que não seja, o senhor, capaz de compreender isso.

– Sinto muito, meu caro Van Gogh – retrucou secamente o deus dos Mares –, mas não é você quem decide as regras do Olimpo. Vencer, aqui, é estar conforme às exigências dos professores e não ditar as próprias leis.

Van Gogh sacou seu ankh, mas um grupo de centauros que vinha em reforço já se apresentava, armados com escudos, à maneira da polícia de choque. O pintor dirigiu seus raios contra eles, mas estavam bem protegidos. Então, em desespero de causa, voltou a arma para si próprio, com um tiro direto na orelha, e desmoronou. Os homens-cavalo carregaram o corpo. A cena inteira durou apenas alguns segundos.

Subtraindo: 139 – 1 = 138.

Ninguém se moveu. Estávamos resignados. Era estranho termos aceito tão rapidamente as regras "deles" no jogo. Para os melhores, a coroa de louros; para os últimos, a eliminação. Não passávamos de uma banal turma de alunos, ansiosos para passar nos exames e não ser reprovada.

47. ENCICLOPÉDIA: BONECAS RUSSAS

Se um elétron fosse dotado de consciência, imaginaria fazer parte do conjunto bem mais vasto do átomo? O átomo poderia compreender sua inclusão no conjunto mais vasto da molécula? E a molécula, compreenderia estar encerrada no conjunto mais vasto, por exemplo, de um dente? O dente perceberia fazer parte de uma boca humana? Por uma razão mais forte, poderia um elétron ter consciência de ser uma ínfima parte de um corpo humano? Quando ouço alguém dizer que acredita em Deus, para mim é como se dissesse: "Eu, pequeno elétron, tenho a pretensão de perceber o que é uma molécula." E alguém que se diz ateu parece afirmar: "Eu, pequeno elétron, tenho a pretensão da certeza de não haver qualquer dimensão superior a esta que conheço."

Mas o que diriam crentes e ateus, se soubessem o quanto tudo é muito mais vasto e complexo do que a imaginação pode apreender? Quanta desestabilidade para o elétron, descobrindo não só estar encerrado na dimensão de átomos, moléculas, dentes e seres humanos, mas que este último, por sua vez, está inserido nas dimensões planeta, sistema solar, espaço e talvez algo ainda maior, para o qual não temos ainda uma palavra. Estamos num jogo de bonecas russas que nos transcende.
Portanto, autorizo-me a dizer que a invenção humana do conceito de deus talvez não passe de fachada tranquilizadora, face à vertigem que nos apodera diante da infinita complexidade do que efetivamente pode haver acima de nós.

Edmond Wells
***Enciclopédia dos saberes relativo e absoluto*, tomo V.**

48. FRUTOS DO MAR, OSTRAS E OURIÇOS

A estação outonal trouxe-nos algas e, depois, ostras, ouriços e anêmonas do mar. Após o ovo e o sal, esses petiscos nos encantaram. A associação do gosto iodado e do sabor vegetal era ótima. Tive a sensação de engolir nacos de oceano concentrado.

Não provamos pelo paladar nossas criações vegetais e eu me perguntei qual gosto teria a "pinsoneta". Seria comestível?

Raul estava sentado ao meu lado.

– Não temos conversado muito – disse ele. – O que está achando disso tudo?

Despreguei uma ostra de sua concha e a engoli, enquanto Raul, pensativo, alisava o queixo.

– Tenho impressão de não fazer mais parte da realidade, de ser apenas uma peça num jogo, do qual não tenho o comando, como um peão manipulado por um diretor qualquer. Fomos jogados num filme, ou num reality show televisivo... De todo lugar, espiam nossas reações. Além disso, esses deuses gigantes, togas, quimeras, homens-cavalo, moças-borboleta, sereias, grifos e sátiros formam um cenário que parece ter saído da imaginação de um Salvador Dalí... Quando éramos tanatonautas, era uma alegria erguer cada uma das cortinas escondendo mistérios ocultos. Avançávamos contra o sistema, os arcaísmos da medicina, as religiões dogmáticas, o tom professoral de todo tipo. Aqui, porém... quem são nossos verdadeiros inimigos?

Raul serviu-se na bandeja de frutos do mar que uma Hora deixou a nossa frente. Com uma faca e com todo cuidado, abriu um ouriço, evitando se picar.

– Essas aulas em que somos testados como crianças, o "prêmio" da coroa de louros para os bons alunos, a exclusão para os recalcitrantes... Não gosto nada disso. Detesto me sentir pressionado. E é como estamos, pela gravidade que nos prende ao chão, pelas muralhas da cidade, pelo mar limitando essa ilha de Aeden, ela própria perdida num planeta isolado de tudo.

– Quase todas as noites temos saído livremente das muralhas da cidade – observei.

Meu amigo continuava dubitativo.

– Inclusive as escapadas são fáceis demais. Tudo se passa como se nos colocassem pequenas barreiras, para acharmos transgredir regras, enquanto...

– O quê?

– Não sei se isso não é exatamente o que esperam de nós. Você viu com que facilidade atravessamos o rio? E como sempre escapamos por um triz? Da última vez, inclusive, quimeras nos ajudaram... Não acha isso estranho? Parece haver alguém por trás de todo esse jogo.

– Concordo, mas quem?

Com a faca de abrir ostras, apontou para o alto da montanha.

– O manipulador de marionetes. O Grande Deus. – Seu rosto teve uma rápida contração. – Ou, quem sabe, o diabo em pessoa.

A estação Primavera, vendo meu apetite, trouxe outra bandeja.

– E essas moças lindas... – continuou Raul. – Parecem fazer parte de uma produção de espetáculos, contratadas por uma agência de modelos para a figuração.

– Preferia que fossem velhas corocas?

Meu amigo soltou um suspiro.

– Não suporto essa manipulação. É como naquele seriado, *The prisoner*, conhece? As pessoas estavam presas num desses hotéis para férias e o ator principal repetia “eu não sou apenas um número”.

– Chegando, pensei em *A ilha do doutor Moreau*, lembra? Havia um cientista louco, fazendo experiências com híbridos homens-animais.

Falar de filmes nos relaxava.

– A mim, o lugar faz lembrar de *Zaroff, o caçador de vidas* – disse Marilyn Monroe. – No filme, os caçadores usavam os recém-chegados na ilha como caça viva, vocês viram?

– Ou *Highlander: o guerreiro imortal*, “no final resta apenas um...” – lembrou Freddy Meyer, engolindo uma ostra nada kosher.

Como Edmond Wells havia dito desde o início, tudo aquilo dava a impressão de ser encenado. Ninguém realmente se impressionou com a morte de Debussy e nem com o desaparecimento de Van Gogh ou dos outros. Como se nós próprios estivéssemos dentro de um filme ou romance. Eram apenas personagens saindo de cena. Não nos sentíamos realmente ameaçados pelo perigo e analisávamos tudo como a um suspense...

– Vocês leram *A ilha misteriosa*, de Júlio Verne? – perguntei.
Por motivos estranhos, a pergunta causou um mal-estar.

– Esse livro não tem nenhuma relação com nossa história – afirmou Marilyn Monroe. – Acho que era sobre um grupo de pessoas vivendo como Robinson Crusoé.

– E não havia nenhuma cidade.

– Mas havia o capitão Nemo, escondido em algum lugar da ilha, vigiando... – lembrei.

– Nesse caso, eu citaria *O senhor das moscas* – manifestou-se Proudhon. – Vocês não se lembram daquelas crianças numa ilha? Sem adultos, entregues a si próprias?

Eu me lembrava bem do livro de William Golding, que me impressionara. No final, se criavam dois grupos de crianças. Um com meninos querendo acender uma fogueira, para chamar a atenção dos navios que passassem ao largo, e outro, sob a chefia de um garoto que se impôs como líder autoritário, dedicando-se à caça e, em seguida, à guerra. Tendo logo criado uma hierarquia, o grupo estabeleceu um sistema iniciático e punitivo. Progressivamente, o segundo grupo exterminou o primeiro.

Continuamos a evocar histórias e isso nos mergulhou em certo saudosismo da vida em "Terra 1". Eu me perguntava se séries e filmes cults também existiriam em outros planetas. Provavelmente.

– E o que acha que há no mundo escuro?

Pensamos em *Cérbero*, em *O cão dos Baskerville* e alguns evocaram *Alien, o oitavo passageiro*. Estranhamente, colocar nomes ou imagens de Hollywood no monstro tornava-o menos aterrorizante.

– Vocês se lembram do coelhinho branco do filme *Em busca do cálice sagrado*, dos Monty Python? Era um coelhinho de nada, mas ele degolava todo mundo, antes que se pudesse ter qualquer reação.

– Pode-se pensar também na criatura do pântano, surgindo na noite – lembrou Marilyn Monroe.

– Ou Drácula.

Nessa altura, ouvimos um novo grito. Voltamos à realidade. Calamo-nos. Um segundo grito, ainda pior, nos causou um calafrio.

Não era em nenhum filme que estávamos.

Com um salto, nos pusemos de pé. Saímos do Mégaro em direção ao ponto de onde parecia vir o perigo. Centauros já galopavam à frente.

Os gemidos vinham de uma residência com a porta entreaberta. Entramos todos. A casa era idêntica à minha. Um garfo estava caído no chão e provavelmente servira para erguer, pelo lado de fora, a trava de madeira.

Houvera uma invasão.

A sala estava vazia. Na tela da televisão, uma criança pulava o jogo da amarelinha. Lançava dados que somavam o número "7" e, saltando numa perna só, ia até a casa "7", marcada com giz branco com a inscrição "Céu".

Avancei até o banheiro e descobri Bernard Palissy, agonizando. Um raio lhe carbonizara a metade do rosto. Tinha ainda um olho bem aberto, com a pálpebra trêmula. Não estava morto e conseguiu balbuciar:

– O deicida é o...

Tentou pronunciar o nome, mas não conseguiu.

– Quem fez isso? Como é possível? – gritou Atena, abrindo caminho na multidão e se aproximando do corpo.

Com a ponta da lança, revistou a roupa do defunto, procurando outros ferimentos, enquanto a coruja alçou voo, inspecionando os arredores. Não encontraram nada. Centauros cobriram o corpo do pobre Palissy e nos evacuaram da residência.

Subtraindo: 138 – 1 = 137.

Do lado de fora, Atena nos reuniu.

– Alguém aqui resolveu desafiar os Mestres-deuses, com provocações. O deicida quer recriar em Olímpia o caos reinante em tantos planetas, instaurando a morte e a destruição. Na verdade, ele não irá longe. Como deusa da Justiça, posso afirmar que os crimes não vão ficar impunes e o castigo será exemplar.

Juntos, os teonautas e eu nos afastamos do triste local e a residência inteira pareceu ocultar inúmeras armadilhas.

– Ele ia falar, ia dizer o nome. Cheguei a ouvir "o deicida é o...".

– Podia ser "o" diabo, ou "o" deus disso ou daquilo.

– Também poderia ser "a". "O" e "a" às vezes se confundem.

Mata Hari olhava ao redor, em busca de indícios.

– Havia um garfo no chão. O intruso utilizou-o para erguer a tranca pelo lado de fora – observou Edmond Wells.

– Com o deicida atacando dentro das casas, ninguém mais pode dormir tranquilo. Temos apenas essa tranca de madeira fechando as portas.

– Devemos colocar uma cadeira para bloqueá-las. Caindo, vai nos acordar, mesmo que se tenha dormido na banheira – sugeriu Mata Hari, metódica.

Marilyn Monroe parecia transtornada.

– O demônio está solto na ilha – disse. – Ninguém mais vai dormir tranquilo.

Raul franziu o cenho, entregue a seus pensamentos:

– Se Atena estiver certa, o deicida não é diabo e nem demônio. É certamente um aluno. Podemos, então, nos defender, lutar e vencer. Não é como os monstros que infestam a ilha e de cujos poderes ignoramos a extensão.

Proudhon se tinha juntado a nós e disse, por sua vez:

– Na verdade, nos enganamos todos de roteiro. Estamos em *O caso dos dez negrinhos*, de Agatha Christie. Vamos todos ser eliminados, um após o outro. Quando sobrarem apenas dois sobreviventes, eles próprios saberão quem é culpado e quem é inocente.

Eu me espantei:

– Você já estava morto há tempos, na época em que os romances policiais de Agatha Christie se tornaram populares.

– É verdade, mas quando era anjo, tive seu editor como cliente. Podia até mesmo ler os livros antes de serem publicados.

A ideia de Proudhon pareceu boa para especulação e levei adiante o raciocínio.

– Como em toda história policial, vamos às hipóteses. Somos agora 137. Eu não sou culpado e nem Raul, Marilyn, Freddy e Edmond, que estavam comigo enquanto o deicida atacava. Restam 132 suspeitos.

– Na verdade, 131 – disse Proudhon. – Também não tenho nada com isso.

– Tem um álibi? Tem testemunhas? – perguntou Raul, desconfiado.

– Epa! – exclamou Proudhon. – Não é com suspeitas mútuas que a atmosfera vai se distender. Deixem aos Mestres-deuses as investigações. Eles dispõem de meios que não temos.

Gustave Eiffel entrou na conversa.

– Não somos ovelhas indo ao sacrifício. Podemos nos proteger.

Brandiu o ankh, como se enfrentasse um adversário.

– Se o deicida vier, atiro primeiro.

– Se o deicida vier, eu grito – disse Marilyn.

– Todos gritaram, querida – observou carinhosamente Freddy –, e não adiantou muito.

– Mesmo deixando a investigação aos Mestres-deuses, podemos, de qualquer forma, ter algumas questões – sugeriu Raul. – Para começar, por que o assassino teria escolhido Bernard Palissy como alvo?

Estávamos sentados num largo banco de mármore, em forma de ferradura. As respostas se atropelaram.

– Porque é mais fácil atacar quem está sozinho, em seu banheiro, do que pessoas juntas, comendo num espaço coletivo – ponderou Marilyn.

– Porque Bernard Palissy foi o melhor aluno no último exercício – lembrou Sarah Bernhardt, sublinhando essa particularidade.

A reflexão nos perturbou. Os primeiros seriam assassinados?

– Você também recebeu a coroa de louros e, que se saiba, não foi morta – ponderou Georges Méliès.

– Na verdade, não contei, mas enquanto estava vendo meus mortais de "Terra 1" na televisão, ouvi um ruído no quarto. – Ela sabia como produzir efeitos sobre a plateia. – Peguei meu ankh e fui ver de perto.

– E então?

Estávamos ansiosos pela continuação.

– A janela estava aberta. Havia marcas de sapatos enlameados.

Houve um longo silêncio.

Caía a noite e, no alto da montanha, a luzinha se manifestou três vezes. Como uma chamada.

49. ENCICLOPÉDIA: MISTÉRIOS

Muitos ensinamentos místicos escondem uma face esotérica, reservada a uma elite de iniciados. São chamados "Mistérios". Os de Elêusis, no século VIII antes de Cristo, são os mais antigos e mais conhecidos dos Mistérios ocidentais. Compreendiam uma purificação pela água, jejuns, invocações, a representação da descida dos mortos ao Inferno, o retorno à luz e a ressurreição.

Nos Mistérios órficos, associados ao deus Dioniso, o rito consistia em sete sessões: 1. "A tomada de consciência". 2. "A tomada de decisão". 3. "A tomada de alimentos rituais". 4. "A comunhão sexual". 5. "A prova". 6. "A identificação com Dioniso". E, por último, 7. "A libertação pela dança".

Celebrados no Egito, os Mistérios de Ísis contavam com quatro provas, ligadas aos quatro elementos. Na prova da terra, o iniciado devia, sozinho, se orientar no escuro, com uma lâmpada a óleo, num labirinto que terminava num abismo, no qual ele devia descer, usando uma escada. Na prova do fogo, ele passava por cima de ferros em brasa, dispostos em losangos, com lugar para apenas um pé. Na prova da água, devia atravessar o Nilo à noite, sem largar a lâmpada. Na prova do ar, se aventurava numa ponte suspensa, balançando sob seus pés e deixando-o suspenso sobre um abismo. Em seguida, os olhos do postulante eram vendados e faziam-lhe perguntas. Retirava-se a venda e era-lhe dada a ordem de permanecer entre duas colunas quadradas, onde receberia aulas de física, medicina, anatomia e simbólica.

Edmond Wells,
Enciclopédia dos saberes relativo e absoluto, tomo V.

50. EXPEDIÇÃO NO ESCURO

O grifo se encarregou de instalar a tirolesa e todos nós, um atrás do outro, deslizamos por cima do rio. Dessa vez tive o cuidado de erguer bem as pernas, evitando que uma sereia viesse me agarrar o tornozelo.

Édith Piaf não pediu para vir. Não sabíamos se por medo do monstro, ou chateada por não a termos deixado cantar tanto quanto queria.

Atravessado o rio azul, estendia-se a floresta escura. Nossa pequena tropa se reagrupou e, enquanto soavam as onze horas no campanário do palácio de Cronos, em fila indiana penetramos na nova terra incógnita. Quando os sinos cessaram de bater, somente o canto murmurado das sereias quebrava ainda o silêncio, como para lembrar a beleza do rio e da floresta azul.

– Vocês não estão com medo? – perguntou baixinho Marilyn Monroe.

Edmond Wells tirou de sua inesgotável sacola um punhado de vaga-lumes voluntários para nos iluminar, distribuindo três para cada membro da expedição. Retomamos a caminhada, indo à frente os mais arrojados, Raul e Mata Hari.

Na floresta negra, todas as flores eram escuras e não espantei-me ao reconhecer jalapas com pétalas antracíferas. As árvores com galhos compridos pareciam divindades indianas, com seus inúmeros braços ameaçadores, balançando ao vento. À leste, a montanha das eternas brumas mal deixava ver o cume que me obcecava.

Uma imagem voltou-me ao espírito: Júlio Verne.

"Não vá lá no alto, de jeito algum vá lá no alto..." Em nossa vinda anterior, um grunhido rouco, longínquo, nos havia aterrorizado. Dessa vez, até o vento bruscamente cessara de sacudir as folhas. Não se ouvia mais nada. O silêncio era ainda mais incômodo. Nenhum zumbido de inseto, nenhum roçar de asas nos arbustos, nenhum coelho e nem doninha correndo à nossa frente. Nada senão o silêncio opressivo e a opacidade da noite.

Avançamos num mundo cada vez mais frio, silencioso e negro.

II. OBRA EM NEGRO

51. NA ESCURIDÃO

Negro.

As três luas desceram abaixo do horizonte e as estrelas estavam tão distantes que se tornaram indiscerníveis. As árvores, cada vez mais altas, cada vez mais espessas, pouco a pouco nos esconderam completamente o céu.

À minha frente, Marilyn batia os dentes.

Um arfar surdo se fez ouvir, ainda distante.

Paramos.

Armamos, todos, os nossos ankhs. Regulei o meu para a potência máxima e, de repente, a respiração cessou, como se tivéssemos despertado o monstro, que se preparava para melhor nos surpreender.

– E se voltássemos? – propôs Marilyn.

Com a mão, Raul fez sinal para que não falasse. Meu amigo pôs no chão seus três vaga-lumes e avançou com passos curtos, como batedor, em direção ao desconhecido, vindo Mata Hari logo atrás.

Freddy, Marilyn, Edmond e eu nos reagrupamos, formando um quadrado, para vigiar todos os lados. Mantínhamos os ouvidos em alerta.

As 12 badaladas da meia-noite ressoaram no vale. Escutamos, junto a isso, algo como o rugido abafado de um leão e depois voltou o silêncio.

Eu podia sentir a proximidade do monstro.

De repente, passos pesados galoparam em nossa direção e, ao nosso lado, uma debandada geral teve início. Deixamos os vaga-lumes e fugimos no breu.

O rio azul reapareceu como fronteira tranquilizadora. A tirolesa continuava ali, fixada na árvore grande. Marilyn foi a primeira a saltar e aterrissou sem dificuldade na outra margem. Nós nos comprimimos, para alcançar a empunhadura presa no barbante. O chão e a árvore tremiam sob o impacto dos passos não humanos. Freddy partiu.

Edmond e eu mal conseguíamos esperar a volta da empunhadura. Do jeito que pudemos, trepamos nos galhos, com os ankhs apontados para o chão, resolvidos a não nos rendermos sem combate. Nenhuma criatura monstruosa apareceu. Apenas uma voz, deformada pelo terror, se fez ouvir:

– Fujam! – gritou Raul, em algum lugar à esquerda, com a mesma entonação desesperada que Júlio Verne, quando cheguei na ilha.

– Voltem rápido! – clamou Mata Hari, também em pânico.

– Subam, estamos na árvore – chamou Edmond, o mais calmo possível.

Quando chegaram, trêmulos e ofegantes, perguntei:

– Vocês o viram? Era o quê?

Raul não respondeu. Mata Hari também se mostrou incapaz de pronunciar qualquer palavra. Passei-lhe a empunhadura da tirolesa, que acabara de voltar. Raul, com os nervos à flor da pele, foi o seguinte, é claro. Eu não queria ser o último, mas era normal que cedesse a vez a Edmond Wells, meu mentor. Ficando sozinho, os passos voltaram a se aproximar.

52. ENCICLOPÉDIA: ANGÚSTIA

Em 1949, Egas Moniz recebeu o prêmio Nobel de medicina, por seus trabalhos com lobotomia. Ele descobriu que, perfurando o lobo pré-frontal, suprimia-se a angústia. Esse lobo tem uma função bastante particular, agindo permanentemente para a visualização das eventualidades futuras. Essa descoberta abriu caminho para uma tomada de consciência: o que motiva a angústia é nossa capacidade de nos projetarmos no tempo. Tal aptidão nos faz ir em direção aos perigos pressentidos e, de certa maneira, em direção à tomada de consciência de que um dia morreremos. Por isso, Egas Moniz concluiu que... não pensar no futuro reduz a angústia.

Edmond Wells,
Enciclopédia dos saberes relativo e absoluto, tomo V.

53. UM CAMPO INTERMEDIÁRIO

O monstro afinal chegou. Cada passada fazia tudo estremecer e eu o pressentia enorme.

Rapidamente compreendi ser perda de tempo esperar a empunhadura, pois o monstro não teria nenhuma dificuldade para me alcançar nos galhos. Saltei, então, da árvore, pelo lado oposto aos sons alarmantes. O monstro estava próximo. Recuei e corri na direção que parecia me afastar do perigo. Ele se deslocava bem mais rápido. Seus grunhidos abafados não o impediam de correr. Em desespero de causa, joguei-me num matagal, arranhando-me em tudo que havia no caminho. Não me virava para trás, tentando vê-lo. Através da folhagem, as primeiras claridades do dia não ajudavam em nada. De vez em quando, um rugido surdo lembrava que a besta ganhava terreno.

Meus pulmões ardiam, as mãos queimavam, arranhadas nos espinhos do matagal.

Do outro lado, os amigos chamavam por mim. Não sei há quanto tempo, já, eu corria, quando tropecei em algum desnível do chão e despenquei por um barranco interminável. Desci rolando, machucando-me toda vez que tentei me agarrar em alguma planta. A queda interrompeu-se no leito seco de um córrego e reparei em árvores diferentes.

Aparentemente, o monstro havia desistido de me seguir. Levantei, sacudi-me um pouco, lambi os ferimentos e observei em volta. O segundo sol estava se levantando à leste, por trás de uma montanha. Eu devia, então, seguir na direção oposta. Tinha sido, no entanto, bem mais fácil despencar encosta abaixo do que subir. Resolvi contornar a montanha pelo lado sul.

Avancei como pude, até constatar que, a cada passo, enfiava-me num terreno instável. Lembrei-me do personagem da piada de Freddy, preso em areias movediças e recusando a ajuda dos bombeiros, pois contava com a de Deus. Se bombeiros aparecessem, eu imploraria que não poupassem esforços.

Lenta e inexoravelmente, com as pernas paralisadas, comecei a afundar na lama. Berrei "Socorro!", mas nem mesmo o monstro veio.

A lama já me chegava às axilas, sem que nada acontecesse. Que fim mais idiota!

Podia senti-la alcançar minha boca e meu nariz. Em pouco tempo me sufocaria. Eu ia perder as outras aulas. Não descobriria a resposta para o enigma de Afrodite.

Minha última visão foi Moscona, esvoaçando por cima da minha cabeça, desesperada, puxando-me uma orelha, como se pudesse me içar do atoleiro.

Fechei os olhos. Estava inteiramente coberto e continuava a descer. No entanto, seria uma ilusão? Meus pés, gelados, pareceram bater livres no espaço. Havia um vazio abaixo de mim. Meus joelhos, já dormentes, puderam se mexer. O corpo inteiro, afinal livre, entrou numa cavidade subterrânea. Caí num rio e deixei-me levar pelo fluxo das águas. Cheguei numa corredeira mais rápida e fui rolando como um graveto pela correnteza, num corredor de terra. Tentei interromper a degringolada, mas já descia rápido demais. Deslizei como num tobogã de piscina, só que interminável. O cenário parecia vir a toda velocidade ao meu encontro. Após um tempo infinito, o corredor desembocou na parte superior de uma caverna alta, onde fui ejetado, caindo numa água gelada.

Nadei em direção à superfície, enquanto peixes brancos, luminosos, com ares de monstros abissais, me olhavam espantados. Meus pulmões ardiam e, afinal, emergi. Inspirei uma imensa quantidade de ar, tossi e expeli a água que me asfixiava. Sacudindo as pernas, para me manter na superfície, consegui pegar meu ankh e atirar. O clarão revelou que eu estava num lago subterrâneo, no fundo de uma ampla caverna. Nadei indo para a beirada de pedra, tirei a toga encharcada, toda suja de lama e lavei minhas sandálias. Um novo clarão do ankh revelou uma passagem numa lateral.

Avancei por um dédalo infindável. Tomei uma sucessão de túneis escavados na terra, desembocando às vezes em cavidades e arcadas naturais, repletas de estalactites e estalagmites. Andei por muito tempo. De vez em quando, era preciso me curvar, pois descia a altura do teto que, mais adiante, podia se tornar muito alta. Às vezes, também, a água lamacenta me cobria os joelhos.

De repente, cheguei numa sala arrumada com cadeiras, mesas e objetos talhados de madeira. Havia, inclusive, uma vela sobre um móvel e acendi-a com o ankh. Sem dúvida, o local tinha servido de refúgio a pessoas. Antigos alunos que houvessem estabelecido um campo intermediário? Um amontoado de livros virgens, semelhantes aos da minha residência, estava jogado num canto, junto com mapas. Peguei um. Fora preenchido e escrito em língua que eu desconhecia. Desenhos representavam uma embarcação em um rio e um combate contra as sereias.

Também a montanha fora reproduzida, com o pico sombreado por tracinhos, e os desenhistas pareciam querer dizer à sua maneira: "De jeito algum vá lá no alto."

Havia ainda sapatos de caminhada ou de montanha, cordas, ganchos... mas tudo coberto por espessa poeira. Os sapatos não me serviram, eram pequenos. Meus antecessores tinham pezinhos miúdos. Em todo caso, há muito tempo ninguém mais voltara ali.

Juntei comigo livros, mapas, material de alpinismo e, com a vela, tomei um dos corredores que partiam da sala.

De novo estava no labirinto de rocha e de terra. Andei um bom tempo.

Estava com frio, fome e exausto. Não aguentava mais a perambulação e abandonei o pesado amontoado de livros e objetos que queria levar comigo de volta à minha residência.

No final de um longo périplo, acabei chegando num ambiente que reconheci, pois era a primeira caverna em que aterrissara no início...

Suspirei desanimado. Estava a ponto de desistir da luta pela sobrevivência. De qualquer forma, não seria o primeiro prestes a se tornar deus e que se transformava em quimera. Reencarnaria como criatura híbrida, metade homem, metade formiga, deambulando pelo labirinto subterrâneo. Edmond Wells poderia se sentir orgulhoso do pupilo.

A mitologia grega evocava quimeras desse tipo: os mirmidões. Soltei uma gargalhada desesperada, primeiro provável sintoma da loucura.

De repente, vi um coelho albino. Esfreguei os olhos. Talvez delirasse, pela lembrança do feroz coelhinho branco dos Monty Python... Ou, quem sabe, o escorregadio coelho de *Alice no país das maravilhas*. O pequeno roedor me olhou com olhinhos vermelhos e se afastou, trotando pelo corredor que eu já havia percorrido. Nada tendo a perder, fui atrás. Chegando em uma encruzilhada já conhecida, ele virou à esquerda, enquanto eu havia seguido à direita. Novo dédalo. O coelho branco guiou-me até uma passagem estreita, escondida por uma estalagmite, levando a outro corredor. Na lateral, porém, degraus rugosos, escavados na própria rocha, formavam uma escada natural. Precipitei-me até ele. Não sentia mais nenhum cansaço, apesar de os degraus parecerem nunca terminar.

Um trecho da Enciclopédia me veio à cabeça. V.I.T.R.I.O.L. *Visita Interiorem Terrae Invenies Operae Lapidem*. "Visita o interior da terra e retificando encontrará a pedra escondida." A morte-renascimento pela descida sob a terra...

Desci. Subi. Enfim, uma luz. No alto, a claridade da aurora feriu meus olhos, já habituados à obscuridade das catacumbas.

O coelho albino eriçou as orelhas, remexeu o focinho, acelerou o passo. Corri atrás dele. Lá estava o rio azul e eu estava na margem da floresta negra, mas sem que o monstro se manifestasse. O coelho saltitou, tranquilamente, até uma queda d'água, à primeira vista intransponível. Parei e examinei as redondezas com cuidado, procurando uma passagem para o outro lado. Minhas hesitações irritaram o pequeno mamífero, que se virou em minha direção, incitando-me a segui-lo.

Cansado, passei sozinho por trás da muralha de água, desaparecendo e reaparecendo, trêmulo, do lado da floresta azul.

Uma passagem por trás de uma catarata! Corri. Era ainda melhor do que a tirolesa, para atravessar sem dificuldade um rio.

Salvo.

Do outro lado, tendo agitado as orelhas em sinal de adeus, o coelho branco já tinha desaparecido.

54. MITOLOGIA: ARES

Filho de Zeus e de Hera, Ares é o deus da Guerra. O nome significa "O viril". Tem como atributos a espada, o abutre e o cão. Representa o próprio espírito da batalha. Ri das carnificinas e só encontra prazer no coração dos combates. Ares é famoso pela personalidade irascível e o temperamento impetuoso, o que lhe causou rompimentos esporádicos com os demais deuses. No cerco de Troia, Atena, irritada, acertou-lhe uma pedrada na garganta.

De fato, Ares nem sempre saiu ganhando. Os gigantes, filhos de Posídon, quando ele tentou proteger Ártemis e Hera, o prenderam por 13 meses num vaso de bronze e ele precisou da ajuda de Hermes para se libertar.

Mesmo sendo o deus da Guerra, Ares se sentia atraído pelo amor, mas suas aventuras galantes em geral terminavam bastante mal. Quando Afrodite resolveu seduzi-lo, o marido, Hefesto, prendeu os dois adúlteros com uma rede metálica lançada sobre a cama. Os outros deuses todos vieram zombar do casal e Ares só pôde voltar à Trácia tendo prometido pagar um resgate por seu erro. Dessa aventura,

no entanto, nasceu uma criança, Harmonia, futura esposa de Cadmos, rei de Tebas.

Afrodite era ciumenta. Ao surpreender Ares na cama de Aurora, condenou a meiga mocinha a eternamente fazer amor.

Com Cirene, Ares concebeu Diomedes, que se tornou rei da Trácia, famoso por alimentar seus cavalos com a carne dos forasteiros visitantes. Com a ninfa Aglauros, engendrou Alcipeia, raptada por um filho de Posídon, que foi morto pelo pai ofendido.

O caso gerou o primeiro processo por morte, no tribunal do Olimpo, com Posídon acusando Ares de assassinato premeditado. Ares defendeu sua causa tão bem que os deuses o absolveram.

Os gregos não gostavam muito de Ares e preferiam divindades mais pacíficas. Temiam sobretudo seus filhos Deimos, o medo, e Fobos, o terror, que o acompanhavam como escudeiros.

Os romanos deram prosseguimento ao culto, chamando-o de Marte. Entre os egípcios, o deus Anhur apresenta muitos traços em comum com Ares.

Edmond Wells,
Enciclopédia dos saberes relativo e absoluto, tomo V
(segundo Francis Razorback, ele próprio
se inspirando em *A teogonia*, de Hesíodo, 700 a.C.).

55. TERÇA-FEIRA. AULA DE ARES

Quando apareci no Mégaro para o desjejum, após a curta noite de descanso, meus amigos todos se levantaram, espantados.

– Michael, achávamos que estava...

– Morto?

Eles não tinham me abandonado. Vendo que eu não vinha, Raul e Mata Hari voltaram a atravessar o rio azul e seguiram minhas pegadas, que cessavam bruscamente. Sulcos cruzavam o chão em todas as direções e desapareciam na floresta negra. Eles, então, se conformaram e atravessaram novamente o rio, com a tirolesa.

– O que aconteceu? – quiseram saber.

Eu não tinha vontade de contar tudo. Não me senti disposto a revelar a história da ampla sala subterrânea, com suas relíquias. Reservei também só para mim o encontro com o coelho albino. Engolindo ostras e algas como desjejum, revelei apenas a passagem por trás do muro de água.

O sino do palácio de Cronos soou oito horas e meia, pondo fim a nossa conversa.

Estávamos na terça-feira, dia de Marte, que também é o nome romano de Ares. Tomamos a direção da morada do deus da Guerra, para receber os ensinamentos do nosso terceiro professor.

Subimos a avenida dos Campos Elísios, passando em frente das casas de Hefesto e Posídon.

O palácio de Ares era uma fortaleza com torres, guaritas e ameias.

Entrava-se, atravessando uma ponte levadiça, por cima de um fosso alagado com uma água esverdeada. No interior, uma sala de armas expunha tudo que serviu para matar e massacrar, ao longo da história da humanidade. Lâmpadas fortes iluminavam maças, lanças, machados, espadas, *nunchacus* japoneses, sabres, mosquetes, fuzis, bombas, granadas, mísseis. Cada arma tinha uma etiqueta, indicando proveniência e data de fabricação.

Vestido com uma toga negra, o deus Ares apareceu. Era um gigante com mais de dois metros, bigode negro e espesso, sobrancelhas grossas e imponente musculatura. Tinha também uma fita negra amarrada na testa. Um labrador e um abutre o acompanhavam. O cão postou-se ao seu lado e a ave foi pousar num ponto elevado.

De pé no estrado, Ares observou-nos e, em seguida, desceu.

Plantou-se diante do nosso planeta que Atlas, sempre demonstrando dificuldade, colocara o mais discretamente possível sobre o oveiro, eclipsando-se sem uma palavra.

Ares apontou a lupa de seu ankh, averiguando nosso trabalho.

– Como eu bem imaginava. Pensaram mais em estética do que em sobrevivência! Planta alguma tem espinhos, nenhuma protuberância com veneno!

Um rumor percorreu a assistência.

– Calem-se. Imaginam que se fabricam mundos como se tricotam rendas?

Apoiando a arma na escrivaninha, virou-se para o quadro-negro e escreveu:

0. O ovo cósmico
1. O estágio mineral
2. O estágio vegetal
3. ... O estágio animal.

Dominando-nos do alto de sua envergadura, o deus da Guerra deixou um riso tonitruante explodir.

– As duas bocas do "3"; vocês conhecem? A boca que morde, sobre a boca que beija. Matar e amar são o segredo de uma vida plena. Qual alegria pode suplantar aquela causada pelos estertores dos inimigos, agonizando com um punhal na barriga? Apenas a de se ouvirem os estertores da mulher extasiada em nossos braços!

Alguns alunos do sexo masculino aprovaram, cúmplices. Já no lado feminino, circulou um murmúrio de revolta.

– Bem sei – retomou Ares, com um riso forçado – que todos aqui têm boas maneiras, mas se o que digo choca alguns, saibam que estou pouco ligando! Adoro uma briga, mesmo quando levo a pior. Quando o semideus Héracles acertou em cheio a minha cara, a primeira coisa que pensei foi: "Enfim um adversário à altura!" Sigam o exemplo vocês também. Não tenham medo de nada, de ninguém, nem dos mestres.

Eles nos desafiava.

– Quem quiser me atacar, que venha. A vantagem está sempre do lado do agressor. Batam primeiro e depois perguntem.

Juntando o gesto à palavra, escolheu, entre nós, um aluno com aparência mais atlética e agarrou-o pela toga.

– O amigo quer briga?

Antes que o outro respondesse, deu-lhe, sem mais nem menos, um soco na barriga.

Dobrado ao meio, o aluno fez sinais negativos.

– Uma pena – disse o deus da Guerra, jogando-o no chão. – Apontando para a vítima, disse: – Vocês puderam ver como é vantajosa a agressão. Funciona sempre. Primeiro se bate, depois se pensa. Se o outro for mais forte... a gente pede desculpa.

Virando-se para a vítima, em tom de zombaria, a poucos centímetros do seu rosto, disse:

– Foi mal, companheiro, foi sem querer. O soco saiu sozinho.

E aplicou-lhe outro golpe, ainda mais forte. Depois, virando-se para a turma toda, em tom alegre, prosseguiu:

– Não só a gente se descontrai, mas os outros passam a nos respeitar. Mas, é verdade... Todos querem sempre parecer "boas pessoas". Não se trata, porém, de bondade, é uma sonsice. Toda civilização que se dedicou muito a bordados, a pratos requintados ou aos esmaltados foi destruída por outra, que fabricava clavas, machados e flechas. É essa a realidade da História. E quem recusa compreender isso, paga um preço caro. Não estamos num mundo de maricas. Entre vocês, os que gostarem muito de um ponto de cruz, é melhor que deixem logo de lado essas aulas de divindade.

O deus da Guerra circulou entre os alunos.

– Desde a noite dos tempos, sempre houve combate. Não do bem contra o mal, como pretendem alguns espíritos simplistas, mas combate... da espada contra o escudo.

Deambulando entre as colunas e acompanhando seus próprios passos com as batidas de um espadagão, martelou:

– Toda vez que, em algum lugar, se inventa uma nova arma de destruição, uma arma de proteção é inventada, ali perto. Flecha contra armadura, carga de cavalaria contra lança, canhão contra muralha, fuzil contra colete blindado, míssil contra anti-míssil, é como evolui a humanidade. A guerra fez mais pelo avanço das tecnologias do que a simples curiosidade, a estética ou o desejo de conforto. O primeiro foguete de "Terra 1" saiu dos estudos para um protótipo de míssil V1, concebido para o massacre de um maior número de civis inocentes, lembrem-se, e foi o que abriu a via para a conquista espacial.

Calou-se, enfiou os dedos na espessa cabeleira escura e olhou-nos de cima:

– Outra coisa. Parece que há um criminoso entre vocês, um deicida atacando seus condiscípulos.

Silêncio em nossas fileiras. Nenhuma reação.

– Não tenho nada contra. Acho bons todos os meios para se ganhar no jogo da divindade. O fim legitima os meios. É um cara de pau, mas teve personalidade. Gosto disso. Sei que os outros Mestres-deuses estão escandalizados, mas eu lhes digo: "Não é esse o sentido da evolução?" O duro vence o mole. O destruidor vence o que se esconde. Então, parabéns a quem elimina seus concorrentes. Não contem com o sistema ou a administração da ilha para protegê-los, correm o risco de surpresas desagradáveis...

E acrescentou ainda, friamente:

– Que o deicida saiba fazer de mim um aliado. E todo o material nessa sala está à disposição de quem quiser brincar de matar os outros.

Soltou uma estrondosa gargalhada.

– Bem, vamos agora passar ao mundo de vocês. "Terra 18". Construíram um bem-comportado aquário, enfeitado com anêmonas e estrelas-do-mar. Bonita decoração, mas é hora de introduzir os verdadeiros atores.

Fabricar nadadeiras, bocas e dentes para dar uma animada no oceano. Nesse trabalho, busquem o mesmo modo operatório usado para as plantas. Gravem o DNA e programem. Mas a margem de manobras é bem mais ampla. Deem livre curso à criatividade.

Ares instalou-se em sua poltrona, enquanto nos esforçamos para criar animais. Tratava-se de elaborar uma obra artística inteira. Esculpi uma forma, pintei a superfície, lancei-me em exercícios de engenharia, tentando conseguir meios de locomoção originais. Nosso Mestre-deus incitava-nos a testar tudo que nos viesse à cabeça, e isso gerou monstros grotescos, multicoloridos, translúcidos...

De início, todas as nossas criações tinham a ver com peixes.

Gustave Eiffel foi o primeiro a pensar em dotar suas criaturas de uma coluna vertebral articulada, para que pudessem dispor de um eixo rígido.

Georges Méliès criou olhos esféricos protuberantes e móveis, permitindo enxergar para frente e para trás. Raul Razorback esmerou-se numa nadadeira que melhorava a tomada de água, para deslocamentos mais velozes. Mata Hari trabalhou numa pele capaz de se adaptar à toda camuflagem.

Comparávamos nossas obras comentando-as, o que irritou o mestre do dia.

– Acham que estão num clube de férias? Pensam estar brincando com bonequinhos? Nada disso! Estamos aqui para ir em frente, para invadir, destruir uns aos outros! A lei da selva é também a do cosmo. O forte triunfa sobre o fraco. O pontudo perfura o liso. Até as galáxias mutuamente se devoram.

Bateu com a lateral da espada de dois gumes na mesa.

– Chega de brincadeira, criem vida tendo como objetivo "comer e não ser comido" ou, se preferirem, "matar e não ser morto".

Escreveu essa última frase no quadro-negro.

Virou-se para nós.

– É isso aí, amiguinhos. A vida pode ser fácil para quem está no seu cantinho do oceano. Constrói-se qualquer coisa dessa maneira. Mas quando entra em cena a luta contra o outro, a gente descobre quem tem o quê e quem melhor se preparou para os... problemas.

Circulou entre nós.

– Sobreviver é o objetivo. Vocês têm que encontrar os meios para isso. A sanção é simples. Atualmente, são 137. Pois bem, vamos peneirar. Vocês disputam entre si e os perdedores são eliminados. Isso deve lhes dar o que pensar e, quem sabe, desenvolver seus minicérebros de deuses.

Ele se colocou à frente da esfera.

– Resumindo: lutem à morte!

Ele se desdobrava para vir em nossas fileiras, vigiar nossos trabalhos.

Ainda junto de "Terra 18", irônico, observou:

– Como é bonito, os últimos instantes de um mundo em paz!

Atacamos com novo ânimo. Os protótipos evoluíram, amadureceram, se consolidaram e sofisticaram.

Marilyn Monroe concebeu uma medusa com longos tentáculos que lançavam nuvens de pequenos arpões envenenados. A moreia de Georges Méliès tinha ótima visão e se mantinha enfiada em anfractuosidades dos rochedos, à espreita do que passasse ao alcance. Sendo um adversário de peso, ela se escondia no buraco; caso fosse uma vítima em potencial, partia para o ataque.

Raul deu retoques num maxilar articulado, consolidado por vários músculos.

Tentávamos nos lembrar dos animais de "Terra 1".

Alguns alunos paramentaram suas criaturas com velas, para ganhar velocidade; outros acrescentaram pinças ou ganchos. Nossos peixes estavam revestidos como aviões de combate. Todos, no início, nos copiamos uns aos outros, mas, em seguida, cada um encontrou o seu caminho.

O maxilar de Raul serviu para uma raia em forma de losango, com asas moles se prolongando por uma cauda longa, flexível e tendo um dardo, capaz de aplicar chibatadas.

Edmond Wells alinhou peixinhos, em cardume compactado como os de sardinhas. O grupo tinha a particularidade de contar com batedores, um para assinalar a presença de eventuais presas adiante e outro para verificar o perigo de predadores, na retaguarda. Mesmo que o inimigo tivesse tempo de se aproximar, enquanto ele devorava alguns indivíduos do cardume, a maior parte dos demais conseguia fugir. No final era como se a comunidade de peixes formasse um só corpo, enorme e poderoso. Meu mentor reinventara o princípio segundo o qual "a união faz a força".

Mata Hari aperfeiçoou o conceito de camuflagem. Além de mudar de acordo com o fundo marinho, seu animal, bem semelhante a uma lula, cuspia tinta para desviar a atenção do inimigo que o localizasse.

Mal tinham sido criados, nossos animais se caçavam, perseguiam, lutavam e se comiam uns aos outros. Em volta, as plantas fabricadas na aula anterior continuavam a crescer e se reproduzir, fornecendo o mantimento necessário à primeira geração de peixes herbívoros. Estes, por sua vez, serviam de alimento aos novos peixes carnívoros, que tinham nas proteínas animais a fonte de calorias, servindo para os ataques rápidos e as fugas desesperadas.

A segunda geração de predadores foi sucedida por uma terceira geração de superpredadores.

Os animais começavam a se comunicar. Os calamares inventaram uma linguagem por fotólise, ou seja, mudavam de cor e às vezes muito rapidamente, para alertar os companheiros ou pedir ajuda.

Uma quarta geração, ainda mais feroz, logo surgiu.

E a grande batalha submarina teve início.

Em pontos determinados da superfície do oceano de "Terra 18", uma enorme agitação emergiu e peixes mortos se acumularam, sendo logo fisgados por congêneres necrófagos. Minha vizinha da esquerda, uma tal Béatrice Chaffanoux, lembrando-se dos conselhos de Ares, aperfeiçoara um escudo protetor. Fabricou um peixe couraçado, semelhante a uma tartaruga, com um corpo molengo, apertado entre grossas placas ósseas.

Joseph Proudhon preferiu peixes caçadores, rápidos e fortes. Seu protótipo, que ele continuou aperfeiçoando, era do tipo tubarão. Contava com um maxilar triturador, tripla fileira de dentes triangulares afiados como navalhas, focinho que podia detectar movimentos e, ainda por cima, uma grande velocidade. As outras criaturas temiam se aproximar e o animal veloz se tornou o terror do mundo submarino.

Procurei inspirar-me nele, mas sem querer gerar um ser tão agressivo. Meu peixe era também comprido e volumoso, equipado com nadadeiras curtas e arredondadas para que não se tornasse presa aos dentes predadores. Sua pele era muito lisa e dei-lhe um focinho-esporão, para que pudesse acertar com precisão o fígado dos tubarões de Proudhon. À primeira vista, meu peixe tinha ares de um golfinho. Vê-se que, naturalmente, voltávamos aos arquétipos conhecidos.

Proudhon também deu ideias a Bruno Ballard, à minha direita, que modelou uma barracuda de carranca assustadora. Atrás de nós, um aluno trabalhava numa enguia espessa, que se defendia com descargas elétricas.

O peixe-palhaço de Freddy Meyer vivia em simbiose com as anêmonas marinhas venenosas que o protegiam dos inconvenientes. O rabino foi o primeiro a imaginar uma associação não apenas entre duas espécies, mas entre duas formas de vida bem diferentes. Seguindo o mesmo princípio, um condiscípulo pôs seu peixe-piloto nas imediações do tubarão de Proudhon, como guia para a localização de presas e com o maior protegendo o menor. Bajular os poderosos já se revelava uma forma eficaz de sobrevivência.

No oceano original, as silhuetas animais se afinaram e se tornaram mais precisas. Cartilagens protetoras se acrescentaram aos pontos fracos da carroceria. As peles ganharam maior resistência, sem perderem a maleabilidade.

Novamente Ares nos chamou a atenção.

Escreveu no quadro-negro: "Tudo é questão de estratégia."

– Alguns de vocês começaram a compreender como endurecer seus animais. Mas a força física e a ferocidade têm seus limites próprios. Há outros meios de vencer. Será o objetivo da nova geração de protótipos.

Procuramos outros caminhos, além da força, e encontramos.

As estratégias de reprodução podiam, às vezes, compensar falhas nas aptidões para o combate. Determinado espécime, que não se defendia lá muito bem, podia sobreviver pondo uma quantidade fenomenal de ovos. Ou, senão, a fêmea protegia a ninhada introduzindo-a na boca, em caso de perigo, e cuspindo-a de volta, em seguida. Gerar filhotes mostrou-se, inclusive, uma boa técnica de ataque, pois certos peixes, graúdos e bem armados, se viam em maus lençóis com uma nuvem de filhotes roubando sua comida ou lhe parasitando o corpo.

Inspirando-me em meu mentor Edmond Wells, aperfeiçoei a comunicação entre minhas criaturas. Elas passaram a viver em família e falando por meio de ultrassons. Ao meu redor, a ideia de se constituir grupo não era retomada. Por outro lado, tudo que fosse camuflagem, mimetismo, engodo, maxilares, veneno, dentes e acasalamento rápido gozava de sucesso garantido. Alunos-deuses logo estavam definindo, para suas criações, territórios a serem defendidos com todas as forças de nadadeiras e dentes. E todos enviavam batedores, para testar as defesas adversárias.

Os peixes das gerações anteriores foram abandonados e, como continuavam a se reproduzir, contribuíam decorativamente. Por não terem sido aperfeiçoados o suficiente, cumpriam a função de presas fáceis.

O confronto nos pôs em estado de efervescência. Alunos em volta viam suas criações dilaceradas, por falta de estratégia coerente. Para se safar, copiavam o melhor que podiam os vencedores.

Acumulavam-se na superfície cadáveres de peixes não consumidos, pois eram superabundantes. Alguns caíam em migalhas nas profundidades abissais, e um aluno teve a ideia de compor um caranguejo necrófago para aproveitá-las.

O sucesso foi tamanho que o caranguejo não demorou a se readaptar, tentando atacar as carapaças das tartarugas de Béatrice Chaffanoux, que foi obrigada a duplicar as camadas de proteção. Sobre a cartilagem, ela inclusive colocou uma espécie de laca bem lisa, que nem mesmo as pinças mais pontudas conseguiam qualquer pegada.

Ares incentivava, encorajava, estimulava o combate cada vez mais encarniçado. Sem que percebêssemos, uma música viera nos instigar: "Carmina burana".

Guerreou-se a torto e a direito. No final de um certo tempo, que me pareceu curto, as espécies tinham se estabilizado. Ninguém mais se metia a conquistar territórios alheios e cada um defendia bem o seu.

Ares resolveu então parar tudo para fazer um balanço geral.

Disse que anunciaria a lista dos vinte melhores entre nós e, em seguida, os excluídos do dia. Ficamos com a respiração suspensa.

Primeiro colocado: Proudhon recebeu a coroa de louros por seu tubarão, o predador absoluto. Segundo: Georges Méliès e sua moreia com visão superdesenvolvida. Terceiro: Béatrice Chaffanoux e a tartaruga marinha de carapaça, que adversário algum conseguiu sequer riscar. Investindo apenas no conceito do escudo, conseguira um excelente protótipo. Bruno Ballard e Freddy foram os seguintes, um com sua barracuda e o outro com o peixe-palhaço. Mata Hari veio com sua lula e Marilyn com as medusas. A raia manta de Raul se colocou logo em seguida. Eu, afinal, fui citado por meus golfinhos, mas Ares censurou a falta de pugnacidade dos meus protótipos. Pareceu-lhe um animal bem-resolvido em sua forma, mas fracassado em seu espírito. Era mais brincalhão do que belicoso. Naquele estágio da evolução, a diversão era um luxo ainda não permitido, segundo ele. Por mais que eu dissesse que a brincadeira pode ser um treino para a guerra, ele afirmou ser preciso primeiro pensar na sobrevivência e na predação.

No final, Ares reagrupou os espécimes sem ataque ou defesa eficazes. Havia tubarões lentos demais, medusas com venenos não fulminantes, calamares molengos, polvos que se embaralhavam nos próprios tentáculos, sardinhas com problemas de comunicação e enguias sem vivacidade. Ao veredicto não cabia apelação. Os inaptos foram eliminados. Seriam 12 alunos a menos. Nova subtração: 137 – 12... Passamos a 125.

Dentre os 12, Montaigne era a única celebridade. Virou-se para nós e, com espírito esportivo, desejou-nos boa sorte.

Os centauros se apresentaram na entrada, para cumprir sua função, e os condenados foram carregados. Já nos levantávamos, quando Ares nos interrompeu:

– Esperem. Estão pensando o quê? A aula não acabou, longe disso. Na verdade, mal começou. Após os peixes, vêm os animais terrestres. Vocês terão uma curta pausa para almoço, apenas uma esticada nas pernas, e logo recomeçamos.

56. ENCICLOPÉDIA: VIOLÊNCIA

Antes da chegada dos ocidentais, os índios da América do Norte viviam em sociedades adeptas do comedimento. A violência existia, é verdade, mas ritualizada. Como não

havia natalidade excessiva, a guerra não era necessária para absorver os excedentes demográficos. No seio da tribo, a violência servia como demonstração de coragem, ao se afrontarem a dor e situações de abandono.

As guerras tribais eram, em geral, declaradas por conflitos concernindo à territórios de caça e raramente degeneravam em massacres e matanças. O que importava era deixar claro ao outro que se podia, querendo, ir mais longe. No entanto, em geral, admitia-se a inutilidade de ir adiante com a violência.

Durante muito tempo, os índios combateram os pioneiros da conquista do oeste apenas arranhando-lhes o ombro com a lança, mostrando que podiam feri-los, se quisessem. A resposta foi o enfrentamento com o uso das armas de fogo. Pois para a prática da não violência, são necessários dois.

Edmond Wells,
***Enciclopédia dos saberes relativo e absoluto*, tomo V.**

57. O TEMPO DOS ANIMAIS

Para evitar perda de tempo, almoçamos na própria sala de aula. A chegada da estação verão nos trouxe cestos-refeição. A evolução alimentar prosseguia. Após os frutos do mar, foi a vez do peixe cru. No menu havia atum, bacalhau e badejo, servidos como carpaccio. Estávamos famintos. O peixe cru devolveu-nos o vigor.

Sem muita conversa, empanturramo-nos de energia. Comemos apressados, pois víamos que Ares estava impaciente para voltar ao "Jogo". Aliás, enquanto nos saciávamos, envolto em sua toga negra e apontando o ankh, o deus da Guerra provocou chuvas, fazendo nascer vegetação em continentes desertos. Fora do oceano, os vegetais teriam mais luz, mais ar e a profusão de oligoelementos enriqueceria os metabolismos dos nossos protótipos.

Mal acabamos de limpar a boca, e Ares já nos chamava:

– Chega de perder tempo, ao trabalho. Tragam-me essa peixada para terra firme.

Pelo prazer do jogo ou por obediência ao Mestre-deus, nas horas seguintes, a maioria dos nossos peixes foi trazida para o seco, com as nadadeiras se transformando em desajeitadas patas. Rapidamente eles adaptaram seus pulmões à respiração aérea e se puseram a pulular nos continentes e arquipélagos, virando progressivamente rãs, salamandras, lagartinhos, lagartões e... dinossauros.

Recomeçou o corre-corre belicoso em "Terra 18", com cada um de nós mantendo-se fiel ao seu estilo particular. Freddy esticou o peixe-palhaço como um comprido diplódoco de pescoço longilíneo. O bicho media bem uns 12 metros, mas revelou-se frágil. Conservando o velame de sua raia, Raul aprontou uma espécie de pterodáctilo, um lagarto voador de focinho comprido e pontudo, com dentes pequenos. Foi o primeiro a fazer voar seu espécime. Era fácil para mim reconhecer naquilo o meu amigo, pioneiro da tanatonáutica, sempre querendo subir para observar mais do alto.

Na sequência direta de seu tubarão, Proudhon improvisou um animal grande, de olhos estreitos e um enorme maxilar com dentes pontudos e acerados, semelhante a um tiranossauro. Bruno Ballard imitou-o com um crocodilo chato e de carranca semelhantemente armada.

Quanto a mim, cheguei a um pequeno dinossauro de um metro e cinquenta de altura e capaz de se manter em posição bípede. Uma vez mais, inscrevi em seus genes um comportamento grupal, tanto para defesa quanto para o ataque, me mantendo próximo das boas ideias de meu mentor Edmond Wells. Meu protótipo, lembrando um pouco o troodonte, caçava em bandos de vinte. Acrescentei um pequeno aperfeiçoamento: garras retrácteis, como as dos gatos, na ponta das patas.

Havia lagartos em grande número. Lembravam as coleções em plástico que eu enfileirava nas prateleiras do escritório, depois da moda lançada por *Jurassic Park* e das quais ainda lembrava os nomes: iguanodonte, brontossauro, ceratossauro, triceratope.

Ares tirou a pêndula da parte inferior do oveiro e acelerou o tempo.

Devíamos rapidamente fazer nossos protótipos evoluírem.

Os pterodáctilos de Raul assumiram uma linha mais alongada, parecendo um arqueópterix. Freddy inovou com animais de sangue quente. Enquanto os outros dependiam da temperatura externa, tendo cada vez mais dificuldade de se moverem no frio, os de Freddy conservavam sempre o mesmo grau de calor interno e se mantinham ativos, quaisquer que fossem os caprichos da meteorologia. Desprovidos de chifres, presas e carapaças, seus animais eram sempre obrigados a fugir dos confrontos e se esconder. Não sabia por que meu amigo optara por isso, mas, em todo caso, os bichos eram bem engraçados, com aparência de soricídeos. Consciente de correr o risco de extinção, com a quantidade de predadores em volta, Freddy abandonou o conceito do ovo e inventou a viviparidade. Os filhotes saíam já prontos do ventre da mãe, que passou a produzir leite para alimentá-los. Assim, nasceram os primeiros mamíferos de "Terra 18", exemplo que segui, abandonando meu troodonte.

Entregue a sua busca social, Edmond Wells se voltou para a quantidade e o tamanho mínimo, reinventando a formiga.

Muitos insetos já rondavam pela superfície: libélulas, escaravelhos, mas o seu era minúsculo, sem cor, sem asas, sem veneno, sem ferrão. Sua única particularidade era viver em comunidade, inclusive formando grupos consideráveis. Se com as sardinhas ele havia conseguido reunir centenas de indivíduos, com as formigas eram milhares, ou mesmo milhões. Como os mamíferos de Freddy, no entanto, os insetos de Edmond – talvez inovadores demais para aquela época – eram obrigados a se dissimular para se proteger dos múltiplos predadores mais conseqüentes e brutais. Além disso, como os alunos espiavam livremente uns aos outros, havia cada vez mais animais com línguas que se metiam em tudo e capazes de perfurar as cidades das formigas, devorando suas populações.

Marilyn Monroe se interessava pelos insetos. Sua medusa envenenadora se tornou uma vespa, enquanto outra jovem da sala, Nathalie Caruso, produziu uma abelha.

Novamente criava-se um choque entre conceitos e duelos entre protótipos.

De repente, sem que ninguém esperasse, Ares lançou sobre o planeta uma chuva de enormes meteoritos.

Tremores de terra, vulcões em erupção, fendas. Lembrava o fim do mundo de "Terra 17". Não compreendíamos nada do que acontecia, seria o fim do jogo?

– Sigam em frente, adaptem-se! – clamou o deus da Guerra.

Os meteoritos, percutindo na crosta de "Terra 18", criavam cataclismos. Sob a massa de poeiras dos vulcões, o céu se obscureceu a ponto de esconder o sol. Instalou-se uma noite permanente. A única luz vinha das lavas descendo como rios e submergindo os dinossauros, presos nos penhascos rochosos. Em toda velocidade tentávamos, da melhor maneira possível, fazer nossos animais evoluírem. Béatrice Chaffanoux insistiu em melhorar a carapaça das tartarugas. É difícil abandonar um sistema que funciona bem. Muitos alunos imitavam o soricídeo de Freddy Meyer. O pelo e a viviparidade se revelaram uma boa opção num período de turbulência climática. Os insetos de Edmond também se safavam, graças ao tamanho mínimo e à pele dura, outra boa fórmula de resistir aos caprichos do tempo.

Assisti a mudanças completas. Gustave Eiffel investiu em cupins, que se enfiavam no chão ainda mais profundamente que as formigas. Bruno Ballard buscou salvação no céu, renunciou ao crocodilo, copiou o arqueópterix de Raul e chegou a um pássaro menor, mas que podia sobrevoar o desastre. Por minha vez, desisti das criaturas bípedes e optei por uma escolha com ares de retrocesso: a volta ao mar. Os golfinhos, afinal, estavam protegidos dos terremotos e das erupções vulcânicas na água. Meus dinossauros já tinham se tornado mamíferos e voltaram ao oceano, como mamíferos marinhos. Respiravam na superfície, mas eram capazes de apneia, podendo ficar por um tempo bastante longo sob a água. A troca me pareceu factível. Havendo problemas na superfície, os golfinhos mergulhavam. Após as escaramuças terrestres, eu voltava satisfeito ao calmo ambiente aquático, em que era possível deslocar-se para os lados, para cima e para baixo. Além disso, como os outros alunos tinham desistido da competição marinha, pude aproveitar para desenvolver jogos interativos e a comunicação.

Na parte terrestre, o planeta estava em plena ebulição. Os continentes se deslocavam, trombavam, se aglomeravam. Também as plantas evoluíam. Os grandes fetos cediam lugar a flores e arbustos.

Depois de tentar em vão endurecer e expandir seu protótipo de mamífero para assegurar-lhe sobrevivência, Freddy Meyer fez a mesma escolha que eu. Trouxe à água seu mamífero, que se tornou uma espécie de baleia.

Quando a calma voltou à crosta terrestre, os dinossauros haviam desaparecido. Os únicos vestígios da época remota a subsistirem foram alguns crocodilos, tartarugas, lagartos e varanos. Pássaros, no entanto, enchiam o céu, peixes numerosos percorriam os mares, os insetos se multiplicavam, tais quais os pequenos mamíferos, como os soricídeos. Em "Terra 18", a tendência não favorecia mais aos grandes e pesados de sangue frio, mas aos leves, espertos e velozes de sangue quente. Os esforços para adaptar nossas criaturas à chuva de meteoritos de Ares nos tinham extenuado, mas o deus da Guerra continuava, ainda assim, a nos incentivar ao combate pela sobrevivência.

– Não acabou. Não anunciei o fim. Continuem o combate. Adaptem-se! – continuava a vociferar.

Novamente tudo se punha a correr, perseguir, esconder-se, matar. Georges Méliès inventou a visão facial, permitindo a um de seus soricídeos se transformar num pequeno lêmure, capaz de medir a distância precisa dos objetos situados à sua frente, fazendo seus dois olhos convergirem. Inventou, ao mesmo tempo, a visão em relevo. Viram-se muitas inovações em torno do conceito de mãos. Sarah Bernhardt concebeu um lêmure dotado de mãos com cinco dedos. Equipou-os não com garras, mas com unhas protegendo as extremidades.

Todos os alunos faziam evoluírem seus animais. Leões, panteras, águias, serpentes e esquilos apareceram... É claro, as recordações zoológicas de "Terra 1", nosso planeta de origem, influenciavam muito. Nossas criações não eram, porém, exatamente iguais. Havia, inclusive, algumas absolutamente inéditas. Tigres com pele fosforescente, elefantes com trombas múltiplas, escaravelhos aquáticos e zebras pintadas se encontravam, se desafiavam, lutavam. Algumas alianças entre espécies foram criadas. Animais desapareceram e outros entraram em mutação, para escapar de adversários ou para melhor atrair presas.

Os mais agressivos não eram necessariamente os mais aptos à sobrevivência. Como anunciara o deus da Guerra, aos modos de ataque respondiam mecanismos de defesa cada vez mais sofisticados. Às garras e dentes, respondiam carapaças espessas e patas rápidas. A velocidade do fraco triunfava sobre a força do pesado. As estratégias de camuflagem ou de defesa odorífera se revelaram eficientes, mesmo contra os piores predadores.

A fauna de "Terra 18" estava cada vez mais densa e diversificada. Os protótipos se sobrepunham, as espécies-rascunho continuavam a proliferar, apesar de seus deuses não se preocuparem mais com elas. Viam-se, inclusive, rascunhos cruzarem entre si, gerando híbridos que ninguém imaginara.

A vida se espalhava. Criaturas plumadas, peludas, escamosas, com bicos, presas, garras, de todas as cores se espalhavam pelos continentes. De todo lugar vinham grunhidos, rom-rons, uivos, ganidos, gemidos e gritos de agonia. Nasciam, corriam, copulavam, perseguiam-se, lutavam, matavam, digeriam, escondiam-se. Ares inspecionava, repuxando os bigodes e franzindo o cenho. De vez em quando, debruçava-se para verificar um elemento ou outro com seu ankh e tomava nota num bloquinho.

Olhou a hora no relógio do tempo de "Terra 18" e fez soar um gongo.

– Acabou. Fim da prova.

Retomando a respiração, examinávamos mutuamente o trabalho uns dos outros e, atentos a Ares, esperamos o veredicto. Não tardou a vir.

Para Raul Razorback a coroa de louros e nossos aplausos por sua "águia". Dona do céu, ninguém a podia incomodar. Enxergava tudo. Com o bico curvo, estraçalhava e arrancava vísceras. As garras eram espadas em potencial. O ninho no alto das montanhas protegia a ninhada dos perigos da terra. Ares felicitou meu amigo pela coerência de sua criação.

O segundo foi Edmond e suas formigas. Conseguiu antever a força produzida por uma massa de indivíduos, captando-a e desenvolvendo-a até criar cidades de areia.

Terceiro lugar para Béatrice Chaffanoux e sua tartaruga, animal sólido e bem-protegido por seu escudo.

Proudhon foi parabenizado por seu rato, com grande poder de adaptação, agressivo com seus dentes incisivos, mas ao mesmo tempo rápido e sabendo se esconder. Marilyn por suas vespas de ferrão envenenado, agregadas também em cidades protetoras. Vieram, em seguida, Freddy e a baleia equipada com boca capaz de filtrar o krill; Clément Ader e seu escaravelho voador, encouraçado com élitros blindados; um tal Richard Silbert, que ajustara um antílope imbatível na corrida; Bruno Ballard com seu falcão; e, enfim, eu, com meu golfinho. Pode-se citar ainda Toulouse-Lautrec, que criou uma cabra, e, dentre as celebridades, Jean de La Fontaine: uma gaivota; Édith Piaf: um galo; Jean-Jacques Rousseau: um peru; Voltaire: uma marmota; Auguste Rodin: um touro; Nadar: um morcego; Sarah Bernhardt: um cavalo; Éric Satie: um rouxinol; Mata Hari: um lobo; Marie Curie: uma iguana; Simone Signoret: uma garça; Victor Hugo: um urso; Camille Claudel: um ouriço; Gustave Flaubert: um bisão. Entre os anônimos, encontravam-se arenque, rã, toupeira, lêmingue e girafa.

Cada criação revelava a personalidade de seu criador. A cada um, seu totem.

Passamos aos perdedores, a serem excluídos. Ares designou Marion Muller, por seu dodó equivocado, pássaro pesado demais para voar e com bico tão curvo que o dificultava caçar. Ares explicou existir uma relação entre peso e sustentação no ar, a ser respeitada para cada pássaro. Os pinguins estavam no limite, mas, por saberem nadar, seu criador foi poupado.

Um centauro chegou. Marion se debateu, acusou a iniquidade do julgamento, mas a criatura a dominou, segurando-a pelo quadril.

– Não, eu ainda quero participar. Quero continuar jogando – esganiçava-se a jovem.

Ares deu prosseguimento à lista dos perdedores. Foram os deuses responsáveis pelo elefante de várias trombas, pelo mamute, pelo tigre de pele fosforescente, o escaravelho aquático e ainda o criador de um felino com dentes tão compridos que não conseguia fechar a boca.

No final das contas, a maior parte das espécies vitoriosas se pareciam com as existentes em "Terra 1". E eu me convenci de não haver tantas maneiras assim de se criar vida.

Subtraindo: 125 – 6 = 119.

Ares encaixou sua imponente estatura numa poltrona.

– Um conselho para o prosseguimento do jogo de Y: audácia. Sempre audácia. Há uma palavra grega para isso. *Hubris*. *Houtspah* em iídiche. Cara de pau em nossa língua. Não respeitem nenhum limite. Na próxima aula, terão rebanhos humanos a gerir. Se optarem por uma estratégia defensiva, inspirem-se nas tartarugas blindadas de Béatrice. Se escolherem uma atitude ofensiva, lembrem-se da águia de Raul e seu domínio do céu. Mas, cá entre nós, sejam originais e audaciosos, ou morrerão.

Olhei meu ankh. 142.857... O número não era completamente anódino. Pareceu-me tê-lo visto na Enciclopédia...

58. ENCICLOPÉDIA: "142.857"

Vejamos um número misterioso, que conta muitas histórias. Vamos começar multiplicando-o e examinando o que acontece.
142.857 x 1 = 142.857
142.857 x 2 = 285.714
142.857 x 3 = 428.571
142.857 x 4 = 571.428
142.857 x 5 = 714.285
142.857 x 6 = 857.142
São sempre os mesmos algarismos que se repetem, mudando simplesmente de posição e progredindo como uma fita.
E 142.857 x 7?
999.999!
E somando 142 + 857, obtém-se 999.
14 + 28 + 57? 99.
O quadrado de 142.857 é 20.408.122.449. Esse número é formado por 20.408 e 122.449, cuja soma resulta em... 142.857.

Edmond Wells,
Enciclopédia dos saberes relativo e absoluto, tomo V.

59. O GOSTO DO SANGUE

Jantamos às oito da noite.

A evolução dos pratos mantinha-se paralela às nossas experiências. As finas fatias de carpaccio não eram mais de peixe, mas de carne sangrenta. Eu nunca havia comido isso quando era mortal. Por minha natureza, não apreciava o gosto do sangue. Ali, no entanto, engolia fatias cruas de cabra, girafa, hipopótamo e águia. Minha língua explorava proteínas que nenhuma preparação culinária havia desnaturado. Sem cozimento e sem molhos. A garça tinha um gosto amargo; o pavão era gorduroso; as fibras de búfalo se enfiavam entre os dentes; a zebra era deliciosa; o ouriço, amargo; e a gaivota, horrorosa. Não me meti a provar lesmas, serpentes, aranhas e nem morcegos.

De início, falávamos pouco, interessados apenas nos pratos. Repeti a girafa várias vezes, afinal, a carne não era ruim. Notava, inclusive, um gostinho de alcaçuz. Depois de ovos, sal, algas e peixes, a gama dos sabores se alargava.

Uma vez satisfeitos os estômagos, as línguas se soltaram. Começamos todos a nos acusar mutuamente por termos procurado a vitória dos nossos animais às custas das criações dos amigos. Depois, nos preocupamos. O que seria, afinal, esse "jogo de Y" a que se referiram Ares e os outros Mestres-deuses?

– Após a competição de criação animal, sem dúvida a competição referente aos "rebanhos humanos", nos próprios termos de Ares – sugeriu Edmond Wells, lembrando que o homem seria, então, o próximo nível lógico da evolução. O número 4.

– Devemos pegar macacos e equilibrá-los em duas patas, para que fiquem com as mãos livres e possam inventar ferramentas? – interrogou Gustave Eiffel.

– E vamos ensiná-los a caçar? – perguntou Marilyn.

– Precisaremos também descer as cordas vocais, possibilitando o aprendizado da palavra – devaneou Freddy.

Tínhamos pressa para o confronto com o jogo absoluto: o *Homo sapiens sapiens*.

– Com homens, vou poder construir monumentos – disse Gustave Eiffel.

– Com homens, produzirei espetáculos – disse Georges Méliès.

– Com homens, criarei balés – disse Mata Hari.

– E eu, canções – disse Édith Piaf.

Estávamos ansiosos para nos ocuparmos com nossos semelhantes, intervir como deuses na vida de seres dotados de cérebro pensante, bocas falantes, mãos ativas.

– Ensinarei a vida sem deuses e sem patrões – clamou Proudhon.

– Vou dirigi-los ao amor – sussurrou Marilyn. – O verdadeiro amor, sem traições e nem mentiras. Meus humanos não perderão tempo saltando de aventura em aventura. Saberão logo reconhecer sua alma gêmea.

Mata Hari não concordou.

– Para quê? Ter um só parceiro durante toda a existência é tão restringente! Parece-me que tanto você quanto eu, na Terra, multiplicamos experiências; talvez tenhamos nos machucado, mas nos enriquecemos com isso.

Marilyn insistiu:

– Houvesse encontrado Freddy na adolescência, e não somente no Paraíso, não teria procurado tanto, tenho certeza.

Edmond Wells estava pensativo:

– Quando puder moldar homens, farei com que todos se compreendam. Inventarei uma linguagem evitando mal-entendidos e quiproquós. Vou me dedicar inteiramente às comunicações e às trocas.

– Meus homens – anunciou Freddy – viverão permanentemente no humor. Pela manhã já haverá quem faça uma brincadeira que divirta os outros o restante do dia e, pelo riso, os homens hão de chegar à espiritualidade.

– E você, Michael?

Uma gongada me dispensou da resposta, mas eu sabia que minha tarefa consistiria, antes de mais nada, em compreender a mim mesmo, pela observação dos meus humanos. Provavelmente tentaria experiências, para ver as reações deles, nas circunstâncias mais misteriosas da minha vida.

Os centauros chegaram e nos cercaram com seus tambores, sem que pudéssemos ouvir mais nada. Outros instrumentos se juntaram: flautas de osso, violões em carapaças de tatus como caixa de ressonância. Jovens semideusas se exercitavam em harpas, cujas cordas eram feitas com tripas de gato.

Eu temia minha próxima condição de deus de humanos. Estaria à altura da tarefa? Em minha vida de mortal, certa vez, ao me abandonar, uma namorada me deu um bonsai. No cartão acompanhando o presente, escreveu uma provocação, como adeus: "Você não soube cuidar de mim, conseguirá cuidar de uma planta?" Aceitei o desafio. Meu bonsai foi aguado, recebeu produtos protetores, fertilizantes e eu cortava as folhas que amarelavam. Apesar de toda minha dedicação à planta, no entanto, progressivamente ela definhava e eu me senti incapaz de cuidar até mesmo de um simples vegetal.

A experiência com o mundo animal não foi melhor. Bem antes da namorada, quando era menino, os peixinhos do meu aquário não demoravam a boiar com a barriga virada para cima e eram comidos pelos sobreviventes que, aliás, também não sobreviviam muito. Ficaram na lembrança, igualmente, minhas criações de girinos, recolhidos em laguinhos próximos da casa dos meus avós, no campo. Colocava-os em vidros de geleia para poder vê-los crescer e se tornarem rãs, mas bastou um passeio de alguns dias, com meus primos, e a água se evaporou, fazendo os girinos morrerem ressecados.

Tive também cobaias, inicialmente um macho e uma fêmea de dois meses. Em poucos dias, a fêmea gerou uma dúzia de filhotes, metade deles canibalizada por ela mesma. Todos se acasalaram entre si, irmãos e irmãs, filhos e mãe, filhas e pai. No final de algumas semanas, umas trinta cobaias se espremiam na gaiola, se agitando e se devorando, sem que eu sequer me atrevesse a olhar, envergonhado de ter criado semelhante coisa.

Aos 12 anos, ganhei de minha mãe um gato, que não consegui tornar feliz. Ainda filhote, ele corria para todo lado como um histérico e adorava urinar em meu travesseiro. Por mais que se lavassem em alta temperatura as fronhas, não se conseguia tirar o cheiro. Além disso, o bichano recusava carinhos e seu maior prazer era ficar deitado no teclado do computador, quando eu precisava fazer meus deveres da escola. Ao se tornar mais calmo e sedentário, o gato começou a engordar, já que sua única atividade era ver televisão. Quando enfim morreu, vítima de uma taxa de colesterol que batia recordes, o veterinário me culpou por eu não ter brincado com ele e por tê-lo alimentado demais.

Bem mais tarde, com meus filhos, terei sido bom pai? E com meus mortais, terei sido bom anjo?

Ter dependentes e se responsabilizar por eles é uma tarefa ingrata. Dei-me conta, afinal, de não estar tão contente assim com meu status de deus.

60. ENCICLOPÉDIA: LEI DE PETER

"Numa hierarquia, cada empregado tende a progredir até seu grau de incompetência." Essa lei foi enunciada pela primeira vez por Laurence J. Peter, em 1969. Ele queria criar uma nova ciência, a "Hierarquiologia", a ciência da incompetência no trabalho. O intuito era observar, analisar e medir sua expansão natural no interior das empresas. O ponto de partida de Peter foi o seguinte: em qualquer organização, a quem realiza bem seu trabalho é confiada uma tarefa mais complexa. Se ele cumpre-a corretamente, uma nova promoção lhe é dada, e assim progressivamente, até o dia em que estará num cargo acima de suas capacidades, no qual estagnará indefinidamente. O "princípio de Peter" tem dois importantes corolários. Primeiro, numa organização, o trabalho é realizado por quem ainda não atingiu seu nível de incompetência. Em segundo lugar, um empregado qualificado e eficaz raramente consente permanecer muito tempo em seu nível de competência. Vai fazer de tudo para se promover, até o ponto em que se torna totalmente ineficaz.

Edmond Wells,
Enciclopédia dos saberes relativo e absoluto, tomo V.

61. MORTAIS. 8 ANOS. O MEDO

Com o rio transposto pela cachoeira, Mata Hari identificou na floresta negra pegadas amplas e fundas, de um animal tão grande quanto pesado. Na escuridão que pouco a pouco nos envolveu, ouvimos, longe, a respiração rouca.

Nosso grupo ficou paralisado. Raul tentou nos tranquilizar.

– "Ele" deve estar dormindo.

Com a mão, em todo caso, agarrou um pedaço de pau, como tacape, enquanto a outra se mantinha na tecla "D" do ankh.

Pensei comigo mesmo que a respiração era muito irregular para vir de um animal dormindo, mas não quis assustar os demais. Marilyn acabava de segurar minha mão, quase esmagando-a de tanto apertar.

A folhagem se movia e o chão estremecia sob as passadas.

– "O amor como espada, o humor como escudo" – articulou Freddy Meyer.

De todos nós, era Freddy quem tinha melhor sentido de orientação. Por ter sido cego tanto tempo, desenvolvera o ouvido e o olfato. Locomovia-se perfeitamente no escuro.

Houve um silêncio e, outra vez, um ruído, não mais à frente, mas a nossa esquerda.

Senti-me bruscamente desanimado, extremamente cansado. As palavras saíram sozinhas de minha boca:

– Sinto muito, amigos. Estou extenuado, não vou continuar. Exagerei ontem à noite. Vou voltar e me deitar. Prossigam a exploração sem mim.

Eu podia imaginar, mesmo sem ver, as expressões aterrorizadas dos teonautas.

– Mas Michael... – tentou Marilyn, cuja mão eu largara.

Virei-me e fugi correndo, deixando-os ali, abandonando-os. Atravessei a cachoeira e me vi de volta ao calmo território azul. Eles que enfrentassem o monstro como fossem capazes, como eu fizera na véspera. Que se virassem! Amanhã contariam o final do episódio.

Caso fosse num filme ou romance que estivéssemos atuando, acho que eu teria inventado um novo arquétipo, o do herói que abandona tudo, em plena ação...

Voltando para casa, eu respirava fundo, imbuído de um sentimento de grande liberdade. Nada, afinal, me obrigava a enfrentar tantos perigos. Tinha direito ao sossego, ora bolas! Além disso, queria saber em que pé estavam meus ex-clientes, que eu deixara de lado, nos últimos tempos.

As ruas de Olímpia estavam desertas quando cheguei à cidade e Moscona me esperava na residência. Recepcionou-me com um bater de asas e pousou perto de mim, no sofá, quando liguei a televisão.

– Os mortais de "Terra 1" lhe interessam, não é? Vamos ver o que temos na programação dessa noite.

No pátio da escola de Theotime, em Heráclion, os alunos guerreavam rudemente. Os papéis tinham sido distribuídos. Eles ali se chamavam Aquiles, Agamêmnom, Heitor, Páris e Príamo e recomeçavam a batalha de Troia. Os gregos tinham cercado os troianos, refugiados numa ilhota de árvores, num ponto mais elevado. Os dois campos atacavam com violência a cada saída ou avanço do inimigo. Os gregos, mais violentos e determinados, acabaram conquistando o bastião troiano de onde fugiram os guerreiros. O pobre Theotime, cujo peso o deixava com pouca agilidade, foi logo alcançado por crianças aos brados de "Morte a Heitor, morte a Heitor". Rasgaram-lhe a camisa, distribuíram-lhe cascudos, mas, como pôde, meu ex-cliente se soltou e correu, procurando a proteção de um funcionário. Sem erguer a cabeça do jornal que lia, o homem o empurrou, irritado:

– Meu pobre garoto, a vida é uma selva. É cada um por si. Quanto antes descobrir isso, melhor para você.

Moscona zumbiu, em sinal de protesto. Theotime, cercado, protegia a cabeça com as mãos. A campainha da escola felizmente tocou, dando fim ao recreio e aos tormentos do menino.

Em casa, a mãe de Theotime se assustou com o estado das suas roupas. Envergonhado com seu papel de vítima, incapaz de se defender sozinho, o filho não quis contar o acontecido. Acabou se fechando no quarto, para chorar sozinho sua tristeza.

Diante de tanta injustiça, Moscona zumbiu mais ainda. Expliquei ser esse o carma do antigo Igor, que era uma alma simples, inteiramente oprimida pela imagem da mãe. Que fosse carinhosa ou não, isso afinal não mudava muito.

Em outro canal, na verdadeira selva africana, Kouassi Kouassi acompanhava o pai, caçando leão. O adulto ensinava como enfrentar o animal com uma azagaia e como evitar presas e garras. Kouassi Kouassi não tinha medo, ou o escondia muito bem. Seu peito estava coberto por diversos colares e talismãs pendentes e, para proteger-se ainda mais, pinturas maquiavam seu rosto com uma máscara ritual, que lhe davam poderes mágicos e afastavam os espíritos ruins.

Tudo levava a crer, no entanto, que os leões tinham resolvido não deixar suas tocas naquele dia. Os caçadores percorreram a savana em todos os sentidos, sem pista de qualquer fera e se conformaram, afinal, em voltar de mãos vazias. No caminho, o pai contou ao filho como podem ser terríveis os combates e deu detalhes de sua própria iniciação, da qual Kouassi Kouassi imitou cada gesto, acompanhando-os com toda uma gritaria. O menino perguntou por quê não se viam mais tantos leões.

– Se os leões tivessem seus narradores – respondeu o pai –, eles nos contariam como desapareceram, mas somente os seres humanos contam suas histórias. Algum dia, um homem vai contar a uma nova geração como nós próprios desaparecemos.

Chegaram em casa, afinal, e pai e filho se instalaram diante da televisão, para assistirem juntos a um episódio de *Tarzan*, um seriado americano que eles acompanhavam.

Também em casa, Eun Bi se descontraía num console de computador, ligado ao aparelho de televisão. O jogo consistia em avançar num mundo em três dimensões, com armas e instrumentos permitindo enfrentar monstros e atravessar obstáculos. Devia cavalgar animais, correr sobre trilhos... A menina estava encantada. Esforçava-se evitando flechas, correndo num corredor em que rolavam bolas de fogo, liquidando os guardiões de um portão. Num cômodo ao lado, os pais brigavam mais uma vez, e Eun Bi aumentou ao máximo o som dos fones, para não ouvi-los.

Em seu mundo imaginário, preocupada em rachar ao meio um monstro abominável, ela ignorava os pratos quebrados na sala ao lado. Conseguiu, afinal, abrir o baú do tesouro e um gênio convidou-a a passar ao próximo nível do jogo. Imediatamente foi atacada por um outro monstro, cujas enormes presas a devoraram e a tela ficou toda vermelha, anunciando os dizeres fatídicos: “Game over”.

Eun Bi retirou os fones, mas ao lado a gritaria continuava e ela os colocou de volta, recomeçando o jogo onde havia parado. “Você gastou todas as suas vidas. Quer recomeçar o jogo novamente?”, perguntou a tela. Porém a mãe apareceu, com o rosto vermelho, urrou algo que a pequena asiática não conseguiu entender, e isso deixou a mãe irritadíssima. Ela esbofeteou a menina e desligou a máquina.

A criança levantou-se, procurando não ver o olhar irônico do pai, que bebia uma cerveja, e foi se trancar no banheiro. (Reconheci nisso um hábito da precedente encarnação, pois Jacques também fazia do banheiro um santuário, que o protegia do mundo exterior). Mas a mãe conhecia esse truque. Plantou-se junto à porta, sacudindo a maçaneta e mandando a filha sair. Eun Bi confiava no refúgio e não se movia. Ignorou os gritos maternos e pegou um livro, com a história de uma princesa e de um país extraordinário.

Moscona olhava para mim, perplexa.

– Está se perguntando porque os mortais são tão violentos com os filhos? Não sei dizer. Talvez se vinguem das surras que eles próprios tomaram, e cada geração repete a anterior... A não ser que a violência seja inerente à espécie. Lembro-me de um caso ocorrido na Inglaterra, em que duas crianças de 8 anos amarraram e torturaram até a morte uma outra criança, de 3, que as duas sequer conheciam. Essa violência permitiu ao animal humano triunfar sobre todos os seus predadores. Como não há mais nenhum, dão prosseguimento à tradição sobre sua própria espécie.

Avisei que ia me deitar. Moscona concordou com sua bela cabecinha e, sem discutir, voou por uma janela aberta.

Deitei-me, extenuado. Era preciso ter esquecido quem realmente os humanos são para ter qualquer vontade de salvá-los! Os deuses, sem dúvida, haviam colocado os televisores para nos lembrarmos deles individualmente, fora da visão macroscópica. Na verdade, não estão tão longe dos animais...

62. MITOLOGIA: HERMES

Zeus violentou Maia, filha do gigante Atlas, e dessa união nasceu Hermes, identificado com Mercúrio, dos romanos, e cujo nome significa "coluna".

No mesmo dia em que ele nasceu, Maia o deixou num cesto e, tão logo virou-lhe as costas, ele, com um casco de tartaruga e tripas de uma bezerra, fabricou uma lira, para ninar a si próprio.

Assim que cresceu, partiu à aventura. Graças ao seu talento de batedor de carteiras, roubou o tridente de Posídon, a espada de Ares, a cinta de Afrodite. Apropriou-se de cinquenta bois brancos com chifres de ouro, que eram propriedade de Apolo.

Com a lira, encantou Apolo, que lhe deu afinal as cabeças de gado, em troca do instrumento de sete cordas.

Da mesma forma, obteve o bastão com três cordões de Pã, deus dos pastores da Arcádia, em troca de uma flauta.

Apolo levou-o até Zeus e ele muito impressionou o pai com sua oratória, sendo nomeado mensageiro de Olímpia, sob a condição de nunca mentir.

Ao aceitar, maliciosamente acrescentou: "Nunca direi mentiras, mas pode ser que às vezes não diga toda a verdade."

Com um capacete simbolizando nuvens sobre montanhas, calçado com sandálias aladas de ouro, que o tornavam tão veloz quanto o vento, equipado com o bastão pastoril, Hermes foi designado protetor das estradas, encruzilhadas, feiras, navios, circulação de viajantes (por isso, encarregado também da condução das almas para o continente dos mortos), estabelecimento de contratos e guarda da propriedade individual. Paradoxalmente, foi também consagrado

deus dos Ladrões. As trias do Parnasso lhe ensinaram, além de tudo, a arte de prever o futuro.
Reza a lenda que Hermes seria o autor do alfabeto. A partir das cinco vogais criadas pelas parcas e das 11 consoantes de Palamedes, Hermes inventou uma escrita cuneiforme pela observação, ao que dizem, do voo em formação triangular dos grous. Em seguida, sacerdotes do templo de Apolo acrescentaram outras consoantes e vogais, como o "o" longo e o "e" breve, de maneira que cada uma das sete cordas da lira de Hermes tivesse sua vogal própria. O mensageiro dos deuses teve muitas aventuras amorosas. Com Afrodite, ele gerou Hermafrodito, síntese dos seus nomes e dotado tanto do sexo masculino quanto do feminino. Com Quíone, engendrou Autólicos, o avô de Ulisses, herói da *Odisseia*.
A Grécia inteira praticou o culto de Hermes e em toda encruzilhada os marcos sinalizadores tinham uma estátua dele. Em sua homenagem, os gregos sacrificavam bezerros, cortando-lhes a língua, símbolo da eloquência do deus.
Mais tarde, como deus de tudo que se desloca, de tudo que é móvel, foi também consagrado deus dos mágicos, dos atores e dos trapaceiros.
Hermes tem um equivalente egípcio, Thot, deus da inteligência.

Edmond Wells,
Enciclopédia dos saberes relativo e absoluto, tomo V
(segundo Francis Razorback, ele próprio
se inspirando em *A teogonia*, de Hesíodo, 700 a.C.).

63. QUARTA-FEIRA. A AULA DE HERMES

Quarta-feira, dia de Mercúrio, e nossos mestres continuavam a se apresentar na ordem cronológica dos seus nomes latinos. Naquela quarta-feira, então, os alunos esperavam diante do portão de Hermes, para entrar em nova sala de aula.

Eu olhava os grupos, conversando à toa num ou noutro canto, cumprimentava alguns conhecidos, mas logo fui obrigado a constatar, com o coração oprimido pela angústia, que nenhum dos amigos teonautas estava presente. O que lhes teria acontecido diante do monstro da floresta negra? Minha ansiedade era tamanha que mal me interessei pela decoração do deus das Viagens, quando atravessamos a entrada de sua pirâmide prateada.

A sala de aula estava constelada de cartões-postais e objetos trazidos de explorações em planetas desconhecidos. Como lembrete das múltiplas atribuições de Hermes, estavam alinhados, em vitrinas, diversos instrumentos de medicina.

– Bom-dia, acomodem-se – lançou-nos uma voz agradável, vinda do teto.

Erguemos nossas cabeças. Nosso Mestre-deus planava sobre nós, batendo as asinhas de suas sandálias. Lentamente desceu até a escrivaninha, sem largar o capacete e o bastão de pastor. Tinha um rosto liso, espantosamente jovem e bonito.

– Vocês entrarão comigo no estágio mais interessante da evolução – anunciou. – Já travaram conhecimento com 1: o mineral, 2: o vegetal, 3: o animal. Interessemo-nos presentemente por 4... "O homem". – Escreveu no quadro-negro e, com o bastão, acompanhou os contornos do algarismo.

– "4." O homem é encruzilhada, cruz, cruzamento. Por isso é normal, sendo o deus das Viagens, que seja eu a lhes falar do homem. Por que o homem é encruzilhada? Porque, com o livre-arbítrio, ele pode tanto seguir adiante como... voltar atrás. Não é mais como 3, o animal, prisioneiro de emoções, medos e vontades. Querendo, graças à inteligência, ele os pode dominar, dirigir, canalizar, ordenar.

Falando, Hermes aleatoriamente andava ou levitava, examinando-nos de perto ou fitando de cima. Em certo momento, bateu as mãos e Atlas apareceu, trazendo o globo.

– Até que enfim – resmungou. – Já falei com os outros Mestres-deuses, minhas condições de trabalho estão realmente insuportáveis e...

– Obrigado, Atlas – cortou Hermes, sem sequer dirigir o olhar ao infeliz que titubeava, colocando seu fardo no oveiro. – Chamarei novamente mais tarde.

Como o outro não se mexia, deu-lhe um rápido sorriso e fez um gesto discreto, para que se retirasse. Atlas ainda hesitava.

– Caso não se lembre, você me deve respeito, sou seu avô...

– Sei disso, mas estamos em aula e é o que importa, é a primeira lição deles com brinquedos humanos.

– Estou pouco ligando para os brinquedos.

Hermes demonstrou certa impaciência.

– Muito bem, o que quer? Um aumento de salário?

Sem tirar o sorriso do rosto, ele o encarou.

Atlas foi o primeiro a piscar e soltou um suspiro, se retirando e deixando claro seu descontentamento.

– Onde estávamos? Sim. É agora que começa o Grande Jogo, o jogo de Y, o jogo dos deuses. Cada um de vocês terá o encargo de uma horda de 144 humanos, evoluídos a partir das hordas de primatas. Serão cerca de trinta machos dominantes, cinquenta fêmeas férteis e, no mais, machos não dominantes, mulheres estéreis, crianças e velhos. Todos partem com os mesmos "peões".

Dito isso, subiu às alturas do teto e prosseguiu:

– Os protótipos humanos de que dispõem são mais ou menos idênticos. Dois braços, duas pernas, uma visão frontal, mãos livres, unhas, cordas vocais, sexo aparente. Estão proibidos de alterar os DNAs. Cada horda comporta o mesmo número de inteligentes, estúpidos, bons, maus, hábeis e inábeis. As modificações virão da educação, dos sinais que conseguirem enviar através dos sonhos, da capacidade de cada um de vocês para escolher bons médiuns etc. Mais prosaicamente, não esqueçam de lançá-los em busca de fontes de água potável pois, sem água, os humanos morrem. Protejam-lhes dos predadores. E não só dos animais, pois existem, em "Terra 18", povos "aleatórios".

Ele voltou ao chão, andando ao redor do nosso planeta.

– São povos sem deuses, mas que estão sempre a vigiá-los. Podem, inclusive, inventar deuses imaginários para si.

Interrompeu-se, pois um rumor vinha das fileiras do fundo. Virei-me naquela direção e, para meu grande alívio, eram os teonautas que chegavam. O rosto de Raul estava marcado por arranhões, as togas de Freddy e Marilyn em farrapos, Edmond capengava, e a morenice de Mata Hari transformara-se em uma palidez quase esverdeada.

– Não conferi a lista, mas a turma me parecia contar com algumas ausências. Mas aí estão os retardatários! Espero que não tenham passado a noite fora da cidade – ironizou o deus das Viagens, sem ter qualquer dúvida quanto a isto.

Hermes deixou-os de lado e eles, sem se darem ao trabalho de explicar, se instalaram entre nós. Passando, Raul lançou-me um olhar cheio de censura.

"Totem", escreveu Hermes no quadro e disse:

– Peguem como bandeira um animal-totem. Escolham como melhor lhes aprouver. Cada animal tem sua particularidade, sua maneira de se comportar e se integrar à natureza, podendo inspirar os humanos, que hão de se referir a isso.

Fazendo sinal para que nos aproximássemos da esfera em que "Terra 18" flutuava, o Mestre-deus aconselhou, uma vez mais:

– Ouçam, compreendam, ajudem os humanos. Usem com parcimônia o raio. Evitem milagres. Milagres e messias são ferramentas de deuses incompetentes, incapazes de intervirem com sutileza.

Fez essa observação num tom de desprezo, como um timoneiro de veleiro falando de barcos a motor.

– Ao trabalho, e tratem de criar uma humanidade que não se autodestrua no fim de alguns séculos.

Com isso, e estampando no rosto um sorriso hollywoodiano, o professor alçou voo, para melhor nos vigiar das alturas do teto.

64. ENCICLOPÉDIA. REVOLUÇÃO IAVISTA

Há seis mil anos, no que hoje em dia é o deserto de Sinai, um povo bem pouco conhecido, os qenitas, descobriu a metalurgia. No caso, o cobre. Foi uma grande revolução, pois o metal, para sua purificação, precisa de fornos de alta temperatura, inventados então pelos qenitas, que utilizavam brasas atiçadas com foles. Desse modo, conseguiram ultrapassar a barreira dos mil graus Celsius, indispensáveis para a fundição dos metais. Com o domínio das altas temperaturas, os qenitas descobriram também o vidro e o esmaltado.

Os qenitas veneravam o monte Sinai e praticavam a religião iavista, ligada a Iavé, o Sopro.

Ao descobrirem os metais e passando, assim, da pedra, "lito", ao cobre "calco", os iavistas cumpriram a revolução calcolítica. A fundição do metal foi o primeiro ato de total transformação da matéria pelo homem.

Do Sinai, os qenitas subiram a costa mediterrânica e fundaram o porto de Tiro, para irem buscar em Chipre (então chamada "Kipris", que deu origem à palavra "cobre") o precioso mineral. Também fundaram Sídon (atual "Saída") e foram, desse modo, os antepassados da civilização bem mais tardiamente chamada "fenícia".

Os iavistas não utilizaram o cobre para fabricar armas, mas sim objetos misteriosos, provavelmente religiosos, em forma de bilboquês, e de inigualável qualidade metalúrgica. Segundo o professor Gérard Amzallag, que estudou os qenitas, seu deus não era um deus de poder e de dominação, mas um deus "catalisador", podendo insuflar e revelar a força das pessoas e coisas pelo "sopro", sendo "iaúva" o som dos foles usados na forja. Bem mais tarde, na Bíblia, voltamos a encontrar essa noção da criação divina pelo sopro, sendo o homem criado a partir da terra (Adama) e do sopro de Deus.

Edmond Wells,
Enciclopédia dos saberes relativo e absoluto, tomo V.

65. O TEMPO DAS HORDAS

O POVO DAS TARTARUGAS

Soprava o vento na planície.

Nuvens negras se juntaram e, bruscamente, o raio fendeu o céu.

Embaixo, os 144 humanos se aconchegaram uns aos outros. Batiam os dentes.

Não sabiam de onde vinham.

Não sabiam quem eram.

Não sabiam aonde iam.

Viviam com medo, fome, frio e aquele fulgurante raio caindo do céu não parecia nada tranquilizador.

Um raio voltou a cair, bem perto, e todos se afastaram ao mesmo tempo, na direção oposta. Desceram à direita uma encosta e um outro raio apontou-lhes o norte. Veio, afinal, a noite e, para não serem comidos por predadores rasteiros, resolveram subir em árvores.

Dentre os 144 humanos, uma menina com grandes olhos negros, boca carnuda e cabeleira de ébano, arranjou-se entre dois galhos fortes e, como todos, tensa, agarrou-se ao tronco.

Ela fechou os olhos, encostou suavemente a cabeça, sentiu a instabilidade de sua situação e procurou torná-la mais estável, para evitar cair enquanto dormia. Não quis abrir as pálpebras ao ouvir a casca da árvore estalar, arranhada por garras. Ela conhecia o significado daquele som. No escuro, um leopardo se preparava para atacar. Era impossível impedir o bote e a única proteção era apagar-se, não emitir odores, não respirar. Tentar fazer com que o leopardo a confundisse com uma fruta ou um amontoado de folhas.

O problema é que o leopardo enxerga no escuro e os humanos, não. Quem seria o infeliz escolhido? Todos esperavam, fingindo nada perceber. "Tomara que não seja eu", pensou a menina, fazendo toda força para impedir que os dentes batessem e chamassem a atenção para sua presença. Ouviu o leopardo subir pelo tronco e passar ao seu lado, a ponto de quase tocá-la. "Que ele pegue quem for, mas não a mim, não a mim..."

A fera, afinal, escolheu um dos seus tios. Plantou-lhe o canino na carótida e saltou da árvore, carregando-o sem que ele emitisse um gemido sequer.

Estava terminado. As trevas, a noite, tudo voltou ao normal com apenas uma mudança na repartição do peso sobre os galhos, e a menina modificou sua posição, adaptando-se a isto.

Cinza. Negro. A criança fechou cada um dos seus sentidos para que viesse a calma do sono, trazendo esquecimento. Afastou as imagens do leopardo em plena corrida, com a bocarra ensanguentada. Nada de pesadelos. No dia seguinte, fingiria ter esquecido. A lua estava agasalhada pelas nuvens. Voltaria o sol amanhã? Toda noite ela repetia essa mesma pergunta. Haveria sol?

Ainda pálido, o astro despertou-os e os 143 humanos desceram das árvores com se nada tivesse acontecido. Ninguém mencionou o tio ausente. O problema era que a menina de olhos negros não conseguia, durante o dia, esquecer o terror noturno. Toda noite, tinha medo de morrer despedaçada durante o sono. Toda noite, temia que o sol não voltasse mais.

Pela manhã, andaram sob o teto de nuvens e a menina esperava que se dirigissem a um local tranquilo, afinal. Mas talvez não existisse um lugar assim, talvez sua horda chegasse ao fim do mundo sem descobrir um abrigo de paz.

Caminharam. Cruzaram um bando de abutres, cuja significação era conhecida. Os rapinantes comedores de carniça atacavam os últimos restos do tio, abandonado ali pela fera. Às vezes, acontecia de esperarem o fim da refeição dos abutres para dividirem entre si as sobras, mas naquele dia preferiram continuar a andar, desviando os olhos.

Como não sabiam contar, não podiam fazer a sinistra subtração: 144 – 1.

A horda desceu uma colina, subiu uma encosta, ladeou árvores, seguiu um riacho. Um batedor avisou que um outro grupo humano vinha em direção contrária. Em pânico, o chefe pediu que todos se escondessem no matagal alto. A menininha deitou-se no chão, fechando os olhos. De modo confuso, achava que se não os visse, também não a veriam. Esperaram um bom tempo que o chefe se erguesse, anunciando ter passado o perigo, podendo continuar a caminhada. Todos sabiam ser preciso se afastar de humanos desconhecidos.

Eles, então, apressaram o passo, na direção oposta à dos intrusos. Estavam extenuados quando o chefe comandou uma parada. Os machos foram à caça. Os jovens descansaram ou improvisaram brincadeiras.

A menininha de olhos negros preferiu aventurar-se sozinha pelas redondezas. Tendo se afastado um pouco, tropeçou numa pedra grande, que ela quis pegar para jogar longe. Mas a pedra, para não ser pega, foi desajeitadamente se esconder no mato. A criança seguiu-a, passou-lhe a frente e obstruiu a passagem. A pedra parou e desviou seu caminho. A menina contemplou-a, achando aquilo divertido. Há muito tempo um sorriso não lhe iluminava o rosto. Era tão surpreendente, um fato novo e que não era assustador! Sentiu-se estimulada. Pegou a pedra e constatou que, embaixo, agitavam-se patas e, na frente, uma pequena cabeça aparecia. Que animal incrível!

Devolvida ao chão, a tartaruga se manteve imóvel, com cabeça e patas embutidas na carapaça. A menina examinou o animal por todos os ângulos. Lambeu-o, mordeu, cheirou, arranhou. Deu-lhe alguns tapinhas, que a tartaruga suportou, impassível. Jogou-a no chão, jogou-a longe e, ao buscá-la, viu que continuava intacta, com todas as partes moles protegidas.

"Ela tem medo de mim", pensou a menina, feliz por impor a outro ser vivo o sentimento que tanto a atormentava.

Deixada de lado, a tartaruga voltou a andar. Novamente erguida do chão, voltava a ser pedra. "Tem medo, mas sabe se proteger", concluiu a criança. Era algo a se pensar. Levou o animal para mostrar à mãe e explicou-lhe, em sua linguagem, que aquele bicho, sem parecer, era muito forte, pois dispunha de uma carapaça como abrigo.

A mãe pegou a tartaruga, examinou-a, não viu porquê carregarem uma pedra redonda e lançou-a longe, ao som dos risos zombeteiros dos irmãos maiores da menina. Os caçadores estavam de volta. Trouxeram uma carcaça de zebra abandonada primeiro pelos leões, em seguida pelas hienas e também pelos abutres. Estava podre e fedendo a carniça, mas mesmo assim a horda atacou-a avidamente, pois estavam todos famintos.

Mais tarde, a horda deitou-se no próprio chão daquela planície sem árvores. Um bando de leoas surpreendeu o grupo dormindo. Com a noite já caída, a menina mais adivinhou do que realmente viu o desastre. Era uma dezena de feras, encarniçadas sobre os seus. A criança ouvia gritos, sentia o cheiro particular dos bichos, os fedores dos suores humano e animal misturados, superados ainda pelo cheiro do sangue, o sangue de sua horda. Tentar fugir apenas atrairia para si as feras. Ela quis proteger um de seus irmãos menores, apertando-o contra o peito, mas uma leoa o arrancou de suas mãos... A menina se viu viva, de braços vazios.

Luta e festim duraram muito tempo, até o silêncio voltar a cair como um manto sobre a comunidade desbaratada. A menina sabia que era preciso esperar o amanhecer para se dar conta da desgraça noturna. O sono foi entrecortado por um estranho sonho que lhe pareceu indispensável manter na lembrança, mas ela o esqueceu ao acordar. Tinha a ver com a tartaruga, mas qual era seu exato sentido?

As leoas não haviam ferido nove machos dominantes e três jovens.

A menina lembrou-se dos dias passados e sua sucessão de terrores. Tentou imaginar os dias vindouros, sem o conseguir, pois estava certa da morte próxima. Até ali, sobrevivera graças à sorte e ao sacrifício dos seus.

Como escapar do medo?

"Seguir o exemplo da tartaruga. Proteger-se como ela, com uma carapaça", murmurou uma vozinha em seu espírito. *Uma carapaça...*

A horda voltou a se pôr em movimento, sob o comando de um novo macho dominante. Guiado por alguma intuição, ele resolveu seguir a trajetória do sol, se dirigindo para oeste. Afinal, toda manhã, o sol se levantava como eles, subia e seguia, se deitando adiante. Por que, então, não imitá-lo?

Caçadores trouxeram um roedor morto de velhice e um punhado de bagas. Não bastava para encher o estômago dos sobreviventes.

O céu novamente ensombreou-se. Armou-se uma tempestade. O raio pareceu barrar o caminho para oeste, incitando-os a seguirem na direção nordeste. Eles quebraram o rumo, sob a chuva espessa. A noite próxima se anunciava uma nova provação, mas, ao fulminar bruscamente uma pequena árvore, o raio iluminou uma anfractuosidade na rocha. Uma caverna.

A menina, então, se lembrou do sonho. Uma carapaça protetora. Refugiar-se numa gruta-carapaça.

Ela agarrou-se ao novo chefe da horda, esforçando-se para convencê-lo, quando alguns rugidos distantes fizeram o que certamente a criança não conseguiria. Entregues ao pânico, os humanos correram às pressas para a gruta. A primeira impressão foi de alívio: estavam no seco, abrigados contra os leões e o dilúvio. Mas uma sombra imponente ergueu-se no fundo da caverna. A horda se tinha refugiado no antro de um urso. Por isso os leões não os tinham seguido.

Um irmão da menina, particularmente rápido na corrida, resolveu tentar a sorte. Provocou o enorme ocupante e fugiu, perseguido pelo animal, que ninguém imaginava que fosse tão ágil. De fato, ele logo o alcançou, derrubou e comeu. Mas o sacrifício não foi em vão. O intervalo bastou para que os humanos cobrissem com pedras e galhos a entrada da gruta e, como as tartarugas, se protegessem dos predadores. O urso podia grunhir à vontade defronte sua antiga morada, os invasores respondiam com uma saraivada de pedras, mostrando que se consideravam em casa. O urso acabou aceitando e foi procurar outra toca, sem ter muita dificuldade para afugentar algum animal mais fraco.

Os humanos tinham ganho. A menina estava emocionada... Não estavam condenados a perder sempre.

No calor da caverna, sentiram-se seguros. Decidiram, então, não errar mais pela planície e ficar ali.

Não temiam mais a chuva e o vento.

Podiam armazenar alimentos, sem que pequenos mamíferos ou pássaros os roubassem.

Os comportamentos se modificaram. Eles tinham, por acaso, inventado a vida sedentária e isso era uma revolução. Os homens partiam à caça, sem temer que as mulheres e as crianças fossem atacadas em sua ausência. Sem a urgência da volta, traziam mais carne e ajustaram novas táticas de caça.

Na caverna, as mulheres conversavam entre si. A linguagem se tornou mais complexa. As simples informações práticas, a que estavam habituadas, se transformaram em descrições, trocas de emoções, nuanças, observações pessoais. Comentavam as atividades masculinas, discutiam quais as melhores maneiras de se conservarem e prepararem os alimentos. Na temperatura amena da caverna, começaram a educar os filhos. Uma fêmea teve a ideia de utilizar a pele de um animal morto para proteger seu próprio corpo, inventando a vestimenta, que não só protegia do frio, mas também das picadas de cobras e dos espinhos do mato. As mulheres passaram a cortar cuidadosamente peles e pelos da caça, cosendo com tripas, para cobrirem a si e aos seus. Inventaram, a partir daí, o pudor e, junto a isso, o erotismo. O que permanece escondido dá livre curso à imaginação.

Certo dia, a menininha de olhos negros percebeu que contemplava o horizonte sem nenhuma aflição e, seguindo o exemplo da tartaruga, descobrira como existir tranquilamente e poder falar de outras coisas, além da simples sobrevivência.

Algumas semanas após a ocupação da gruta, o raio caiu sobre uma árvore grande, próxima da caverna. Em vez de queimar rapidamente e se apagar, a lenha se transformou em brasas vermelhas e carvões ardentes. As mulheres e crianças, a princípio assustadas, acabaram se aproximando. Uma delas quis segurar a luz amarela como um sol e logo soltou um grito de dor. "Aquilo" mordia.

Todas recuaram, mas a menina morena, tomada por uma intuição, segurou um galho inflamado e sacudiu-o sem temor. Um adulto imitou-a, e logo um outro também. Os galhos se consumiam sem machucá-los. Bastava não segurar pelo lado avermelhado e eles podiam, então, dar calor e luz, sem qualquer perigo.

Um homem percebeu que o fogo era contagioso. Aproximando um galho intacto de um outro inflamado, por sua vez, ele ardia, e tudo terminava como poeira negra.

Hesitantes entre o medo e o fascínio, as pessoas da horda se entregaram a experiências. Virado para baixo, um pedaço de pau se consumia mais rapidamente. Um simples sopro de vento bastava, aliás, para apagá-lo. Já as folhas secas, estavam prontas para se inflamarem. As verdes se carbonizavam, soltando uma fumaça negra. A areia apagava o fogo.

A menina fixou um pedaço de carne na ponta de um galho e mergulhou-o no fogo. Todos os vermes caíram e a carne passou do marrom ao preto. Ela esperou esfriar, provou e achou aquilo bom. A horda pôde, a partir de então, comer quente e cozido.

Graças ao fogo, os humanos puderam afugentar os animais selvagens e, estabelecida a calma, acasalarem-se em paz, engendrando um maior números de crianças.

A caverna acabou ficando pequena para abrigar o grupo inteiro. Eles a deixaram, seguindo em direção norte, à procura de outra, mais ampla. Ao encontrarem, expulsaram os ursos que a ocupavam, enfumaçando-a com galhos-tochas que haviam trazido.

Acenderam uma grande fogueira para iluminar o novo abrigo. No fundo, escorria água e eles podiam beber sem precisar deixar a caverna. O braseiro acabou enchendo o lugar de fumaça. Todos tossiam e se esfregavam os olhos. Compreenderam ser preciso acender o fogo bem perto da entrada, ou não conseguiriam respirar.

A menina de olhos negros não esquecia a maneira pela qual tinham deixado de ter medo. Com um pedaço de carvão, na parede da caverna, ela inventou o desenho. Os demais se aproximaram, contemplaram a obra, reconheceram o animal e assumiram a tartaruga como símbolo. Seriam a horda dos homens-tartaruga.

O POVO DOS RATOS

O vento soprava acima da montanha.

Nuvens escuras se juntaram e, de repente, explodiu um raio.

Embaixo, os 144 humanos se agruparam e os relâmpagos iluminaram os rostos espantados.

O chefe da horda nervosamente parou de mastigar folhas. Não aguentava mais o choro das crianças. Colocou-se em posição intimidatória, como querendo combater a tempestade. Grunhiu, bateu no peito com as duas mãos, inflou os músculos dos braços. Os urros terríveis sem dúvida teriam assustado qualquer animal. Era com tais gritos que impunha sua autoridade aos outros machos da horda. Dava saltos, arreganhava os dentes e pateava, como se desafiasse o céu.

O raio fulminou-o em plena gesticulação.

Num piscar de olhos, ali onde havia um chefe de horda via-se apenas um amontoado de cinzas fumegantes, tendo, no meio, a forma característica de uma coluna vertebral.

O pânico foi geral. Os humanos se afastaram para todos os lados e, pouco a pouco, voltaram a se juntar, tranquilizando uns aos outros. Era melhor deixar aquele lugar maldito. Partiram, curvados, sob a chuva.

Viram uma caverna, ocupada não por animais, mas por humanos. Preferiram se afastar, buscando refúgio mais adiante, apertados num amontoado compacto.

Dentre os 143 sobreviventes do raio e do trovão, Proudhon observou um rapaz que não estava entre os mais robustos da horda, mas parecia dotado de evidente curiosidade. No rosto com as maçãs saltadas, enquadrado por cabelos castanho-claros, os olhos grandes e cinzentos estavam sempre à espreita. Ele caminhava sozinho, em busca de comida, e um raio abateu uma árvore, no alto de uma colina, incendiando-a rapidamente. A primeira reação do rapaz foi a de fugir, de volta ao acampamento da horda, e a segunda foi a de ir ver de perto o espetáculo. A curiosidade foi maior do que o medo.

O jovem subiu a encosta até o alto. Uma descoberta insólita o aguardava junto às raízes da árvore. Uma centena de ratos negros e uma centena de ratos marrom se enfrentavam, fazendo zumbir a fúria entre os respectivos incisivos.

Ratos contra ratos.

O rapaz de olhos cinza ficou paralisado.

Desafios trocados, pelos ouriçados, apoiados nas patas traseiras em sinal de intimidação, os dois chefes de bando se arrostavam. Varriam o chão com os rabos, eriçavam os pelos para parecerem mais fortes e, repentinamente, o rato negro saltou sobre o marrom. Os roedores se arranhavam e mordiam até sangrar. O combate durou um bom tempo. Terminando, o rato marrom conseguiu plantar seu incisivo no pescoço do adversário. O sangue jorrou.

Dois ratos negros fugiram. Os outros permaneceram de cabeça baixa e de ombros encolhidos, em sinal de submissão. Os marrom, então, degolaram os negros, poupando apenas as fêmeas fecundas, que se submeteram, logo em seguida, aos machos vencedores.

Um último insulto ao inimigo: o chefe marrom urinou sobre os corpos dos mortos e devorou o cérebro do defunto líder da horda negra.

Tanta violência animal espantava o jovem de olhos cinza. Lembrava-se de várias vezes ter visto, de longe, homens desconhecidos, mas, até então, as hordas humanas preferiam mutuamente se evitar.

Ele se aproximou do campo de batalha, pegou o corpo sem cérebro do rato negro e, como recordação da cena de guerra, resolveu fazer para si um gorro. No caminho de volta, uma quantidade de pensamentos o agitavam.

Embaixo, os seus chupavam os ossos de um esqueleto que sequer os animais carniceiros tinham querido e, novamente, a tempestade crescia.

Mais um raio caiu, não muito distante, e uma mulher da horda gritou. O rapaz puxou-a e mordeu-a com força. Surpresa, a fêmea imediatamente se acalmou, mas ele jogou-a no chão e lhe desferiu vários socos. Tal comportamento inabitual teve o efeito de acalmar a horda. Impressionados com a violência, não pensavam mais na tempestade.

Em seu frenesi, o rapaz decidiu matar a fêmea. Movidos por um instinto desconhecido, os machos espontaneamente se mostraram submissos. Abaixaram a cabeça e apresentaram as nádegas. O rapaz com gorro de rato negro escolheu um deles, particularmente humilde, e o mordeu, para afirmar sua supremacia. A vítima soltou um grito e todos se curvaram em sinal de respeito.

O rapaz acabara de inventar o princípio da "violência gratuita como meio de desviar a atenção". A horda não temia mais a tempestade, temia o rapaz. A carcaça de rato, que lhes tinha de início parecido ridícula, se transformara em símbolo de autoridade.

Mas o jovem de olhos cinza não pensava em parar por aí. Resolveu fazer uso de suas descobertas para tirar os seus do estado de medo.

No dia seguinte, quando uma outra horda de humanos apareceu ao longe, em vez de ignorá-la, deu ordem de ataque.

Fizeram o assalto com urros furiosos, e os outros, tão estupefatos por encontrar humanos selvagens, sequer pensaram em se defender. De ambos os lados, tudo era "novidade".

O jovem, então, concluiu que era mais fácil atacar do que defender. Ele próprio não participava dos combates, os machos da horda faziam isso em seu lugar. Quanto mais se mostravam brutais, com maior facilidade se resignavam os estranhos.

Até o dia em que um humano do grupo atacado sacou um bastão, tendo na ponta uma pedra pontuda. Com a arma, conseguiu matar diversos adversários. A ferramenta interessou enormemente o rapaz de olhos cinza. Vindo por trás, ele atacou o homem e o desarmou. Em seguida, ordenou a seus guerreiros que não o matassem.

No final da batalha, os sobreviventes preferiram se submeter. O chefe com gorro de rato soltou um grito de vitória.

Os seus urraram em conjunto e as fêmeas da horda guincharam de alegria.

Algumas jovens do outro bando acorreram para o rapaz de olhos cinza, mostrando aceitar suas investidas, mas ele estava ocupado, matando o chefe inimigo e devorando-lhe o cérebro.

Todos os seus gesticulavam de excitação e alegria.

Seguindo ainda o exemplo dos ratos marrom da colina, ele ordenou o extermínio dos sobreviventes, assim como das mulheres velhas, mas preservou as jovens fecundas e o homem do bastão com a pedra pontuda.

Exigiu dele os segredos de fabricação e o vencido ensinou como usar uma pedra dura para talhar outra, até a obtenção de um triângulo cortante em forma de dente de rato. Em seguida, o estrangeiro mostrou como prendê-la num pedaço de pau, transformando-o em lança. O chefe de olhos cinza ordenou que todos os machos fabricassem para si armas tão úteis. Compreendera que atacar outros humanos permitia não só fixar sua autoridade, assegurar a unidade do grupo e conseguir fêmeas atraentes, mas também se apoderar de tecnologia.

Uma vez que estava declarada a guerra entre humanos, melhor era se preparar. As fêmeas deviam procriar para que a horda dispusesse de tropas numerosas para os próximos combates. Sob esse pretexto, os machos lançavam-se avidamente sobre as jovens prisioneiras.

As progenituras se multiplicavam e era preciso nutri-las. Com as lanças, os homens estavam aptos a trazerem caça de grande porte. De carniceiros, tornaram-se caçadores. Enquanto isso, o chefe continuava absorto pela lembrança do comportamento dos ratos. Compreendeu a vantagem dos duelos, permitindo a seleção dos melhores, motivados pela perspectiva de se obterem as fêmeas mais fecundas. Os duelos logo se tornaram a essência da educação dos jovens machos. O chefe ritualizou isso à maneira dos ratos para, assim, determinar os mais robustos, livrando-se dos fracos.

O jovem dos olhos cinza não participava pessoalmente dos jogos que impunha. Ele era o chefe histórico. Não precisava demonstrar força física. Seus homens, no entanto, aperfeiçoaram as pedras talhadas, cada vez mais afiadas e bem presas em longos bastões. Com suas lanças, venceram facilmente os outros humanos que eles atacavam.

O chefe descobriu que os ratos tinham o costume de testar um novo alimento em um indivíduo escolhido, que era posteriormente deixado em quarentena, para confirmar ser o consumo inofensivo. Desse modo, ordenou a mesma prática com relação aos cogumelos e bagas que colhiam, com relação às carnes estranhas trazidas pelos caçadores e às águas estagnantes. Um membro da horda provava e, se não morresse, o alimento era considerado bom. A técnica permitiu evitarem envenenamentos, pois, na natureza, a toxidez é a regra e a comestibilidade é a exceção.

Tendo, machos e fêmeas, obedecido com entusiasmo os estímulos para a reprodução, os nascimentos se tornaram cada vez mais numerosos e o chefe resolveu ser o momento de se instaurar um sistema de seleção. Os duelos tinham sido uma primeira etapa da purificação, mas era preciso prosseguir. Entre os ratos, todos desafiavam todos, permanentemente. Quem recusasse os desafios era considerado doente e, daí, excluído ou devorado.

Assim seria na horda.

As fêmeas estéreis, ou dando à luz um número grande de meninas, eram condenadas. Os velhos e doentes eram mortos, assim que demonstravam ter dificuldades para caminhar. Considerou-se inadmissível que prejudicassem o grupo durante um ataque, ou caíssem em mãos inimigas. Por causa disso, os mais idosos passaram a se exercitar mais e se mantiveram em boa forma.

Guiados pelo raio, os humanos de olhos cinza se encaminharam para o norte, exterminando todas as hordas que encontravam, acumulando caças e reduzindo as mulheres à escravidão.

Um dia, comendo o cérebro de um chefe vencido, o jovem de olhar cinzento retirou a pele de rato que lhe servia de gorro e a sacudiu diante de si.

Todos compreenderam ser aquele, dali em diante, o sinal da união.

Eles eram o povo dos homens-ratos.

O POVO DOS GOLFINHOS

O vento soprava na praia.

Nuvens negras se agruparam no céu e, de repente, ouviu-se um raio.

Embaixo, 144 humanos se amontoavam.

Relâmpagos os clareavam.

As crianças estavam apavoradas. Procurando acalmá-las, as mães catavam piolhos em seus pelos. Mesmo que não os eliminassem, a suave sensação do cafuné era reconfortante.

Quando a chuva cessou, as crianças adormeceram.

De manhã, uma velha caminhando pela praia viu um golfinho que dava saltos fora da água. O espetáculo não era novidade, mas sim o fato de o animal vir se aventurar tão próximo do litoral, tão perto dela.

Seu povo via o mar como fonte de perigos. Os humanos raramente se aproximavam e nenhum jamais entrara na água além da altura das coxas. O golfinho, no entanto, parecia chamar a velha.

Movida por algum estranho instinto e guiada por uma voz desconhecida, vinda das profundezas do seu ser, a mulher decidiu o improvável: avançou mar adentro. Estremeceu com a sensação desagradável de frio e umidade.

O golfinho veio em sua direção. Emitiu uma sequência de sons agudos. Ela respondeu com grunhidos e assobios. Comunicaram-se dessa forma por alguns instantes. Então, ele se aproximou mais e ela tocou sua barbatana com a mão. Ele se moveu, oferecendo a nadadeira; queria que a velha o tocasse... Ela hesitou, temendo ser mordida pelo peixe bem maior do que ela.

O golfinho emitiu um lamento, que pareceu sugestivo.

Ela automaticamente recuou. O medo da água era tão antigo, e a isso se acrescentava o receio de tudo que fosse diferente, desconhecido...

"Entre na água e toque sua nadadeira dorsal!", disse a voz em seu interior. A ordem ressoou a ponto de lhe fazer latejar a cabeça. "Vai. Agora."

Então, ela foi.

A nadadeira era lisa, mas sua temperatura morna.

O golfinho convidou-a a seguir mais distante, mar adentro.

A mulher aceitou. A água veio-lhe até o quadril, até a barriga, até o pescoço e ela se deu conta de poder se manter suspensa no rebuliço das ondas, agitando os pés.

Durante a manhã inteira ela se locomoveu no novo elemento.

Na beira, os demais a observavam de longe, convencidos da sua loucura e de que acabaria devorada pelo peixe. Apenas a cabeça emergia na água e eles não a ouviam responder ao golfinho, com sons similares aos seus. Notavam, no entanto, que os dois pareciam falar.

De repente o golfinho mergulhou e, quando voltou, trouxe no bico uma sardinha. Cumprimentando-a por ter superado o medo da água, ele lhe ofereceu o alimento.

Quando a velha voltou à praia, trazendo o peixe fresco na mão, os demais não a viam mais como louca.

Nos dias seguintes, os 144 humanos da praia aprenderam a nadar e a pescar, apesar de só pegarem os peixes mais lentos. Os golfinhos estavam sempre presentes, ensinando e se revelando pacientes instrutores.

Os humanos aprenderam a se dirigir uns aos outros na linguagem dos animais. Eles sibilavam e assobiavam. As crianças brincavam alegremente na água, deixando-se levar cada vez mais longe pelos cetáceos.

Um dia, uma outra horda de humanos apareceu ao longe.

Na praia, as pessoas se agruparam para a luta.

Chegando frente a frente, os recém-chegados pararam. Dos dois lados os machos formaram uma primeira linha, procurando intimidar o adversário.

Enfrentavam-se dessa maneira, quando a velha mulher atravessou a linha de guerreiros, aproximou-se do grupo contrário e, àquele que lhe pareceu maior e mais forte, estendeu a mão aberta.

De início, ninguém compreendeu o gesto.

Tal comportamento era muito incomum. O chefe refletiu por um instante e também lhe estendeu a mão.

As duas palmas se esfregaram. Os rostos sorriram. As duas mãos se apertaram. A velha senhora sabia que o exemplo dos golfinhos a levara a se conduzir daquela forma. Os golfinhos lhes tinham ensinado preferir a aliança à guerra.

A partir daí, ela e os seus passaram a formar o povo dos golfinhos.

Com os estrangeiros, a primeira atividade foi a de comerem juntos. Depois, tentaram se comunicar com gestos, onomatopeias e, após algum tempo, palavras.

O povo dos golfinhos, assim, descobriu que os outros formavam o povo das formigas.

Os dois agrupamentos estiveram juntos por bastante tempo. O povo dos golfinhos ensinou às formigas a nadar, pescar, falar, brincar e cantar, e todas as coisas aprendidas com aqueles animais.

Já o povo das formigas ensinou o grupo dos golfinhos a cavar túneis. Eles conseguiam, dessa forma, se abrigar contra todos os animais. Explicaram que, por observarem os seus insetos favoritos, tinham compreendido que não deviam abandonar os fracos, mas preservá-los, deixando-os cumprir tarefas que mulheres e caçadores recusavam. Feridos e estropiados haviam também inventado todo tipo de atividade que os tornasse indispensáveis ao grupo. Eles mantinham as crianças ocupadas e fabricavam objetos, trançando vegetais.

Um dos comportamentos das formigas espantou muito a horda dos golfinhos: os devotos do inseto praticavam o beijo na boca, para reciprocamente demonstrar bons sentimentos. Tinham, de fato, observado que as formigas esfregavam as antenas entre si, e, em seguida, lambiam a boca, aparentemente em sinal de união social.

O povo das formigas propôs beijos bucais aos admiradores dos golfinhos. Estes, no início, cuspiam enojados, mas afinal passaram a achar aquilo agradável. Acabaram inclusive tocando língua com língua, porém sempre cheias de saliva.

Eles agora eram 288 a darem as mãos. Juntos, construíram uma cidade subterrânea frente ao mar, num ponto elevado, evitando as inundações das marés montantes.

Adaptaram uma língua comum, combinando palavras-formigas com palavras-golfinhos. As uniões não tardaram, entre machos e fêmeas dos dois povos, de forma que logo houve, no mesmo território, três grupos distintos: a horda das formigas, a horda dos golfinhos e a horda dos mestiços.

Estes últimos, para surpresa geral, se revelaram mais robustos do que os nascidos de uniões endogâmicas, mas todos viveram unidos e em bom acordo, segundo o princípio "A união faz a força."

66. ENCICLOPÉDIA: FORMIGAS

As formigas estão na Terra há cem milhões de anos e os homens há, no máximo, três milhões. Há cem milhões de anos as formigas constroem cidades cada vez mais importantes, chegando e erigir abóbadas que abrigam dezenas de milhões de indivíduos.

Examinando suas opções, elas nos parecem bem exóticas. Em primeiro lugar, as formigas são, em sua maioria, assexuadas. Apenas uma ínfima parte da população se reproduz: os príncipes e as princesas. Como os primeiros morrem de prazer no momento do ato nupcial, pode acontecer de a cidade ficar sem macho algum. Além disso, apenas a rainha é responsável pela incubação. Permanentemente informada das necessidades da cidade, ela fornece exatamente a quantidade e a qualidade de indivíduos necessários à sociedade. Cada um, então, nasce com uma função já previamente definida. Não há desemprego, miséria, propriedade individual e nem polícia. Também não há hierarquia e nem poder político. É a república das ideias. Com qualquer idade ou função, qualquer um pode propor uma ideia ao conjunto da cidade. Ele será ou não seguido, de acordo com a qualidade das informações trazidas.

As formigas praticam a agricultura. Na cidade, cultivam cogumelos. Conhecem a criação de gado. Fazem pastar rebanhos de pulgões em roseiras. Fabricam ferramentas, como a lançadeira que lhes permite costurar folhas, umas às outras. Têm noções de química, pois utilizam salivas antibióticas no tratamento de suas larvas e ácidos, para atacar os inimigos.

Em matéria de arquitetura, as cidades das formigas preveem solários, celeiros, um camarim real e um lugar para a cultura de cogumelos.
É errado, no entanto, acreditar que todo mundo no formigueiro trabalha. Na verdade, um terço da população é ociosa, dorme e passeia à vontade. Outro terço se entrega a ocupações inúteis, inclusive atrapalhando. Por exemplo, começam a construção de um túnel que acaba fazendo desmoronar um outro, já construído. A última terça parte, enfim, conserta os erros, constrói e, de fato, administra a cidade. No fim das contas, porém, tudo funciona bem.
As formigas guerreiam, mas nas batalhas nem todas são obrigadas a combater. Todas, no entanto, se preocupam com a vitória coletiva da cidade. Isso importa mais do que a vitória pessoal. Quando uma cidade esgota a caça existente em seu entorno, ela se desloca em peso. Os cidadãos migram para reconstruir em outro lugar. Cria-se assim um equilíbrio entre o formigueiro e a natureza, pois ele nada destrói e, pelo contrário, contribui para a aeração do solo e a circulação dos pólens.
As formigas são um exemplo de animal social bem-sucedido. Colonizaram praticamente todos os biótopos, do deserto ao polo norte. Sobreviveram às explosões nucleares de Hiroshima e Nagasaki. Parecem funcionar sem se incomodarem mutuamente e em perfeita simbiose com o planeta.

Edmond Wells,
Enciclopédia dos saberes relativo e absoluto, tomo V.

67. O EXAME DE HERMES

Voltou a luz. Esfregamos os olhos, cansados como quando Eun Bi ficava muito tempo diante do monitor dos jogos eletrônicos.

O espetáculo com os humanos era, sem dúvida, bem mais apaixonante do que com os vegetais e animais.

Hermes levitou ao redor de "Terra 18", interessando-se por cada povo. Sugeriu que observássemos as hordas dos colegas no conjunto do planeta. Na minha vizinhança imediata, eu já havia percebido o povo das tartarugas, produzido por Béatrice, o povo dos ratos, de Proudhon e o povo das formigas, de Edmond Wells. Constatei, aliás, haver em "Terra 18", maior número de povos humanos diferentes, do que de alunos-deuses em aula. Como nos tinha dito o deus das Viagens, hordas de humanos sem deuses faziam parte do cenário. À primeira vista, superavam dificuldades tão bem quanto os nossos protegidos. Dei-me conta de que hordas sem deuses fizeram, por "intuições pessoais", descobertas bem mais úteis do que as sugeridas em sonho aos nossos médiuns. Isso nos impôs uma certa humildade.

Enquanto todos tinham os olhos voltados ao planeta, cochichei para Edmond:

– O que aconteceu ontem à noite, no território negro?

Com um gesto, ele mostrou não ser ali o melhor lugar e nem aquele o melhor momento para falar disso. Voltei, então, à observação dos nossos embriões de comunidades humanas.

Marilyn fez a observação:

– A vida em cavernas mudou tudo. Assim que a horda encontra um abrigo, os homens vão à caça, as mulheres ficam junto ao fogo o tempo todo, e tudo se modifica. Apenas agora compreendi porque Joe DiMaggio, meu marido mortal, não conseguia encontrar um pacote de manteiga na geladeira. Era campeão de beisebol e, de tanto treinar, estreitou o campo de visão, só se concentrando em objetos distantes.

Edmond concordou:

– Ficando na caverna, por outro lado, a mulher passou a ter que manter aceso o fogo, para que animais não entrassem e, ao mesmo tempo, cuidar para que as crianças não fizessem bobagens. Com isso, desenvolveu boa visão para as coisas próximas e distantes.

– E um vocabulário mais rico do que o dos homens, pois está sempre conversando com as companheiras, enquanto os homens se calam para não espantar a caça – acrescentou Mata Hari.

– E também – acrescentou Antoine de Saint-Exupéry –, compreende-se assim que tais atividades tenham dado aos homens melhor senso de orientação, que é indispensável caçando.

– Vivendo em maior intimidade, as mulheres adquiriram ouvido e linguagem emocionais mais sutis.

Outros alunos-deuses acrescentaram seus comentários à discussão.

– A disputa de habilidade na caça tornou os homens mais versáteis e destros – disse um.

– Tomando conta das crianças, as mulheres adquiriram maior respeito pela vida, enquanto, na caça, os homens aprenderam a gostar de matar – notou Simone Signoret.

Hermes pediu silêncio. Deu fim às observações. Era hora de anunciar os vencedores.

– Declaro Béatrice e o povo das tartarugas como vencedores dessa primeira partida do jogo de Y, pois souberam assimilar bem a força N. Ao descobrir o abrigo, sua horda inventou a sedentarização. A humanidade, afinal, viu uma outra solução fora do nomadismo.

Entregou-lhe uma coroa de louros de ouro.

– Segundo lugar: Proudhon e o povo dos ratos. Inventando a guerra, ele não só abriu aos homens a possibilidade de não se submeterem obrigatoriamente ao destino, mas como a de, até mesmo, dominá-lo. O método de seleção dos guerreiros revelou-se eficaz, assim como sua política de expansão demográfica. Ele representou muito bem a força D.

– Mas... – protestou Simone Signoret, chocada – Proudhon massacrou homens e velhos. Sequestrou descaradamente a mulher do próximo, que, em seguida, era violentada e obrigada a parir incessantemente para que aos ratos não faltassem guerreiros e, além disso...

O Mestre-deus interrompeu-a, com dureza na voz:

– Não estamos aqui para julgar e nem para dar lições de moral. A guerra é um modo de expansão como outro qualquer. Exterminando povos vizinhos e aproveitando suas mulheres férteis, o povo dos ratos agiu de acordo com a sobrevivência futura. Ao mesmo tempo, a cada invasão, ele tomou a tecnologia e as descobertas dos vencidos, o que permitiu avanços em matéria científica, sem se fazerem pesquisas propriamente. A criação de uma elite guerreira, afinal, foi uma garantia de segurança. O fim legitima os meios.

O murmúrio geral se ampliou. Muito claramente, as alunas mulheres não concordavam com tal visão do mundo.

Sem nem mesmo se dar ao trabalho de responder, Hermes chamou Proudhon e o cingiu com uma coroa de prata. Prosseguiu:

– Terceiro e último vencedor, pela força A: Michael Pinson.

Dei um pulo, surpreso.

Estava contente, mas estranhando me ver incluído no trio vencedor, com valores exatamente inversos aos do concorrente anterior.

O deus das Viagens e dos Ladrões explicou ter apreciado meu povo pela abertura ao mar, a familiaridade com os golfinhos e a aliança com os estrangeiros do povo das formigas. Eu perguntei, espantado:

– Sendo assim, por que não estou *ex aequo* com Edmond Wells?

– Porque você, ou um dos seus, tomou a iniciativa da aliança, Michael, e Edmond apenas concordou. Foi sua a invenção do conceito de cooperação. É logicamente normal que você colha os frutos dessa iniciativa.

Classificado em quarto lugar, Edmond Wells concordou. Atrás dele vieram o povo dos pavões, do pintor Henri Matisse; o povo das baleias, de Freddy Meyer; o povo dos cervos, de Georges Clemenceau; o povo das gaivotas, de La Fontaine; o povo dos ouriços, de Camille Claudel; o povo dos porcos, de François Rabelais; o povo dos leões, de Montgolfier; o povo das águias, de Raul; e o povo das vespas, de Marilyn.

Louros de ouro para Béatrice, de prata para Proudhon e de bronze para mim.

Hermes planou até o quadro-negro e escreveu: "Dominação, Neutralidade, Associação", explicando:

– Nossos três vencedores, cada qual à sua maneira, defenderam uma dessas três forças originais do universo. Como puderam constatar, ao mesmo tempo que os seus povos, apenas esses três comportamentos são eficazes.

Com o giz branco, completou:

"Com você".

"Contra você".

"Sem você".

Todos nos concentramos, tentando descobrir um outro modo de agir, sem conseguirmos encontrar. O deus das Viagens sorriu.

– Essas três energias intervêm no nível das partículas para formarem ou deformarem os átomos; no nível das moléculas para formarem ou deformarem a vida; no nível das estrelas para formarem ou deformarem os sistemas solares. E se encontram também nas relações humanas, seja no nível microcósmico do casal, ou no nível macrocósmico do encontro de civilizações.

Ele subiu nos ares.

– Por essa razão isso se chama o jogo de Y. Porque, no final de cada partida, observam-se os três primeiros ganhadores, sendo cada um o representante das forças Dominação, Neutralidade, Amor – que formam os três braços de Y.

Era a hora dos perdedores. Hermes anunciou os excluídos: o povo dos lêmures, por sua incapacidade para o combate; o povo dos pandas, preguiçoso demais para caçar e com falta de proteínas, pois só comia bambus; o povo dos lêmingues, tão submisso ao chefe que o seguia inclusive no erro e tinha, além disso, uma sinistra tendência ao suicídio grupal. A esses três, se juntaram sete outros povos massacrados pela horda de Proudhon.

Subtraindo: 119 – 10 = 109.

– Continuo sem compreender porque Proudhon, com os abomináveis homens-ratos, obteve melhor nota do que Michael, com seus homens pacíficos – insurgiu-se Marilyn Monroe.

O lindo rostinho e as curvas voluptuosas da ex-celebridade impressionavam inclusive os deuses, e Hermes, com boa vontade, voou até ela, para oferecer explicações complementares e uma aula particular:

– Querida Marilyn, entre deuses, ponha isso na cabeça, não existem bons e maus. O que conta é a eficácia. E como você parece estar chateada, darei novos detalhes quanto aos critérios de seleção do jogo de Y, que são os que todos os deuses seguimos. Abra bem suas bonitas orelhas e, se necessário, tome nota.

"Primeiro critério: a ocupação e o controle do território.

"Consideremos os números. A horda dos ratos controla um território de noventa quilômetros quadrados, enquanto o povo dos golfinhos, mesmo aliado ao dos formigas, coordena um de trinta quilômetros.

"Segundo critério: a demografia.

"Com a política de promoção da natalidade, os ratos contam com uma população de 534 indivíduos, contra apenas 411 da aliança golfinhos-formigas – e olhe que eu ainda deveria dividir o número por dois, pois concerne a dois jogadores. Para nós, deuses, mesmo que nascida de um estupro, uma criança é uma criança. São seres humanos nascendo. Não levamos em consideração a maneira como foram engendrados. Repito que aqui não se julga, constata-se.

"Terceiro critério: o domínio das matérias-primas.

"As principais fontes daquela época eram a caça e a colheita de frutos. Destruindo outras tribos, o povo dos ratos apoderou-se de seus territórios de caça e das zonas de colheita. Pelo nosso sistema de anotação, os ratos dispõem de 56 unidades de coleta caça-apanha, enquanto a aliança golfinhos-formigas, de 35.

"Quarto critério: descobertas científicas.

"Nesse ponto, a aliança golfinhos-formigas está em vantagem, com 15 unidades de descoberta, contra oito dos ratos, mas não esqueçamos, uma vez mais, tratar-se da associação de dois povos.

– Justamente, não deveríamos ter um bônus por termos conseguido uma aliança? – interveio Edmond Wells.

O deus voador olhou para meu mentor e respondeu com toda atenção.

– A relação com os próximos constitui precisamente o quinto critério, meu caro professor Wells. Lembro, porém, que a horda dos ratos teme, muito menos que os senhores, encontrar estranhos.

– Não compreendi.

– A força prima. Nesse período incerto, dispor de um exército eficaz é a melhor maneira de se poderem escolher alianças interessantes. Sexto critério: o estado de espírito e o bem-estar da população. Entendo que seja difícil para alguns admitirem que a ocupação de territórios apareça como primeiro critério e o bem-estar por último. Mas mesmo que invertêssemos essa ordem, os ratos se manteriam em boa posição. O poderio de seu exército garante uma certa tranquilidade e, com isso, o bem-estar da população. No fechamento do jogo, sua comunidade era a que demonstrava menor estresse. Na verdade, o povo dos ratos poderia se colocar na frente dos tartarugas, mas eu quis recompensar a iniciativa do estabelecimento em caverna, que constituiu uma inovação determinante para o que virá.

Achei que a discussão estava encerrada, mas Hermes afastou-se, planando até um móvel com gavetas, no qual mexeu e voltou em nossa direção, trazendo nas mãos, mal pude acreditar em meus olhos, um grande livro azul com o título *Enciclopédia dos saberes relativo e absoluto*, em letras douradas.

– Minha enciclopédia! – exclamou meu amigo, tão surpreso quanto eu.

– Exatamente – divertiu-se nosso professor do dia. – Temos de tudo aqui e, à respeito de ratos, sem dúvida foi o senhor quem melhor mostrou seu comportamento e as semelhanças com os humanos. O senhor, justamente, colocou os humanos entre as tendências-rato e as tendências-formiga. Ratos em tudo que concerne às pulsões elementares de egoísmo e violência, e formigas em tudo que concerne às pulsões civilizatórias de solidariedade.

Percebi que meu amigo estava comovido, descobrindo-se lido pelos deuses do Olimpo, ele que pensava escrever apenas para mortais.

– Gostaria de ler um trecho que alguns de vocês já conhecem, mas que pode acrescentar, para todos, elementos essenciais para a compreensão de suas hordas humanas.

68. ENCICLOPÉDIA: HIERARQUIA ENTRE OS RATOS

Seis ratos foram presos em uma gaiola por Didier Desor, pesquisador do laboratório de biologia comportamental da faculdade de Nancy, com a finalidade de estudar a aptidão desses animais para a natação. A saída única da gaiola era por uma piscina, que eles precisariam atravessar para alcançar uma manjedoura com alimento. Rapidamente se pôde observar que os ratos não se lançavam uniformemente em busca da comida. Tudo parecia mostrar que distribuíam entre si os papéis. Havia dois nadadores explorados, dois não nadadores exploradores, um nadador autônomo e um não nadador saco de pancada.

Os dois explorados mergulhavam e iam por baixo da água em busca da comida. De volta à gaiola, os dois exploradores batiam neles até que desistissem do que tinham. Somente após a satisfação desses últimos, os explorados tinham o direito de consumir os restos. Os exploradores nunca nadavam. Bastava-lhes surrar os nadadores para se alimentarem.

O autônomo era robusto o bastante para trazer sua refeição e evitar os exploradores, se alimentando graças ao seu esforço. O saco de pancada, enfim, não conseguia nadar

e nem causar medo aos explorados, catando as migalhas que sobravam durante os combates.
A mesma divisão – dois exploradores, dois explorados, um autônomo e um saco de pancada – repetiu-se em vinte gaiolas reproduzindo a mesma experiência.
Tentando compreender melhor esse mecanismo de hierarquização, Didier Desor colocou seis exploradores juntos. Eles lutaram durante toda a noite. Pela manhã, tinham criado os mesmos papéis: dois exploradores, dois explorados, um saco de pancada e um autônomo. Obteve o mesmo resultado ao juntar seis explorados na mesma gaiola, seis autônomos ou seis sacos de pancada.
Quaisquer que fossem os indivíduos, acabavam sempre voltando aos mesmos papéis. A experiência foi retomada em gaiola mais ampla, com duzentos indivíduos. Os ratos lutaram a noite inteira. Pela manhã, três ratos haviam sido crucificados e suas peles arrancadas pelos outros. Moral da história: quanto maior a população, maior a crueldade com os sacos de pancada.
Junto a isso, os exploradores da gaiola grande tinham suscitado uma hierarquia de tenentes, para impor sua autoridade sem sequer se darem ao trabalho de aterrorizar diretamente os explorados.
Os pesquisadores de Nancy prolongaram a experiência, analisando em seguida os cérebros das cobaias. Constataram que os mais estressados não eram os sacos de pancada e nem os explorados, mas, pelo contrário, os exploradores. Sem dúvida temiam perder o status privilegiado e se verem obrigados a, um dia, ter que trabalhar.

Edmond Wells,
Enciclopédia dos saberes relativo e absoluto,
(retomada do tomo III)

69. TERRITÓRIO E AGRESSIVIDADE

A experiência relatada por Edmond Wells nos deixou perplexos. Ela mostrava que, independente do caminho seguido, todo esforço é vão, dada a natureza dos seres. Os papéis eram sempre os mesmos: exploradores, explorados, autônomos e sacos de pancada.

Suspenso à nossa frente, agitando de vez em quando suas asinhas douradas, Hermes confirmou:

– Assim como o rato, o homem é um animal de território e hierarquia. "Território" e "Hierarquia" são duas motivações fundamentais, essenciais para a compreensão de qualquer sociedade humana.

Marcar seu território de caça, urinar nos quatro cantos de sua zona de reprodução, situar-se entre um superior e um inferior são comportamentos que tranquilizam e reconfortam.

Em seguida, fazem-se discursos garantindo boa consciência, falando de amor pela liberdade e de se poder viver sem chefes, mas se olharmos de perto a História, vemos o contrário. Os humanos gostam de ser escravos e veneram seu chefe. E quanto mais assustadores os chefes, mais protegidos se sentem.

O deus das Viagens e dos Ladrões fez um gesto discreto, mostrando-se desolado.

– Mas há os autônomos! – defendeu Georges Méliès.

– É verdade, uns poucos infelizes que se agarram aos princípios... Bem lembrado, é verdade. Mas a liberdade custa-lhes caro. Trabalham mais, precisam disputar seu quinhão e brigar para que não o roubem. Não estão no tom do restante da população, que se divide entre dominantes e dominados. Têm um destino de solidão e até mesmo de desespero. Quem quiser se sentir livre precisa estar muito preparado para a solidão,.

Novamente Hermes sorriu com ironia.

– Você mesmo, Georges Méliès, sabe quanto custa bancar o cavaleiro solitário. Arruinou-se inventando trucagens e efeitos especiais. Foi obrigado a vender sua sala de cinema e, desencantado, queimou preciosos filmes.

A lembrança dessa época de desdém bastou para comover Méliès, que mordeu o lábio. Camille Claudel deu-lhe um abraço amigo no ombro. Também ela tinha destruído suas obras, mediante a geral incompreensão.

– E os sacos de pancada – perguntou Mata Hari – para que servem?

– São a chave do equilíbrio social. A função de vítima para a remissão. O bode expiatório serve de álibi para todos os delitos oficiais. O chefe comete um massacre, um roubo ou injustiça e, em seguida, para não ser perturbado, inventa um bode expiatório, entregando-o à ira popular... A senhora deve entender facilmente, pois foi bode expiatório num complô armado por dois centros de espionagem. Os sacos de pancada servem à catarse. Proudhon percebeu isso muito bem, utilizando o sacrifício de inocentes como espetáculo confederando as massas. Em sua última vida, você quis gerir os homens como grandes rebanhos a serem educados, não foi, Proudhon? Para quem tem como divisa "Nem Deus, nem patrão", não é paradoxal?

O anarquista não concordou. Ergueu-se e exclamou:

– É essencial educar as pessoas para que aprendam a liberdade!

– Com a violência? A ponto de exterminá-las maciçamente? – interrogou Hermes, que parecia saber muito sobre cada um de nós.

Proudhon ficou um pouco sem graça, mas longe de abandonar suas convicções.

– Se for preciso obrigar as pessoas a serem livres, azar, sinto muito, mas farei isto. Se for preciso encontrar dominadores para ensinar que não precisam de dominadores, assim será.

– E se forem necessários deuses, para mostrar que não precisam de deuses? – perguntou com suavidade Hermes. – Ah, Proudhon, adoro suas teorias! Foi o primeiro anarquista a inventar a autoridade.

O teórico do niilismo voltou a se sentar, contrafeito.

Era difícil enfrentar um professor tão experiente e tendo explorado tantos caminhos.

– No passado, inclusive, houve uma expressão defendida não pelos anarquistas, mas por outros extremistas: "a ditadura do proletariado". Como essas palavras comportam paradoxos... Ditadura do proletariado...

– O que há de tão engraçado? – incomodou-se Marie Curie que, em seu tempo, militou no partido comunista e, por isso, reconheceu a expressão tantas vezes repetida nas reuniões.

– Isso significa "tirania dos explorados", se quiser um sinônimo. Como dizia um humorista de "Terra 1": O capitalismo é a exploração do homem pelo homem e o comunismo... o contrário. Resumindo, querida Marie Curie, caso tenha a memória curta, gostaria de lhe lembrar o pacto alemão-soviético. Numa época em que as pessoas achavam que o contrário do comunismo era o nazismo. E, de repente, pronto! Hitler e Stálin se apertaram as mãos. E é como se cai na armadilha dos rótulos. Para nós, deuses, um ditador sanguinário é um ditador, esteja ele atrás de uma bandeira negra, vermelha ou verde. A partir do momento em que se criam milícias com cassetetes e se trancam os intelectuais em prisões, deve-se perceber. E saber entender os "sinais".

A mim, uma questão perturbava:

– Dessa forma, então, nossos humanos estarão sempre limitados aos mesmos papéis das sociedades de ratos?

– Não obrigatoriamente – respondeu Hermes –, mas o comportamento dos ratos é a inclinação natural dos homens. A violência os fascina. A hierarquia os tranquiliza. Preocupam-se quando têm responsabilidades e gostam que um líder se encarregue disso. Todo esforço para desviá-los dessa tendência corre o risco de fracassar, pois ficam no sentido contrário de sua natureza profunda.

Pousando entre nós, o deus das Viagens e dos Ladrões se debruçou sobre a pesada esfera de "Terra 18" e cobriu-a com a capa protetora, escondendo de nosso olhar a continuação das aventuras de nossos povos.

– Por enquanto, não há nações, reinos e nem fronteiras nesse planeta. Apenas territórios de caça, dos quais as populações migram, quando os esgotam. As tecnologias se espalham ao sabor das invasões e alianças e, não esqueçam, quanto mais apertado o território, mais a agressividade cresce.

Na próxima partida de Y, pensem em construir uma capital e estender o domínio a partir desse ponto fixo.

Atlas apareceu para levar embora o seu fardo, que ele colocou nas costas com suspiros reveladores de suas opiniões sobre os deveres de um neto em relação ao avô.

Centauros apareceram e carregaram os perdedores, que aceitaram dessa vez o fato, com resignação.

– A infância de uma civilização – declarou nosso professor do dia, a título de conclusão – é como a infância de um humano. É nesse estágio que tudo se passa. Povos e homens repetem, em seguida, as mesmas reações diante das novidades e dificilmente as modificam.

70. MITOLOGIA: AS RAÇAS DE HOMENS

Assim como houve várias gerações de deuses, surgiram cinco raças de homens. Os primeiros homens vieram de Gaia, a deusa-Terra, no tempo da Idade de ouro. Viveram sob o reinado de Cronos, felizes e em paz. A terra satisfazia às necessidades de seus habitantes e os homens não conheciam o trabalho, a doença, a velhice; e a morte era como o sono.

Esse período ficou simbolizado por uma virgem coroada com flores e tendo nas mãos uma cornucópia. Ao seu lado, zumbe um enxame de abelhas; ao redor de uma oliveira, a árvore da paz. Era a raça da Idade de ouro, estando o ouro associado ao sol, ao fogo, ao dia e ao princípio masculino.

A raça da Idade de prata veio a seguir. Os deuses do Olimpo a criaram após a queda de Cronos e sua mudança para a Itália, onde ele ensinou a agricultura. Naquele tempo, os homens eram maus e egoístas. Não adoravam os deuses. Esse período é simbolizado por uma mulher empurrando um arado e ostentando uma braçada de trigo. A prata está ligada à lua, ao frio, à fecundidade e ao princípio feminino. Zeus extinguiu a raça de prata, para fundar uma outra.

A raça da Idade de bronze foi constituída por homens libertinos, injustos e violentos. Esses guerreiros se mataram uns aos outros, até o último. A época é simbolizada por uma mulher com belos paramentos, capacete e apoiada num escudo. Afora isso, o bronze servia na fabricação dos sininhos usados nos sacrifícios.

Prometeu, em seguida, criou a raça da Idade de ferro. Seus homens se revelaram ainda piores. Passavam o tempo armando trapaças, combatendo e assassinando uns aos outros. Eram avaros e mesquinhos. Por falta de cuidados, a terra ficou estéril. A Idade de ferro foi representada por uma mulher de aspecto ameaçador, usando um capacete ornado com uma cabeça de lobo e brandindo uma espada, enquanto a outra mão segura um escudo. Zeus decidiu exterminar toda a humanidade, exceto um casal de "justos": Deucalião, filho de Prometeu e Pandora, e Pirra, filha de Epimeteu. Ele inundou a terra, enviando um dilúvio. Durante nove dias e nove noites, Deucalião e Pirra sobreviveram numa arca e, ao descerem para as águas, lançaram para trás algumas pedras, das quais nasceu a quinta raça. Da sua descendência veio Heleno, ancestral dos helenos, Doros, ancestral dos dóricos, e Aqueu, ancestral dos aqueus.

Edmond Wells,
Enciclopédia dos saberes relativo e absoluto, tomo V
(segundo Francis Razorback, ele próprio
se inspirando em *A teogonia*, de Hesíodo, 700 a.C.).

71. ELA APARECEU

Durante o jantar, senti no ar uma certa tensão. Reconheci ao redor os grupos habituais, com os aviadores, os escritores, a gente de cinema. Porém novas adesões se fizeram em torno de nós, os três vencedores da primeira etapa do jogo de Y. Pequenas cortes nos rodeavam, a Proudhon, a Béatrice e a mim.

Os admiradores de Proudhon eram, em sua maioria, homens; os de Béatrice, mulheres. A minha volta, continuavam os teonautas. Raul, no entanto, me disse com um tom amargo:

– Você nos largou na mão, ontem à noite.

Marilyn não quis esse início de briga entre seus amigos. Procurou desviar a conversa, parabenizando-me pela qualidade do meu jogo, mas não era o que pretendia Freddy.

– Felizmente Mata Hari nos salvou – disse ele.

– Não foi nada – atenuou a dançarina exótica –, eu gosto de combates.

– O que aconteceu, afinal?

Todos se entreolharam, pouco à vontade.

– Nós o vimos. E ele nos atropelou...

– Você o conhece muito bem, pois ele foi atrás de você – resmungou Raul.

Não tive coragem de dizer que, naquela ocasião, eu tive tanto medo que nem o vi.

Preocupada em preservar a união do grupo, Marilyn começou a me explicar:

– É uma criatura com três cabeças: uma cabeça de dragão cuspindo fogo, uma cabeça de leão com presas afiadas, e uma cabeça de bode com chifres pontudos.

– Na mitologia, essa besta se chama "grande quimera", distinta das outras, chamadas "pequenas quimeras" – completou Edmond Wells.

Raul fechou os punhos.

– Nós escapamos por pouco. A pele era tão grossa que nossos ankhs não conseguiam penetrá-la.

– Além disso, essa grande quimera solta um cheiro horroroso de enxofre – murmurou Marilyn, com expressão enojada.

Todos se calaram, olhando-me de forma esquisita, e eu me senti um estranho entre meus amigos. Freddy Meyer tentou, por sua vez, suavizar a atmosfera.

– É engraçado. Tudo se passa exatamente como Hermes previu. Criaram-se três grupos na sala. D... N... A...

– Falsa impressão – disse Raul, agressivo. – Há apenas uma separação, os ganhadores de um lado, os perdedores de outro.

– De qualquer forma, é formidável esse jogo... Eu até que gosto um bocado dos meus homens-golfinhos...

– É isso – ironizou Raul. – Já começa a se apegar a eles. Lembre do que aconteceu com Lucien, que também se encantou com suas criaturas.

– Eles, é bom que se diga, têm boa dose de livre-arbítrio – assinalou Mata Hari. – Meus homens-lobo não conseguem entender nada dos sinais, sonhos e raios que envio. Os médiuns são surdos. Agem por conta própria, como bem entendem, uns verdadeiros autistas.

As estações nos interromperam, trazendo os pratos da noite. Após o ovo, o sal, os legumes, as frutas e as carnes cruas, tínhamos carnes cozidas à título de nova informação gustativa.

A perdiz assada, fibrosa e quente, derretia na boca. Uma delícia. Que diferença da garça crua, mesmo que fatiada como carpaccio. Compreendi toda a importância da conquista do fogo para uma civilização. O calor da carne me aquecia o esôfago, trazendo uma sensação tranquilizadora. Repeti várias vezes. A gordura quente escorria agradavelmente pela garganta.

Depois da perdiz assada, o cozido de hipopótamo. Foi uma mudança radical. A carne tinha um sabor mais acentuado e tenaz. Ninguém mais falava, todo mundo saboreava.

Quando voltasse a trabalhar com meu povo, enviaria o raio sobre os peixes, para que descobrissem a felicidade da carne cozida.

As estações puseram nas mesas os pratos que serviram de alimento aos primeiros humanos: raízes e também insetos, gafanhotos, larvas de cupim, formigas-rainhas, coleópteros, aranhas...

Perguntei à estação Outono:

– Nossos antepassados comiam isso?

Ela assentiu com a cabeça.

– Na África, as pessoas ainda comem gafanhotos – observou Mata Hari. – Têm proteína.

No meu prato, não identifiquei de imediato a nova carne cozida. Era boa. Um tanto fibrosa... Talvez porco? Marilyn foi a primeira a dar um salto, balbuciando horrorizada:

– É... É... homem!

Enojados, cuspimos imediatamente, e as outras mesas todas nos imitaram, postas em alerta.

As estações, no entanto, se divertiam com nossa repugnância. Para minha grande surpresa, alguns alunos audaciosos resolveram ir até o fim com o que havia nos pratos. Entre eles, Raul. Mata Hari tentou, mas desistiu.

– Não é kosher – brincou Freddy.

Quanto a mim, engoli todos os legumes ao alcance, para afastar o gosto macabro que se mantinha na boca: cebola, alho, repolho, pepino.

Dioniso veio nos avisar que, depois do jantar, estávamos todos convidados para uma festa celebrando a estreia de nossas humanidades no grande jogo de Y.

No anfiteatro, aos tantãs, xilofones, harpas e violões, se acrescentaram corais de sereias. Centauros as tinham transportado num imenso tanque móvel.

Segui o olhar de Raul, revistando as fileiras das criaturas aquáticas à procura do pai, mas, como ele, vi que Francis Razorback não estava ali. Edmond Wells cochichou-me no ouvido:

– Sabe, com meu cardume de sardinhas, descobri algo surpreendente. Quando o peixe à frente percebe uma informação inédita, todo o cardume percebe.

– Quer dizer que ele transmite a informação aos outros?

– Foi o que pensei de início, mas não. É mais complicado. Na verdade, o peixe à frente e o último reagem simultaneamente. Como se a informação se propagasse de forma instantânea.

– Como se fossem um só organismo?

– Isso. Estão "conectados" juntos. Acho que as formigas também são assim. Já pensou se conseguirmos criar uma comunidade humana com essa conexão?

– Quando um humano recebesse uma informação, toda a humanidade se beneficiaria?

Ruminei a ideia.

Não sonhe tanto... Ainda estamos longe disso.

A música assumiu tons orientais e, mais uma vez, Mata Hari se contorceu em cena. Eu tinha a impressão de, diariamente, reviver a mesma história, com um pequeno acréscimo suplementar. Um outro Mestre-deus, outro animal-teste, outra alimentação, outro instrumento.

Cansados de gerir por tanto tempo seus povos, alguns alunos preferiram ir dormir, enquanto outros se empanturravam de frutas, para esquecer o gosto da carne humana.

– Você encontrou? – perguntou-me uma voz atrás de mim.

Era o seu perfume. Virei-me. Ela apareceu.

– Encontrou... Encontrei o quê?

– O enigma.

– Não, não consegui.

– Você, então, talvez não seja "aquele que se espera".

Tomado por uma inspiração repentina, tentei:

– Talvez as crianças. São melhor do que Deus quando chegam, piores que o diabo, crescendo. Os pobres têm mais do que precisam. Os ricos têm sempre problemas para gerá-las. E, se comermos, morremos, pois o canibalismo resulta em degenerescência celular.

Ela olhou para mim com candura.

– Não, não é isso.

Retribuí o olhar. Covinhas encantadoras enfeitavam o rosto bem liso. Senti o cheiro acidulado da pele, misturado a algo caramelado... Havia um riso em seus olhos a me fixarem.

– Quer dançar? – perguntou.

– Claro – respondi, enquanto as sereias entoavam uma melodia lenta.

Ela me tomou a mão.

Seu corpo, sob a toga, roçava no meu.

Ao redor, outros casais se formavam na penumbra. Freddy enlaçou Marilyn, Raul convidou Mata Hari.

– Vi sua partida de Y – murmurou ao meu ouvido. – Gosto muito de seu estilo de jogo.

Engoli minha saliva.

– A aliança, no entanto, constitui o comportamento menos natural – continuou meu par. – O momento em que se deve superar o medo para chegar à união é sempre delicado. – Pareceu-me que ela se aproximava de mim. – A velha que se pôs a nadar, foi bem-pensado. Não sei por quê, mas os alunos-deuses em geral escolhem jovens como médiuns. Sim, de fato, você jogou muito bem essa partida.

– Obrigado.

– Não agradeça. Já vi tantos povos nascerem e morrerem. Vi tantas civilizações promissoras afundarem por não ter querido, no momento certo, estender a mão a estranhos ou, inversamente, não tê-los destruído quando começavam a se tornar perigosos.

Com a atenção perturbada por seu contato, penava para seguir o raciocínio. Com dificuldade, balbuciei:

– Não... não entendi.

– Não se dissimule. Os humanos de "Terra 18" não passam ainda de uns babuínos melhorados.

– Eles... não são apenas primatas.

– Eu não disse primatas, disse babuínos. Os babuínos são animais sociais que, em grupo, afugentam leões e, isolados, como os humanos, se mostram encantadores. Em matilha, se tornam ferozes e arrogantes. Quanto mais numerosos, mais agressivos. Por isso, é o que eu dizia, estender a mão a todos os povos constitui, talvez, um conceito admirável no absoluto, mas arriscado quando se detalha caso a caso. Pode vir a se tornar a sua perda. Mantenha no espírito o comportamento dos homens-ratos.

Qual perigo pode existir em se propor a aliança e não o combate?

– Já assisti a tantas traições entre povos, entre chefes, entre deuses... Primeiramente, deve-se ser forte e, apenas em seguida, generoso.

Ela continuava a falar, mas eu não a ouvia mais. Tremia e tinha arrepios. Sentia seus seios miúdos contra meu peito. As batidas de seu coração, o coração da deusa do Amor.

– ... Vocês não são mais anjos. Não têm mais deveres morais. Descubram a liberdade total em si próprios e com os outros.

Fechei os olhos para perceber melhor sua voz e perfume. Nunca me sentira tão bem, tão calmo quanto ao lado de Afrodite. Queria que o tempo parasse. Gostaria de deixar meu corpo, para poder nos observar dançando juntos, enlaçados.

Pensaria que aquele Michael Pinson tinha mesmo muita sorte, tendo em seus braços semelhante mulher.

– ... Ser livre implica certos riscos. Você não ignora como se comportam os humanos entregues a si mesmos. Os deuses não se comportam melhor.

– Eu... eu tenho amigos. Eles... vão ser meus aliados.

– Não seja ingênuo, Michael. Você não tem mais amigos aqui, apenas concorrentes. Cada um por si. No final, haverá um só vencedor. – Nós girávamos, enquanto a música se acelerava um pouco. – Meu pobre Michael, o problema é que você é... boa pessoa. Como vai querer que uma mulher ame alguém assim? Pode-se perdoar tudo num homem, menos isto.

Nós dançávamos e eu queria que aquele momento de pura felicidade se prolongasse infinitamente... Ela se afastou um pouco, e mergulhei meu olhar em seus olhos turquesa, nos quais vi se desenhar o mapa daquela ilha a que eu fora enviado. Não tinha tempo para decifrá-lo. O abismo de suas pupilas me fisgara e me atraía.

– Ouça-me. Vou ajudá-lo.

– A decifrar o enigma?

– Não, mas a conduzir melhor o jogo e, ao mesmo tempo, sua vida em Olímpia. Guarde bem esses três conselhos: 1) Não acredite em tudo que lhe disserem. Em todas as circunstâncias, fie-se apenas em seus sentidos e intuição. 2) Tente descobrir o jogo por trás do jogo. 3) Não confie em ninguém e desconfie sobretudo de seus amigos e... de mim.

Ela encostou os lábios em minha orelha, para um último segredo sussurrado:

– Não acompanhe seus amigos à montanha esta noite... Misture-se em outro grupo. Alguns, sobretudo o do fotógrafo Nadar, já exploraram vias de ascensão que vão lhe interessar.

Os Mestres-deuses, então, estavam cientes de nossas escapadas noturnas. Por que não as impediam?

Um grito soou, bruscamente.

As sereias pararam de cantar. A orquestra abandonou os instrumentos. Todos adivinhamos o que acontecera. Já tínhamos nos acostumado.

A única questão era: quem seria a próxima vítima?

72. ENCICLOPÉDIA: TRÊS VEXAMES

A humanidade passou por três vexames.

Primeiro vexame: Nicolau Copérnico mostrou que a Terra não era o centro do universo e apenas girava ao redor de um sol, sendo este, provavelmente, também um astro periférico, num sistema mais vasto.

Segundo vexame: Charles Darwin anunciou que o homem não é uma criatura acima das demais, apenas um animal entre outros animais.

Terceiro vexame: Sigmund Freud declarou que o homem acredita criar arte, conquistar territórios, inventar ciências, elaborar sistemas filosóficos ou políticos motivado por ambições superiores, que o transcendem, enquanto, na verdade, é levado apenas pelo desejo de seduzir parceiros sexuais.

Edmond Wells,
Enciclopédia dos saberes relativo e absoluto, tomo V.

73. BÉATRICE ASSASSINADA

Alguém fez sinal junto de um bosquezinho e todos corremos para lá. Uma jovem jazia ali, encolhida e com o ombro enegrecido por um tiro de ankh. Ela gemia, se contorcia, apertava com a mão o ferimento, até que os olhos se convulsionaram, num último sobressalto.

– Quem era? – interessou-se Rabelais, enquanto centauros acorriam, trazendo uma coberta e a maca.

– Béatrice Chaffanoux – constatou Proudhon, com tristeza.

Subtraindo: 109 – 1 = 108.

Atena surgiu do céu, lança em punho, coruja esbaforida, furiosa e irritada.

– Um de vocês, com certeza, é o responsável por essa abominação. Essa turma é particularmente incontrolável. Esses crimes... Os roubos, também... Objetos pertencentes a Mestres-deuses foram roubados. Deu-se falta de utensílios de cozinha, ferramentas de ferreiro, capacetes e cordas.

Abaixamos a cabeça.

– Já os preveni, o deicida terá um castigo exemplar. Já resolvi que substituirá Atlas na tarefa de carregar o mundo.

Carregar o mundo? Éramos menores e menos fortes que ele.

Seu olhar percorreu o grupo e, de repente, parou em mim.

– Você tem um álibi, Pinson?

– Eu... dançava com Afrodite.

Procurei-a com os olhos, mas não estava presente. Pedi o testemunho de outros alunos, pois deviam me ter visto dançando, mas todos desviaram os olhos. Não estariam achando que eu tivesse matado Béatrice?

– Hum... você dirige o povo dos golfinhos, não é? Seu povo esteve atrás das tartarugas de Béatrice Chaffanoux. Isso pode gerar uma... motivação.

– Não fui eu – disse com a voz mais segura que pude.

O rosto sob o capacete iluminou-se com um sorriso.

– Isso é o que veremos, senhor deus dos golfinhos. Em todo caso, se conta com o assassinato para ganhar, acho que não será o bastante.

Fixou-me com crueza.

– Eu o vi jogar e posso adivinhar como vai continuar. Creio que será rapidamente eliminado. É fácil perceber um aluno-deus pela maneira como faz seu povo sonhar, intervindo com pequenos toques ou grandes sacolejos. Você é demasiado...

Ela buscava o qualificativo. De que iriam me chamar agora? Demasiado... boa pessoa?

– ... Demasiadamente cinematográfico. Você joga para tornar seus humanos simpáticos a quem assistir ao filme. Nós estamos pouco ligando para os espectadores... São os atores que importam. Eles vivem o filme de dentro.

Não esperou que eu conseguisse organizar meu pensamento para esboçar uma resposta. Com um salto, montou em Pégaso, o cavalo alado, e afastou-se no céu, seguida pela coruja.

Os centauros nos fizeram sinal para que voltássemos às nossas residências.

– Se tiver que carregar o mundo, não aguentarei cem metros – suspirou Gustave Eiffel, caminhando. – Nunca fui nenhum halterofilista. Atlas é um gigante; em comparação a ele, não passamos de anões.

Edmond Wells interessou-se mais pelo crime do que pela eventual expiação.

– De qualquer forma, é perturbador que Béatrice Chaffanoux tenha sido atingida, estando à frente no jogo de Y.

– Se o deicida ataca os vencedores, serei eu a próxima vítima – ironizou Proudhon.

– E eu em seguida – concluí.

– Os deuses nos mantêm sob pressão e o deicida contribui para sustentar a tensão – declarou Freddy.

– Acha que ele não existe e que "eles" o inventaram para nos estressar ainda mais?

– Mas vimos com nossos olhos os restos das vítimas – observou Eiffel.

– Nós apenas vimos centauros levarem-nas sob cobertas – retorquiu Marilyn.

Proudhon aproximou-se de mim e disse:

– Michael, tome cuidado com seu rebanho, pois, se cruzar com o meu, são magras as possibilidades de aliança.

– Não se preocupe – disse Raul, passando seu comprido braço sobre meus ombros. – Minhas águias o protegerão. Venha, venha conosco, partimos de novo à caça da grande quimera.

Fiquei imobilizado.

– Não.

– Não, o quê?

Não podia contar que Afrodite me aconselhara desconfiar de meus amigos, mudar de grupo e me juntar ao bando guiado por Nadar. Disfarcei, então:

– Ainda me sinto muito cansado essa noite. Não estou em condições de partir à aventura.

– Não quer mais saber o que há no topo?

– Não essa noite, em todo caso.

– Se chegarmos ao alto sem você, vai morrer de inveja.

– Azar o meu.

Ergui os olhos para o cume da montanha e, por trás de suas eternas camadas de nuvens, não pude distinguir a menor luminosidade.

74. ENCICLOPÉDIA: MONTANHA SAGRADA

Sobrepondo-se ao mundo dos humanos, a montanha simboliza o encontro entre o céu e a terra. Os sumérios colocavam na montanha Chuwen, representada por um triângulo, o ponto de eclosão do Ovo universal, do qual emergiram os primeiros dez mil seres. Os hebreus dizem que, no monte Sinai, Moisés recebeu de Deus as Tábuas da Lei.

Para os japoneses, a ascensão do monte Fuji-Yama sempre foi uma experiência mística, necessitando de uma purificação prévia. Os mexicanos achavam que o rei da chuva vivia no monte Tlaloc, no maciço Iztac-Cihuatl. Os hindus consideravam o monte Meru o eixo central do cosmos e os chineses situavam o umbigo do universo na montanha K'ouen-Louen, representada por um pagode de nove andares, cada qual simbolizando um grau da ascensão em direção à saída do mundo. Os gregos veneravam o monte Olimpo, moradia dos deuses; os persas o monte Alborj; o islã a montanha de Qaf; os celtas a montanha branca; e os tibetanos o Potala. No taoísmo, evoca-se a montanha do meio do mundo, morada dos imortais e ao redor da qual girariam a lua e o sol. Em seu pico, nos jardins da rainha do Ocidente, cresce um pessegueiro, cujos frutos dão a imortalidade.

Edmond Wells,
Enciclopédia dos saberes relativo e absoluto, tomo V.

75. EXPLORAÇÃO PELOS ARES

Onde encontrar a residência de Nadar? Não me imaginava batendo sozinho de porta em porta para descobrir o endereço. Foi quando apareceu minha moça-borboleta.

– Sabe por onde anda o Nadar?

Moscona guiou-me até o lado de fora da cidade, pelo norte da floresta azul, atravessando charnecas desconhecidas para mim, e me indicou uma caverna escondida por braçadas de galhos. Em seguida, retomou a direção de Olímpia.

Na gruta, Clément Ader, Nadar, Antoine de Saint-Exupéry e Étienne de Montgolfier trabalhavam cercados por todo tipo de objetos heteróclitos, mas sem dúvida destinados à fabricação de alguma engenhoca voadora. As gatunagens de que falava Atena haviam provavelmente sido cometidas por eles, enquanto nos matávamos tentando subir a montanha.

Havíamos, é verdade, fabricado um barco para atravessar o rio azul, mas construir um aeróstato era um projeto bem mais ambicioso.

À luz de velas, costuravam uma grossa lona encerada, que serviria para aprisionar o ar quente. Como nacela, haviam traçado lianas ao redor de uma mesa redonda de quatro pés, disposta de cabeça para baixo. Era bem engenhoso. O estalido dos meus passos fez com que detectassem minha presença.

– Está nos espionando? – perguntou Clément Ader, enquanto Montgolfier e Nadar apontavam para mim seus ankhs.

– Eu gostaria de ir com vocês.

Eles não abaixaram as armas.

– E por que o aceitaríamos?

– Porque eu sei o que há do outro lado do rio azul.

– Nós descobriremos.

– Além disso, se não me aceitarem, o que vão fazer? Não podem se expor ao perigo de que eu os denuncie... Vão me matar e correr o risco de passar por deicidas? Vão querer carregar "Terra 18"? É bem verdade que, sendo quatro, o fardo será menos pesado.

Vi que hesitavam e insisti:

– Posso auxiliar na construção da aeronave. Não sou desajeitado. Fui médico...

Em voz baixa, eles confabularam. Pude ouvir Saint-Exupéry cochichar:

– Não temos nada a perder.

Nadar virou-se para mim:

– Está bem, pode nos acompanhar. Mas saiba que, se nos trair, nos livramos de você sem escrúpulos. E até encontrarem seu corpo, o verdadeiro deicida terá sido descoberto.

– E por que eu trairia? Estamos todos no mesmo barco. Temos todos o objetivo de saber o que há acima de nós.

Clément Ader concordou e me estendeu uma agulha.

– Você tem sorte. Já estamos terminando a aeronave. Essa noite poderemos alçar voo. Se nos ajudar, partiremos mais rapidamente. Precisamos terminar a lona.

Era como se zonas do meu cérebro descobrissem tal talento. Costurar. Na sociedade moderna em que minha última vida mortal transcorrera, tudo funcionava com botões: botões de controle remoto, interruptores de luz, botões do elevador, teclado do computador. De tanto utilizar os dedos apenas para apoiar, havia perdido o potencial de agilidade, mas isso voltou progressivamente. O homem das cavernas habitando em mim, escondido em meu DNA, ajudou-me a recuperar uma das mais antigas ciências, a ciência dos nós. Costurei, amarrei, trancei e, após várias horas de trabalho, caindo a noite, estava pronto o oleado do balão. Fixamos nele os pés da mesa revirada, transformada em nacela.

Montgolfier dispôs um braseiro em seu centro e uma reserva de lenha seca ao lado. Puxamos a aeronave para o meio de uma clareira e a lastramos com pedras. Uma roldana suspensa a um galho alto serviu para içar a lona. Em seguida, Nadar acendeu o fogo e deslocou o braseiro, dirigindo a fumaça para a bolsa e não para os nossos olhos, já bem irritados.

A lona, enfim, inflou-se. Sabíamos ser preciso agir com presteza. Mesmo com a floresta nos camuflando e protegendo, corríamos o risco de ser localizados. Pudemos respirar. Nenhum centauro se manifestava e, ao cortarmos as amarras, começamos a subir lentamente.

Étienne de Montgolfier fez sinal, mostrando ser preciso largar lastro para acelerar a ascensão, e nós jogamos algumas pedras para fora da nacela.

As três luas brilhavam no céu, e o sol se afastava. Dentro do aeróstato, o calor era tremendo, e trabalhávamos despidos da cintura para cima, alimentando o fogo. E pensar que, antes, eu podia voar pela força do pensamento...

Tudo era difícil. Estávamos exaustos e banhados de suor, mas, à medida que subíamos, um espetáculo extraordinário se descortinou: a ilha, vista de cima, inteira.

Aeden...

– É magnífica, não é? – exclamou Saint-Exupéry.

O orvalho acariciava minha pele e pássaros estranhos giravam ao redor de nossa nave. Debrucei-me. Com a pouca visibilidade que tínhamos, a ilha parecia formar um triângulo. As duas colinas em volta da cidade davam ao conjunto a aparência de um rosto, sendo Olímpia o nariz. Iluminado pelas luas, o oceano se coloria com reflexos dourados que vinham parar na beirada branca das praias de areia fina. Um perfume de coco vinha da terra, subindo aos nossos narizes, apesar do cheiro da lenha queimada, que dominava a nacela.

Estimando ter alcançado altura suficiente, Montgolfier anunciou ser hora de parar de alimentar o fogo. Mas continuávamos a subir.

– Como é bonito – disse Nadar.

Em sua vida mortal, o fotógrafo foi o primeiro a fazer tomadas aéreas. Foi ele, aliás, quem estimulou Júlio Verne a escrever *Cinco semanas em balão*.

Distingui o cume da montanha nas brumas e, distante, sob o aeróstato, o rio azul e seus peixes fosforescentes, cicatriz luminosa entre o arvoredo espesso. Meus amigos teonautas, àquela hora, já deviam ter atravessado e talvez já estivessem ocupados, combatendo a grande quimera.

Soou meia-noite na torre do palácio de Cronos. No céu, pude distinguir outras luzes na costa, no ponto em que Marie Curie, Surcouf e La Fayette fabricavam um barco capaz de se aventurar no mar.

– Provavelmente querem contornar a ilha, buscando uma encosta menos vigiada – explicou Clément Ader.

O aeróstato continuava a subir. Nadar se movia, fixando tiras de pano nos cabos para identificar a direção do vento. Saint-Exupéry controlava as cordas que dirigiam a fumaça produzida. Logo percebi o que os preocupava: a aeronave não seguia a direção correta.

Perguntei:

– Não podemos nos aproximar um pouco mais da montanha?

– É um aeróstato e não um dirigível – respondeu Clément Ader. – Podemos subir e descer, mas não apontá-lo para a direita e para a esquerda.

– Além disso, um vento continental nos empurra para o oceano – observou Montgolfier, preocupado.

A montanha se distanciava, o horizonte marinho se aproximava.

Um gêiser claro brotou da água. Devia haver baleias ao redor da ilha.

Montgolfier deu ordem para que atiçássemos novamente o fogo, tentando retomar a ascensão. Esperava encontrar, nas alturas, correntes laterais que nos trouxessem de volta à ilha.

Nossas últimas pedras servindo de lastro foram lançadas. Não ouvimos o barulho que deviam ter feito, caindo na água. Estávamos altos demais.

O vento insistia em nos afastar da ilha e Montgolfier olhava, pensativo, para a lona encerada.

– Não temos outra escolha senão descer o mais rapidamente possível, ou seremos empurrados totalmente ao largo.

Apagamos o fogo, e ele puxou uma corda, abrindo uma janela na lona. O ar quente escapou. Perdemos altura.

A descida foi muito mais rápida do que a subida. No final, a aeronave bateu violentamente na superfície líquida. Não tendo sido concebida para isso, a nacela não era impermeável e rapidamente fez água. Não dispúnhamos de baldes para esvaziá-la e nem de remos para dirigi-la. Quando se pensa no céu, não se fazem preparativos para um passeio no mar.

Clément Ader insistiu para que jogássemos fora tudo que pesasse e ficamos encolhidos sobre a mesa redonda de quatro pernas, transformada em jangada.

A essa altura, subiu bem próximo de nós, acompanhado por um assobio agudo, o gêiser que eu vira do alto.

– Uma baleia à esquerda! – exclamou Nadar.

– Não, não é uma baleia – corrigiu Montgolfier.

O enorme peixe que se aproximava tinha, de fato, a dimensão de uma baleia, mas parecia um monstro bem mais inquietante. Do cetáceo, tinha apenas os olhos grandes. A boca não apresentava barbas, mas dentes pontudos e cada um deles tinha o meu tamanho.

– E agora, fazer o quê?

76. ENCICLOPÉDIA: LEVIATÃ

Dentro das tradições cananeia e fenícia, o leviatã foi descrito ora como uma grande baleia coberta de escamas resplandecentes, ora como um crocodilo gigante dos mares, podendo ultrapassar os trinta metros de comprimento. A pele era tão espessa que arpão nenhum conseguia atravessá-la. Cuspia fogo pela boca e lançava fumaça pelas narinas. Os olhos brilhavam com luz própria interna e o mar se tumultuava ao seu redor quando ele subia à superfície. O leviatã era descendente da serpente mítica Lotã, inimiga do deus cananeu El. Segundo a lenda, era capaz de engolir momentaneamente o sol, e isso explicava os eclipses do astro. O mito do leviatã está presente nos Antigo e Novo Testamentos, nos Salmos do rei Salomão, no Livro de Jó e no Apocalipse de João.

"Poderás tirar com anzol O leviatã?"

"As águas se curvam sob sua magnificência, as ondas do mar se retiram; ele considera o ferro como palha, e o cobre como pau podre; as profundezas faz ferver, como uma panela; torna o mar como uma vasilha de unguento. Na Terra, não há coisa que se lhe possa comparar." (Jó, 41)

O leviatã representa a força primordial e destruidora dos oceanos. Encontram-se similares seus entre egípcios, indianos e babilonianos. Parece, no entanto, terem sido os fenícios que conceitualmente o inventaram, para conservar a preeminência nos mares. O medo do leviatã, sem dúvida, permitiu-lhes reduzir o número de concorrentes nas grandes rotas marítimas comerciais. O leviatã está entre as três criaturas que serão comidas no banquete do Julgamento Final.

Edmond Wells,
Enciclopédia dos saberes relativo e absoluto, tomo V.

77. NO ESTÔMAGO DO MONSTRO

Saltei para fora da nacela, nadei e me debati na água. O leviatã estava próximo, atravessando as ondas, deslocando toneladas de água. E pensar que *O tubarão* me dera medo. O minúsculo peixe do filme fugiria de fininho, se tivesse pela frente aquele demônio aquático desmedido. Lembrei ainda que tinha me juntado ao bando de Nadar porque temia enfrentar a grande quimera da floresta negra...

– Não sei nadar, não sei nadar! – gritava Étienne de Montgolfier ao meu lado.

É esse o problema com o pessoal do mundo aéreo, são todos, sempre, especializados demais.

Abracei-o, passando meu braço por sob os seus, e fazendo com que boiasse o melhor que podia.

O leviatã abriu a bocarra e engoliu de uma só vez a mesa redonda, o encerado e Antoine de Saint-Exupéry, que imprudentemente permanecera a bordo. Num segundo, o aviador-poeta desapareceu entre os dentes pontiagudos, que se fecharam como uma grade de esterroar.

– Vamos tentar alcançar a praia! – berrava Nadar.

Avancei às braçadas, tentando manter a cabeça de Montgolfier fora da água, mas, vendo que não conseguia mais, passei-o a Clément Ader. O segundo sol já despontava no horizonte.

– Cuidado, ele está voltando!

Nós nos separamos. O leviatã veio em nossa direção, visivelmente esfomeado. Não me sentia mais capaz de nadar num crawl que me transportasse à praia em tempo recorde. Fiquei boiando, resignado.

O bicho veio e me engoliu, sem mastigar. Tudo aconteceu muito rápido. Atravessei a muralha de dentes, fui arrastado pela língua, quiquei no céu da boca e na glote, que me enviou de volta à língua, como a uma bola de fliperama.

De repente, tudo parou. Eu estava no escuro, na umidade, no silêncio. Um imundo cheiro de peixe podre invadiu minhas narinas. A língua, se mexendo, me esbofeteou. Peguei meu ankh e atirei. Não causava maior efeito no monstro do que uma picada de alfinete, mas a luz intermitente permitiu o exame do interior da goela, semelhante a uma catedral, com arcadas cinzentas. Das mucosas, escorriam estranhos líquidos fluorescentes. Deslocando-me pelo maxilar, descobri num buraco de dente um outro ankh, talvez abandonado por Saint-Exupéry. Saltei por cima de um molar e disparei dois tiros simultâneos. Sem grandes efeitos.

A língua me atacou de novo. A saliva pegajosa me grudava no corpo inteiro. Isso dificultava meus movimentos. Debati-me na baba. A ponta da língua me empurrou para as profundezas da garganta. Passei pela glote. Vi-me caindo num tobogã. Não tinha em que me segurar ao longo do esôfago. Com a vã esperança do monstro tossir, visei o fim do túnel. A queda não terminava.

São inúmeras as histórias ligadas às baleias e ao leviatã. Jonas, na Bíblia, escapou graças a um cetáceo; Pinóquio, no conto de Carlo Collodi; e Nganoa, um herói polinésio, que desceu ao estômago de uma baleia para buscar seus pais...

Eu deslizava e o túnel regularmente se contraía, com ondulações que aceleravam a queda. Eu conhecia o destino das tantas bolotas de carne que ingeri em minhas vidas, mas não tinham olhos e nem armas luminosas para observarem meus canais interiores.

Minha aventura, afinal, chegou ao fim numa imensa sala oval, cheia até a metade de um líquido fumegante, com protuberâncias gástricas formando algo parecido com ilhotas. Os peixes, que degringolavam no líquido à minha volta, imediatamente se dissolviam. Se eu derrapasse, teria o mesmo fim. Por sorte, me agarrei ao destroço de um barco cujo casco corroído ainda resistia ao ácido.

Estava dentro de um estômago.

No centro daquele lago mortal, havia um vórtice que, de repente, aspirou a mim e à minha barca, projetando-me no intestino, onde perdi os sentidos. Quando os recuperei, continuava sobre meu esquife, tendo como teto uma arcada de aparência molenga. O túnel em questão era mais estreito e fedia ainda mais a peixe em decomposição. Ao impacto dos meus tiros de ankh, as paredes mostravam uma ligeira crispação.

Continuei percorrendo o sistema digestivo, pensando o quão humilhante para uma alma como a minha, alçada aos graus de anjo e de deus, terminar assim, como... excremento de baleia.

No túnel, meu esquife se chocou contra outros objetos, destroços, esqueletos humanos (talvez outros alunos infelizes). A saída por baixo parecia mais provável do que escapulir pelo alto. Os fedores orgânicos tornavam-se cada vez mais insuportáveis, mas pareceu-me distinguir naquela lama uma silhueta poupada da dissolução.

– Tem alguém aí?

– Aqui – respondeu a voz de Saint-Exupéry.

Agarrei um pedaço de pau podre, para remar até ele.

– Como conseguiu sobreviver a esse horror?

– Como você. Graças a uma jangada improvisada. Vamos ser digeridos, não é?

– A digestão humana dura três horas – falei, recordando meus estudos de medicina. – A digestão do leviatã pode durar várias semanas.

– Precisamos acelerar o fenômeno – observou o aviador, que conservara a pugnacidade.

Mergulhei um pedaço de minha toga fora da embarcação, para ver se o tecido se dissolvia. Nada aconteceu. Constatei:

– Não há mais ácido aqui. Podemos deixar nossos esquifes e avançar.

Enquanto andávamos pelo intestino, Saint-Exupéry notou os dois ankhs pendurados em meu pescoço e pediu o seu de volta, o que fiz de imediato.

– Toda vez que penso ter passado pela experiência mais perigosa, as coisas só pioram – observei.

Ele riu, sem grandes alegrias.

– Fomos nós que procuramos, não há como negar – admitiu ele. – Podíamos, afinal, ter ficado tranquilamente a observar a vida de nossos clientes na televisão, em casa. Daqui, até que pareciam divertidas. Como eram os seus?

Era um perfeito companheiro para uma caminhada em comum acorde pelo sistema digestivo de um monstro. Disparando de vez em quando meu ankh para clarear intermitentemente o túnel, respondi:

– Tenho um príncipe africano, uma coreana crescendo no Japão com pai japonês e mãe coreana, e um greguinho com o fardo de uma mãe dedicada demais. E você?

– Uma garota paquistanesa permanentemente coberta com uma burca e já comprometida por seus pais com um velho rico, um lapão hipocondríaco e entusiasta da caça à foca, e um polinésio que ri o dia todo, sem qualquer motivo, e se recusa trabalhar.

– Nada mal, como amostragem.

Saint-Exupéry não concordava:

– Nenhum dos três parece ser capaz de elevar seu nível de consciência.

– Quanto aos meus, acredito em minha pequena coreana. Não sei por quê, apesar dos obstáculos, sinto nela uma alma superdotada. Além disso, gosto de seu país... da Coreia.

– Verdade? Porquê?

– Está na encruzilhada das civilizações, entre Japão, China e Rússia, e resistiu com coragem às três nações invasoras. Os coreanos têm uma cultura fantástica, muito sutil e pouco conhecida. Têm música, pintura e alfabeto únicos.

Era estranho falar da Coreia ali.

– Você já foi lá?

– Fui a Seul, a capital, e a Pusan, uma grande cidade litorânea. Quando era estudante, vivi com uma coreana, que me levou para conhecer sua família, em Pusan.

Ele deu um tiro de ankh no chão e a luz revelou carcaças de peixes cada vez maiores.

– É surpreendente que seu mortal de referência preferido tenha nascido lá. Quem sabe, talvez haja conexões nisso... Eu próprio nunca fui à Polinésia, Paquistão e nem à Lapônia. Fale mais sobre a Coreia. Conhece a história do país?

– Tinha uma civilização autônoma, mas durante vários decênios foi invadida pelos japoneses, que praticamente fizeram sua cultura desaparecer. Demoliram templos, substituíram a língua. Quando, depois da guerra, a Coreia foi libertada, o povo teve muita dificuldade para recuperar suas raízes. Reconstruíram os templos graças às lembranças dos mais velhos.

– Entendo. Deve ter sido horrível.

– E mal se livraram do domínio japonês, houve a guerra civil entre as duas Coreias. A do norte se tornou comunista e a do sul, liberal. O problema é que a Coreia do Norte se encontra sob o jugo de uma família de ditadores loucos, conectados com todas as tiranias do planeta, que lhes fornecem material nuclear.

– É incrível como os cretinos totalitários sempre se entenderam bem. Hitler e Stálin, como lembrou Hermes, mas podem-se citar outros. Entre ditadores, há bom entendimento.

Desviando de uma espinha de peixe do tamanho de uma baleia, víamo-nos de volta à triste realidade da nossa condição.

– É verdade... Nunca tinha imaginado ser um dia engolido por semelhante monstro – comentei.

– Tenho a impressão de voltar ao estado fetal – espantou-se Saint-Exupéry.

– Acha que é um macho ou uma fêmea?

– Precisaríamos perfurar o intestino para chegar à vagina ou à próstata – brincou meu companheiro de aventura.

– Dioniso me disse que eu teria aqui minha iniciação final. Mas não esperava ser transformado em cocô de leviatã...

– É o princípio de toda iniciação: ser rebaixado para poder se erguer, aviltado para ser homenageado, morto para renascer.

Ao nosso redor, o ar se rarefazia e tínhamos dificuldade para respirar. O gargalo se estreitava e nós atolávamos no meio de vermes do tamanho de uma orelha. A atmosfera estava pestilenta e protegíamos as narinas com nossas túnicas.

– Acho que chegamos ao fim do túnel.

De fato, chegáramos a uma cavidade hermeticamente fechada.

Como disparar a abertura de um ânus de leviatã?

– Você que é médico, ao que parece.

Pensei:

Normalmente, no corpo, o ânus reage como uma célula fotoelétrica. Quando o excremento chega a essa zona, pressiona captadores de contato.

Vimos, de fato, veias e nervos que afloravam. Batemos neles com socos e pontapés e, após alguns instantes, sentimos ao redor contrações e as paredes se relaxaram. Uma luz aparecia no fim do túnel e, com outros restos, fomos propulsados para fora, ejetados no mar e começamos a nadar o mais rápido possível para a superfície e a luz do dia. Meus pulmões queimavam, mas era preciso aguentar.

A subida lembrou-me o voo tanatonáutico de quando deixei meu corpo, aspirado pela luz do além. Com uma importante diferença, no entanto: mortal falecido, eu não sentia mais nada; como deus debutante, minhas sensações estavam decuplicadas.

Lutando para recuperar o fôlego na superfície, amaldiçoava a mitologia, todas as lendas e todos os monstros que nelas passeiam. Odiava os leviatãs, sereias, grandes e pequenas quimeras, Mestres-deuses e todos os alunos-deuses.

Uma mão me agarrou. Saint-Exupéry me puxava e, por um instante, aliviados, nadamos juntos num mar calmo. Tínhamos conseguido nos evadir, estávamos salvos.

Nossa alegria durou pouco. Um gêiser próximo anunciou a volta do leviatã que, dando meia-volta, vinha de novo para cima de nós.

Meu companheiro e eu nos olhamos incrédulos. Duas vezes não, duas vezes não...

Respondendo às minhas mudas súplicas, um repentino milagre: um golfinho branco, com olhos vermelhos, saltou de súbito nas águas, colocando-se entre o leviatã e nós. Congêneres seus vieram ajudá-lo a fazer barreira e nos proteger. O ar encheu-se de sons superagudos.

O leviatã queria passar à força, mas os golfinhos o cercaram, batendo em seus flancos e usando os focinhos como esporas. O monstro marinho tentava abocanhá-los, mas eles eram mais rápidos e continuavam a atacar a sua massa. O combate me lembrava um quadro representando a batalha da Invencível Armada, no século XVI, com os enormes navios espanhóis manobrando pesadamente, diante dos pequenos veleiros ingleses, volteando com presteza e os naufragando, um após o outro.

O leviatã se irritava e isso provocava ondas altas como muralhas, mas os golfinhos, meio aquáticos e meio aéreos, mergulhavam, riam e continuavam a atacar o monstro, que acabou indo embora. Os golfinhos, então, se aproximaram de nós com gritinhos estridentes, convidativos, oferecendo suas nadadeiras dorsais.

Nós rapidamente obtemperamos. Estávamos longe da ilha e já tínhamos gastado energia demais naquela escapulida. Montei num golfinho albino, como se fosse um cavalo. Meus pés se apoiavam nas nadadeiras laterais e ele partiu em frente. Estava sentado no golfinho como num jet ski.

Vi Saint-Exupéry também exultante em sua cavalgada. Após o horror de nossa obscura odisseia, a felicidade daquela liberdade recuperada mostrava-se ainda mais intensa. O ar, a luz e a velocidade, tudo nos encantava.

Atravessamos as pequenas ondas, levados por nossos cavalos de combate.

Os golfinhos, afinal, chegaram à praia e nos deixaram. Fizemos sinais de despedida com as mãos, e eles se ergueram sobre as caudas, com grandes gritos de saudação. O golfinho branco saltou alto em direção do céu, multiplicando loopings.

Étienne de Montgolfier, Nadar e Clément Ader nos olhavam incrédulos.

– E vocês, como chegaram? – perguntei.

– A nado – respondeu Clément Ader, com a voz rouca, ainda exausto por ter trazido o aeróstata.

– Não tivemos sorte – disse Montgolfier – o destino nos persegue.

78. ENCICLOPÉDIA: LEI DE MURPHY

Em 1949, um engenheiro americano, capitão Edward A. Murphy, trabalhava para a US Air Force no projeto MX 981 e devia estudar os efeitos, sobre um humano, da desaceleração, no momento de uma aterrissagem forçada. Para a experiência, ele dispunha de 16 captadores aplicados no corpo de um piloto. A missão foi confiada a um técnico, sabendo-se que cada captador podia ser fixado de duas maneiras: a certa e a errada. O técnico colocou os 16 captadores na má posição. Em seguida a isso, Murphy enunciou a frase: "*If anything can go wrong it will*" – ("Se algo puder dar errado, dará"). Essa lei do pessimismo é também chamada "lei da máxima aporrinhação" ou "lei do pão com manteiga" (porque o pão cai sempre com o lado da manteiga para baixo) e se tornou tão popular que, em todo lugar, surgiram, como ditados populares, outras "leis de Murphy" em torno do mesmo princípio. Abaixo, algumas delas:

"Se tudo parece funcionar bem, você certamente esqueceu de alguma coisa."

"Cada solução implica novos problemas."

"Tudo que sobe acaba descendo."
"Tudo que é bom é ilegal, imoral ou engorda."
"Nas filas, a do lado sempre corre mais rápido."
"Os homens e as mulheres realmente interessantes já estão comprometidos e se não estão é porque escondem alguma coisa."
"Se isso parece bom demais para ser verdade, provavelmente não é."
"As qualidades que, num homem, atraem a mulher são em geral as mesmas que, alguns anos depois, elas não suportam mais."
"A teoria é quando a coisa não funciona, mas sabe-se porquê. A prática é quando funciona e não se sabe porquê. Quando a teoria se junta à prática, a coisa não funciona e não se sabe porquê."

Edmond Wells,
Enciclopédia dos saberes relativo e absoluto, tomo V
(a partir da sabedoria popular).

79. MORTAIS. 10 ANOS

Instalei-me diante da televisão. Estava agitado demais para conseguir dormir logo. O corpo pedia paz após tantas aventuras, mas o cérebro estava em ebulição.

No canal 1, Eun Bi, agora com 10 anos, estava sozinha em devaneio no pátio da escola, enquanto as colegas se divertiam saltando corda. Uma menina plantou-se à sua frente e disse:

– Coreana suja.

A provocação surpreendeu Eun Bi. Atônita, tentou dar um tapa na agressora e não a alcançou. A turma inteira riu e as outras meninas repetiam em coro:

– Coreana suja.

A campainha interrompeu, ao mesmo tempo, a cena e o recreio.

Eun Bi voltou chorando à sala de aula. A professora perguntou o que acontecera, e a criança ao lado contou que a tinham chamado de "coreana suja". A mulher balançou a cabeça. Compreendendo o problema, olhou Eun Bi, hesitou por um instante e se calou. Como Eun Bi continuou chorando, ela lhe disse que se acalmasse ou então deixasse a sala. Eun Bi tentou se controlar, sem conseguir. A professora ordenou que se retirasse, para não perturbar ainda mais a aula, e só voltasse mais calma. Eun Bi saiu e foi para casa, pondo-se a chorar na cama. A mãe perguntou a razão de seu desespero.

– Nada, nada – respondeu. – Quero ficar sozinha, só isso.

Ela não quis almoçar, comer o que fosse e somente no fim da tarde resolveu abrir-se com a mãe, que viera lhe trazer um copo de água.

– Uma garota, que eu nem conheço, me chamou de coreana suja.

– Entendi. E você fez o quê?

– Quis dar um tapa nela, mas ela correu mais rápido que eu. Depois a professora me mandou embora porque eu estava atrapalhando a aula.

A mãe abraçou a filhinha.

– Eu devia tê-la preparado... Nós, coreanas vivendo no Japão, corremos o risco desse tipo de humilhação.

– Por quê?

– Já sofremos muito por causa dos japoneses. Um dia, vou precisar lhe contar. Eles invadiram nosso país. Massacraram o nosso povo. Mancharam e destruíram lugares sagrados. Tentaram nos fazer esquecer nossas língua e cultura. Eles...

– Mas por que, então, vivemos no Japão e não em nosso país, na Coreia?

– É uma história longa, filha. Há muito tempo, eles raptaram sua avó, com várias outras mulheres, trazendo-as à força para o arquipélago. Agora, eles... Você ainda é muito pequena para entender. Mais tarde vai saber.

Eun Bi olhou para o copo, com o olhar fixo.

– Como vou voltar à escola amanhã, tendo me envergonhado diante de todo mundo?

A mãe beijou-a com ternura.

– É preciso, filha. Ou eles ganham. Você deve aprender a enfrentá-los. Eu mesma aprendi. Não desista. Sua avó passou por coisa bem pior e nunca desistiu. O que não mata nos torna mais fortes. Continue na escola, é a melhor vingança. É como vai mostrar o quanto vale.

Nos olhos escuros da mãe, Eun Bi viu que ela já tinha passado pela dor e superado.

– Mãe, por que os japoneses nos odeiam tanto?

A mãe pensou e respondeu:

– Os carrascos detestam suas vítimas. Sobretudo quando elas perdoam.

– Mamãe, conte o que aconteceu com minha avó. Quero saber.

Após uma hesitação, a mãe se decidiu.

– Como eu disse, de 1910 a 1945, a Coreia foi ocupada pelos japoneses. Nesses 35 anos, os nipônicos tentaram fazer com que os coreanos esquecessem quem eles eram. Pegaram as mulheres mais bonitas para diversão dos soldados. Na retaguarda das imensas colunas de tropas, havia constantemente dezenas de milhares de prisioneiras coreanas, servindo para o "relaxamento".

Eun Bi pedira a narrativa, mas agora tapava as próprias orelhas para não ouvir mais a voz emocionada, trêmula, que prosseguia:

– Entre elas, estava sua avó. Os japoneses tinham matado todos os homens de seu vilarejo e sequestrado as mulheres. No momento da derrocada, levaram-nas com eles ao Japão, onde continuaram a ser consideradas vulgares... escravas.

– Elas não se revoltavam? A guerra, afinal, tinha terminado, e o Japão fora vencido.

A mãe soltou um suspiro e torceu as mãos.

– Há alguns anos, coreanas mantidas no Japão tentaram erguer a cabeça. Exigiram o direito de voltar ao país. Fizeram apelo ao direito de memória e exigiram compensações pelo calvário sofrido. Foi um espetáculo! Os japoneses lhes cuspiram no rosto e o racismo atingiu o paroxismo.

– E papai?

– Seu pai é japonês. Quis provar que valia mais do que a maioria dos seus compatriotas. Casou-se comigo, apesar da vergonha que essa união provocou em sua família. Ele foi muito corajoso na época, pois me amava. E eu o amava.

Por alguns instantes, a mãe calou-se, presa às lembranças.

Em seguida, com a mão da filha entre as suas, continuou:

– ... Saiba, filha, para nós, coreanas no Japão, tudo é mais difícil do que para as outras. Morda a língua e não lhes dê o prazer de verem-na sofrer. Volte amanhã à escola como se nada tivesse acontecido. Se a insultarem, não chore, não lhes dê esse presente. Vão acabar cansando. Consiga boas notas e se mantenha impassível. É a melhor resposta.

Durante o restante do dia e toda a noite seguinte, Eun Bi permaneceu diante do monitor, com um jogo eletrônico particularmente brutal. Quando voltou à escola, manteve uma expressão indiferente às provocações, não reagiu aos "coreana suja", e desviou a cabeça das cusparadas. Na sala de aula, conseguiu sistematicamente a melhor nota em todos os deveres.

Eu, que gostava tanto da Coreia, estava arrasado com o que acabava de descobrir.

Sabia vagamente disso tudo, mesmo sem estar em nenhum livro de história, mas ouvi-lo ao vivo, pela voz de uma coreana vivendo no Japão, levava-me de volta ao meu passado de mortal e à minha viagem à Coreia. O país da calma manhã.

Desisti de me interessar pelo que acontecia com Theotime e Kouassi Kouassi.

Adormeci com uma melopeia triste na mente. Todas as minhas emoções de aluno-deus se apagavam diante dos tormentos da pequena mortal de 10 anos. Um deus se comovendo com uma criança. Uma frase da mãe se mantinha em minha memória: "Nós, as vítimas, devemos nos desculpar pelo incômodo que causamos aos carrascos."

80. MITOLOGIA: DEMÉTER

Deméter significa "mãe da cevada". Filha de Cronos e de Reia, irmã de Zeus, Deméter é a deusa da terra, do trigo comum e do trigo durázio. Sua cabeleira é loura como os cereais na época da ceifa. Ela inspirou desejo aos deuses, sem que nenhum a atraísse e todos inventaram estratagemas para seduzi-la. Quando Deméter se transformou em égua para escapar de seu assédio, Posídon se transformou em garanhão e possuiu-a, dando origem ao cavalo Órion, que tinha pés humanos e falava. Zeus, por sua vez, transformou-se em touro, e de sua união com Deméter

nasceu Perséfone. A jovem, certo dia, admirava um narciso, no campo da Eterna Primavera, quando o chão se abriu, dando passagem a Hades, seu tio, senhor do Inferno e do reino dos mortos, num carro negro puxado por dois cavalos. Há muito tempo ele espiava a linda moça, pela qual se apaixonara. Raptou-a, levando-a consigo para as entranhas da terra.

Durante nove dias e nove noites, a mãe, Deméter, percorreu o mundo procurando Perséfone. No décimo dia, Hélio revelou-lhe o nome do raptor. A mãe, ultrajada, não quis mais voltar ao Olimpo enquanto a filha estivesse presa no Inferno e se refugiou com o rei de Elêusis.

Sem a deusa da Agricultura, o mundo ficou estéril. As árvores não davam mais frutos, a relva ressecou. Zeus ordenou que Hermes descesse em busca de Perséfone, mas Hades recusou sua liberdade. Ela não podia mais voltar para o reino dos vivos, explicou, pois havia provado o alimento do Inferno.

Os deuses, então, entraram num acordo.

Perséfone compartilharia o ano entre sua mãe e Hades. Durante seis meses, na primavera e verão, ela estaria com aquela. Nos outros seis, outono e inverno, estaria com o senhor do Inferno. A divisão simboliza o ciclo da vegetação, com a estadia do grão no seio da terra até sua germinação.

Agradecendo ao rei de Elêusis a acolhida, a deusa da Agricultura quis conceder imortalidade a seu filho Demófon. No ato de "consumir sua humanidade", ela ergueu-o sobre uma fogueira, mas, assustando-se com a chegada repentina da rainha de Elêusis, deixou o menino cair no fogo. Para consolar a mãe, deu uma espiga de trigo para um outro

filho, que percorreria toda a Grécia, ensinando aos homens os segredos da agricultura e da fabricação do pão.

Edmond Wells,
***Enciclopédia dos saberes relativo e absoluto*, tomo V**
(a partir de Francis Razorback, ele próprio
se inspirando em *A teogonia*, de Hesíodo, 700 a.C.).

81. QUINTA-FEIRA. AULA DE DEMÉTER

A quinta-feira é o dia de Júpiter, o nome romano de Zeus. Seria, então, sua irmã, Deméter, quem daria aula.

Na avenida dos Campos Elísios, passamos diante da torre do sino de Cronos, fazendo ainda tocarem suas badaladas matinais, o palácio de Hefesto em seu estojo de cristal turquesa, o castelo-forte de Ares, o palácio prateado de Hermes e chegamos a uma fazenda de tipo normando, com telhado de palha alaranjada e paredes brancas com fasquias aparentes. Havia bacias dispersas cheias de cevada, milho e colza. Numa lateral, em cercados, comiam cabras, carneiros, vacas e porcos.

Era de surpreender uma paisagem tão bucólica em Olímpia. Vi patos, galinhas e gansos cacarejando e bamboleando no quintal. Por pouco não me imaginei de volta a "Terra 1".

Não sabia quais combates com a grande quimera teriam travado durante a noite meus amigos teonautas, mas Raul ostentava um feio hematoma na testa.

Uma hora abriu a porteira de madeira e entramos no interior vermelho-carmim da fazenda. Vigas da mesma cor enfeitavam o teto. A sala expunha toda uma panóplia de objetos ligados à agricultura: foices, podadeiras, malhos, ceifadoras...

À direita, tubos de vidro continham diversos grãos de cereais tendo, ao lado, pães quadriculados como nas padarias artesanais da minha infância. Mais adiante, potes conservavam tomates secos, berinjelas e abobrinhas macerando no azeite.

Deméter entrou por uma porta dos fundos. Era uma mulher grandalhona, com espessa cabeleira loura, amarrada com uma espiga de trigo. Por cima da roupa amarela, vestia um avental camponês com quadriculados pretos. Com seus alvos braços acolhedores e o sadio odor de leite fresco, era compreensível que tivesse tranquilizado gerações de agricultores helenos.

No estrado, sorriu para nós e, antes de começar a aula, convidou-nos a provar cereais que ela distribuiu em pequenos potes. Passou em seguida entre nós com uma ânfora, servindo-nos um leite cremoso. Eu já tivera semelhantes desjejuns em minha vida de mortal.

– Esses alimentos, novos para vocês aqui, trazem força e energia – disse ela, sentando-se com os cotovelos apoiados na escrivaninha de carvalho. – Meu nome é Deméter, sou a deusa da Agricultura e a quinta professora de vocês.

Ela bateu com as mãos para chamar Atlas, que chegou e largou "nosso" mundo, de qualquer jeito, no oveiro.

– Se soubesse, minha amiga, o quanto isso pesa...

– Querido Atlas, isso não é um trabalho, é uma punição – observou a mulher grandalhona, com uma expressão compreensiva.

O gigante bateu os pés por uns instantes diante da esfera e resolveu, afinal, se retirar.

"Agricultura", escreveu Deméter no quadro-negro.

– Sou a Mestre-deusa Deméter e comigo aprenderão a importância da agricultura na história das civilizações.

Caminhando sob as vigas do teto, com a cabeleira ruiva esvoaçando ao ritmo de suas frases, explicou:

– Quando se planta, se colhe. É um encontro marcado com o tempo.

Com o ankh na mão, pôs-se a examinar de perto nossos povos em "Terra 18".

Nós a acompanhávamos e pudemos perceber que o tempo fizera seu trabalho. Tudo havia mudado. Nossa humanidade "amadurecera" sozinha. As hordas instaladas tinham-se transformado em tribos.

Dois alunos constataram que seus povos tinham desaparecido, sem razão aparente.

Deméter explicou aos reclamões que os imprevistos faziam parte do jogo. Os alunos suscitavam impulsos e tendências durante a sua realização, mas, enquanto não vinha a próxima retomada, os povos continuavam sozinhos suas trajetórias. Se porventura estivessem encaminhados em trilhas ruins, corriam o risco de desaparecerem no intervalo, e era o que tinha acontecido com os dois protestadores. A deusa ainda acrescentou haver a possibilidade de fatores aleatórios: terremotos e catástrofes de todo tipo podiam intervir a qualquer momento.

– Mesmo que tenham feito bom jogo, há uma parte de acaso. Uma epidemia, um encontro fortuito com um povo melhor armado, um conflito interno gerando a guerra civil, uma aliança se transformando em domínio de um povo sobre outro... Tudo é possível. Faz parte do trabalho dos deuses prever o curso da história quando não estão presentes.

– Mas como prever o imprevisível? – perguntou Marilyn.

A graciosa deusa em roupas camponesas foi amistosa:

– Há meios de se reduzirem consideravelmente os riscos, por exemplo, se dispersando. Criem vários centros, várias cidades, várias hordas. Se uma for atingida por uma epidemia, atacada por um invasor ou submersa por uma inundação, outra sobreviverá. O que, no entanto, tínhamos aqui? Todos vocês quiseram permanecer em grupos. Colocaram todos os seus ovos num único cesto. Não se surpreendam se encontrarem omeletes.

Manter o controle sobre uma comunidade humana já nos parecera tão difícil que nenhum de nós tinha pensado em formar subgrupos.

– E, no entanto – observou Edmond Wells –, é o que fazem formigas e abelhas. Suas princesas voam para criar colônias filiais. Devíamos ter pensado.

– Muitos só pensam ao final do jogo, quando precisam salvar seu povo por um triz. Salvar-se por um triz – disse Deméter – significa ter praticamente perdido.

Desse modo, então, o tempo continuava a correr, mesmo quando não estávamos vigiando. O jogo continuava, partindo do lance da última ação. Compreendi que, na prática, o jogo de Y funcionava como os tamagochis, aqueles joguinhos eletrônicos japoneses que consistiam em criar um animal de estimação virtual, que continuava a crescer mesmo com o aparelho desligado, movido pelo mecanismo interno.

Podia-se tirar disso a divisa para um ecologista budista: "Por favor, deixe essa humanidade tão limpa ao morrer quanto desejar que esteja ao renascer."

Pude igualmente compreender que o tempo, talvez, acelerasse tudo de forma exponencial. De início, os humanos faziam poucas descobertas, geravam poucas crianças e depois tudo se acelerava, tanto do ponto de vista da população, quanto dos conhecimentos. Com o tempo, todos os fenômenos se amplificavam...

Como os contestadores continuavam reclamando contra o escândalo do completo desaparecimento dos seus povos, Deméter pôs fim ao tumulto, chamando os centauros.

A terrível subtração prosseguiu: 108 – 2 = 106. Deméter voltou à aula.

– Então, a agricultura... Alguns dos seus grupos serão obrigados a migrar em direção a terras mais férteis, após descobrirem a agricultura, que prejudica os montanheses, mas favorece os moradores das planícies.

Igualmente serão beneficiados os povos vizinhos dos rios. A irrigação e a gerência das águas, o controle das inundações e secas se tornarão uma nova preocupação para os seus povos.

Ela anotou: "Irrigação".

– Não temendo mais morrer de fome no dia seguinte, seus povos estarão livres para projetos futuros.

"Futuro", ela escreveu no quadro-negro.

– A agricultura propicia a emergência da noção de futuro. E isso muda tudo. Dominar o tempo pode se tornar tão importante, ou mesmo mais, quanto dominar a natureza. O homem é o único animal a se projetar no tempo futuro. Ele pode, assim, prever o nascimento de seus filhos e a própria velhice. Vocês hão de constatar isso no jogo: com a agricultura, o homem passa a se projetar tão bem no tempo que começa a imaginar um "após a vida", um além da morte. É com a agricultura que nasce a religião.

Ela anotou: "Religião".

– Tão logo começou a plantar grãos, o homem começou a se comparar com os vegetais. Viu que crescia, florescia, produzia frutos. E viu que voltava à terra, deixando atrás de si grãos, que brotariam por sua vez. Os grãos são a descendência... Ao mesmo tempo, o homem viu renascerem árvores que, tendo perdido todas as folhas, aparentemente mortas, voltavam a ficar verdes, a dar frutos, e ele sonhou com a reencarnação. Após o inverno da morte, por que não uma outra vida e outra morte? E daí, uma questão se colocou a seu espírito: haveria um jardineiro por trás de toda essa natureza que, alternadamente, cresce e se apaga? Estão vendo, a agricultura modifica o espírito dos mortais.

Deméter encorajou-nos a observar atentamente nosso mundo e todos nos debruçamos, curiosos para ver como tinham evoluído os povos.

Fora de nossa vigilância, as hordas continuaram a proliferar. Muitas haviam migrado para zonas irrigáveis, como indicara a deusa da Agricultura. Campos com diferentes cores, traçados em linha reta, se espalharam ao redor de ilhotas povoadas.

Minha horda se estabelecera num vilarejo sobre palafitas. Era a única a praticar a técnica da jangada, aventurando-se nas águas com a ajuda de remos. Enquanto outras desenvolviam a agricultura das planícies, os meus colhiam no oceano.

– Os povos errantes, em sua maioria, construíram vilarejos. O fogo e as paliçadas os protegem dos predadores.

"Vilarejo = Segurança", escreveu.

Deméter circulou no espaço central, afastando patos e gansos, que tinham entrado na sala.

– O homem, agora, depende menos dos caprichos da natureza. Ele decide em qual local fará a colheita. Com isso também trabalha mais, pois os campos exigem maior energia do que a caça e a coleta de frutos. Alguns se especializam em culturas bem precisas e estabelecem uma hierarquia voltada ao controle das decisões. Em qual ponto do território praticar determinada cultura? Qual zona será mais propícia para tal criação? O tempo em que caçadores e apanhadores de frutos dependiam da boa vontade da natureza acabou. Os agricultores podem agora moldá-la à vontade. Desmatam e desflorestam, colocando no lugar campos e pastagens.

Ela arrumou suas melenas ruivas, arregaçou as mangas, desnudando ainda mais os braços alvos.

– A agricultura, saibam, sempre precede o pastoreio. Por quê? Porque originalmente os animais domésticos eram parasitas, vindo espontaneamente procurar alimento no lixo dos vilarejos.

Era interessante. Não foram, então, os homens que escolheram quais animais domesticar, mas os animais que escolheram acompanhar o homem, de olho em seus restos.

– Quando uma espécie animal se alimenta com restos de uma outra, isso se chama saprofitismo. Uma dica mnemônica: lembrem-se de "se aproveitar". A vaca, o carneiro e a cabra são saprófitos do homem. Cumpriram também um papel, comendo brotos e contribuindo para o desflorestamento e a erosão do solo.

– E os cães? – interrogou um aluno.

– ... Lobos que foram atraídos por nosso lixo e mudaram para serem aceitos pelo homem. Tornaram-se menos agressivos, mais colaboradores. Foi por interesse, pois lhes evitava em definitivo as fatigas da caça.

– E os gatos?

– Linces que fizeram o mesmo.

– E os porcos?

– Javalis gulosos, cobiçando nossos restos.

– E os ratos? – perguntou Proudhon.

– São os únicos saprófitos a não colaborar inteiramente com o homem. Mantiveram-se escondidos como assaltantes, nos porões e às escuras. Perceberam a necessidade da discrição, para serem tolerados.

Deméter voltou à escrivaninha.

– Mas entre os saprófitos apareceram novos malfeitores. Logo verão chegar nuvens de gafanhotos, que não existiam antes da agricultura. Foi o cultivo de um mesmo vegetal, em vastos territórios, que gerou a proliferação do consumidor.

Sozinho, o gafanhoto é inofensivo, em multidão, nos campos, se torna uma praga.

Novamente tomou o giz e escreveu, sublinhando: "Trabalho", "Desflorestamento", "Especialização", para voltar a "Futuro".

– Alguns dos humanos que vocês influenciam já se deram conta da passagem e da volta das estações. A agricultura está na base daquilo que, mais tarde, outros homens aperfeiçoarão: o calendário, símbolo da posse do tempo pelo homem. Ao organizar o calendário, o homem passa a compreender melhor em qual mundo ele vive: um mundo repetitivo em que, incessantemente, se sucedem primavera, verão, outono e inverno. Ele passa a não temer tanto a geada, sabendo que depois vêm dias quentes.

Comovido, pensei nos primeiros homens que, com a chegada do inverno, acharam ter o clima esfriado para sempre e que nunca mais seus corpos trêmulos voltariam a sentir calor... Que alívio ao verem de volta a primavera.

– Com o calendário, além disso, o homem pôde medir sua idade e inventar a noção de aniversário.

Quando eu era mortal, um assistente social me afirmara que não bastava distribuir alimentos aos sem-tetos. Era importante também celebrar seus aniversários, pois a data constituía um meio de se situarem dentro do ano. Ele anotava a data de nascimento de todos de quem se ocupava e nunca deixava de oferecer um bolo nesse dia. Era um método simples, mas ele conseguiu, com isso, devolver uma parcela de humanidade a seres em vias de se perderem. Na época, aquele homem me parecera realmente ter a inteligência do coração; a autêntica e não a que se limita a dar uma ou duas moedas, para a compra da boa consciência. Ele insuflava àqueles mendigos a medida do tempo.

– Com o calendário – continuou Deméter sentado na escrivaninha –, o homem não só passou a marcar encontros com as colheitas, mas também com os mortos, pois em todo lugar se festejam os mortos, e também consigo próprio, com o sol, a neve e a chuva. Criou para si uma "história". Paradoxalmente, à medida que dominou seu futuro, quis também medir seu passado.

A deusa da Agricultura voltou-se para "Terra 18".

– Com as melhorias agrícolas, lembrem-se de construir estradas por onde possam circular mulas, para o transporte das colheitas dos campos mais distantes. Lembrem-se de irrigá-los, cavando fossos ou canais a partir dos rios. Os mais empreendedores podem secar pântanos. Tenho certeza de que alguns povos já têm problemas com mosquitos.

Vários alunos a meu redor concordaram, lembrando-se de populações repentinamente dizimadas por febres que eram incapazes de curar.

– Com a agricultura e o pastoreio, preparem-se para uma demografia galopante nos vilarejos. Mães mais bem-nutridas darão à luz nenéns mais resistentes, com redução da mortalidade infantil. Crianças mais bem-nutridas crescerão fortes e viverão mais tempo. Consequentemente, os vilarejos crescerão ou se dispersarão. Em ambos os casos, crescem os riscos de conflitos territoriais com povoações vizinhas. Preparem-se para a guerra. Vocês ficaram assustados com batalhas opondo algumas dezenas de indivíduos? Como será com centenas de milhares? Com a agricultura, as próximas guerras serão ainda mais terríveis. Os combatentes estarão mais motivados, pois estarão lutando não só pela sobrevivência pessoal, mas pela de seus filhos, em terras férteis.

Nossa professora voltou ao quadro-negro e, bem grande, escreveu o algarismo "5", com o giz branco.

– Sou o quinto professor de vocês, o professor do nível de consciência "5". "4" representa o homem, como sabem, mas "5" é o homem sábio, ligado ao céu, mas amando a terra. Com a agricultura e uma população mais importante, com a eclosão de centros em que os humanos se podem encontrar, discutir e refletir juntos, livres do medo permanente da fome e dos animais selvagens, acontecerá um fenômeno novo: a aparição de homens que pensam, os primeiros homens conscientes... Vocês os devem proteger, dar-lhes meios de se comunicarem, para que a sabedoria se propague. Que os homens de quem cuidam se libertem progressivamente do medo. A entrada do futuro nos espíritos pode ser algo bom. Que eles alimentem projetos, esperanças e ambições para os seus.

Deméter mostrou nosso planeta de jogo:

– A próxima partida será determinante. Com a agricultura, as religiões e os calendários, tudo há de tomar uma dimensão diferente. Os povos chegaram a um nível de maturidade de uma criança de 5 anos e a maioria dos psicoterapeutas considera que é nessa idade que tudo se passa. Sejam, então, sutis.

Não hesitem em evoluir, modificar o comportamento dos povos para que se adaptem, mesmo adotando atitudes contrárias às que, até aqui, os motivaram.

Édith Piaf ergueu a mão.

– Mas, senhora, se mudarmos a mentalidade dos nossos indivíduos, ficarão completamente desnorteados!

Deméter suspirou, sentando-se e alisando o avental com suas belas mãos:

– Às vezes eu me pergunto se as desgraças dos homens não vêm da falta de imaginação dos alunos-deuses que lhes devem ajudar.

82. ENCICLOPÉDIA: CALENDÁRIO

Os primeiros calendários: babilônio, egípcio, hebreu e grego eram calendários lunares, simplesmente porque os ciclos da lua são de mais fácil observação do que os do sol. Mas encontrar uma regularidade para os calendários foi algo bem complexo.

Os egípcios foram os primeiros a abandonar os meses lunares como base do calendário. Fixaram a duração do mês em 30 dias e a do ano em 12 meses, ou seja, 360 dias. Mas o ano assim determinado era curto demais. Para corrigir o problema, acrescentaram cinco dias, todo ano, no final do último mês.

O calendário hebraico era também lunar, originalmente, mas foi refeito a partir do sol, em seguida. O rei Salomão designou 12 generais, cada um encarregado da administração de um mês. O ano começava com a maturação da cevada. A cada três anos, havia um déficit de um mês, com relação ao ano das estações. Preenchia-se essa falta dobrando o mês, por ordem do soberano.

O calendário muçulmano moderno deixou de lado o costume do mês intercalado e manteve o princípio do ano puramente lunar, formado por 12 meses de 29 e 30 dias.

O calendário maia compreendia 18 meses de 20 dias, aos quais se acrescentavam meses suplementares de cinco dias. Estes eram considerados como sendo de mau augúrio. Os maias tinham inscrito no centro de seu calendário a data da destruição do mundo, por um gigantesco tremor de terra. Haviam calculado a data a partir dos sismos precedentes.

O calendário chinês tradicional comporta um ciclo de 19 anos, com 12 anos de 12 meses lunares de trinta dias, e sete anos bissextos de 13 meses. Esse sistema mostrou-se o mais eficaz, permitindo a contagem dos dias, sem erro, há dois milênios.

Edmond Wells,
***Enciclopédia dos saberes relativo e absoluto*, tomo V.**

83. O TEMPO DAS TRIBOS

A TRIBO DOS VESPAS

Eles tinham a vespa como totem.

Em poucos anos, a horda tinha passado de 144 indivíduos a uma tribo de 762 homens-vespas. Da vespa, tinham pego muitas coisas. Assim que foram atacados por outras tribos errantes, procuraram reproduzir a arma natural do inseto, o ferrão envenenado. Após algumas tentativas fracassadas, passaram a untar seus dardos com a seiva de uma flor tóxica. Eles, em seguida, procuraram como lançá-los o mais distante possível e aperfeiçoaram a sarabatana.

Os integrantes da horda das vespas tinham viajado e observado. Tinham, de longe, visto humanos refugiados em cavernas e os haviam imitado. Também de longe, aprenderam, imitando-os, como os humanos faziam para acender o fogo. Mas sempre tinham se esforçado para evitar qualquer contato com eles.

Pouco a pouco, a horda das vespas cresceu. Tornou-se uma tribo e abandonou as cavernas, reagrupando-se em cabanas de barro, no centro de um vale protegido por várias colinas.

A cada geração, as mulheres tinham dado à luz uma maioria de crianças do sexo feminino. Por isso, a tribo das vespas acabou tendo como chefe uma mulher, mais inteligente e determinada que todos. Tinham, aliás, observado haver apenas fêmeas nos ninhos de vespas, com os machos servindo só por um dia, para a reprodução, e sendo expulsos como os marimbondos. Decidiram fazer o mesmo. Os machos eram alimentados até o dia da reprodução e depois, uma vez utilizados, eram banidos.

Ano após ano, esse comportamento estabeleceu-se nos costumes. Assim que os rapazes alcançavam a idade de procriação, fecundavam mulheres e partiam. Proibidos de voltar à tribo, vagavam pela natureza, na maioria das vezes morrendo logo em seguida.

Além do matriarcado e dos dardos, a observação das vespas havia também ensinado a fabricação de ninhos artificiais, tão sólidos quanto as cavernas. À exemplo do inseto totem, as mulheres-vespas mastigavam a madeira para a obtenção de um cimento, que utilizavam para levantar paredes. Como essa atividade provocava câimbras nos maxilares, era exaustiva e, além disso, produzia um material muito combustível, elas aperfeiçoaram a substância, misturando diferentes areias com argila e turfa. Construíram, assim, casas arredondadas bastante sólidas, podendo resistir às chuvas, ventos e, inclusive, às lanças inimigas. Das vespas, as mulheres da tribo aprenderam também a apreciar o consumo de um alimento muito energético: o mel. Fizeram criações de abelhas, se alimentaram com seu mel, mas utilizavam-no também como cola, revestimento, antibiótico, desinfetante para feridas, e verniz. Criaram objetos impermeáveis e tochas que duravam mais.

Muitos machos exilados tentavam voltar e se infiltrar de volta na comunidade. O comportamento das mulheres-vespas mudou e, para evitar-lhes o sofrimento futuro da errância, elas passaram a suprimir as crias do sexo masculino, já ao nascerem. Todo ano, no dia denominado "Festa da Reprodução", partiam à caça de machos reprodutores estrangeiros. Um comando de guerreiras atacava à noite uma tribo, raptava homens, massacrava os que resistiam e voltava com o precioso rebanho de genitores. Os homens estrangeiros eram presos num cercado e distribuídos às mulheres, em função de sua importância na tribo. As melhores guerreiras tinham a prioridade para a escolha dos amantes. Eles seriam alimentados e bem-tratados, até o sêmen ser "colhido", por ocasião de uma festa orgíaca. Depois, os machos eram expulsos e mandados de volta à tribo de origem. O problema era que, muitas vezes, os estrangeiros se apaixonavam por suas parceiras sexuais e pediam, súplices, que os deixassem ficar.

No início, as mulheres-vespas os mataram, do mesmo modo que as irmãs insetos matam os marimbondos. Mas depois, compreenderam que podiam tirar melhor partido dos intrusos. Autorizaram os mais inteligentes a permanecer, caso, em troca da mansidão delas, trabalhassem pela melhoria das condições de vida. Os prisioneiros da tribo dos homens-formigas ensinaram-lhes a agricultura; os homens-cavalos, pastoreio; e os homens-aranhas, a tecelagem.

Uma vez revelado seu saber, os homens gozavam de algumas semanas de descanso e deviam apresentar novo engenho, sob pena de ter que partir ou morrer. Os prisioneiros se esforçavam, ao máximo, para se tornarem indispensáveis. Uma dezena deles, particularmente capacitada em agricultura ou confecção de objetos, foi mantida à título de "sabichões permanentes". Criaram-se até mesmo alguns casais, tolerados porque os machos se mostraram destros o bastante.

As guerreiras amazonas entenderam, por sua vez, ser interessante para a tribo a preservação de um pequeno grupo de homens reprodutores, para o caso das caçadas se mostrarem eventualmente infrutíferas.

Paradoxalmente, em vez de se revoltarem, descobrindo as regras do jogo, esses homens exigiam cada vez mais da inteligência para legitimar sua presença. Dessa forma, motivados, trouxeram progressos científicos. É claro, alguns mais exaltados entregaram de imediato tudo que tinham e, tornando-se inúteis, foram logo sacrificados. Outros deduziram ser interessante destilar os conhecimentos gota a gota, para ganhar tempo.

Com esses métodos curiosos, mas eficazes, o vilarejo de cabanas das mulheres-vespas cresceu. A agricultura se desenvolveu tanto e tão bem que a caça e a colheita se tornaram secundárias. Graças à tecelagem dos homens-aranhas, elas criaram vestimentas não mais com peles de animais, mas de pano. Inclusive, plantaram algodão para dispor à vontade de fibras vegetais. Um homem ensinou-lhes a utilização de certas flores e sangues de insetos, para extraírem pigmentos e tingirem seus tecidos.

Após a sarabatana, um capturado da tribo dos homens-aranhas lhes proporcionou a descoberta do uso do arco. Ele o tinha inventado, procurando propulsar a ponta de uma lança com a ajuda de um fio. A melhor maneira de se expedir longe o objeto era colocando a lança no fio esticado e soltá-lo. A partir daí, ele deduziu a forma do arco e, depois, o entalhe. Além disso, o arco mostrou-se mais preciso do que a sarabatana, pois era possível apoiar um olho no eixo da flecha.

As mulheres-vespas apreciaram tanto a invenção que recompensaram seu autor, se revezando em seu leito durante várias noites.

As amazonas formaram uma esquadra de cavaleiras armadas com arcos e flechas envenenadas. Para melhorar o tiro, algumas chegaram a amputar o seio direito. Puderam, assim, atacar tribos fortemente armadas e conseguir, sem dificuldade, saques consideráveis, além de homens reprodutores.

O macho que lhes mostrara o uso do arco, no entanto, quis chamar novamente a atenção para si, com o intuito de se beneficiar mais uma vez daquelas noites de amor com as mais belas. Num entardecer, pensativo, pôs-se a fazer vibrar a corda de um arco, em seguida de outro, e se deu conta da mudança do som, de acordo com as dimensões do objeto. Colocou diversos arcos de tamanhos diferentes, lado a lado, e compôs uma melodia. Decidiu, logo depois, que seria mais simples prender várias cordas num só arco. Inventou uma harpa de sete cordas. A partir daí, não precisou mais se preocupar com novas invenções. As mulheres disputavam sua companhia para ouvir as frases sonoras extraídas do instrumento. Ele se tornou "pensionista vitalício" da tribo das mulheres-vespas. E tinha inventado a música.

A TRIBO DOS RATOS

A tribo dos homens-ratos contava, então, com 1.656 indivíduos. Tinha migrado em direção norte e, no caminho, encontrado outros povos, aos quais atacou e venceu.

A tribo mantinha na memória a lembrança de seu primeiro chefe, o homem lendário que, observando os ratos, compreendera que para progredir era preciso atacar, submeter e exterminar os outros humanos. De chefe em chefe, a pele do rato negro, símbolo da autoridade, tinha sido transmitida.

A primeira estratégia de ataque fora o cerco, mas, com o desenvolvimento das guerras, eles passaram a privilegiar outras movimentações mais complexas. Sabiam armar emboscadas às hordas ainda nômades, infiltrar-se no miolo delas para matar o chefe, ou pressioná-las pela retaguarda.

Vencida a batalha, faziam a triagem dos derrotados. Ao chefe e aos guerreiros valorosos mais jovens, cabiam as mais belas e fecundas mulheres, aos guerreiros menos heroicos as restantes. As velhas e feias, enfim, eram sistematicamente massacradas. No início, eles matavam todos os machos prisioneiros, mas, pouco a pouco, os homens-ratos perceberam ser mais interessante escravizá-los, deixando-lhes as tarefas mais extenuantes. Carregavam os fardos, tratavam dos cavalos, e os melhores podiam até ser integrados à tropa, formando a linha de frente, para o primeiro choque frontal com o inimigo.

O grande chefe conservava num saco os crânios dos comandantes adversários, cujos cérebros ele havia devorado, e gostava, em seu acampamento, de enfileirá-los ao redor da cama, para se lembrar das rudes batalhas que marcavam o périplo.

Quando os homens-ratos dominavam uma horda, não se apropriavam apenas de seu patrimônio humano, mas também de suas tecnologias.

Decidiram considerar "estrangeiros" todos que não pertencessem à tribo, classificando-os como "estrangeiros mais fortes", "estrangeiros igualmente fortes", "estrangeiros menos fortes" e "estrangeiros com força desconhecida".

Os homens-ratos elaboraram uma linguagem baseada em suas táticas de combate. De início, eram apenas assobios, semelhantes aos dos ratos. Pouco a pouco, esses assobios se transformaram em gritos. Em seguida, em palavras curtas, assinalando os melhores pontos, no referente às emboscadas. O vocabulário cresceu em precisão, objetivando o ataque e, em breve espaço de tempo, os guerreiros mais graduados eram os que conheciam o maior número de palavras, as quais podiam rapidamente definir uma tática. É claro, as mulheres e os escravos nada entendiam dessa linguagem esotérica.

Um dia, os batedores localizaram uma horda instalada numa caverna, enfeitada na entrada com um desenho que representava uma tartaruga. A saída da gruta era protegida por um muro, que formava uma barricada rochosa protetora, deixando passar o ar apenas pelo alto. O chefe dos homens-ratos mandou que lhe trouxessem uma tartaruga. Diante dos guerreiros, exibiu o animal, mostrando como ele protegia a cabeça, escondendo-a na carapaça. Segurando o dente incisivo da cabeça de rato do seu gorro, ele o enfiou no buraco de uma das patas da tartaruga. Primeiro, nada aconteceu. Depois, o dente acabou encontrando a carne e um líquido opaco e viscoso escorreu do orifício. O chefe bebeu-o como sendo um delicioso néctar e os guerreiros entoaram o grito de combate dos homens-ratos, junto aos alegres brados estimulantes das mulheres.

No dia seguinte, o sol já estava alto quando os homens-ratos arremessaram suas lanças no interstício acima da barricada.

Assim que a primeira lança atravessou o seu antro, os homens-tartarugas responderam, arremessando pedras. Houve mortos em ambos os campos.

Pedras contra lanças, cada morto suscitava gritos de alegria no campo adversário.

Nos dois dias seguintes, a batalha prosseguiu. Após o combate relâmpago, os homens-ratos descobriam o princípio da guerra pelo cansaço.

Pelo lado dos homens-tartarugas, a água potável não faltava ainda, mas as reservas de alimento se esgotavam. Comiam-se morcegos, vermes, serpentes, aranhas, larvas. As crianças choravam. Vítimas de alucinações provocadas pela fome, os homens atiravam menos certeiramente. Estavam encurralados e em vão procuraram saídas de emergência.

Como uma tartaruga em sua carapaça.

Enquanto a enésima carga dos homens-ratos era rechaçada às pedradas, relâmpagos iluminaram o céu.

O raio abateu-se sobre a rocha e derrubou o muro de proteção dos homens-tartarugas. Os homens-ratos atacaram e, sem dificuldade, conquistaram a vitória sobre o pequeno grupo de humanos esfomeados.

O cérebro do chefe dos homens-tartarugas foi devorado e seu crânio juntou-se à coleção dentro do saco. Emagrecidas pelas privações, muitas mulheres foram consideradas "inutilizáveis" e massacradas. Os homens foram exterminados, como punição por terem resistido tanto tempo. Mas o que mais surpreendeu os homens-ratos foi o fogo, que continuava a iluminar a caverna.

O chefe exigiu de uma sobrevivente a explicação de seu funcionamento e, sob ameaça, ela contou. A partir daí, os homens-ratos passaram a apreciar a carne cozida, encantados também com a luz, o calor e a faculdade que tinha o fogo de mudar tudo a seu redor.

Houve uma grande festa entre os homens-ratos, mas logo partiram, guiados pelo raio, seguindo à conquista de novos povos.

Forçando a marcha, se viram frente ao povo dos homens-cavalos. Atacaram à noite. Graças às tochas em chamas, os homens-ratos puderam assustar os cavalos, impedindo qualquer defesa consistente. Mas o essencial da tribo dos homens-cavalos pôde fugir à tempo.

Dali em diante, os homens-ratos dispuseram de uma cavalaria e de guerreiros armados com lanças e tochas incandescentes. Foi fácil então atacar os homens-toupeiras, enfumaçados dentro dos seus túneis! Com eles, aprenderam a cavar trincheiras e minas, obtendo metais, que usaram para fundir e forjar espadas.

A população dos homens-ratos prosperou, passando a contar com mais de dois mil indivíduos. Em suas fileiras, no entanto, a luta pelo poder tornou-se mais dura, com duelos cada vez mais rudes, e o grande chefe passou a ser sempre o mais arguto da tribo.

A hierarquia se organizou. Abaixo do chefe, havia barões e duques. Vinham em seguida capitães e soldados. Depois, os ferreiros que, com os metais, fabricavam armas; os cavalariços; as mulheres; os escravos estrangeiros; e, por último, as mulheres estrangeiras reduzidas à escravidão.

Cada casta tinha direitos de vida e morte sobre as que lhe eram inferiores. Cada uma tinha sua própria linguagem. As castas superiores usavam inflexões que apenas elas conheciam. Bastava dirigir a palavra a alguém para imediatamente identificá-lo como superior, igual ou inferior e tratá-lo adequadamente. Faltar com respeito a um superior era passível de morte.

A condição da mulher degradou-se. Todo homem de alta casta dispunha do direito de possuir várias, e elas eram privadas de todo poder de decisão.

No sistema de valores dos ratos, as mulheres não passavam de fonte de satisfação sexual e ferramenta de reprodução, destinada à renovação das tropas. A educação dos jovens se fazia pelo aprendizado da guerra. Os mais desajeitados eram reduzidos aos trabalhos na estrebaria, para vergonha dos seus pais.

Quando não estavam em batalha, os guerreiros se exercitavam montando a cavalo e caçando, atividade vista como útil para a formação das crianças.

Quanto mais crescia a tribo, maior o desprezo dos guerreiros pelas mulheres e pelos estrangeiros. Eles esperavam gerar apenas filhos, motivo de orgulho, recusando as filhas, motivo de humilhação. Em casas que já contavam com uma criança fêmea, tornou-se comum sacrificá-las quando nasciam.

A tribo dos homens-ratos acabou tendo pela frente vilarejos de camponeses que foram pilhados e destruídos, mas com os quais ela aprendeu os métodos de agricultura. Pensou, então, em se sedentarizar, mas, constatando que um vilarejo, mesmo fortificado, era presa fácil para eventuais sitiadores, preferiu se manter itinerante.

A reputação de ferocidade se espalhara, e outros povos preferiram se render sem sequer livrar combate. Tal atitude decepcionava os homens-ratos, exacerbando-lhes a vingança. Na verdade, estavam em busca de verdadeira resistência. As vitórias fáceis demais criavam a impressão de estagnação, em vez de progresso. Tendo devastado tudo por onde passavam, souberam, um dia, que uma outra tribo de temíveis guerreiros, os homens-águias, aterrorizava a região. Esperando que não fossem abaixar a cabeça, partiram em seu encalço e exploraram todo o território, sem encontrar nenhum daqueles míticos guerreiros.

Os homens-ratos, então, se desviaram em direção oeste e depois sul, onde, segundo os batedores, um povo muito evoluído tinha se instalado, numa enseada do litoral.

A TRIBO DOS GOLFINHOS

De 144, o povo dos golfinhos tinha passado a 370 indivíduos.

Geravam poucas crianças, mas dedicavam muito tempo à sua educação. No programa, constavam a natação, a pesca por meio de anzóis talhados em ossos e a navegação com jangadas movidas a remos. Alimentavam-se de peixes, cujos cardumes eram assinalados pelos companheiros golfinhos, e ainda de conchas, crustáceos e algas.

Os cetáceos se deixavam cavalgar pelas crianças e as levavam em passeios por alto-mar, trazendo-as em seguida de volta, com todo cuidado, à praia. Alguns jovens mantinham com os golfinhos uma relação tão íntima que se podiam comunicar por meio de gritinhos agudos e modulados.

Esse talento desaparecia na puberdade, com a mudança de voz não permitindo mais a estridência necessária. Os homens-golfinhos tinham mantido a aliança com os homens-formigas, que haviam construído, um pouco além, em terra firme, uma cúpula dominando seu vilarejo subterrâneo.

Juntos, homens-formigas e homens-golfinhos formavam uma comunidade de 880 pessoas. Como um cérebro, a comunidade estava dividida em duas metades: o hemisfério direito, representado pelos homens-golfinhos, era mais sonhador e poeta; e o hemisfério esquerdo, dos homens-formigas, mais prático e estrategista.

Cada tribo melhorava em separado os conhecimentos em seus campos de predileção e os compartilhava em seguida. Trocavam cogumelos por crustáceos ou peixes, o aprendizado da tecelagem pelo da natação.

Os homens-formigas tinham aperfeiçoado a tecelagem, vendo seus insetos favoritos utilizarem larvas como lançadeira.

Os homens-golfinhos aproveitaram essa descoberta para a fabricação de redes de pesca com malhas estreitas, que eles simplesmente deixavam dentro da água.

O bom entendimento entre os dois povos tinha resistido ao tempo e se revelava cada vez mais produtivo.

Vivendo em paz, as duas tribos tinham podido desenvolver as artes, à primeira vista inúteis para a imediata sobrevivência. Os homens-golfinhos compuseram corais polifônicos em que homens e golfinhos dialogavam musicalmente.

Vendo que as formigas praticavam em suas cidades a criação de pulgões, para deles extraírem o néctar e, ao mesmo tempo, se proteger do seu principal predador, as joaninhas, os homens-formigas se lançaram igualmente na criação animal. Primeiro foram ratos e depois castores, mas o sabor da carne não lhes agradava, e eles os substituíram por antílopes e javalis. Como esses animais precisavam de luz, foram instalados em currais externos, onde teriam relva e frutos.

Em seguida, começaram a ordenhar o gado, como as formigas aos pulgões, e passaram a contar com o leite, que eles muito apreciavam. Mas não pararam sua evolução por aí. Fora dos sítios subterrâneos, os cultivos de cogumelo definhavam e eles passaram, então, a se interessar por outros vegetais. Primeiramente pelos cereais. Fazendo experiências, como fora o caso com a criação animal, tentaram cultivar grãos e acabaram descobrindo o trigo, de plantio muito cômodo e cujas espigas, trituradas, produziam boa farinha.

Em conjunto, homens-formigas e homens-golfinhos adequaram uma linguagem simples, constituída por sessenta palavras de três letras e com mudanças de sentido pelo acréscimo de sufixos ou prefixos. As trocas, com isso, se tornaram mais rápidas e menos passíveis de mal-entendidos.

Para contar, utilizaram de início os dedos, indo até dez, e depois 28, com o uso das falanges. Eles observavam o firmamento e distinguiram luzes fixas, as estrelas, e luzes moventes, os planetas.

A partir de um bastão plantado na terra e cuja sombra, projetada pelo sol, foi sendo observada pelos homens de ciência, eles deduziram o ciclo das estações. Mas foi, sobretudo, a observação da lua que lhes permitiu o estabelecimento do primeiro calendário, indicando aos homens-golfinhos em que momento certas espécies de peixes voltavam ao litoral e, aos homens-formigas, quando plantar e colher o trigo.

Novas alianças se fizeram com povos de passagem. Os homens-camaleões ensinaram a arte da camuflagem, os homens-caramujos a pintura e a utilização de pigmentos. Para a obtenção do amarelo, eles utilizavam o enxofre; para o vermelho, esmagavam cochonilhas; para o azul, trituravam miosótis; e pedras de magnésio forneciam o preto.

Alguns homens-golfinhos subiram a costa em suas jangadas, em viagem de exploração.

Dessa maneira, souberam que vinha do norte uma tropa de humanos, chamados homens-ratos, montados em monstros e brandindo armas desconhecidas. Haviam já destruído inúmeros povos e, pelas estimativas, deviam chegar em seu território em menos de um mês.

Homens-formigas e homens-golfinhos se reuniram. Tinham, até então, travado combate apenas com bandos de saqueadores facilmente dispersos a pedradas e bordoadas. Diante de uma tropa experiente, não aguentariam muito, pois não dispunham de nenhuma arma de fato eficaz. Propor aliança aos invasores? Nem pensar. Hordas itinerantes haviam contado, horrorizadas, que os homens-ratos preferiam antes massacrar e pilhar do que conversar.

Um vento de pânico invadiu a assembleia.

Na noite seguinte, um velho homem-golfinho teve um sonho espantoso.

Ele viu surgirem hordas de homens resolvidos a exterminar seu povo, mas este conseguia fugir a bordo de uma jangada em forma de amêndoa, cujo casco descia abaixo do nível do mar. A parte superior da embarcação ostentava um amplo pano que recebia o vento. Graças a esse aparelho, muitos conseguiam escapar em direção ao alto-mar.

O velho foi tão persuasivo, contando essa história à assembleia, que os dois povos decidiram associar esforços para a fabricação dessa grande jangada, capaz de salvá-los.

O casco seria em madeira e em forma de amêndoa, como no sonho do velho. Todos se entregaram, então, à construção.

Uma árvore longilínea foi escolhida para suportar a ampla lona, cujo princípio tornou-se compreensível tão logo o vento inflou-a, empurrando vivamente o barco em sua direção.

Na noite seguinte, o velho recebeu por sonho a ideia de um leme. Cada hora de sono trazia-lhe novas ideias para o aperfeiçoamento do navio. Por conselho seu, colocou-se terra no interior, prevendo o plantio de trigo e de cogumelos. Instalou-se um curral para javalis e antílopes que forneceriam leite, numa travessia que ninguém sabia quanto tempo podia durar.

Alguns discordavam de tanto equipamento para o périplo, uma vez que, costeando, acabariam encontrando algum lugar protegido. Mas o ancião declarou que, em seus sonhos, vira povos agressivos em todo lugar, tanto ao norte quanto ao sul e à leste, e que somente o oeste e o oceano profundo acenavam com a salvação.

Homens-golfinhos e homens-formigas trabalharam duro, dia e noite, na embarcação. Pela manhã, esperavam ansiosos o ancião, trazendo novas recomendações.

Aconteceu, porém, de o coração cansado do médium ceder inesperadamente, e ele morreu durante o sono. Houve um desapontamento geral entre os seus. Tudo se organizava a partir de suas indicações. Todos tinham se acostumado com a resolução dos problemas em seus sonhos. Viam-se agora sozinhos, diante do mar, e a chegada dos homens-ratos se anunciava iminente.

Uma mulher-formiga, no vigor da idade, chamou para si a responsabilidade de intervir. No alto de uma pilha de tábuas, explicou à população ser importante seguirem os últimos conselhos do velho: consolidar o navio, acumular a maior quantidade de alimentos possível, levar redes de pesca e anzóis, reservas de água doce e prever velas de substituição. Após alguma hesitação, ela foi ouvida. A mulher, então, lembrou que o ancião fora um ser excepcional e que seus restos não deviam ser simplesmente abandonados, como de hábito. Tomada por uma intuição, sugeriu que fosse enterrado na parte mais profunda da cidadela dos homens-formigas.

Era uma ideia nova. No entanto, foi adotada por unanimidade. Todos cobriram de conchinhas raras o corpo do antigo guia, que foi conduzido por muitos braços às profundezas do formigueiro. Em seguida, bateram conchas bivalves como um canto fúnebre.

Naquele instante, outras conchas soaram do lado de fora. Eram os vigias! Tinham acabado de perceber a nuvem de poeira formada pela imensa tropa invasora.

Homens-formigas e homens-golfinhos se precipitaram para barrar o caminho dos inimigos, mas já era tarde demais. Montados em seus cavalos, brandindo a tocha com uma mão e a espada com outra, os homens-ratos incendiavam tudo a sua passagem.

A mulher-formiga mal teve tempo de gritar desesperada: "Todos ao barco!" Na confusão, algumas centenas de sobreviventes ganharam a embarcação a nado. Os homens-ratos não compreenderam de imediato tratar-se de uma fuga e o navio, ao ter sua vela desfraldada, ganhou velocidade em direção ao largo. Mas, de repente, as nuvens se iluminaram com um relâmpago e o vento cessou. O barco ficou imóvel. Superando o medo da água, os homens-ratos subiram nas pequenas jangadas com remos, que tinham ficado na costa, tentando chegar ao navio e atacá-lo.

Lanças em chamas caíram na grande embarcação, cujos ocupantes desarmados tentavam apagar os focos de incêndio.

A noite começava a cair e a batalha continuou. De repente, a mulher-formiga ordenou, com um tom que não admitia réplica, que se lançassem nós corredios à frente do navio.

Golfinhos vieram neles se enlaçar e prontamente rebocaram o navio até o alto-mar, onde as jangadas não se atreviam mais a segui-los.

Em segurança, evacuaram-se os mortos e os sobreviventes foram contados. Não passavam de 30 x 8, ou seja, 240 no navio.

Os que ficaram em terra tiveram o destino reservado pelos homens-ratos aos derrotados: a morte ou a submissão. Poucos se submeteram e foram muitos os mortos. Homens-golfinhos e homens-formigas tinham vivido tempo demais em liberdade para que pudessem aceitar o jugo dos invasores.

Os homens-ratos pilharam as casas sobre palafitas, antes de atearem fogo. Tentaram incendiar a cúpula da cidade dos homens-formigas, mas a terra não ardeu. Em algum lugar no fundo da metrópole deserta, os restos do ancião sábio permaneceram em paz com suas conchinhas.

84. ENCICLOPÉDIA: ENTERROS CERIMONIAIS

Os primeiros ritos funerários apareceram com o homem moderno, o *homo sapiens*, há mais ou menos 120 mil anos. Encontraram-se tumbas em Israel, em Qazfeh, junto ao Mar Morto. Arqueólogos trouxeram à luz ossos e desenterraram objetos tendo provavelmente pertencido aos defuntos.

A partir da cerimônia funerária, apareceram o imaginário do pós-morte, as noções de paraíso e de inferno, de julgamento das vidas passadas e, mais tarde, as religiões. Enquanto o homem jogou os cadáveres de seus congêneres no lixo, a morte era o fim de tudo. A partir do momento

em que reservou um tratamento especial para seus defuntos, nasceram não só a espiritualidade, mas também o imaginário fantástico.

Edmond Wells,
***Enciclopédia dos saberes relativo e absoluto*, tomo V.**

85. O EXAME DE DEMÉTER

Todos piscamos os olhos, com a impressão de sair de um pesadelo tumultuado, quando Deméter acendeu a luz. Eu não queria deixar o jogo e senti-me frustrado, como na dependência de algo que vicia. Já tinha sentido isso em outra época, jogando pôquer: o suspense, o frio na barriga, no momento em que os outros jogadores abaixam as cartas.

– Um bom jogador é aquele que ganha com cartas ruins – dizia Igor, meu "cliente", no tempo em que eu era anjo.

Eu tinha, agora, 140 cartas. E, praticamente, conhecia todas por seus nomes próprios. Era verdade o que Hermes dissera. A gente acabava se apegando aos humanos. Edmond parecia estar no mesmo estado que eu.

O que mais me preocupava era que a história continuaria, sem que eu pudesse agir. E estavam tão desprotegidos... Não tinham mais cidade, território, apenas uma casca de madeira vagando no meio do oceano. O que aconteceria até a retomada do jogo? O tempo poderia ser fatal. Mas Deméter foi formal. Devíamos deixar de lado nossos rebanhos humanos, entregues ao seu destino. Recomeçaríamos o jogo de Y no dia seguinte. Somente no dia seguinte.

Quantos dias, semanas, meses correriam para eles, enquanto eu dormia tranquilamente em minha residência?

Nervoso, roí minhas unhas. Ouviam-se, em nossas fileiras, discussões tensas. Alunos-deuses exigiam explicações por guerras, massacres, traições... Eu bem que faria o mesmo com Proudhon, que, depois de aniquilar os homens-tartarugas de Béatrice, me obrigou a enviar meu povo à deriva, num navio de fortuna, rumo ao desconhecido. Vendo que Edmond permanecia impassível, controlei-me. Para que reclamar? De qualquer maneira, sabia o que o anarquista responderia: "A vida é uma selva, vence o melhor." Ou então: "Danem-se os derrotados." Pequenas frases legitimando as piores atrocidades. Mas – era o que nos diziam – tudo não passava de um jogo.

Ninguém tem pena das peças de xadrez eliminadas durante a partida... Eu, no entanto, chegava a querer ser mandado para "Terra 18", para ajudar diretamente, com minhas mãos e músculos, puxando com eles as velas e tranquilizando-os.

Olhei os povos vizinhos.

No sul, em outro continente, Freddy também implantara um vilarejo litorâneo. Seu povo tinha a baleia como totem, fabricara barcas a remo, mas nenhuma tão grande quanto meu navio às pressas.

Raul mantinha os homens-águias nas montanhas, das quais eles desciam de vez em quando, atacando alguma horda de passagem. Raul e Proudhon compartilhavam valores guerreiros bem próximos, mas enquanto o primeiro agia com pequenos assaltos rápidos, o segundo avançava como um rolo compressor, destruindo tudo à sua passagem. Ambos recusavam alianças. Tomavam o que havia a tomar e deixavam atrás de si apenas ruínas fumegantes.

Raul organizara um exército extremamente móvel, privilegiando mais a esperteza do que a força. Entre os seus, a informação determinava a ação e ele só atacava quando tinha certeza de vencer. Buscava nos outros ciências e técnicas que vinham reforçar os conhecimentos dos seus.

Os povos de Rousseau e Voltaire, é claro, estavam sempre em guerra e, no entanto, as duas cidades, com concepções tão opostas, se assemelhavam estranhamente.

A deusa da Agricultura anunciou inicialmente os perdedores. Ao todo, 13 tribos tinham desaparecido. Nove haviam sido invadidas, escravizadas e apagadas do mapa por povos invasores, duas sucumbiram a epidemias desconhecidas e duas outras foram destruídas por guerras civis. Os 13 alunos-deuses foram retirados pelos centauros, o que levou nossa subtração a 106 – 13 = 93.

Depois, Deméter anunciou os vencedores.

Louros de ouro: Marilyn Monroe e suas mulheres-vespas.

– Muito bem, Marilyn, suas mulheres são um exemplo a ser seguido. Suas feministas se preocupam em sempre melhorar as técnicas e você não esqueceu de armá-las bem. Além disso, interessam-se por artes e apreciam a música. Com elas apareceram a harpa e o xilofone. Mereceram o primeiro lugar no pódio.

Todos aplaudimos. Que a sensível jovem loura tenha conseguido criar uma civilização de guerreiras, ao mesmo tempo engenhosas no combate e voluptuosas no descanso, me surpreendia e alegrava. No entanto, lembrava-me de uma frase da atriz, dizendo: "Nós, mulheres bonitas, somos obrigadas a parecer burras para não preocupar os homens." Aquilo, em todo caso, mostrava o quanto ela era bem-preparada.

Louros de prata: Proudhon e seus homens-ratos. Ele tinha inventado um sistema social dotado de lógica com suas castas e conseguira o domínio de técnicas complexas, como a fundição de metais.

– Ele roubou isso dos homens-toupeiras! – indignou-se Sarah Bernhardt.

Deméter ignorou a observação:

– Os homens-ratos de Proudhon aprenderam a utilizar a cavalaria e apresentam boas estratégias de combate. Além disso, têm um crescimento demográfico em constante progressão.

– Ele aumentou sua população com escravos dos povos vencidos! – continuou Sarah Bernhardt.

Ouviram-se alguns aplausos, mas menos entusiasmados do que para Marilyn. Foi possível ouvir, inclusive, algumas vaias, vindas de alunos cujos povos estiveram no caminho do laureado.

Louros de bronze: Marie Curie e seus homens-iguanas.

Um rumor de surpresa percorreu o ambiente. Quem eram esses homens-iguanas que ninguém percebera em seu caminho? Todos nos debruçamos sobre a esfera, com as lupas dos ankhs dirigidas para um continente do norte, bem afastado daquele em que quase todos jogávamos. Distinguimos um povo se esforçando para construir imensas aglomerações em pleno deserto.

Ovação para a deusa das iguanas.

Deméter deu prosseguimento a seus comentários. Que Sarah Bernhardt tomasse cuidado. Seus homens-cavalos estavam sem fôlego e ela corria o risco de ser eliminada na próxima partida.

– Culpa de quem? – resmungou a antiga atriz.

O povo-cão vegetava. A aluna Françoise Mancuso devia com urgência ajudá-lo a encontrar uma nova dinâmica, se não quisesse vê-lo desaparecer. O mesmo se passava com os homens-tigres de Georges Méliès e os homens-cupins de Gustave Eiffel que, segundo nossa professora, andavam em círculos sem ter encontrado um estilo próprio. Bem verdade que tinham construído cidades com bela marca arquitetônica, mas acomodaram-se e disso não saíam.

– É preciso audácia – reclamou Deméter. – Não basta administrar, devem ousar. Proudhon vem ganhando boas notas porque não hesita e assume riscos.

– É claro. Se isso tudo se resume a destruir... – resmungou outra vez Sarah Bernhardt.

– Proudhon não é um deus da destruição – corrigiu Deméter. – É um deus duro, como alguns pais são. Mas lembrem-se que filhos de pais severos são, em geral, mais bem-educados do que os de pais que mimam em demasia. É tão mais fácil ceder tudo às crianças, em vez de impor regras estritas de vida! Quanto a mim, nada tenho contra as escolhas de Proudhon. A guerra é um ingrediente essencial do jogo de Y. E ele investiu nisso a fundo; é uma opção como outra qualquer. Respeito-a como respeito quem baseou sua civilização na diplomacia, agricultura, ciência ou artes. O que importa é o resultado.

Deméter voltou ao estrado e escreveu no quadro-negro: "Enterro".

– Assisti hoje ao aparecimento do primeiro enterro ritual, com os homens-formigas de Edmond Wells. O acontecimento deve ser marcado com uma pedra branca. A partir dele, vão eclodir as religiões, a partir de uma nova divisão social, generalizada, em três classes: os camponeses, os soldados e os padres.

– E os artistas? – perguntou Marilyn, pensando muito provavelmente em seu harpista.

– São muito minoritários e pouco influentes para ter uma real ação na história da humanidade, pelo menos nesse estágio da evolução. Michael Pinson e você trouxeram a música a sua gente, mas saibam que, sem camponeses para alimentá-los e sem soldados para protegê-los, seus artistas não durariam muito tempo.

Quando Deméter terminou de distribuir as notas, Edmond Wells e eu constatamos que éramos os penúltimos colocados.

Um só aluno estava atrás de nós. Os homens-morcegos de um certo Charles Mallet, um povo troglodita. Eles tinham tentado imitar seu totem, amarrando nos braços asas de couro, presas com lianas. Muitos haviam morrido, se lançando com esses petrechos do alto de um penhasco.

– Quando uma ideia se mostra infrutífera, é melhor desistir dela. Mas você teimou. Dos oitocentos iniciais, só sobreviveram uns cinquenta, e lembrem-se que, abaixo de trinta, os jogadores são automaticamente eliminados.

Charles Mallet fora poupado por pouco.

– O que pensa fazer com seus sobreviventes? – perguntou-me Raul a meia voz.

– Rezar – respondi –, não vejo mais o que fazer.

Pela surpresa de Raul, percebi que ele se perguntava se eu não estaria zombando.

– Rezar? Aqui? No reino dos deuses?

Com a ponta do queixo, apontei para o alto da montanha, ainda envolta em seu colar de brumas.

– Ah, claro. "Ele", lá em cima. Espero, Michael, que não esteja se tornando... místico. Um deus místico... era só o que faltava!

Freddy me tomou o braço.

– É engraçado, optamos ambos por uma aliança com cetáceos. Juntei-me às baleias e você aos golfinhos. No entanto, você construiu um barco grande, e eu, pequenos.

– Não tive escolha.

– Se precisar do que for, não hesite em pedir ajuda aos meus homens-baleias.

– E você pode também contar comigo, mas por agora meus golfinhos estão em pior situação.

– Por que não dão meia-volta e vêm se recuperar em meu território? As baleias indicarão o caminho aos golfinhos.

Seu povo vai poder cuidar dos feridos, refazer as reservas de água e alimentos, se enriquecer com as descobertas dos meus. Os homens-baleias conseguiram fazer velas de sebo. As roupas, além disso, têm ótimo corte e vão agradar às mulheres da sua comunidade.

– Está me convidando para um desfile de modas das baleias? Eu agradeço, mas creio ser meio tarde. Já programei os golfinhos. Vão levar o navio na direção do oeste distante, onde se põe o sol.

– Por que fez isso?

– Espero que meu povo descubra um lugar tranquilo, onde não esteja em perigo. Um santuário, uma ilha. Grande o bastante para introduzir a agricultura e o gado, mas não a ponto de atrair vizinhos. Não quero mais o risco de perder tudo por causa de invasores bárbaros.

Raul cochichou no meu ouvido:

– Livre-se de Edmond Wells. Ele foi útil no início do jogo, concordo, mas agora é um peso. Os homens-formigas são uma nulidade na água e em pescaria. Ou seja, serão inúteis numa ilha.

– Temos uma aliança.

– É verdade, mas no final só vai haver um vencedor. Quanto antes voar com asas próprias, melhor...

Parecia seu pai falando.

Com sua coroa de louros de ouro, Marilyn começou um pequeno discurso homenageando as mulheres, por natureza dedicadas à preservação da vida e à harmonia entre os seres, ao contrário dos homens, sempre obnubilados pelo domínio e violência. Na sala, as observações jocosas se multiplicaram.

– Bem sei o que estão pensando – disse ela. – Acham que as moças-vespas não vão durar muito tempo. Mas elas não são boas apenas como mães e administradoras de cidades, são excelentes guerreiras, prontas para lutar e se defender.

Uma tempestade de risos irrompeu nas fileiras de alunos, mas Marilyn não desistiu:

– Estou lançando um desafio. A todos. Quem se achar capaz de enfrentar minhas amazonas, que venha!

Sarah Bernhardt e Marie Curie aprovaram ruidosamente. Os homens vaiavam. Deméter bateu palmas para acalmar os ânimos, antes que a disputa se tornasse uma guerra dos sexos. Achando estar sendo chamado, Atlas, que esperava do lado de fora, entrou para recolher "Terra 18". Após alguns suspiros circunstanciais, levou-a consigo.

Eu não conseguia desviar os olhos do planeta se afastando, com seu oceano em que balançava o frágil esquife da minha tripulação de sobreviventes...

Deméter ordenou que voltássemos a nossos lugares nos bancos.

– Hermes já lhes contou uma experiência feita com ratos. Concluindo essa aula e antes que partam para o jantar, gostaria de falar de outra experiência, podendo explicar certos comportamentos dos seus indivíduos...

86. ENCICLOPÉDIA: EXPERIÊNCIA COM CHIMPANZÉS

Uma sala vazia e cinco chimpanzés. No meio da sala, uma escada e uma banana colocada no alto.

Assim que um primeiro macaco viu a banana, subiu na escada para pegá-la e comer. Ao se aproximar da fruta, porém, um jato de água fria, vindo do teto, disparou em sua direção, fazendo-o cair. Os outros macacos também tentaram subir os degraus. Todos se molharam e acabaram desistindo de pegar a banana.

Cortou-se a água fria e um dos macacos molhados foi substituído por outro, seco. Assim que entrou na sala, os outros procuraram dissuadi-lo, para que evitasse o banho gelado. O recém-chegado não compreendeu. Viu apenas um grupo de macacos, como ele, impedindo que alcançasse uma guloseima. Tentou, então, passar à força e lutou com os que lhe queriam barrar a passagem. Sendo um contra quatro, apanhou muito.
Um segundo macaco molhado também foi substituído por outro macaco seco. Mal entrou na sala, seu predecessor, achando que aquela era a maneira de recepcionar os recém-chegados, lançou-se sobre ele e o espancou. O recém-chegado sequer teve tempo de ver a escada e a banana, mas já estava fora do jogo.
O terceiro, quarto e quinto macacos molhados foram sucessivamente substituídos por macacos secos. Cada um deles, chegando, era recebido a pancadas.
A recepção, inclusive, se tornou cada vez mais violenta, com os animais se juntando para bater em quem chegava, como se fosse um ritual de recepção que se aperfeiçoava.
No final, continuou a banana no alto da escada, mas os cinco macacos secos estavam estropiados e sequer pensavam se aproximar dela. A única preocupação comum era com a porta, por onde podia aparecer um novo chimpanzé, devendo ser espancado o mais rapidamente possível.
Essa experiência foi feita com a finalidade de se estudar o comportamento de grupo em uma empresa.

Edmond Wells,
Enciclopédia dos saberes relativo e absoluto, tomo V.

87. UM GOLPE DE MÁGICA

Para o jantar, a grande sala do Mégaro estava decorada com flores de cor índigo. Mata Hari sentou-se à minha frente. Sorriu-me e eu lhe sorri de volta. O destino dos meus homens-golfinhos ao largo, em pleno oceano, me obcecava.

Edmond Wells, a meu lado, parecia menos preocupado com seus poucos homens-formigas. Conversava tranquilamente com Georges Méliès, que afirmava a preeminência inicial dos ferreiros, sobre todos os corpos de ofício.

– Compreenda que os ferreiros – insistia Méliès – foram os primeiros mágicos. Davam-lhes pedras e, pela magia do domínio das altas temperaturas, eles as transformavam em materiais inexistentes na natureza.

– De fato – disse Edmond Wells, lembrando-se das anotações feitas na Enciclopédia sobre os ferreiros quenitas do monte Sinai. – Os vilarejos os tinham em tão alta estima que, às vezes, os acorrentavam à forja para que não ficassem tentados em ir para outra povoação, onde fossem melhor pagos. Em tempos remotos, chegaram a ser trocados como reféns ou usados como presente, em sinal de aliança.

Simone Signoret e Marie Curie, numa mesa ao lado, conversavam sobre as modas vestuárias de seus respectivos povos. A física de origem polonesa reconhecia que, em sua região, as geadas eram tão intensas que o mais importante era que as roupas fossem quentes.

Outros alunos falavam de engenharia de estradas ou de conservação de alimentos.

Seria melhor cobrir as moradias com palha ou ardósia? Como conceber um sistema de filtro que evitasse as bactérias nas cisternas de águas pluviais? Alguns conservavam as carnes no sal; outros, os peixes no azeite. Ânforas fechadas com cortiça preservavam alimentos, mas para isso era preciso dispor de ceramistas e de cortiça. Cola, agulhas de costura, teares, desinfetantes para ferimentos (cebola, limão e água salgada), tudo ocasionava trocas. E quanto às moscas e mosquitos? Como se livrar desses transmissores de doenças, responsáveis por tantos estragos?

Georges Méliès explicou ter-se dedicado, com seus homens-tigres, a várias experiências com a finalidade de elaborar uma composição muito útil para o desenvolvimento vegetal e sem muitas bactérias, ou seja, sem efeitos tóxicos.

As estações chegaram com seus carrinhos.

Serviram-nos cereais. Havia arroz, trigo granulado, cevada, milhete, sorgo e até mesmo pão. Era lógico, pois a agricultura fizera sua entrada em nossos costumes.

Como era bom o pão. Mastiguei a casca e deleitei-me com o miolo suave, ao mesmo tempo doce e salgado, procurando o gostinho delicioso do fermento.

As estações deixaram nas mesas vasilhas com leites de vaca, cabra, ovelha e outras bebidas cremosas.

As ostras voltaram ao cardápio, mas não tive mais vontade, naquela noite, de ingerir um bicho vivo, talvez até dotado de consciência. Quanto a Voltaire, ele se regalava, engolindo dúzias e dúzias, explicando ainda precisar apenas de um pouco de limão, que provocaria ou não um ligeiro reflexo do animal, verificando seu frescor.

Cadáveres mais convencionais também constavam do menu: boi, carneiro, cordeiro e frango. Verifiquei que essas carnes eram menos fortes do que as de hipopótamo e girafa.

Méliès contou que seus homens-tigres adoravam comer cabeças de macaco, como as que nos foram servidas com pequenas colheres, para a degustação do interior. A maior parte de nós recusou-as com nojo.

Isso me relembrou a experiência com os chimpanzés, que Deméter nos tinha contado. A humanidade de "Terra 17" decaíra por esse motivo. Esqueceram o porquê de estarem ali, apenas repetindo tradições, cujas origens reais ignoravam.

– Em que está pensando? – perguntou-me Marilyn, vindo se juntar ao grupo dos teonautas.

– Em nada... O que fizeram ontem à noite?

– Tentamos passar, mas a grande quimera estava lá.

– Essa noite – acrescentou Raul –, precisa vir conosco. Não vai nos deixar na mão duas vezes seguidas.

Não respondi, guardando minha escolha.

Como sobremesa, nos serviram doces e pão dormido embebido no mel.

– Só faltava mesmo um bom café, para terminar dignamente essa refeição – declarou Méliès, encantado.

Um concerto estava programado. Centauros, sereias, pássaros-liras vieram ao Mégaro. Aos instrumentos de costume se juntou um arco instrumental, manejado por um centauro. A música era suave.

No lugar do licor, Georges Méliès propôs um truque de mágica que não precisaria de qualquer material particular. Mata Hari aceitou com boa vontade participar do número.

– Pense num número entre 1 e 9 e multiplique-o por 9.

A dançarina fechou os olhos e disse:

– Pronto.

– Subtraia cinco.

– Pronto.

– Some os algarismos que formam esse número, obtendo um algarismo simples. Por exemplo: se fosse 35, somando 3 + 5 = 8.

Mas se a operação ainda resultar num número, continue até chegar a um algarismo.

– Entendi.

– Bem. Agora, associe o algarismo a uma letra do alfabeto, seguindo o princípio A = 1, B = 2, C = 3, e assim por diante. Você deve ter obtido uma letra.

– Pronto.

– Escolha um país da Europa começando por essa letra.

– Ainda falta muito?

– Não, estamos quase no fim. Olhe a última letra desse país e associe uma fruta a ela.

– Certo.

Georges Méliès fingiu se concentrar profundamente e anunciou:

– A fruta é o kiwi.

Mata Hari ficou pasma. Procurou o segredo e não encontrou. Perguntou ao cineasta:

– Como você fez?

– Digamos que há uma relação entre esse truque e o que acontece aqui. A gente pensa que escolhe, mas não escolhe nada...

O mágico piscou o olho para mim e pediu mais um café.

Sarah Bernhardt veio sentar-se em nossa mesa.

– Precisamos nos unir contra Proudhon – murmurou. – Ou ele vai nos exterminar.

– Ele ganhou, isso quer dizer que os Mestres-deuses concordam com seus métodos de jogo – ponderou Raul, com um gesto tranquilizador.

– A pilhagem, a matança, o estupro, a escravidão, o terrorismo e a má-fé alçados a sistemas de pensamento e de governo! – replicou ela.

– Evite julgar. Adapte-se – aconselhei.

Sarah Bernhardt irritou-se:

– E agora você vem dizer isso? Vocês não se dão conta? Ele vai ganhar e os seus valores serão vencedores no planeta inteiro. É o que querem, valores de ratos? Vimos o que aconteceu com "Terra 17".

A destruição do planeta se mantivera em todas as lembranças.

– Se não reagirmos, ele vai...

Da sua mesa, Proudhon, que tinha bons ouvidos, voltou-se para nós, sarcástico, e disse:

– Desafio todos, já que estão reunidos, que tentem parar os guerreiros de minha tribo...

Sarah Bernhardt nada pôde responder. Sabia que, com seu povo dos cavalos extenuado, não aguentaria o choque.

– Venha então enfrentar minhas amazonas! – exclamou Marilyn Monroe.

Ele virou-se em sua direção.

– Eu irei, eu irei, belezura, os ferrões das suas vespas não me causam medo...

Como provocação, o anarquista enviou-lhe um beijo, soprando a palma da mão.

– Aviso logo que se você se aproximar de minhas moças, as coisas não vão se desenrolar como com os homens-golfinhos.

– Ótimo – respondeu o outro, esfregando as mãos. – Temos uma bela batalha pela frente.

Tive a impressão de ter voltado à escola primária, quando os meninos diziam: "Vem brigar se for homem", no pátio do recreio.

– Só força não basta! Minhas moças têm mais cérebro e coragem do que os seus brutos!

– Mal posso esperar por esse confronto! – exclamou o deus dos homens-ratos.

– Disponho-me a bancar as apostas – propôs Toulouse-Lautrec.

O homenzinho de barbicha subiu numa mesa, como se esperasse os apostadores.

– Não temos dinheiro – observou Gustave Eiffel.

– Então vamos começar apostando as togas. Elas se sujam rápido e eu preciso de muitas – sugeriu o pintor.

Tirando do bolso um bloco de notas, riscou nele duas colunas, uma para quem confiasse na vitória de Marilyn e outra para quem apostasse em Proudhon.

Edmond Wells arriscou uma toga na atriz.

– No mundo animal, as vespas vencem os ratos – explicou.

Como nunca tive sorte em jogos, preferi abster-me. Além disso, estava preocupado demais com o futuro de meu povo em sua embarcação improvisada para me interessar pelo confronto. No próximo round, se não conseguir salvar meus homens-golfinhos, só me restará ser transformado, por minha vez, em centauro ou sereia. Tantas vidas em progressão, tanta sabedoria acumulada, para acabar como quimera... Não, era preciso realmente encontrar um meio de socorrer os meus, antes de pensar em me divertir.

– Está pensando em nossos homens – murmurou Edmond Wells.

– Você não?

– Sim. E o pior é que, terminada a batalha, os homens-ratos deram sua versão dos fatos. Para eles, éramos um bando de vagabundos selvagens que a brilhante civilização rato conseguiu educar. Inclusive, inventaram que mantínhamos relações sexuais com os golfinhos... Não viu isso?

– Não, não vi... É incrível. Massacram-nos e, além disso, rescrevem a história, ficando com o melhor papel.

Vi que meu amigo estava preocupado. Puxou sua Enciclopédia e anotou algo, rapidamente. Não quis interrompê-lo. Ele parecia ter tido uma ideia.

– Não podemos deixá-los dessa maneira... – observei.

Sem parar de escrever, ele respondeu:

– É tarde demais.

– Nunca é tarde demais – protestei.

– Fracassamos. Faltou-nos sorte, só isso.

– "Os que fracassam procuram desculpas. Os que vencem encontraram os meios", meu pai dizia. Sempre há um meio.

– Não dessa vez.

Ele continuou a escrever, releu e pareceu mortificado com a gravidade do que anotou. Em seguida, levantou-se, fechou o livro e pronunciou com uma voz grave:

– Você talvez tenha razão. Os que vencem encontraram os meios... quaisquer que sejam.

88. ENCICLOPÉDIA: A MEMÓRIA DOS VENCIDOS

Do passado, só conhecemos a versão dos vencedores. Por exemplo, só conhecemos de Troia o que contaram historiadores gregos. Conhecemos de Cartago o que contaram historiadores romanos. Conhecemos da Gália o que contou Júlio César em seus relatos. Conhecemos dos astecas e dos incas apenas a narrativa dos conquistadores e dos missionários, vindos convertê-los à força.

Em todos os casos, os talentos concedidos aos derrotados vêm apenas glorificar o mérito dos que os souberam liquidar.

Quem se atreveria a falar da "memória dos vencidos"? Os livros de história nos condicionaram à ideia de que, segundo o princípio do darwinismo, se civilizações desapareceram, o motivo foi a falta de adaptação. Examinando, no entanto, os acontecimentos, compreende-se que, na maioria das vezes, os mais civilizados é que foram destruídos pelos mais brutais. A única "inadaptação" consistiu em acreditar em tratados de paz, no caso dos cartagineses, e em presentes, no caso dos troianos. Ah! a apologia da "esperteza" de Ulisses, que não era senão uma perfídia, levando a um massacre noturno...

O pior é que os vencedores não só destroem os livros de história e os objetos de memória das vítimas, mas também as insultam. Os gregos inventaram a lenda de Teseu, que derrotou um monstro devorador de virgens e com cabeça de touro, para legitimar a invasão de Creta e a destruição da soberba civilização minoica.

Os romanos pretendiam que os cartagineses faziam sacrifícios ao deus Moloch, coisa que, sabe-se hoje, era completamente falsa.

Quem vai se atrever a falar da magnificência das vítimas? Talvez os deuses, pois conhecem a beleza e sutileza das civilizações desaparecidas sob o fogo e o bronze...

Edmond Wells,
Enciclopédia dos saberes relativo e absoluto, tomo V.

89. O TEMPO DAS EXPERIÊNCIAS

O palácio de Atlas ficava escondido entre figueiras, no lado sul de Olímpia, num bairro bem afastado de nossas residências.

– É uma completa loucura, não vão deixar de jeito nenhum.

– É preciso tentar.

– Mas você se dá conta que, se souberem que nós...

– O quê? Visitamos Atlas? Temos todo direito de visitar a cidade, ao que parece.

Avançávamos.

A morada do gigante tinha um andar superior e era toda construída em mármore bruto.

Devia ter uns dez metros de altura.

Edmond Wells e eu penetramos por uma janela entreaberta. A decoração interna refletia o gosto dos gigantes pela madeira maciça e os panos com cores vivas.

O mais discretamente possível, passamos entre as poltronas e os sofás imensos.

Na cozinha, com características rústicas, o gigante estava sendo admoestado pela companheira Pleioneia, de voz grave:

– Você é gentil demais. Por isso abusam de você.

– Mas...

– E quando exigirem que você transporte o Olimpo, vai responder o quê?

– Mas Pleplé, não é só um trabalho...

– Ah, não? E é o quê?

– Uma condenação. Por eu ter me oposto a Zeus, com Cronos, e por termos perdido, você sabe disso.

Na sala, podíamos imaginar a mulher com as mãos na cintura, falando firme, e Atlas todo encolhido.

– Muito fácil, o velho golpe da punição. Isso já faz tempo... Eles querem é explorá-lo de graça, isso sim. Você trabalha como um boi, sem ganhar um níquel, e quando protesta lembram tratar-se de um castigo, sem poder reclamar. Erga a cabeça, homem, reivindique seu direito.

– Mas querida, eu perdi a guerra...

– Isso foi há milênios! Está confundindo fraqueza com delicadeza, Atlas.

Ouviu-se o som de um beijo. Eu podia imaginar as duas montanhas se abraçando. Ah... quanta ternura nos gigantes...

Aproveitando o fato de, aparentemente, o casal ter mais o que fazer do que prestar atenção em ruídos da casa, avançamos por um corredor, procurando o lugar onde Atlas guardava seus mundos.

Com a impressão de sermos uma dupla de Pequeno Polegar, erguíamo-nos nas pontas dos pés para abrir as portas, feitas para gigantes de três metros. Uma delas deixou ver um quarto, com a cama vasta como um quintal, mas a maioria servia a depósitos, banheiros e descobrimos também uma oficina de ferramentas. Enfim, atravessando um batente, quase caímos por uma escada em caracol, descendo para um porão. Iluminamos com nossos ankhs e avançamos.

Em baixo, à luz de velas imponentes, que acendemos com os ankhs, descobrimos uma arcada gigantesca, escavada na rocha. Não eram garrafas que se armazenavam naquela cave, mas dezenas de esferas, descansando em seus oveiros.

Quantos mundos haveria? Pensei que, afora "Terra 1", só existissem rascunhos e que, à medida que um planeta era destruído, apagassem para ceder vez à civilização seguinte. Mas não, os Mestres-deuses conservavam outros planetas. "Terra 17" podia ter sido transformada em "Terra 18", mas uma coleção inteira de mundos paralelos subsistia ao lado, etiquetados até o número 161.

Edmond Wells estava tão extasiado quanto eu. Pensamos a mesma coisa.

Estariam, armazenados ali, todos os planetas do universo dotados de consciência?

Aproximamos nossos ankhs de uma das esferas. Ajustamos o zoom. Havia umas espécies de verrugas na superfície do planeta. Megalópoles ultramodernas estavam inteiras sob abóbadas imensas que as protegiam da poluição ambiente. Era um futuro possível da humanidade...

Outro mundo, ao lado, fizera outras opções. Provavelmente em consequência de guerras nucleares, a vida se tornara impossível na atmosfera radioativa. As pessoas tinham construído cidades submarinas. Centros enormes estavam protegidos, pela água, do ar envenenado.

Mais adiante, num mundo sem oceanos, os humanos, pelo contrário, tinham se enterrado em centros piramidais para se proteger do ardor do sol e conservar alguma umidade.

Constatamos que a maioria daqueles mundos estava mais "madura" do que "Terra 1". Eles pareciam estar no ano 3.000, aproximadamente. Como seria possível?

– Seriam os trabalhos práticos deixados por ex-alunos? – cochichou Edmond Wells.

– Estariam mais adiantados, nesse caso, por Cronos os ter feito amadurecer prematuramente.

Descobrimos, ao mesmo tempo, mundos retornados à pré-história, sobre misteriosas ruínas de megalópoles. Talvez, como no caso da pobre "Terra 17", tivessem esquecido as ciências do passado.

Quanta diversidade meteorológica.

Ora tínhamos um mundo muito quente, em que humanos viviam nus, ora um mundo glacial, em que eles se juntavam em iglus, ou ainda um mundo úmido, com casas construídas em árvores...

Edmond Wells chamou a atenção para um mundo em que a clonagem tinha entrado de tal forma nos costumes que todos os humanos eram gêmeos. Tinham selecionado os mais bonitos, inteligentes e resistentes, fazendo desaparecer todos os outros, como os geneticistas de "Terra 1" faziam com vacas leiteiras e milhos.

Havia também um planeta povoado unicamente por mulheres, exatamente como se passa entre as formigas. Havia fêmeas assexuadas e sexuadas fecundas. À exemplo das formigas, aquelas humanas haviam designado uma rainha que, para minha grande surpresa... punha ovos. Com o zoom, de fato, vi mulheres carregando ovos em sacolas frontais, levando-os para chocar em casa.

Olhando de perto, a humanidade em questão não estava sequer no ano 3.000 ou 5.000, mas, em nível de maturação a se marcar em nossos calendários, na casa dos dois milhões de anos depois de Cristo. O futuro, então, abria-se às mulheres e à oviparidade. De repente, aquilo me pareceu bem lógico...

Fiquei fascinado, observando o mundo feminino e um elemento me perturbou: eram todas muito bonitas. Qual vantagem teria a seleção natural em promover a beleza no decorrer dos séculos?

– Foi para encontrar "Terra 18" que viemos – lembrou-me Edmond Wells.

Compreendemos que Atlas organizava seus mundos por nível de consciência, com os menos avançados no fundo. Dirigimo-nos, então, para a parte de trás e descobrimos "Terra 18" junto a outros mundos, onde povos bárbaros se destruíam a porretadas: a pé, a cavalo ou em jangadas.

Puxamos um pouco a esfera para poder observá-la à luz das velas.

Nossos humanos pareciam cansados e desesperados no frágil esquife à deriva em alto-mar. O navio estava a ponto de soçobrar em recifes que nossos pobres marinheiros inexperientes não tinham percebido. Tínhamos chegado bem a tempo. Por um triz, com meu ankh, criei uma espécie de tempestade para afastá-los dos rochedos mais perigosos. Concentrando-me, avisei à gorda mulher, que assumira a liderança após o sábio médium, que lançasse de novo ao mar alguns fortes laços. Ela me ouviu, mas a maioria dos sobreviventes não obedecia mais. Estavam demasiadamente cansados para acreditar ainda em premonições.

Como devolver-lhes a esperança? Enviei intuições, sem grande resultado. Um barbudo, inclusive, tentou organizar um motim, reivindicando que se desse meia-volta. Na tempestade de raios, que desencadeei para impressioná-los, Edmond Wells abateu-o com um tiro certeiro, que bastou para acalmar os que começavam a se deixar influenciar.

Mais uma vez, constatei que os deuses só se fazem respeitar pelo medo.

Com os sobreviventes dando ouvidos agora ao nosso médium, procurei me comunicar com os golfinhos para que guiassem o barco e o afastassem dos recifes perigosos. Para um deus, afinal, era tão fácil a comunicação com os golfinhos quanto aos anjos com os gatos. O problema eram os homens. Não eram "receptivos" o bastante.

O navio, em todo caso, mudou de direção. Edmond Wells e eu demos um suspiro de alívio. A catástrofe fora evitada.

Num movimento desastrado, derrubei uma esfera inteira e seu oveiro. Ela explodiu em pedaços. Cacos de vidro se espalharam ao redor. Teria destruído um mundo?

Não... no interior das esferas não havia nada. Eram telas em relevo em que se refletiam mundos distantes.

Edmond Wells correu para apagar todas as velas. Bem a tempo, pois a porta da cave já se abria e Atlas apareceu.

– O que aconteceu, amor? – perguntou de longe a esposa.

– Nada, Pleplé. Achei ter ouvido um barulho – respondeu o gigante, iluminando a sala com uma tocha.

Escondemo-nos como podíamos, num canto.

Atlas perambulou pelo espaço livre, verificando as esferas.

– Foram os ratos, sem dúvida... – disse a mulher.

Tendo passado bem perto de nós, sem nos ver, ele voltou a subir, com passos pesados.

Acendemos novamente as velas e nos preparamos para, da melhor maneira, salvar nossos protegidos. O que lhes poderia ainda acontecer?

90. ENCICLOPÉDIA: NOSTRADAMUS

Michel de Nostre-Dame, chamado Nostradamus, nasceu em 1503, em Saint-Rémy-de-Provence. Interessou-se ainda jovem por matemática, alquimia e astrologia. Devido a suas origens judaicas, foi perseguido pela Inquisição e obrigado a fugir durante toda a vida. Após brilhantes estudos de medicina em Montpellier, partiu em 1525 para combater, na Europa inteira, a epidemia da peste que se propagava. Aperfeiçoou uma medicina própria, bem

diferente daquela habitualmente praticada em sua época. Sem aplicar sangrias, insistia em limpeza e higiene. Elaborou um bico cônico de papel que, colocado sobre as narinas, as protegia dos miasmas. Uma pastilha de rosas, depositada sob a língua, o protegia dos "vapores" dos pacientes.

Paralelamente, redigiu tratados sobre a preparação de geleias e inventou perfumes a base de sândalo e madeira de cedro.

Em 1537, Nostradamus foi considerado o mais eficiente praticante de medicina da Europa, mas de tanto lutar contra as epidemias, contaminou a própria família. Sua esposa e filhos morreram da peste.

Após um período de depressão, enveredou por um caminho espiritual. Na Sicília, os sufis o iniciaram em transes, com a ingurgitação de noz-moscada, ajudando a atravessar a barreira da consciência. Nostradamus se dedicou a meditações, no decorrer das quais, no halo de uma chama de vela, ou numa bacia de cobre cheia de água e apoiada num tripé com ângulos semelhantes aos da pirâmide de Quéops, podia seguir a evolução futura da humanidade.

Os transes de Nostradamus chegavam a durar uma noite inteira. Em seguida, ele redigia as famosas quadras de *Centúrias*.

Seus versos às vezes parecem herméticos, mas já se discerniu neles o anúncio das vindas do imperador Napoleão, do Terceiro Reich, do caudilho Francisco Franco e da explosão das bombas atômicas em Hiroshima e Nagasaki.

Baseado em suas profecias, Jean Dixon tentou, desde 1956, prevenir John Fitzgerald Kennedy quanto às ameaças mortais que pairavam sobre ele.

Nostradamus situou por volta do ano 2.000 sinais de revoluções políticas e climáticas maiores. Previu a aproximação de Estados Unidos e Rússia, tentando se opor à expansão de perigos que se originariam no Oriente Médio.
O adivinho previu, além disso, cataclismos, furacões e terremotos, manifestando a cólera do planeta Terra contra os humanos que o destruíam. Em carta ao rei da França Henrique II, Nostradamus anunciou que, em 2.250, a humanidade passaria por mudanças radicais. Ele estimava que a Terra desapareceria em 3.797, sob as ameaças conjugadas de um forte aumento das temperaturas e queda de enormes meteoritos, vindos da desintegração do planeta Mercúrio. Isso, segundo o vidente, provocará maremotos, submergindo toda a superfície terrestre.
Quando isso acontecer, no entanto, continuava o médico de Saint-Rémy-de-Provence, o homem já terá deixado a Terra e ganho outros planetas de sistemas solares vizinhos, recriando novas civilizações.
As profecias de Nostradamus seguem até o ano 6.000. Reis e príncipes de toda a Europa receberam o adivinho. A rainha Catarina de Médicis, mãe de Henrique III, o admirava muito. Em junho de 1566, cansado, ele chamou seu assistente e amigo Chavigny, confiando-lhe uma última profecia: "Morrerei amanhã." E isso aconteceu. Como desejara, foi enterrado em posição vertical na igreja de Salon-de-Provence: "para que nenhum poltrão imbecil pise em meu túmulo."

Edmond Wells,
Enciclopédia dos saberes relativo e absoluto, tomo V.

91. UM MUNDO TRANQUILO

Estavam todos exaustos. Quanto sofrimento transcorrido. E o horizonte infinito, a se perder de vista, ao redor. Os que não tinham morrido de disenteria, escorbuto, outras doenças estranhas e até suicídio, começavam a perder esperança.

Haviam experimentado novos métodos de pesca e trazido a bordo peixes estranhos, que às vezes se revelavam tóxicos.

Graças às chuvas, escaparam da desidratação. Assim que caíam os primeiros pingos, dispunham abertas as ânforas já esvaziadas dos grãos que continham.

Na maior parte do tempo, descansavam no convés seus corpos enfraquecidos que mal se moviam e fixavam com olhar vazio o horizonte, onde terra alguma aparecia.

A gorda líder persistia encorajando-os e contando os seus sonhos. Ela havia visto – isso mesmo, visto! – estender-se mais adiante a ilha ideal, o lugar pacífico em que viveriam felizes.

– Paciência e confiança, nós chegaremos lá – repetia, tentando persuadir a si mesma.

Houve uma primeira rebelião, fomentada por homens-formigas querendo voltar à terra firme. Diziam preferir a escravidão com os homens-ratos a sacolejar indefinidamente ao sabor das tormentas. Os sediciosos foram facilmente controlados. Um segundo motim, organizado por alguns dos mais desesperados, quase conseguiu sucesso, mas, num relâmpago, o raio matou-lhes o chefe.

Era o céu que falava. Além disso, algo lá em cima parecia estar de volta... E esse "algo" dava a entender que deviam prosseguir a aventura.

Os golfinhos guiaram o esquife por entre os recifes e todos se curvaram, afinal, aos dizeres daquela que foi nomeada

"Rainha dos dois povos", com homens-golfinhos e homens-formigas solidários na mesma adversidade. À frente da embarcação, os golfinhos trouxeram de volta algum ânimo aos viajantes. A partir disso, os sonhos da rainha se tornaram mais precisos. Ela incessantemente evocava a ilha-santuário, onde nunca mais seriam atacados.

Fadiga, fome e doença causavam incessantes perdas. A rainha proibiu o consumo dos cadáveres, mesmo que representassem uma fonte de proteínas, ordenando que fossem jogados ao mar.

E a soberana repetia:

– Tenham confiança, os sonhos e os golfinhos hão de nos mostrar o caminho.

De fato, perante o desânimo dos humanos comboiados, os golfinhos não se contentavam mais em apenas guiá-los, mas se encarregavam também de pescar, para ajudá-los a sobreviver. Inclusive lançando-lhes sobre o convés peixes capturados.

– Quando chegarmos à terra que logo descobriremos – dizia a rainha –, teremos frutos gigantes, caça e rios de água fresca.

No sono, aprendeu como melhorar o bem-estar de seu povo cruzando as pernas e respirando lentamente. Como era a soberana, ninguém exigiu explicações, quando ordenou que permanecessem imóveis em posturas curiosas, ou que se alongassem sem pensar em nada senão inspirar e expirar. Melhor alimentados graças aos golfinhos, postos em forma por essa ginástica inédita, os dois povos reencontraram uma nova disposição.

Houve ainda mortes, mas os sobreviventes se sentiam melhor. Ninguém mais buscou o suicídio. Os emigrantes se imobilizavam, respiravam e cantavam juntos, com os golfinhos respondendo em uníssono.

O navio continuou avançando em direção oeste, cada vez mais a oeste e ninguém se lembrava há quanto tempo estavam embarcados. Entre si, não evocavam mais o massacre que dera origem à fuga, pensando apenas em seguir adiante. Tinham as feições graves, o sorriso raro, mas nenhuma briga mais estourava entre eles.

E, afinal, um dia, quando já pareciam resignados com a errância nas águas até o fim dos tempos e traçavam mapas do céu em couros de peixes, do alto do mastro, o vigia lançou o grito que ninguém mais esperava:

– Terra! Terra à vista!

No céu, gaivotas confirmaram a proximidade da terra. Um clamor ecoou a bordo. Todos se abraçaram, em prantos. Aproximando-se da costa, muitos se jogaram na água e alcançaram à nado a terra. Tomaram pé numa praia de seixos, dominada por um outeiro de areia ocra. Sentiam-se pouco à vontade, desacostumados com o chão firme, após tanto tempo no balanço do mar.

Comeram caranguejos e sargaço e dormiram ao luar, aconchegados uns aos outros, naquela primeira noite em sua terra nova.

Pela manhã, se recensearam. Eram 64, sendo 42 homens-golfinhos e 22 homens-formigas. Juntos, partiram à exploração da ilha. Era mais bonita do que nos sonhos mais extravagantes. Tinha uma vegetação luxuriosa, árvores carregadas de frutos desconhecidos, rios murmurantes. Penetraram numa floresta em que, de repente, pedras começaram a lhes cair em cima e eles temeram alguma presença hostil. Mas não eram senão cocos, que macacos traquinas lançavam brincando. Ao quebrarem no chão, os cocos revelaram uma carne branca e a água interna; um verdadeiro maná.

Enfim em paz, batizaram o local: Ilha da Tranquilidade.

Percorreram-na de cima abaixo, sem descobrir o menor traço humano. Nos dias seguintes, homens-golfinhos e homens-formigas se juntaram para construir um vilarejo no litoral.

Numa clareira, a rainha observou formigas trabalhando e se alegrou, vendo que os insetos tinham, como eles, chegado à ilha. Seguiu-as até um gigantesco formigueiro em forma de pirâmide. Colocou as duas mãos abertas sobre uma lateral e rezou para que os insetos a ajudassem, como tinham feito com o velho médium, seu predecessor.

Ela fechou os olhos e as visões vieram. Uma pirâmide gigante como a das formigas. Celeiros como os das formigas. Comunicação como a das formigas. Um só grande espírito coletivo como o das formigas. O espírito para um novo campo de conquista.

Eles eram 64 pondo-se ao trabalho para construir uma pirâmide de nove metros de altura. Ao atingir os dois terços da obra, a rainha se instalou em um camarim, para "receber", e ali "recebeu". Acrescentou posturas imóveis à sua ginástica de bem-estar e meditação. Concebeu uma medicina calcada nos meridianos, fundamentada em fluxos de vida que percorrem o corpo, o qual se devia desbloquear para que a energia circulasse livremente. Localizou os pontos centrais em que a energia se acumulava, ao longo da coluna vertebral. Apontou um acima do sexo, um segundo sob o umbigo, um terceiro junto ao coração, um quarto no nível da garganta, um quinto entre os olhos e um sexto no alto do crânio.

Os sonhos não paravam de surpreendê-la.

Recebeu a intuição de um sistema político em que, como a rainha das formigas, não seria líder, mas "poedeira". Aquela trazia ao mundo sua população enquanto esta, a médium, geraria conceitos. Teriam uma república das ideias em que, como entre as formigas, os indivíduos teriam livre expressão em assembleias, confrontando argumentos. Não haveria poder centralizado, mas poder disperso, unido pela comunicação. Todos, assim, seriam participativos, sem que ninguém fosse indispensável.

Homens-formigas e homens-golfinhos inventaram palavras de conteúdo abstrato, ultrapassando aquelas meramente figurativas. Criaram um termo significando a energia vital a circular pelo corpo, outro significando a esperança que os tinha sustentado durante a travessia, uma palavra para qualificar os sonhos da rainha e outra ainda para caracterizar o ensinamento dos golfinhos, sendo esta a mesma usada para a educação dos jovens.

Decidiram só conceber crianças que pudessem amar e educar. Mesmo assim, a comunidade cresceu rapidamente, pois transferiam tanto amor e cuidado à progenitura que a mortalidade infantil se rarefez.

Semanas se passaram, eles esqueceram o horror do ataque dos homens-ratos, esqueceram o horror das dores da travessia e descobriram a sensação de estar só no mundo.

As crianças nadavam com os golfinhos e lhes imitavam os gritos. Trepavam em seus dorsos como em cavalos e davam-lhes comidas da terra, como cocos e tâmaras, que os golfinhos provavam, curiosos. Emitiam, nessas ocasiões, sons que pareciam risadas e, por mimetismo, os homens recuperaram o hábito do riso.

A soberana teve, então, uma ideia: as formigas seriam o totem oculto e os golfinhos o totem visível. Todos passavam a ser formigas por dentro e golfinhos externamente.

Levando adiante a audácia, saquei da gaveta do oveiro a pêndula e girei a agulha para acelerar o tempo local.

O vilarejo cresceu, tornou-se um burgo e, em seguida, ampla cidade, cheia de veleiros. No centro, continuava a grande pirâmide em que morrera a primeira rainha, logo substituída por outra, tão visionária quanto a anterior.

O povo unificado descobrira um novo cereal, o milho, posto em cultura.

Além dos camponeses e pescadores, surgiu um grupo cuidadosamente selecionado por suas aptidões em resolver problemas práticos; sábios unicamente encarregados de gerir a cidade. Curandeiros tinham se especializado no estudo dos meridianos do corpo. Astrônomos estabeleceram mapas celestes e tentaram compreender seus mecanismos. Instrutores cuidavam da educação das crianças. Mulheres e homens estavam representados em todas as áreas, sendo cada tarefa distribuída em função dos talentos de cada um, à exclusão de qualquer outro critério.

Viram que, num formigueiro, um terço dos residentes dormia, descansava ou passeava sem produzir nada. Outro terço labutava à toa, construindo túneis que faziam despencar celeiros ou transportando gravetos que bloqueavam corredores de circulação. O último terço, finalmente, reparava os erros dos operários desajeitados e dava prosseguimento ao desenvolvimento da cidade. O mesmo fizeram os moradores da ilha, sem obrigar ninguém a trabalhar, mas procurando despertar em todos a vontade de participar plenamente das conquistas do povo. Tinham acabado de inventar o conceito do entusiasmo comunicativo.

Acima de tudo, aquela comunidade humana se caracterizava por um elemento novo: às vezes, sua gente estava livre do medo.

92. ENCICLOPÉDIA: A ATLÂNTIDA

O mito da Atlântida chegou a nós graças à duas obras do filósofo grego Platão, *Timeu* e *Crítias*, escritas por volta de 400 antes de Cristo.

Os textos, no entanto, se referem a escritos de Sólon, que conhecia o mito, ao que dizia, por intermédio de sacerdotes egípcios.
Em *Timeu*, Platão situou a ilha misteriosa além das colunas de Hércules, nome antigo do estreito de Gibraltar, ou seja, em pleno oceano Atlântico, entre Portugal e Marrocos. Ele se referiu também à capital, Atlantis. Tinha a forma circular e um diâmetro de cem estádios, que perfazem, mais ou menos, vinte quilômetros. A cidade era composta de círculos, cada vez mais estreitos.
Segundo Platão, o deus dos Mares Posídon e a mortal Clito tinham a ilha como domicílio. Haviam engendrado cinco vezes casais de gêmeos, que se tornaram reis de Atlântida, cada um reinando sobre um décimo da ilha. Platão estimava a superfície total, dentro das medidas modernas, em cerca de dois milhões de quilômetros quadrados, isto é, quase um terço da Austrália.
Ainda de acordo com o filósofo, os atlantas tinham estatura mais imponente do que os homens de seu tempo, constituindo um povo poderoso, mas também muito sábio. Haviam instaurado um sistema político moderno, assentado em assembleias e dominando técnicas particularmente evoluídas. Possuíam, por exemplo, "vrills", que eram bastões de cobre envoltos em couro contendo na ponta uma pedra de quartzo, com que curavam doenças e aceleravam o crescimento das plantas.
Platão situou o desaparecimento de Atlântida a nove mil anos anteriores à redação de *Crítias*, o que corresponde ao ano 11.000 antes de nossa era.
A existência dessa ilha foi também mencionada, com o nome de Há mem Ptah, em escritos egípcios. Textos dos

iorubás, da África, também evocam-na. Todos falam de uma cidade ideal e de um paraíso perdido.
Como a palavra "paraíso" vem de um termo persa, significando jardim, talvez seja também uma referência à Atlântida.
Faz-se menção a uma ilha misteriosa, onde vivia um povo com poderes medicinais sobrenaturais, na China, sob o nome de Kun Lun. Os chineses situavam essa "ilha da juventude eterna" além do oceano.

Edmond Wells,
***Enciclopédia dos saberes relativo e absoluto*, tomo V.**

93. EDMOND EM APUROS

Edmond Wells e eu nos olhamos, aliviados. Nossos humanos estavam momentaneamente abrigados, distantes da selvageria do restante do jogo. Sentimo-nos orgulhosos como pais que tivessem salvo, por pouco, os filhos do afogamento.

Agradava-me muito aquele povo que, juntos, havíamos modelado. É bem verdade que a população era reduzida, as pessoas estavam distantes de tudo, mas estavam vivas, com boa saúde e conscientes da necessidade de se viver em bom entendimento e preservando o futuro. Até que Proudhon conseguisse dotar seus homens-ratos da tecnologia indispensável para um desembarque na ilha, nossos homens de ciência com certeza encontrariam meios para enfrentá-los.

Colocamos a esfera de "Terra 18" em seu lugar e nos preparamos para ir embora. Certamente a aurora não tardaria. Entregues à obra, tínhamos perdido a noção do tempo.

Má surpresa: subindo, descobrimos que a porta do porão estava trancada a chave. Estávamos presos. Não só corríamos o risco de sermos pegos pelo gigante, quando viesse buscar o planeta do dia, como seria impossível voltar a tempo às nossas residências.

– Faça-me uma "escadinha" – disse Edmond Wells, nada impressionado.

Ergui-o em meus ombros, para que examinasse com toda calma a lingueta da tranca.

– A chave está na fechadura – disse.

Invertemos os papéis. Sendo mais ágil, estendi minha toca por baixo da porta, subi nos ombros de Edmond e rodei a chave para fora da fechadura monumental. Ela acabou caindo do outro lado e o pano amorteceu o barulho da queda. Em seguida, apenas puxamos a toga e trouxemos a chave.

Ela tinha o comprimento do meu braço e era tremendamente pesada. Um gigante de três metros podia manuseá-la com facilidade, mas, para um humano de 1,75 m, era difícil. Tentei diversas vezes e Edmond me incentivava em voz baixa.

A lingueta, afinal, cedeu, rangendo.

– Você ouviu, Pleplé? – interrogou Atlas.

– Não se preocupe. Devem ser ainda os ratos – respondeu Pleioneia.

Pulamos para fora da escada antes que ele chegasse e corremos para a janela, escondendo-nos atrás da cortina.

Atlas já estava subindo, aos urros:

– Um deles entrou no porão e destruiu um mundo!

– Um rato?

– Não, um aluno. Eu devia ter colocado armadilhas para humanos. Sempre tem alunos-deuses trapaceiros.

– Ali, tem um ali! – gritou a mulher gigantesca.

Passos sacudiram o chão, vindo em nossa direção.

– Vamos fugir, rápido – cochichou Edmond, me empurrando e vindo atrás.

Atlas estava com uma vassoura e sua companheira com uma tampa de panela. Galopamos em todas as direções, procurando uma saída, enquanto os dois nos caçavam.

– São dois – constatou Pleioneia. – Estão ali, estão ali. Está vendo?

– Cubra a cabeça com a toga, rápido – aconselhou meu companheiro de infortúnio.

Habituado a seguir seus conselhos, não discuti e, como ele, rasguei dois buracos no lugar dos olhos. Os gigantes se aproximavam.

– Vamos nos separar.

Aos pulos na cozinha, para escapar dos golpes da mulher com a tampa, dei-me conta de que um buraco para o nariz também era necessário, pois o pano não me deixava respirar. Quanto a Edmond, corria em zigue-zague, tentando evitar os chutes de Atlas. Escondeu-se atrás de um móvel colossal, que o gigante logo tirou do lugar. Eu, por minha vez, literalmente me agarrei nas costas da mulher, que não conseguia se livrar de mim e se pôs a gritar:

– Ele me mordeu, ele me mordeu.

Enquanto ela se agitava, percebi uma janela aberta e pulei para fugir. Atravessei o umbral bem a tempo e – ufa! – me vi do lado de fora, escondido numa moita e esperando meu amigo.

Lá dentro, Atlas exultava:

– Aqui, Pleplé, peguei um.

Droga, Edmond Wells tinha sido agarrado. Fiquei na dúvida: fugir ou tentar salvar meu mestre?

– Vamos jogá-lo no mar. Vai se transformar em baleia, golfinho ou no que quer que seja – sugeriu a megera.

Minha fidelidade foi mais forte. Voltei e pude ver Edmond Wells se debatendo nas mãos do gigante. Os dois me viram.

– Fuja, fuja – gritou meu amigo.

Tentei fazer algo que distraísse a atenção do gigante. Edmond Wells conseguiu, então, tirar algo da toga e jogou em minha direção, insistindo que eu escapasse.

– Pegue, cabe a você continuar.

Era a *Enciclopédia dos saberes relativo e absoluto,* e eu me fui correndo, apertando-a contra o peito.

Voltei a atravessar a janela e corri, me arranhando em todos os espinhos do caminho. Atrás de mim, os galhos estalavam, sob as passadas bem próximas de Atlas.

Fugi, sabendo que enquanto não me agarrasse não reconheceria meu rosto. Ele estava acordando a cidade inteira para que viessem em meu encalço.

A Enciclopédia palpitava junto do meu coração. Cabia a mim dar prosseguimento à obra. Era o mínimo que podia fazer em homenagem à memória de Edmond Wells. Salvar nosso povo, salvar minha vida e levar adiante a Enciclopédia.

Centauros surgiram de todo lugar para me capturar. Até grifos vieram ajudar. Corri com todas as forças que tinha nas pernas. Havia coisa demais em jogo para que eu desistisse.

94. ENCICLOPÉDIA: MOVIMENTO ENCICLOPEDISTA

Reunir todo o saber de sua época foi uma aposta que entusiasmou muitas inteligências, no decorrer dos séculos.

Os primeiros trabalhos enciclopédicos de peso datam do século III antes de Cristo. Na China, Lu-Buwei, rico comerciante que se tornou primeiro-ministro do reino de Qin, convidou três mil letrados à corte, pedindo-lhes que relacionassem tudo que sabiam.
Expôs o grosso volume de folhas, que resultou disso, na porta do mercado da capital, com mil peças de ouro em cima, dizendo que receberia o dinheiro da bolsa quem acrescentasse algum saber à lista.
No Ocidente, Isidoro de Sevilha redigiu no ano de 621 a primeira enciclopédia moderna, intitulada *Etimologias* e reunindo os saberes latino, grego e hebreu do seu tempo.
Em 1153, o *Secretum Secretorum*, "o segredo dos segredos", de Johannes Hispalensis, se apresentou sob a forma de carta endereçada por Aristóteles a Alexandre, o Grande, por ocasião da conquista da Pérsia. Há nela conselhos de política e moral, associados a preceitos de higiene, medicina, alquimia, astrologia, observação das plantas e dos minerais. Traduzido em todas as línguas europeias, *O segredo dos segredos* gozou de grande sucesso até o Renascimento.
Alberto, o Grande, professor da Universidade de Paris em 1245 e mestre de Tomás de Aquino, deu prosseguimento à ideia. Estabeleceu uma enciclopédia englobando animais, vegetais, filosofia e teologia.
Mais subversivo, e também mais divertido, François Rabelais, em suas obras publicadas a partir de 1532, interessou-se por medicina, história e filosofia.
Sonhava com um ensino que estimulasse o apetite pelo saber e incitasse ao aprendizado na alegria.
Estabeleceram também suas enciclopédias pessoais os italianos Petrarca e Leonardo da Vinci, assim como o inglês Francis Bacon.

Em 1746, o livreiro Lebreton obteve, por vinte anos, um privilégio real autorizando a publicação do *Dicionário racional das ciências, artes e ofícios*. Confiou a redação aos escritores Denis Diderot e d'Alembert que, auxiliados pelos maiores sábios e pensadores de então, dentre os quais Voltaire, Montesquieu e Jean-Jacques Rousseau, recensearam todos os saberes e técnicas de seu tempo.
Simultaneamente, na China, sob a direção de Cheng Menglei, mais de dois mil letrados e duzentos calígrafos atacaram uma *Grande enciclopédia dos tempos passado e presente*, que reuniu mais de oitocentas mil páginas e foi impressa em 65 exemplares. Mas o imperador morreu e seu filho mais velho, que lutara contra ele para chegar ao poder, vingou-se, exilando Cheng Menglei, que morreu na miséria.

Edmond Wells,
***Enciclopédia dos saberes relativo e absoluto*, tomo V.**

95. MORTAIS. 12 ANOS

Ufa, cheguei inteiro em casa. Tirei a máscara de pano. Felizmente Edmond Wells tivera a ideia de usarmos as togas para esconder os rostos. Despenquei no sofá.

Um imenso sentimento de solidão me invadiu. Só sentira semelhante abandono em minha vida de mortal por ocasião da morte de meu pai. Era uma impressão de não haver mais um intermediário entre o vazio e eu.

Edmond Wells foi meu mestre instrutor no país dos anjos; severo, rigoroso e exigente, mas apto a me fornecer abertura de espírito suficiente para minha busca.

Ele sacrificara sua vida pela minha, pedindo-me apenas que prosseguisse com sua obra e continuasse a acumular o saber, que afasta a barbárie e predispõe um nível superior de consciência.

Estaria eu capacitado? Para começar, pensei em anotar de memória as ideias que ele me transmitira pessoalmente.

– Fale do que conhece – dizia sempre.

Há séculos, ligados ao dever da memória, os humanos se esforçam para transmitir o somatório dos seus conhecimentos. Edmond Wells tinha assumido as pesquisas de Francis Razorback. Sobre mim pesava, agora, a responsabilidade de continuar seu saber. Meu coração sentiu-se oprimido, fazendo mentalmente a subtração: 93 – 1 = 92.

Não seria naquele dia que eu enriqueceria a Enciclopédia. Era melhor olhar, na televisão, o que faziam meus mortais.

Fui diretamente ao canal em que Eun Bi, com 12 anos, se mostrava uma aluna superdotada, com incontestável talento para o desenho. Em seus cadernos, criava monstros abomináveis, de cores múltiplas. Suas obras faziam muito sucesso na sala de aula, tanto entre os alunos quanto com os professores. Com isso, tinham deixado em paz "a coreana". À noite, em casa, Eun Bi procurava o esquecimento com seus jogos eletrônicos. Não evocava mais, com a mãe, a saga da família. Em vez disso, procurava em bibliotecas livros sobre o assunto. Não havia tantos, no Japão, e ela pesquisava na internet.

Quando a mãe lhe disse que a avó estava doente, ela perguntou onde ela vivia.

– Em Hokkaido.

Eun Bi pediu o número de telefone da velha senhora e a mãe lhe deu, após hesitar um pouco.

A menina correu ao aparelho.

– Eu esperava a sua ligação há tanto tempo – respondeu uma voz cansada.

Elas conversaram muito, a anciã e a adolescente, e todos os sofrimentos, todas as indignidades do passado voltaram à tona. Eun Bi soube, afinal, o que sempre quis saber. Depois, a avó lhe confirmou ter uma doença grave, sem cura. A mãe de Eun Bi pegou em seguida o fone e retomou o diálogo com a mãe, rompido por brigas antigas.

Ao chegar em casa, o pai encontrou a mulher e a filha em plena comoção e perguntou o que acontecera. Soube da doença da avó. Por que, então, sugeriu ele, não seguir o antigo costume japonês que aconselhava aos velhos irem se perder na montanha, por decência, ao se tornarem bocas improdutivas e para não serem vistos como um estorvo? Ele mencionou um filme: *A balada de Narayama*. Era um exemplo a seguir...

No outro canal, Kouassi Kouassi participava da cerimônia funerária organizada para o avô, rei da tribo, morto. Ao redor do corpo, deitado sobre uma mesa coberta de ramos, virtuosos do tantã batiam, no ritmo das batidas dos seus corações.

– Quando os tantãs disparam, a tribo inteira entra em transe e pode-se acompanhar o espírito do morto até o país dos grandes espíritos da floresta – explicou o pai.

Kouassi Kouassi passou a manhã inteira pintando em seu rosto a máscara ritual e se penteando com unguentos a base de gordura de pássaros ou de mel. Um círculo branco rodeava os olhos, traços vermelhos marcavam as faces e varetas de madeira se atravessavam nos cabelos.

– Os tantãs vão tocar o dia inteiro – comentou o pai –, mas, para que a festa esteja completa, é preciso comer a carne sagrada.

– O que é a carne sagrada?

– Do homem-antílope. Os homens-antílopes se autodenominaram assim e pertencem às tribos do norte. Nós somos homens-leões. É normal que leões comam antílopes.

O menino queria também participar da caçada, mas o pai achou ser violenta demais para a criança.

Kouassi Kouassi, então, viu se afastarem os guerreiros, armados com redes e lanças.

À noite, quando voltaram, trazendo um homem vivo e amarrado num longo galho de árvore, o menino se surpreendeu, achando-o igual aos seus. Ele o havia imaginado com chifres, mas se parecia com eles, apenas tinha o rosto mais alongado e o olhar mais suave. "Uma cara de herbívoro", pensou Kouassi Kouassi.

O infeliz, que cometera o erro de não fugir rápido o bastante, foi trazido para o centro da praça, sob o ritmo dobrado dos tantãs.

– Vamos comer tudo? – perguntou a criança.

– Claro que não – respondeu o pai. – Cada um tem direito ao pedaço correspondente ao seu nível. Não somos selvagens. Não consumimos nádegas, braços e nem pernas.

– O que se come, então?

– Bem, primeiramente, o fígado, reservado a você e a mim, como herdeiros do falecido. Outros, em seguida, terão direito ao cérebro, nariz, coração, orelhas e olhos: são as partes sagradas.

Aquilo não parecia nada apetitoso a Kouassi Kouassi. O pai acrescentou que o ato simbólico permitiria à alma do avô alçar-se diretamente ao céu.

– ... Kouassi Kouassi, um dia, será a sua vez de ser rei. O espírito da família lhe ajudará. Você apenas precisará encontrá-lo, dentro do grande baobá em que foi deixado. Os costumes formam a própria essência do nosso povo e devemos perpetuá-los, para que magia estrangeira nenhuma possa nos causar mal.

No último canal, com 12 anos, Theotime era um menino obeso. Sendo ótima cozinheira, sua mãe lhe preparava pratos deliciosos, refogados no azeite de oliva. Quando ele chegava da escola, com notas bastante medíocres, ela acusava o sistema escolar, incapaz de compreender a sutileza do filho. E depois o consolava com doces recém-tirados do forno, acrescentando ainda uma enorme quantidade de beijos molhados.

– Quero comer em paz, mamãe – reclamava o menino.

– Não consigo – respondia a mulher –, você é muito fofo. Não vai agora querer proibir a mãe de beijar o filho?

Resignado, comendo seu lanche, Theotime aceitou a avalanche de afeto. Quando lembro que Igor, no passado, várias vezes quase foi trucidado pela mãe...

– Você pelo menos sabe o que significa seu nome. "Theo" é deus e "time" é medo. Theotime: o medo de Deus.

Theotime ouviu isso pela milésima vez e não desgrudou do doce. Também não se mexeu quando o telefone tocou. Nunca era para ele.

A mãe foi atender e voltou preocupada.

– Vovô foi levado para o hospital. Não o querem mais no asilo; dizem que sua saúde está ruim. Com todo o dinheiro que pagamos para mantê-lo... Precisamos ir lá.

No hospital geral de Heráklion, o avô tinha, espetados em suas veias, vários tubos de plástico e censores ligados a computadores. Theotime procurou um pedaço de pele livre para beijá-lo. Debruçou-se sobre um lado do rosto e o velho resmungou algo.

– O que disse, vovô?

O velho tentava falar, mas a boca estava seca demais e ele não conseguia. Uma enfermeira esvaziou-lhe um copo de água na boca, como se regasse um vaso de planta.

– Coitado. Por causa do Alzheimer, ele nem nos reconhece mais – queixou-se a mãe. – Que infelicidade acabar assim.

O velho grunhiu alguma coisa e o pai de Theotime achou melhor tentar erguê-lo um pouco. Talvez, assim, conseguisse dizer o que queria.

Todos juntos participaram da operação, evitando que os fios fossem desligados. Encostado nos travesseiros, o velho inspirou o ar e, com dificuldade, articulou:

– Deixem-me... morrer.

A mãe de Theotime franziu o cenho, imediatamente.

– Ingrato, vovô. Ingrato. Nós viemos vê-lo, trouxemos o menino nesse lugar e ainda assim você diz que quer morrer. Mas não vamos abandoná-lo! Há de viver.

– Quero morrer – repetia o velho.

Apareceu um médico, preocupado em tranquilizar a família. Explicou que o avô sofria devido às cicatrizes que o incomodavam e o hospital não tinha colchões apropriados. Os órgãos vitais, no entanto, funcionavam bem. Os brônquios estavam um pouco cheios, mas a auxiliar de enfermagem os descongestionaria.

– E quanto tudo isso vai custar?

O médico assumiu um ar cúmplice.

– Não se preocupe, senhora. O asilo nos enviou um relatório em ordem. As despesas estão coberta pelo seguro social. Ele pode ficar aqui, mesmo que complete 100 anos.

– Você ouviu, vovô? Vão cuidar de você.

Mas que cheiro era aquele?

O médico ergueu o lençol e Theotime viu que o avô usava fralda descartável. Ver o velho vestido como um bebê assustou o menino, que pediu para ir embora. A mãe concordou, não sem chamar a atenção para a coragem com que o filho aguentara o espetáculo do fim da vida.

Desliguei a televisão. Meus mortais tinham conseguido me fazer esquecer a dor da perda de Edmond Wells.

– Aqui, nada dura – repetia ele com frequência.

Estava espantado de constatar o quanto os mortais não aceitam com serenidade haver um ponto final para o capítulo da existência.

Deitei-me na cama e fechei os olhos. Saberia eu aceitar meu fim? Assim como é aceitável morrer, quando se ignora o que virá, é insuportável morrer quando se sabe. Se eu morresse ali, me tornaria quimera. Nada seria, além de criatura imortal e muda, simples espectador perdido numa ilha, em algum lugar do cosmo... Como era melhor a ignorância e o avanço em direção ao desconhecido! Até o avô de Theotime via na morte uma libertação. Talvez estivesse impaciente, querendo saber o que haveria em seguida.

Olhei a lista das aulas e dos professores.

Quem seria, em poucas horas?

Caramba! Ela!

96. MITOLOGIA: AFRODITE

Seu nome significa "Saída da espuma do mar". De fato, de acordo com a mitologia, Afrodite teria sido engendrada à partir do sêmen dos órgãos sexuais de Urano, arrancados por Cronos e lançados ao mar. Da mistura de sangue, esperma e água salgada, surgiu uma espuma (Afro) que, levada sobre as ondas pelas asas do vento Zéfiro, chegou à ilha de Chipre como uma mulher plenamente constituída, e ali saiu das águas. Foi recebida pelas horas, que a levaram até os deuses do Olimpo, na companhia de Amor (Eros) e Desejo (Himeros). Sua beleza e graça subjugou todos os deuses, suscitando o ciúme das deusas. Zeus adotou-a como filha.

Afrodite entregou seus dotes em casamento ao mais feio dos deuses e uniu-se a Hefesto, o ferreiro deformado e manco. Ele confeccionou para ela um cinto mágico, que

enlouquecia de amor quem se aproximasse. Afrodite teve três filhos: Fobos, Deibos e Harmonia, cujo verdadeiro pai não era Hefesto, o estropiado, mas o belo Ares, deus da Guerra, com quem a deusa manteve um caso escuso. Hélio, o deus do Sol, surpreendeu um dia os amantes no leito conjugal de Hefesto e os denunciou ao marido enganado. Ele fabricou uma rede de caça em bronze fino, que os prenderia e humilharia diante dos outros deuses. E assim fez. Quando foram soltos, Ares refugiou-se na Trácia, e Afrodite, em Pafos, buscando a virgindade do mar. Hefesto pensou em se divorciar, mas amava demais a infiel para se separar eternamente. Sua vingança, no final das contas, se voltou contra ele próprio, pois os deuses tinham podido contemplar Afrodite, presa na armadilha, e sua nudez tinha interessado a todos. Eles, por sua vez, tentaram também seduzir a deusa e a maioria o conseguiu.

Afrodite cedeu às iniciativas de Hermes e concebeu Hermafrodito, jovem bissexuado e assim chamado pela associação dos nomes dos genitores.

Depois de Hermes, ela aceitou Posídon em sua cama. Com Dioniso, concebeu Príapo, dotado de órgão sexual desmedido. O fato foi apontado por Hera, que procurou com isso demonstrar seu desagrado com a conduta leviana da deusa. Afrodite amou Ciniras, rei de Chipre, que instaurou seu culto na ilha.

O escultor Pigmaleão se apaixonou loucamente por ela, modelou uma estátua de mármore com sua imagem e deitou-a em sua cama. Em seguida, suplicou à deusa que viesse. Ela aceitou o pedido, entrou na estátua e animou-a, criando dessa forma Galateia.

Continuando suas aventuras, Afrodite raptou Fáeton, cujo nome significa "brilhante". Ele era quase uma criança, mas

a deusa fez amor com ele e o colocou como guardião de seu templo.
Entre os amantes de Afrodite encontra-se, entre outros, Adonis, pastor dotado de grande beleza e filho de seu ex-amante Ciniras, rei de Chipre. Ares, ainda apaixonado e ciumento, fez com que um javali desventrasse Adonis na presença da amante. Do seu sangue nasceu uma flor, a anêmona.
Os atributos de Afrodite são o mirto, a rosa, as frutas com caroços, maçãs e granadas, consideradas fecundantes. No Olimpo, Afrodite tinha em seu séquito as ninfas, as cárites, Eros, as horas, os trítons e as nereidas. Na Terra, seus animais prediletos foram o cisne e a rolinha, assim como o bode e a lebre, pelo talento reprodutor.
Os templos dedicados a Afrodite se caracterizaram pela forma piramidal ou cônica, bem semelhante à dos formigueiros. No Egito, ela se chamou Hathor, venerada em Afroditopólis, cidade próxima a Mênfis. Na Fenícia, foi representada como Astartê, deusa do Amor. (Na verdade, Astartê foi quem inspirou aos gregos Afrodite.)
Em Roma, foi conhecida com o nome de Vênus, a quem mais tarde um planeta foi dedicado.

Edmond Wells,
Enciclopédia dos saberes relativo e absoluto, tomo V.
(a partir de Francis Razorback, ele próprio
se inspirando em *A teogonia*, de Hesíodo, 700 a.C.).

97. SEXTA-FEIRA: AULA DE AFRODITE

O despertador me tirou de um sonho erótico, do qual meu corpo ainda se ressentia.

Afrodite...

Seu olhar, cílios, perfume, mãos, dentes, lábios.

Afrodite...

Voz, riso, respiração.

Afrodite...

O andar, pernas, contato da pele, seios, cintura, costas.

Afrodite...

Seus cabelos...

Encostei-me no travesseiro. Meu coração batia forte. Voltava a ser o adolescente que antigamente suspirava por qualquer mocinha bonita. Apaixonado, à beira de uma crise, meu rosto estava em brasas.

– O amor é a vitória da imaginação sobre a inteligência –, dizia Edmond Wells. Eu não imaginava a frase tão verdadeira.

Lembrar do meu amigo apagou as visões eróticas. Ainda tínhamos tanto a nos dizer, e ele tinha ainda tanto a oferecer. Sua voz soava de novo clara em meus ouvidos:

– ... Escrevi a Enciclopédia porque ganhei, no acaso dos encontros, enorme quantidade de saber, de muitas pessoas. Querendo passar adiante esse saber, para que continuasse vivo, vi que poucos se interessavam. Escrevendo, deixo-o para quem quiser. É como uma garrafa jogada ao mar. Quem o apreciar, o receberá, mesmo que eu não saiba quem é.

Pensar nele me levou aos nossos povos, tornados um só, em paz em sua ilha, onde eu podia me comunicar à vontade com a rainha, graças à pirâmide inventada por Edmond.

Toc toc..

Dei um pulo.

– De pé, ó de casa – gritava Raul. – Temos um café da manhã. Até mesmo para os medrosos que não querem enfrentar a grande quimera.

Raul entrou, sentando-se no sofá, enquanto eu corria para me lavar e me vestir. Apesar das reclamações, meu amigo parecia de muito bom humor naquela manhã.

– Na verdade, você fez bem em não vir ontem à noite – disse ele no caminho. – Não avançamos muito. Mas Georges Méliès diz ter uma ideia que vai nos permitir driblar o obstáculo. A grande quimera, em todo caso, resiste não só aos ankhs, mas também às flechas. Fabricamos uma balestra gigante e enfiamos nela uma estaca do tamanho de um poste, em cheio no peito. Não fez maior efeito do que uma picada de injeção. Você vem, hoje à noite?

– Ainda não sei. Você soube de Edmond?

– Claro, as notícias correm rápido. Parece que ele tentou penetrar na casa de Atlas para continuar o jogo. Quis trapacear...

– Eu estava com ele.

Ele balançou a cabeça, com maior benevolência do que surpresa.

Eu sabia que Raul tinha ciúmes de meu mentor. Com seu desaparecimento, achava que eu estaria mais disponível.

No Mégaro, as estações nos serviram leite morno recém-ordenhado, pão e brioches diversos. Havia ovos mexidos, fatias de bacon e mel nas mesas. Eu gostei. Raul piscou um olho.

– Hoje é sexta-feira. Dia de Vênus. Vênus, que é o nome latino de A-fro-di-te!

– E daí?

– Todos sabemos que você está louco varrido pela deusa. Devia, aliás, ser mais discreto, muitos já comentam.

– E o que comentam pelas minhas costas?

Segurando tranquilamente uma torrada entre os dedos enormes, ele franziu as sobrancelhas.

– Pois bem, dizem que, para agradar a Afrodite, você engendra povos amáveis, voltados à espiritualidade. – Raul Razorback tentou amenizar: – Como eu o conheço, sei que não é assim. Você realmente é amável... e espiritual. Após uma boa centena de carmas, tornou-se um cara legal, convencido de que, como nos filmes, pode sempre haver um final feliz, com os maus sendo castigados e os bons, recompensados.

Enfiei o nariz em minha xícara.

– Você se engana. Afrodite não gosta dos bonzinhos. Com seus homens-águias, tem muito mais possibilidade de seduzi-la.

Ele me olhou, preocupado.

– Meu povo dos águias ainda não está pronto. Por enquanto, o perigo está com Proudhon. Seu exército é tão numeroso e bem-aparelhado que pode invadir o mundo inteiro, sem encontrar quem resista. Prefiro, nesse momento, me manter nas montanhas e consolidar minha civilização, esperando que esteja forte o bastante para enfrentá-lo.

– Você tem medo de Proudhon?

– É claro. Está dominando o jogo e impondo seu ritmo.

– Sarah Bernhardt propôs uma união geral contra os ratos.

– Tarde demais – disse ele. – Seus golfinhos estão praticamente fora do jogo. Quanto aos outros alunos, têm tanto medo de serem ludibriados que estão em estado de pânico. Vão preferir fugir ou se entregar. Já os que poderiam enfrentá-los, como os homens-ursos de Victor Hugo, ou os homens-lobos de Mata Hari, estão geograficamente muito afastados para intervirem.

– Há Marilyn Monroe e suas amazonas.

– Você acha mesmo? Suas mulheres demonstram enorme coragem, acho que o problema não são as vespas, mas a própria

Marilyn. Não tem nenhuma noção de estratégia. Às vezes, suas mortais me parecem mais conectadas com o mundo do que a deusa que as devia inspirar, o que é o cúmulo.

A ideia de que certos humanos pudessem ter intuições mais sutis do que seus deuses me divertiu. Eu próprio constatara que alguns dos meus homens-golfinhos, sem minha influência, chegavam a invenções determinantes que eu sequer havia considerado.

Georges Méliès veio se sentar perto de nós.

– Acho que descobri como vencer o monstro – disse, sem preâmbulo.

Parecia entusiasmado.

– Até aqui nos enganamos tentando enfrentá-lo. Temos que contornar o problema.

– Estamos ouvindo.

– Não me perguntem nada. Guardo a surpresa para hoje a noite. Não é necessário destruir a grande quimera, basta deixá-la impossibilitada de nos causar mal.

O sino tocou. Eram oito e meia, hora de irmos ao palácio de Afrodite.

A morada da deusa do Amor parecia um castelo de conto de fadas, com flores nas varandas das diversas torres. Havia fitas cor-de-rosa, fios dourados, uma decoração kitsch em todo lugar. Uma verdadeira casa de boneca.

No momento em que chegávamos, Afrodite surgiu do céu, esplêndida, num carro puxado por uma centena de pombas e rolinhas. Atrás dela, o sol vermelho desenhava sua imponente silhueta. Ao lado, voava um querubim.

A criança rechonchuda tinha asas de colibri e estava armada com um arco e aljava, repleta de flechas encimadas por corações vermelhos.

– É Cupido – sussurrou Raul. – Com uma flechada, enlouquece de amor quem ele quiser. Preocupante, não? Talvez seja a arma mais temível...

No meu caso, lembrei, Cupido não precisara minimamente gastar suas flechas e nem Afrodite usar seu cinturão mágico.

A escolta alada pousou na relva, num turbilhão de asas e plumas. A deusa desceu do carro e nos cumprimentou. Depois dirigiu-se ao portão do palácio e os dois batentes se abriram sem ajuda, como se a tivessem reconhecido.

Descortinou-se um amplo salão redondo, com as paredes cobertas por grandes tapeçarias de veludo vermelho.

Lampadários com velas iluminavam o ambiente.

Gravuras eróticas, estampas japonesas e cenas do Kama Sutra, estavam penduradas nas paredes. Nas laterais, alinhavam-se mármores romanos com casais abraçados.

– Bem-vindos a minha casa – disse a deusa, sentando-se junto à escrivaninha sobre o estrado. – Sou Afrodite, deusa do Amor, sexta professora de vocês, para que passem para o nível de consciência "6".

Tocou um sininho discreto, convocando Atlas, que entrou trôpego sob o peso de "Terra 18". Ela apontou para o oveiro, mas ele se virou em nossa direção, com a expressão subitamente furibunda. Estava claro que procurava, em nossas fileiras, o segundo aluno mascarado, que lhe escapara naquela noite. Abaixei os olhos.

– O que há? – perguntou Afrodite, estranhando sua atitude.

– Essa noite, dois alunos invadiram minha casa, para mexer em "Terra 18".

– Tem certeza?

Do próprio cinto, o gigante pegou um pedaço de toga. Era a *minha* toga! Puxa vida... Precisei me agarrar em algo. Devia destruir o resto da roupa, assim que voltasse a minha residência.

– Não se preocupe, Atlas – tranquilizou Afrodite, mantendo consigo o pedaço de pano. – Vamos encontrar o culpado.

Com o mesmo gesto, convidou o gigante a se eclipsar e mandou que nos aproximássemos de "Terra 18".

Junto da esfera, tirou de entre os seios um ankh incrustado de diamantes e examinou nossas humanidades.

– Seus mortais já conhecem os ritos funerários. Quem os inventou?

Como Edmond Wells não estava mais presente para responder, todos se viraram em minha direção.

– Como você se chama? – perguntou Afrodite, fingindo não me reconhecer.

– Pinson... Michael Pinson.

Dirigindo-se ao conjunto da sala, prosseguiu:

– Se já conhecem as cerimônias fúnebres, logo verão aparecerem as religiões e, com isso, as primeiras tentativas dos mortais de desvendarem mistérios dos imortais. A maioria dos seus povos já não abandona os cadáveres e, bem naturalmente, começou a imaginar que as almas se dirigem a alguma dimensão superior. Resumindo, criaram "protorreligiões". Mas, para começar, façamos um pequeno ajuste.

Aproximou-se de "Terra 18", abriu a gaveta da pêndula e girou várias vezes o ponteiro. Pela quantidade de voltas, envelheceu nosso mundo de muitos séculos. As populações devem ter crescido rapidamente. Fiquei contente que a minha estivesse bem encaminhada.

A deusa do Amor mandou que nos aproximássemos mais de nossa obra.

Observei e pude constatar, de fato, que o povo dos iguanas, de Marie Curie, venerava o sol; o povo dos ratos, de Proudhon, o raio; e o povo das vespas, de Marilyn, sua rainha, considerada a encarnação de deus na Terra. O povo dos falcões, de Bruno

Ballard, se prosternava diante da lua; enquanto o povo dos cupins, de Gustave Eiffel, prestava homenagens a uma gigantesca estátua feminina. Os homens-escaravelhos, de Clément Ader, faziam suas orações a uma vaca; e os homens-cavalos, de Sarah Bernhardt, a velhas árvores.

Havia religiões ainda mais surpreendentes. O povo dos homens-lobos, de Mata Hari, tinha como deus o Grande Lobo Branco, visto como ancestral sagrado. O povo dos tigres, de Georges Méliès, acreditava numa energia por ele denominada "Calor". Os águias de Raul adoravam o mais alto pico da cadeia de montanhas em que viviam. Quanto a meus homens-golfinhos, veneravam uma noção que chamavam "Vida" e a definiam como uma energia presente em toda coisa e à qual faziam apelo. Era à Vida que a nova rainha dizia se conectar para receber informações úteis à comunidade.

– Para o homem, a religião é uma necessidade natural – explicou Afrodite. – A ambição o leva a aumentar seus próprios territórios. A imaginação, a conquistar mundos situados além do visível. Para se apropriar, ele dá nomes e desenha. Inventa cosmogonias. Ele nos... inventa, à imagem do que acha ser elevado.

Lembrei-me de uma frase de Edmond Wells evocando o Olimpo: "Parece que estamos dentro do sonho de uma criança ou... num livro."

Observamos nossos humanos com os ankhs e constatamos que inclusive os povos sem deuses haviam inventado um culto.

Afrodite sacudiu a longa cabeleira e anunciou:

– Já que inventaram um além, vamos criar-lhes um que seja "verdadeiro".

Escreveu no quadro-negro: "Paraíso 18".

A deusa do Amor tirou de uma gaveta algo parecendo um estojo do "perfeito aprendiz de químico" e pegou uma garrafa de forma cônica. Misturou diferentes produtos no frasco e aqueceu-o com um bico de Bunsen. No fim de um certo tempo, apareceu uma nuvenzinha de vapor que, como a garrafa foi deixada num aparelho agitador, deu lugar a um vórtice cônico, assimilando a forma do recipiente. Depois, de um tubo de ensaio, tirou um pequeno sol, que colocou no fundo da boca mais estreita do cone.

Isso, então, mostrava como nossas almas haviam sido atraídas quando saíam de nossos corpos para explorar o Paraíso de "Terra 1". Um sol colocado no fundo do Paraíso.

Afrodite bateu com as mãos e a orquestra das cárites entrou na sala, entoando o *Adagio for Strings*, de Samuel Barber.

A música vibrou em toda a sala e nos mergulhou numa estranha sensação.

Cupido se encarregou de apagar algumas velas próximas da esfera para que ficássemos na penumbra, e, boquiabertos, vimos uma alma, duas, dezenas, centenas e milhares de almas deixarem "Terra 18", alçando-se ao céu. Subiram e se enfiaram no gargalo que conduzia ao frasco de "Paraíso 18".

Que espetáculo! As alminhas humanas voavam de todos os cantos do planeta, por grupos, como uma migração de pássaros cósmicos.

Algumas decolavam, mas ficavam planando embaixo, sob a camada de nuvens. Eram as almas errantes, sem força ou vontade suficiente para subir até a luz e preferiam estagnar na proximidade da terra.

No frasco, o Paraíso se organizava. As três primeiras almas se autoproclamaram arcanjos e cooptaram alguns anjos subalternos para formar o tribunal que receberia quem chegava e pesaria suas almas. Lançava-se assim, em "Terra 18", a grande roda dos ciclos de reencarnações. Uma lavadora da qual as almas voltavam mais limpas, mais luminosas.

Meu povo golfinho poderia agora se aperfeiçoar, de geração em geração, de carma em carma, pensei comigo mesmo.

Algumas de minhas mais belas almas golfinhos escolhiam renascer na Ilha, mas outras preferiam migrar para outros povos. Tinham o livre-arbítrio. Alguns, inclusive, selecionaram genitores nos povos de Raul ou Proudhon, como querendo irradiar o espírito golfinho no seio do inimigo, ou dos guerreiros menos conscientes. Mas a deusa do Amor não dera fim às manipulações. Em outro frasco, criou um "império dos anjos", a que umas poucas almas de "Paraíso 18" tinham acesso. Afrodite tinha acabado de instituir, para nossos humanos, uma possibilidade de entrada no nível de consciência "6". A partir dali, os mortais de "Terra 18" teriam também seus anjos particulares.

O ciclo dos humanos daquele pequeno planeta estava, então, encetado: a carne, a alma, o paraíso, o império dos anjos, a volta à Terra.

A elevação podia acontecer. Nossa tarefa de deuses ficava muito facilitada. Os anjos locais ajudariam, de maneira "artesanal", os clientes em sua elevação, enquanto nós agiríamos em proporção mais "industrial". Os anjos formavam a infantaria na batalha pela tomada humana de consciência. "Paraíso 18" e "Império dos anjos 18". Afrodite recolocou, com todo cuidado, os dois frascos em aberturas instaladas sob o oveiro da esfera. Era chegado o momento. As luzes se apagaram novamente, deixando "Terra 18" iluminada por um projetor. Pendurados em bancos, para dominar a esfera, ou subindo em cadeiras, para nos colocarmos à altura dos nossos povos, voltamos todos ao jogo.

Precisei subir num banco, no lado oeste, diante da minha ilha. Com a tecla "N" do ankh, acionei o zoom: o oceano, uma ilha. Minha pequena Ilha da Tranquilidade.

Meus homens-golfinhos tinham erguido uma pirâmide bem mais alta e larga que todas já construídas até então. Tinham respeitado, na obra, o número de ouro: $\frac{1+\sqrt{5}}{2}$, que certamente deduziram a partir da observação da natureza. A nova rainha tinha se desenvolvido muito também. Obesa, praticamente não saía de seu camarim. A seu redor, cinco rapazes bem jovens se entregavam à meditação. Tentei compreender.

Nunca tinha visto algo parecido, em lugar nenhum. No camarim, com seus cinco machos, ela formava uma espécie de "emissor-receptor de ondas humanas", alimentado por energia sexual contida!

Graças àquela antena viva, a população inteira mantinha ligação com a energia da rainha que, por sua vez, estava conectada ao cosmo.

Aparelhado com seu "além" bem recente, meu povo conseguira progressos exponenciais. Contava já com quase trezentos mil cidadãos, bastante educados e, em sua grande maioria, dinâmicos, dotados ainda de agudo senso das responsabilidades.

Como eu gostaria que meu amigo Edmond Wells visse aquilo e constatasse comigo o grau de evolução da nossa gente.

Afrodite tinha falado de protorreligião, mas os meus estavam bem adiante disso. Haviam desenvolvido vários pontos de transmissão da espiritualidade. Ao lado dos ensinamentos de costume, conheciam e praticavam meditação, descorporificação e telepatia. Na escola, ensinava-se a respirar melhor, a dormir um sono curto e reparador, e a amar.

Conhecendo perfeitamente seus corpos, tratavam-se com a pressão das mãos em pontos precisos. Haviam elaborado uma escrita e armazenavam o saber em livros de pergaminho. Inauguraram uma biblioteca e diversas obras, além de recensear a cartografia celeste e todos os animais e plantas da ilha. Não haviam ficado para trás em matéria de ciências teóricas e também não tinham esquecido de se interessar pelas artes. Pintavam, esculpiam, compunham.

Mas o mais impressionante era a serenidade. Sem o estresse da guerra, ignoravam a violência. As crianças, educadas com amor, não brincavam com armas falsas: os golfinhos eram tão mais divertidos...

Bem-alimentados com proteínas de peixe e não de carne vermelha, cuidados por uma medicina adequada, meus mortais eram longevos e os que tinham mais de 100 anos estavam em plena forma. Além disso, tinham alta estatura. A média era de um metro e noventa e cinco e alguns chegavam a dois metros e dez.

Percorri as ruas da ilha com meu ankh. As casas não tinham fechaduras. Todos seguiam às suas ocupações, livremente e sem medo, enquanto assembleias de sábios deliberavam a gestão da cidade.

– Senhor Pinson?

De vez em quando, enviavam seus navios longos e finos como os golfinhos, em expedições ao velho mundo. Como a maioria dos autóctones tinha a incômoda mania de assassiná-los antes mesmo que pudessem entrar em contato, a assembleia dos sábios hesitava, então, no envio de novos aventureiros. O porto, no entanto, crescia, e nos canteiros navais se construíam outros barcos, ainda mais rápidos. Na cidade, urbanistas trabalhavam num sistema de esgotos que evacuaria todos os detritos e...

– Michael Pinson, estou lhe falando!

Afrodite estava à minha frente.

– Esse trapo de pano trazido por Atlas lhe pertence, creio.

Meu coração parou.

– ... O senhor foi jogar às escondidas, na casa do guardião dos mundos para criar vantagem para o seu povo, não foi?

Compreendo agora como seus humanos escaparam por um triz do extermínio e construíram, em tão pouco tempo, tão bela cidade. O problema é que é formalmente proibido intervir fora das horas de aula. Michael Pinson, o senhor trapaceou.

Todos os olhos estavam voltados para mim. Um rumor reprovador percorreu a sala inteira.

– ... O senhor trapaceou, Michael Pinson, e, vindo do senhor, isso muito me decepciona.

Com seu ankh de diamantes, examinou atentamente minha ilha.

– Seu povo está adiantado demais com relação aos outros. Sinto muito, mas preciso repor as pêndulas no horário.

As batidas do meu coração se aceleraram. Que castigasse a mim, mas não ao meu povo, não ao meu povo... Nas mãos da deusa, a joia se transformou em arma poderosa, regulada na potência máxima.

Isso não, e não ela.

O dedo delicado apertou a sensível tecla "D" do ankh.

98. ENCICLOPÉDIA: LEI DE ILLICH

Ivan Illich, padre católico nascido numa família de judeus russos morando na Áustria, estudou, por muito tempo, o comportamento das crianças e publicou várias obras como *Sociedade sem escolas* e *Desemprego criativo*. Homem de culturas múltiplas, esse pensador, considerado subversivo, desistiu do sacerdócio e criou no México, em 1960, o centro de documentação de Cuernavaca, especializado na análise crítica da sociedade industrial. "Não se precisa de estratégia política para a revolução", ele discursava conclamando

o homem a criar um espaço de trabalho cuja principal preocupação fosse a conviviabilidade. A partir desse conceito, e não do de rendimento, o ser humano encontraria, por si só, a forma de participação na produção que lhe fosse mais conveniente segundo Illich. Mas, além de seus livros e discursos, ele se tornou conhecido por uma lei batizada com seu nome, a lei de Illich. Ela sintetizava os estudos de diversos economistas sobre o rendimento da atividade humana e enunciava: "Se insistirmos na aplicação de uma fórmula que funciona, ela acaba não funcionando mais." No campo da economia, por exemplo, adquiriu-se o hábito de acreditar que dobrando a quantidade de trabalho agrícola, dobra-se a quantidade de trigo. Na prática, isso funciona até um certo limite. Quanto mais nos aproximamos desse limite, menos se torna rentável o acréscimo de trabalho. Caso seja ultrapassado, entra-se literalmente em rendimentos decrescentes. Essa lei pode se aplicar no plano da empresa, mas também no do indivíduo. Até os anos 1960, os adeptos de Stakhanov achavam que, para aumentar a rentabilidade, devia-se aumentar a pressão sobre o operário. Quanto mais pressionado fosse o trabalhador, melhor seria sua performance. Na verdade, isso funciona até certo ponto, que a lei de Illich passou a definir. A partir dali, toda dose de estresse suplementar torna-se contraprodutiva ou até destrutiva.

Edmond Wells,
Enciclopédia dos saberes relativo e absoluto, tomo V.

99. O TEMPO DAS CIDADES

A CIDADE DOS GOLFINHOS

O raio se abateu sobre o vulcão e isso provocou um miniterremoto, às sete horas da manhã. Alguns minutos mais tarde, com a fumaça começando a se erguer da montanha central, um segundo abalo, mais forte, se fez sentir. Rachaduras se abriram no chão e os prédios mais altos desabaram. A Terra parecia estar sendo sacudida por espasmos. Quando ela finalmente se acalmou sob seus pés, os homens-golfinhos acharam ter terminado e começaram a evacuar os feridos.

Foi quando uma gigantesca onda, de quase cinquenta metros de altura, surgiu no horizonte. Ela vinha lentamente em direção da costa, escondendo o nascer do sol e projetando à sua frente uma sombra de frescor. Os pássaros que se aproximavam da muralha verde e lisa eram irremediavelmente aspirados e triturados.

Os homens-golfinhos, acordados em sobressalto pelos tremores de terra, se reuniram na praia para examinar o fenômeno. Esfregavam os olhos como para sair de um pesadelo.

Assim como seus ancestrais, olhando vir a horda dos homens-ratos, eles permaneceram ali, fascinados pela desgraça que, de repente, sem nenhuma razão, se abatia sobre eles.

A rainha fechou por um bom tempo os olhos, para tentar compreender, e os abriu rapidamente, emitindo uma mensagem telepática em todas as direções: "Fugir."

Mas ninguém se moveu. Estavam todos hipnotizados pela enormidade da adversidade.

Ela gritou:

– É preciso fugir, o quanto antes. Entrem nos navios.

Reação alguma se esboçou. O povo inteiro estava fascinado pela destruição iminente. A serenidade e inteligência os atrapalharam naquele momento preciso. Tinham compreendido e aceitado. Estavam calmos... resignados.

– Fugir – repetia ela.

Há momentos em que a raiva salva. A rainha, então, começou a urrar. Um urro que ecoou pela cidade como uma trombeta. O grito patético foi tão forte que tirou os homens-golfinhos do torpor. As crianças, que ainda não intelectualizavam tudo, repetiram em eco o grito doloroso. Das menores às maiores, tinham consciência da amplidão do drama.

Como num formigueiro atingido por um pontapé, o sinal para a sobrevivência se propagou rapidamente, se espalhando por toda a cidade.

Na praia, as pessoas se interpelavam, gritavam, choravam.

Gritos e gestos, em seguida, se tornaram mais comedidos, determinados e eficazes. Às pressas, cada um pegou alguns pertences e correu para o embarque. Os marinheiros desfraldaram as velas. A imensa onda continuava seu avanço inexorável, como em câmara lenta.

Estava, naquele momento, a dez quilômetros de distância.

No porto, apressando de forma desesperada a manobra, os navios se entrechocavam. É este um grande inconveniente do pânico, reflete-se menos. Apenas os mais calmos, ou mais hábeis, se safariam.

A onda portadora da morte já escondia todo um lado do horizonte. Estava a três quilômetros da costa.

O chão voltou a tremer, mas não era mais o magma terrestre que o agitava. Um estrondo de tempestade ecoou.

O pânico aumentou.

Quem se agarrava ainda a seus bens, largou tudo para fugir.

Enlouquecidas, famílias inteiras se atiraram à água, nadando em direção de um casco protetor, de dentro do qual mãos se estendiam para içá-las.

A onda estava a dois quilômetros.

Os tremores se multiplicaram, a terra fendeu e árvores, montanhas, rochedos e as frágeis construções humanas racharam. A pirâmide, símbolo do esplendor alcançado, partiu-se e desmoronou.

Um quilômetro.

Voltou o silêncio, um pesado silêncio opressor. Não havia mais sequer um pio de pássaro no céu, tornado sombrio.

Nesse instante, o vulcão explodiu, cobrindo a ilha com um mar de magma laranja. A onda estava a cem metros.

Os humanos viram-se encurralados entre o fogo e a água.

Não mais que cinquenta metros.

Os próprios golfinhos eram projetados tão alto no céu que morriam caindo no chão da ilha. Numa terrível lentidão, a onda monstruosa abateu-se sobre o local paradisíaco que fora a salvação de tantos homens. Não passavam eles de pequenos objetos de cor clara, debatendo-se de maneira ridícula. A carne esmagada colava na pedra antes de se transformar em lama rosada. Depois, como um *Titanic* trombando com um iceberg, a ilha inteira tremeu. Blocos de rocha se desprenderam do chão, escancarando aberturas em que o magma amarelo cozinhava e fumegava sobre a água verde.

A ilha se retirou da cena do mundo, deixando seus habitantes à morte certa. A extensão de terra afundou lentamente e depois, de repente, mergulhou, aspirando o oceano num vórtice mortal.

Voltou o silêncio.

Pronto. Tudo acabado. Ali onde houvera uma civilização brilhante, restavam apenas alguns destroços flutuando.

Das 160 embarcações que tentaram escapar da ilha, 12 tinham resistido ao desastre.

Das trezentas mil almas que tinham povoado a capital dos homens-golfinhos, três mil sobreviveram.

A rainha desaparecera, mas num dos 12 barcos foi designada nova rainha. Ela muito rapidamente compreendeu a responsabilidade de seu cargo. Subindo à proa do navio, discursou, tentando dar ânimo aos seus. Disse que enquanto houvesse um humano-golfinho vivo, ele transportaria consigo, onde estivesse, os valores, a memória, os conhecimentos e símbolos do seu povo.

OS ESCARAVELHOS

Os 2.150.000 homens e mulheres do povo escaravelho tinham chegado a um elevado grau de civilização. Construíram grandes cidades e desenvolveram uma agricultura variada, graças a uma invenção muito útil: a cerâmica. No início, cultivavam e ensilavam as colheitas em grandes galpões. Mas o caruncho e outros insetos destruíam rapidamente as reservas, até que, certo dia, uma mulher teve a ideia de fabricar potes hermeticamente fechados. A descoberta lhe viera da observação dos escaravelhos, protegendo seus ovos com uma bola de esterco de vaca, para que se desenvolvessem em ambiente protegido.

O povo escaravelho resolveu sofisticar a ideia e pensou em potes de excremento seco, substituídos em seguida pelo barro, fechados com tampos do mesmo material.

A invenção da cerâmica trouxe-lhes imensas vantagens. De início, moldaram pequenos potes, depois maiores, chegando a jarras que enchiam de leite, carne, cereais e água. Criaram um torno de oleiro para moldar recipientes perfeitamente redondos e, a partir disso, deduziram a roda, com que equiparam carrinhos e carroças. De todos os povos da região, eram os mais bem-alimentados e suas crianças se tornaram maiores que as demais. O que lhes trazia indiscutível vantagem.

Construíram uma primeira cidade na foz de um rio. Depois seguiram-no em direção à nascente. Simultaneamente a essas explorações, as terras cultivadas se expandiram em direção sul. O rio as irrigava e trazia aluviões fertilizantes. Uma segunda cidade foi criada mais abaixo, como para marcar uma referência à expansão sul. Em seguida, uma terceira. Para cada investida exploratória, eles carregavam, nos jarros, alimentos que permitiam a sobrevivência e o avanço mais adiante, chegando a pontos que outros povos tinham desistido de alcançar. O sistema – exploração, vilarejo, cidade, extensão das culturas – funcionou perfeitamente e lhes aumentou incessantemente o território, a população e a qualidade de vida. Mas de tanto avançar em direção sul, se defrontaram afinal com uma montanha alta, que não sabiam como ultrapassar.

Havendo a oeste o mar, a leste o deserto, e adiante a montanha, resolveram cessar a expansão.

Dedicaram-se, então, à construção de estradas ligando as cidades e puseram carroças em circulação, transportando os produtos de suas semeadas. Prosperaram, pois a situação geográfica do território era particularmente favorável. Ainda por cima, graças à numerosa população, puderam facilmente constituir um exército que, após esmagar todos os povos vizinhos, formou uma força defensiva, pronta para impedir qualquer invasão.

Certa manhã, crianças perceberam no horizonte, surgidos do noroeste, grandes navios munidos de enxárcias, algo nunca visto até então.

No início, temeram um novo ataque dos povos piratas, mas, à medida que se aproximavam, os navios lhes pareceram bem mais evoluídos tecnicamente. Não apenas tinham velas, mas os cascos eram vinte vezes maiores e mais alongados do que tudo que conheciam.

Trezentos soldados formaram linhas de defesa.

Quando as embarcações acostaram, tiveram a surpresa de ver descerem seres extenuados e famintos. Em seus olhares estampava-se um imenso terror, e os homens-escaravelhos imaginaram que teriam passado por difíceis provações.

Por via das dúvidas, os guerreiros cercaram os recém-chegados com um muro de lanças e escudos, mas os estrangeiros não vinham como inimigos. Pareciam tremendamente desanimados e cansados. A maioria não comia há dias ou mesmo há semanas. Os rostos estavam emaciados e pálidos. De todos aqueles viajantes, a mais estranha era uma mulher de quadris largos; a pele solta se pendurava em seus braços como uma roupa frouxa demais.

Mal desembarcaram, os estrangeiros se juntaram uns aos outros, transidos. Um deles, no entanto, encontrou força para ir até os soldados. Pronunciou uma palavra, numa língua que o povo escaravelho não conhecia. O chefe dos soldados respondeu com uma pergunta, significando: "Quem são vocês?"

O viajante pegou um bastão e desenhou na areia um peixe, um barco, uma ilha e depois uma onda. O homem-escaravelho acabou compreendendo que aquelas pessoas fugiam de uma ilha, a oeste, que as ondas haviam submerso.

Não estavam armados e estenderam a mão aberta, em sinal de paz. Mulheres-escaravelhos já traziam alimentos para os desembarcados e cobertores para aquecê-los. Os soldados os reagruparam numa clareira próxima, onde os anfitriões ergueram cabanas improvisadas.

Eles se instalaram nos abrigos. Os homens-escaravelhos os visitavam como a animais curiosos. Os navios foram examinados com todo interesse, cada um procurando entender como pessoas tão desamparadas tinham conseguido construir embarcações tão belas. Sobretudo as velas impressionavam, pela maneira como tremulavam, parecendo as asas de um pássaro em voo rasante.

Nos abrigos, os homens-golfinhos descansaram vários dias e trataram seus males. Mantinham-se calados e seus olhares só exprimiam desespero. O chefe dos homens-escaravelhos convocou, afinal, uma delegação dos homens-golfinhos para uma entrevista. De ambos os lados eles se olharam, desconfiados e interessados, ao mesmo tempo.

Na conversa, decidiu-se que os homens-golfinhos podiam ficar, e até mesmo construir um bairro para eles na cidade, se transmitissem seus conhecimentos.

Os homens-golfinhos deixaram a clareira em que estavam e tiveram permissão para erguer moradias definitivas, numa área periférica da capital. Implantaram ali curiosas casas redondas, com reboco branco, fechadas por alegres portas azul-turquesa. Passadas as primeiras emoções, decidiram instituir um dia comemorativo do êxodo com que tinham enganado a morte.

– De agora em diante – decretou a rainha –, toda vez que superarmos um perigo, vamos escrever sua história nos livros, para que ninguém as esqueça e a experiência sirva às gerações futuras. Vamos organizar uma festa, no decorrer da qual comeremos os alimentos correspondentes à aventura. Por exemplo, durante as semanas de fuga do dilúvio, comemos peixe. Todo ano, no aniversário da grande catástrofe, só comeremos peixe.

Naquela noite, a rainha dos sobreviventes morreu, com uma espinha atravessada na garganta.

Era urgente descobrir quem, na comunidade, estava apto a sucedê-la. Os homens-golfinhos testaram os talentos mediúnicos de vários candidatos. As mulheres, de modo geral, se saíam melhor do que os homens nessa matéria e, afinal, foi escolhida uma jovem. Ela logo começou a comer por quatro, para engordar e conseguir a energia indispensável às longas meditações.

Em sinal de gratidão pela hospitalidade recebida, os homens-golfinhos pouco a pouco transmitiram seus conhecimentos aos homens-escaravelhos. Mostraram seus sistemas numérico e alfabético. Ensinaram-lhes sua língua. Revelaram a cartografia do céu e as técnicas de navegação e pesca. Os homens-golfinhos, é claro, não podiam explicar o que acontecera com a ilha de onde vinham. Disseram apenas que outrora tinham vivido no Paraíso e dali foram expulsos por algum erro cometido, que ignoravam.

Mostraram ainda como substituir a troca, que era o meio usado pelos homens-escaravelhos, por um princípio unitário de medida dos valores, a conchinha.

Explicaram a utilidade de se erigirem monumentos. Serviam para reunir a população, constituindo pontos de referência na cidade, atraindo estrangeiros de passagem e favorecendo as trocas.

Os homens-escaravelhos ouviam atentamente os homens-golfinhos, mas, se mantiveram céticos quanto aos monumentos. A construção era cara, e a utilidade não lhes parecia evidente.

Os homens-golfinhos, então, resolveram inventar uma religião com esse intuito.

Afirmaram ser necessário enterrar os mortos numa pirâmide, para facilitar a viagem ao além. Os homens-escaravelhos temiam certamente ter a alma bloqueada cá embaixo, mas era preciso muito mais para persuadi-los a empreender a construção de grandes monumentos. Sendo assim, um homem-golfinho, o melhor contador de histórias de sua geração, anunciou que lhes contaria, no dia seguinte, a história da criação do mundo. Durante uma noite inteira, deu livre curso à imaginação e encantou o público com uma cosmogonia na medida certa para incitá-lo à adoção de uma religião e convencê-lo da necessidade de uma pirâmide. A ideia de inventar deuses com cabeças de animais surgiu espontaneamente, pois ele achou que os homens-escaravelhos se impressionariam com essa imagem.

Não só se impressionaram, mas também ajudaram o contador de história a embelezar a narrativa, graças a uma mistura vegetal que tinham descoberto, o soma, feita a partir da baga vermelha da éfedra. Moída, ela produz a efedrina, e esse psicotrópico o ajudou a entrar em transe e tornou suas visões mais precisas. Como a história agradou a todos, foi transmitida boca a boca e registrada por escrito. O homem-golfinho certamente exagerou, mas tinha um objetivo preciso: obter a criação de uma pirâmide, onde a nova rainha pudesse entrar em comunicação com seu deus.

A jovem obesa estava mentalmente pronta, quando os homens-escaravelhos, convencidos pela nova religião criada para eles, aceitaram afinal o pedido dos hóspedes. Em poucos meses construíram uma pirâmide, ainda mais alta do que a da ilha e igualmente dotada de um camarim confortável, nos dois terços de sua altura. Como os homens-golfinhos tinham insistido nas viagens para o além a partir do monumento, os homens-escaravelhos ali enterraram os cadáveres de seus notáveis, e foi preciso empurrar um pouco os despojos para instalar secretamente a nova soberana-médium.

A jovem sabia que no novo "emissor-receptor" o deus lhe falaria, mas ela pensou muito antes de interrogá-lo com o que mais a preocupava: "Por que nos abandonou?"

Quando afinal perguntou, pareceu-lhe receber uma resposta interpretada como: "Para que endurecessem com a adversidade."

A rainha aceitou a resposta, mas recordando toda a trajetória que seu povo havia passado, recolhida na posição de lótus, chorou desconsoladamente, sozinha entre os defuntos da população escaravelha.

– Por favor – murmurou. – Por favor, não nos inflija mais provas assim.

Depois de ter timidamente censurado seu deus, ela tomou consciência de que tudo aquilo fora duro, mas que poderia ter sido pior.

O deus os havia arrancado das garras dos homens-ratos, inspirando-lhes a construção de um navio; os havia salvo do naufrágio, guiando os golfinhos para a ilha; os havia feito chegar numa ilha magnífica e havia-lhes inspirado uma espiritualidade evoluída.

Nos dias seguintes, a médium e o contador de história fizeram ótimo trabalho. A primeira, recebendo informações vindas do alto, e o segundo espalhando essas informações embaixo. O contador melhorou sua cosmogonia. Ao casal fundador e ao paraíso perdido, acrescentou a ideia de dois deuses-filhos, gêmeos e rivais. Imaginou uma luta entre adoradores da Lua e adoradores do Sol, com os primeiros vivendo na mentira e ilusão (a lua não é senão reflexo da luz do sol) e os outros dentro da verdade (o sol é a verdadeira fonte de todas as energias). Contou como se deu o combate das forças da sombra contra as da luz, dos bons contra os maus; uma dualidade simples e que sempre funciona bem.

A rainha-golfinho guardava tudo que lhe dizia o deus, mas, é claro, transmitindo isso aos seus, acrescentava interpretações pessoais. Em seguida, como os cadáveres ao redor exalavam um fedor insuportável, a soberana inventou um ritual consistindo em esvaziar os corpos dos órgãos putrefacientes e envolvê-los e tiras bem apertadas, para evitar a penetração do ar.

A cosmogonia dos deuses gêmeos se espalhou entre o povo dos homens-escaravelhos, que a adaptou às suas próprias lendas, associando uma quantidade de espíritos e ritos locais. No final de certo tempo, passou a existir uma religião dos escaravelhos, sólida e complexa. O contador de história morreu e os homens-escaravelhos o esqueceram, considerando que aquela sempre fora a religião deles. Mas enquanto os homens-escaravelhos se divertiam com seu panteão, os homens-golfinhos seguiam um caminho inverso, simplificando sua religião e chegando a um conceito de deus único e universal. Ao mesmo tempo, começaram os primeiros movimentos racistas contra eles.

Crianças-golfinhos levavam surras sem nenhum motivo das crianças-escaravelhos, e não raramente, por pura inveja, lojas e oficinas dos homens-golfinhos eram saqueadas e pilhadas por homens-escaravelhos.

A influência dos homens-golfinhos, todavia, gerou frutos. Além da construção de pirâmides e invenção de uma religião, eles incentivaram os anfitriões escaravelhos a construírem uma cidade portuária, onde progressivamente acostavam veleiros, vindos do exterior. Fizeram-lhe construir uma biblioteca e recapitularam em livros tudo que sabiam.

Em seguida à biblioteca, vieram as escolas, onde as crianças, desde cedo, aprenderam a escrever, ler e contar. Criaram-se também estabelecimentos para adultos, com o ensino da geografia, astronomia e história.

Os homens-golfinhos ainda incentivaram os homens-escaravelhos a empreenderem expedições navais e terrestres. A ideia não era de todo inocente, pois esperavam dessa forma talvez encontrar sobreviventes dos nove outros navios, que não haviam seguido a mesma rota que eles. Com efeito, durante essas buscas, descobriram no deserto hordas de homens-golfinhos que erravam de oásis em oásis, há muito tempo. Refizeram contato e os nômades se encantaram com o fato de refugiados da Ilha da Tranquilidade terem conseguido reconstruir um vilarejo próprio no litoral. Todos mantinham na memória, qualquer que tivesse sido o destino, os dois acontecimentos traumáticos de seu povo: a fuga diante da invasão dos homens-ratos e o grande dilúvio que os escorraçara da ilha.

Mas os homens-escaravelhos exigiam cada vez mais dos homens-golfinhos. Invejavam-lhes os conhecimentos e, quanto mais os adquiriam, mais achavam que eles lhes escondiam coisas. Quando descobriram a existência da médium obesa, quiseram também ser iniciados nos mistérios da pirâmide, exigindo que uma casta de sacerdotes entre os homens-escaravelhos fosse igualmente autorizada a dialogar com o deus. Em seguida, reivindicaram a transmissão do mais complexo dos saberes dos homens-golfinhos. Também isso foi aceito. Surgiu, então, não uma casta, mas um grupo de homens-escaravelhos eruditos; eram intelectuais que, pouco a pouco, suplantaram os padres, os camponeses e os militares da geração anterior. Para reforçar seu domínio sobre os demais, impuseram um novo conceito: a monarquia. Apoiando-se em seus iguais e com a ajuda logística dos homens-golfinhos, o chefe deles proclamou-se rei, filho do Sol. Inventou impostos para financiar o exército, criou reservas reais de alimentos e lançou-se na construção de uma série de monumentos, cada vez mais imponentes.

O reino rapidamente passou a contar com cerca de vinte cidades importantes.

País poderoso, progressos constantes, cultura em pleno desenvolvimento e religião estatal. Os homens-escaravelhos se tornaram uma superpotência política e econômica.

OS RATOS

Guiados pelo raio, os batedores dos homens-ratos fizeram, certa tarde, uma surpreendente descoberta: um vilarejo de mulheres, unicamente de mulheres. Ficaram muito tempo observando aquelas elegantes amazonas, tão bonitas e com aparência tão desportiva. Algumas se divertiam nuas num rio, esfregando reciprocamente os corpos e cabelos com ervas saponáceas e brincando com a água. Numa clareira, outras montavam a cavalo, em exercícios de salto de obstáculos e de tiro ao arco. De tanto espreitar o vilarejo, acabaram vendo alguns homens que cozinhavam, costuravam, teciam ou tocavam música.

Os batedores ainda estavam espantados quando voltaram à base.

O relato interessou muito ao chefe, um homem de grande estatura, usando o gorro ancestral de pelo de rato negro.

– Essas mulheres se encaixam na categoria "estrangeiros menos fortes" ou "mais fortes do que nós"? – interrogou.

Os batedores foram categóricos:

– Menos fortes.

O chefe, então, declarou ter recebido em sonho a ordem de atacá-las

Os homens-ratos distribuíram as armas. As tropas começaram seu movimento, estendendo-se em comprida linha sobre as elevações ao redor do burgo das mulheres-vespas.

Um sinal preparatório, imitando o pio de um pássaro, preveniu a tropa para que se mantivesse em alerta. Um segundo ordenou o arremesso das lanças por cima da muralha que protegia a cidade das mulheres-vespas.

As armas feriram aleatoriamente. Gritos, sangue, corpos e cabeleiras boiavam entre vestimentas espalhadas pela água avermelhada do lago interno. O espanto podia ser lido nos rostos com a chegada de uma nova revoada de lanças.

As amazonas se reorganizaram e correram para o depósito, onde eram guardados os arcos. Uma mulher com cabelos muito compridos e claros bradava ordens. As mulheres-soldado se juntaram à retaguarda da chefe e depois, resguardadas atrás da muralha protetora, atiraram suas flechas contra os invasores. Graças aos novos arcos de curvatura em S, mataram várias dezenas deles, mas os homens-ratos também se recobraram da surpresa.

Nova revoada de lanças. Quando o objetivo lhe pareceu maduro, o chefe rato fez soar o terceiro sinal.

Homens-ratos se prepararam para pôr abaixo, com o aríete, o portão de entrada. Foram impedidos por flechas bem-apontadas, e outros os substituíram, protegidos por escudos. Conseguiram arrancar o portão da cidadela.

Após um novo sinal, uma centena de cavaleiros-ratos surgiu do mato, atacando aos urros. Uma coluna de amazonas, no entanto, já estava preparada, e as duas cavalarias se enfrentaram diante dos muros da cidade. A batalha rapidamente se mostrou vantajosa às mulheres-vespas. Não eram mais fortes, mas sim mais ágeis no combate. A arte da esquiva e a habilidade equestre permitiam-lhes evitar os golpes de sabre e lança. Após o choque frontal, os homens-ratos recuaram, com alguns fugindo a pé. A coluna de amazonas perseguiu-os e o medo mudou de campo. Os invasores fugiam diante daquelas mulheres espantosas.

O chefe-rato assumiu, ele próprio, o comando de um novo ataque dos lanceiros. Enquanto as cavaleiras subiam a colina, eles se dispuseram em posição para assimilar o choque. Muitos dos seus homens foram mortos na carga da primeira linha da cavalaria. As mulheres disparavam suas flechas à queima-roupa. Houve em seguida um corpo a corpo, em que, uma vez mais, os homens não levaram a melhor. As amazonas gritavam, mordiam, arrancavam-lhes tufos de cabelos, aplicavam-lhes golpes baixos. Usavam uma pequena adaga envenenada, numa bainha presa à panturrilha. Surpresos com a resistência inesperada e pela determinação daquelas fúrias, os homens-ratos não lutaram tão bem quanto de praxe. Acostumados a companheiras que mal saíam do fundo das suas cavernas, tinham dificuldade de acreditar que aquela corja pudesse opor tanta resistência. Em seu interior, o chefe dos ratos amaldiçoava os batedores, que tinham subestimado as adversárias.

De espada em punho, avançou contra uma linha de amazonas, que ele sozinho desbaratou. A chefe das mulheres-vespas respondeu à altura, rasgando-lhe o rosto com uma flechada, que o fez recuar.

As fêmeas deram um grito de vitória, vendo os homens carregarem o chefe com gorro de rato.

O vento mudara. A virulência dos homens-ratos fora menor. Em seguida, fugiram sem sequer esperar o toque de retirada. E logo foram expulsos das zonas de vizinhança da cidade das vespas.

Entre as mulheres-vespas, uma vez inumadas as mortas e tratadas as feridas, festejou-se.

No acampamento dos homens-ratos, a raiva era maior do que a decepção com a derrota. Maltrataram sem motivo suas submissas companheiras, descontando nelas uma execração pelo sexo feminino.

Retomando os sentidos, o chefe dos homens-ratos mostrou-se particularmente vindicativo. Acusou as tropas de não só terem demonstrado pouca audácia, mas também pouca coragem, batendo em retirada perante uma cidade de mulheres. Para motivá-los, inventou a "dizimação". A cada derrota, mataria um soldado em cada grupo de dez, escolhido ao acaso. Com isso, aprenderiam ser melhor morrer valorosamente diante do inimigo, do que como covardes pelas mãos dos companheiros. Assim se fez. Ordenou, em seguida, que jogassem no lixo os corpos dos infelizes dizimados.

O chefe rato perpetrava instintivamente, dessa forma, a instauração do princípio de desvio pelo terror, inventado por seu ilustre ancestral.

– Vence-se o medo com o medo. Esqueçam o pavor diante das amazonas, tenham medo apenas de mim – declarou a seu povo.

De fato, com tanta crueldade gratuita, as mulheres-vespas começaram a parecer aos soldados menos perigosas do que o próprio líder. Aliás, para restaurar a confiança, o chefe os lançou contra outros povos, muito menos resistentes. Os prisioneiros não foram massacrados, mas trazidos como rebanho para engrossar as primeiras linhas contra as flechas das amazonas.

O chefe dos homens-ratos queria vingança da afronta infligida. Ordenou aos carpinteiros que fabricassem arcos em S e reforçou as castas militares, outorgando-lhes novos privilégios.

Ele autoproclamou-se rei. Em cerimônia cheia de fausto, anunciou a criação de impostos para financiarem um exército tecnicamente mais moderno.

Como a guerra contra as mulheres-vespas corria o risco de durar, o rei dos ratos resolveu construir uma cidade temporária, protegida por paliçadas. Eles lançariam seus ataques a partir dessa base, que servia como quartel-general.

Paradoxalmente, o poder do chefe-rato nunca tinha sido tão grande quanto após aquela derrota, e nunca fora tão respeitado.

O rei, em seguida, instituiu as noções de mártir e herói, glorificando os que tinham morrido no combate contra as horríveis mulheres. Mostrou-se também pioneiro em matéria de propaganda, rescrevendo sem parar a batalha e provando a ignomínia das adversárias.

A palavra "vespa" se tornou um insulto e virou uma diversão atear fogo a toda colmeia desse inseto que encontravam.

O rei não tinha pressa. Queria uma vitória esplendorosa sobre as mulheres-vespas. Em sonho, a rainha vespa arrastava sua crina loura a seus pés e implorava piedade.

100. ENCICLOPÉDIA: AMAZONAS

De acordo com o historiador Diodoro da Sicília, um povo de mulheres se estabeleceu no lado oeste do norte da África, lançando, a partir dali, uma série de ataques militares que se estendiam até o Egito e o Oriente Médio. A mitologia grega também evocou um povo de mulheres (a-mazos significa "sem um seio", pois elas mutilavam o seio direito para que não atrapalhasse o uso do arco e flecha) vivendo à margem do rio Termodom, na região do Cáucaso atual, e só mantendo relações ocasionais com os homens, estritamente limitadas à procriação. Elas não tinham, segundo Diodoro, pudor nem sentimento de justiça. A filiação se fazia pela linhagem feminina. Quando concebiam filhos homens, os reduziam à escravidão. As flechas dos seus arcos eram feitas de bronze, e elas se protegiam atrás de escudos curtos, em forma de meia-lua. A rainha amazona Lisipê atacou todas as populações que encontrou, até as margens do rio Taís. Desprezava a tal ponto o casamento e tinha tanta paixão pela guerra que, como desafio, Afrodite fez o filho de Lisipê se apaixonar pela própria mãe. Não querendo cometer incesto, o rapaz

lançou-se no Taís e se afogou. Para escapar das lamúrias de sua sombra, Lisipê levou as filhas até as margens do mar Negro, onde cada uma fundou uma cidade própria: Éfeso, Esmirna, Cirene e Mirina. Suas descendentes, as rainhas Marpessa, Lampado e Hipolitê, estenderam sua influência até a Trácia e a Frígia. Quando Antíope, uma das irmãs, foi raptada por Teseu, as amazonas atacaram a Grécia e sitiaram Atenas. O rei Teseu teve muita dificuldade para rechaçá-las e precisou pedir ajuda a Hércules. Observe-se que o combate contra as amazonas faz parte dos 12 trabalhos de Hércules.

Durante a guerra de Troia, sob as ordens da rainha Pentesileia, as amazonas vieram em socorro dos troianos, contra os invasores gregos. Pentesileia foi morta num duelo singular contra Aquiles, mas seu derradeiro olhar fez com que o guerreiro se apaixonasse para sempre por sua vítima.

Nos corpos de elite dos cimérios e dos citas, encontram-se vestígios de exércitos estritamente femininos. Os romanos tiveram também que combater, mais tarde, cidades compostas unicamente por mulheres, como as namnetas da ilha de Seio ou as samnitas, vivendo na região do Vesúvio.

Em nossos dias, ainda subsistem no norte do Irã regiões de expressiva maioria feminina que, aliás, reivindica descendência das amazonas.

Edmond Wells,
Enciclopédia dos saberes relativo e absoluto, tomo V.

101. CRUEL DESILUSÃO

Voltou a luz e piscamos os olhos, zonzos, fixados que estávamos em nossos humanos.

Eu não tirava os olhos da deusa do Amor. Estava irritado. Sentia-me como Eun Bi, insultada pelas colegas, só que, no meu caso, pela professora.

Ah, teria preferido morrer como Júlio Verne, logo no início. Teria preferido ser pego pelas sereias, como Francis Razorback, ou morto por Atlas, como Edmond Wells. Pelo menos não tinham que passar por aquilo tudo. Para que tanto trabalho, fabricando uma joia e tendo que vê-la ser destruída? Seria este o cinismo da vida dos deuses: ser levado a amar um povo, só para vê-lo perecer?

Errei, ao tentar salvar um navio com refugiados, portadores de valores que me pareciam importantes? Teria a tal ponto contrariado a ordem do mundo, ao querer fazer evoluir um pequeno grupo de humanos, longe das invasões bárbaras?

Continuava sem saber o que seria melhor do que Deus, mas já sabia o que era pior do que o diabo: A-fro-di-te. Espelhava o paraíso e oferecia o inferno. Com seu delicioso sorriso, destruiu tudo que eu construíra, dizendo-me um "sinto muito" que era pior do que tudo. Naquele instante, eu a odiava, amaldiçoava, desprezava. Se era ela a deusa do Amor... eu preferia, sem dúvida alguma, a deusa do Ódio. Fui tomado por imenso desânimo. Mas recuperei-me, seria fácil demais desistir.

Primeiramente, devia salvar o que fosse possível salvar. Lutar até o fim. "Enquanto há vida, há esperança", diz o ditado.

Enquanto houvesse um homem-golfinho vivo, ele carregaria os valores, a lembrança e os símbolos. Era, pelo menos, o que eu tentara transmitir à rainha-médium.

Precisava me acalmar. Precisava buscar eficácia. Salvá-los a todo custo. Devia lutar com as ferramentas que tinha, de aluno-deus. Eles não mereciam semelhante fim. Sendo deus – e deus deles! – tinha que socorrê-los.

Preciso me acalmar.

Respirar, fechar os olhos. Conversar com os outros, como se tudo aquilo fosse supérfluo e sem a menor gravidade. Muitos alunos cumprimentavam Marilyn Monroe pela vitória sobre Joseph Proudhon. Os apostadores que tinham ganhado mostravam os prêmios pagos pelos perdedores. Até os mais machistas entre nós reconheciam o valor das mulheres-vespas. Em seu canto, Proudhon se calava, sem exprimir mágoa, nem raiva. Chegou até a apertar a mão da adversária, demonstrando fair play e parabenizando-a também.

Manter uma aparência descontraída.

Devia fazer o balanço da situação do meu povo. Não tinha exército próprio, não dispunha de cidade alguma, os homens-golfinhos eram "locatários", dependendo da boa vontade do proprietário. Eu temia que Clément Ader, deus dos homens-escaravelhos, assim que lhes tivesse tomado tudo que tinham, os pusesse para fora de seu território, como limões espremidos. Meus homens-golfinhos iam precisar pagar cada vez mais pelo direito de viver. Eram reféns. Olhando de perto, constatei que outros homens-golfinhos se haviam espalhado em outros povos. Transmitiram aos homens-iguanas de Marie Curie conhecimentos em astronomia e construção de monumentos, viagens astrais e medicina. Sob a influência dos meus, essa população, como a dos homens-escaravelhos, erguera pirâmides. Aos homens-cão, de Françoise, os homens-golfinhos tinham transmitido o saber em matéria de símbolos e estruturas ocultas. Aos homens-touros de Olivier, tinham ensinado a liberdade sexual e o gosto pelos labirintos.

Os homens-lobos de Mata Hari aprenderam, com os meus, a aparelhar navios e veleiros rápidos, com cascos pontudos. Quanto aos homens-baleias de Freddy Meyer, eles acolheram tão bem meus sobreviventes que já discutiam sistemas de irrigação e administração de assembleias.

Os homens-leões de Montgolfier desenvolveram, graças aos meus, uma concepção própria das letras e das artes, e o alfabeto e aritmética dos golfinhos chegou até mesmo aos homens-águias de Raul Razorback.

Minha gente estava realmente mais dispersa do que eu imaginava. Como conseguir controlar um povo sem nenhuma unidade territorial? Achava que devia me concentrar naqueles estabelecidos entre os homens-escaravelhos. Eram os mais numerosos e dispunham, ao que me parece, das melhores condições.

– A deusa do Amor não pegou leve com você. Não sobrou nada da tremenda cidade erguida em sua ilha – cochichou Mata Hari.

Mantive silêncio.

– Achei o castigo de Afrodite exagerado, com relação à hipotética culpa. Podia ao menos ter dado tempo para a evacuação do povo.

E pensar que ontem ainda dançávamos juntos e ela murmurava em meu ouvido o quanto achava meu povo "avançado e simpático"...

Meu olhar se dirigiu a Afrodite e percebi que ela também me olhava. Sorriu para mim. Ela que me aconselhara a tomar cuidado com meus amigos, era com ela que eu devia ter me preocupado.

No entanto, não conseguia querer mal à deusa. Ela me atraía e, qualquer que fosse seu comportamento, continuava achando que me dedicava um afeto real, fazendo-me sofrer para o meu próprio bem. Estaria me tornando masoquista, sob seu fascínio?

Não, talvez como o alpinista que teima em escalar a encosta perigosa de uma montanha, mesmo podendo subir de helicóptero. Todo desportista é adepto da dor livremente aceita. Correr uma maratona é um calvário, e erguer alteres, um sofrimento inútil. Tentar agradar à deusa do Amor...

– Que danada, essa aí – murmurou ao meu lado Sarah Bernhardt. – O que ela lhe infligiu foi realmente injusto.

Eu próprio me surpreendi, dizendo com a voz mais neutra possível:

– Apenas aplicou a regra do jogo.

– Sim, enviando um cataclismo demolidor...

– Eu posso ajudar, se quiser – juntou-se Mata Hari. – Já recebi alguns homens-golfinhos entre meus homens-lobos, mas, se tiver outros em dificuldade, mande-os para mim que os protegerei e cederei terras.

Mata Hari já tinha salvado minha vida, na travessia do rio azul. Ela estava sempre presente nos momentos difíceis. Não sei porquê, por motivos que não compreendia, sua gentileza me irritou.

Afrodite acomodou as garrafas do Paraíso e do Império dos anjos fora de seu lugar, na parte de baixo do oveiro.

As almas, na primeira garrafa, subiram e depois, em coreografia de pequenos pontos luminosos, semelhantes a vaga-lumes, algumas passaram para o frasco do Império dos anjos.

Muitas almas errantes, no entanto, ficavam presas por emoções baratas na atração terrestre. Ocultas e invisíveis, procuravam assustar quem lhes atormentara, perturbavam médiuns com falsas intuições ou se mantinham na proximidade daqueles que lhes foram queridos.

– É preciso varrer o planeta desses pobres miseráveis – disse Afrodite. – Não existe alma errante que seja feliz. O destino de toda alma, não esqueçam, é o renascer incessante, até a entrada no mundo superior.

Todos tomaram nota: ensinar aos sacerdotes como reconhecerem as almas errantes, para fazê-las subir.

A deusa veio em minha direção e, para minha grande surpresa, felicitou-me:

– Muito bem, Michael. Achei que você... quero dizer, não achei que superaria aquela situação. Estou impressionada. Não pensei que tivesse tantos recursos...

Quente e frio, eu não sabia como reagir.

– O que não mata nos torna mais fortes – acrescentou.

Era a mesma frase usada pela mãe de Eun Bi. Durante um bom tempo foi atribuída a Nietzsche, mas já se encontrava no Antigo Testamento.

Não estaria ela esperando que eu agradecesse por ter martirizado meu povo, para seu "fortalecimento"!

Aproximou-se mais.

– Realmente, jogou muito bem, senhor Michael Pinson.

E com isso, segurou-me a mão e apertou-a, como um treinador de boxe, felicitando seu pupilo. Voltou, em seguida, ao estrado.

– Uma sedutora – resmungou Raul. – Depois do que fez, você nem deveria aceitar que se aproximasse.

– Que atriz! A questão que me coloco é: para que tanta sedução? – exclamou Marilyn.

– Sem dúvida para exercitar seu poder – completou Freddy.

– Seu poder de magia vermelha – concluiu Raul.

Ele, em seguida, me explicou que, além das magias branca e negra, existe uma terceira, menos conhecida: a magia vermelha. É a magia das mulheres, fundada em pulsões sexuais bastante elementares. Os asiáticos se interessaram muito por isso e desenvolveram o Kama Sutra e o tantrismo na Índia, o tao do amor na China e a arte da dança nupcial no Japão. Compreenderam que, além do poder de preparar feitiços ou exorcizá-los, as mulheres eram capazes de seduzir os homens e mantê-los sob o jugo do domínio hormonal, enfraquecendo-os como com o uso de uma droga.

Raul compreendera meu problema, mas nem por isso o resolvia. Eu não tirava os olhos da deusa. E fiquei aliviado quando Afrodite, interrompendo as conversas particulares, chamou-nos para um canto da sala, onde havia vasos de vidro cobertos com uma capa.

– Meu predecessor, Hermes, contou-lhes uma experiência feita com ratos. Deméter já lhes havia falado de experiências com macacos. A parábola animal permite compreendermos certos comportamentos humanos. Vou, então, mostrar-lhes as pulgas.

Pegou um dos vidros e realizou a experiência, diante de nós. Tomei nota para a Enciclopédia.

102. ENCICLOPÉDIA: AUTOLIMITAÇÃO DAS PULGAS

Pulgas foram inseridas num recipiente de vidro, cuja altura lhes permite saltar para fora.
Colocou-se, em seguida, uma placa de vidro, fechando a boca do recipiente.
Inicialmente, as pulgas continuaram a saltar e batiam na placa. Em seguida, machucadas, adaptaram os saltos, indo até um pouco abaixo da placa. Uma hora depois, nenhuma pulga mais colidia com o vidro. Todas haviam reduzido o salto, até a proximidade do teto.

Se retirarmos a placa de vidro, as pulgas continuam a saltar dentro do limite que se impôs com o recipiente fechado.

Edmond Wells,
***Enciclopédia dos saberes relativo e absoluto*, tomo V.**

103. CUIDADO COM O TETO

Afrodite mantinha o rosto colado à parede do recipiente, como se aquelas pulgas autolimitadas fossem, para ela, o espetáculo mais interessante do universo.

– O que deduzem dessa experiência? – perguntou.

– Algumas experiências do passado impedem que se vejam as coisas como elas realmente são. A visão do real fica deformada por traumas antigos – respondeu Rabelais.

– Nada mal. Essas pulgas não querem mais assumir riscos, com medo de bater a cabeça no teto. No entanto, bastaria tentar para descobrir que o sucesso está novamente ao alcance.

Pela maneira como pronunciou a frase, tive a impressão de ter sido diretamente dirigida a mim.

– Foi um pouco como com os chimpanzés do outro experimento – acrescentou Voltaire.

– Não, pois os chimpanzés não puderam sequer experimentar o trauma – retorquiu Rousseau. – As pulgas sabiam por que não deviam saltar mais alto, os chimpanzés, não.

– Bom, em ambos os casos, são seres que não conseguem mais ver o evidente.

– Há também o medo da mudança de hábitos – observou Saint-Exupéry.

– Concordo – disse a deusa do Amor.

– Além disso, essas pulgas não se preocupam mais em sair em busca de novas informações. Consideram como definitivo o que experimentaram – acrescentou Sarah Bernhardt.

– Esse é um dos grandes problemas da humanidade – declarou a professora. – Pouquíssimos homens sabem construir para si uma opinião própria. Por isso, repetem o que lhes disseram os pais, os professores e tudo mais que ouvem nos telejornais da noite. Acabam se convencendo ser isto sua opinião pessoal, a ponto de defendê-la com veemência contra eventuais opositores. Bastaria, no entanto, que pensassem por si próprios e descobririam o mundo tal como ele é, e não como foram condicionados a enxergar.

Aquela aula lembrava-me a conversa que tive, uma vez, com amigos jantando em minha casa. Um deles, jornalista, explicou que toda a mídia, na França, recebia informações de uma única agência de notícias, não por acaso financiada pelo Estado e por grandes grupos industriais do petróleo. Ou seja, o público tinha permanentemente, de maneira indireta, o ponto de vista do Estado e dos industriais do petróleo que, por sua vez, procuravam agradar as nações fornecedoras de petróleo. O que ele estava querendo dizer? Foi logo taxado de espírito tendencioso. Tentei tomar sua defesa, em vão. Estranhamente, os que se pretendiam maiores defensores das liberdades eram os mais virulentos.

– O que fazer para que as pulgas ousem saltar além do limite aceito por todas? – inquiriu Afrodite.

– Educá-las para que se sintam livres e confiem apenas em seus próprios sentidos – disse Rabelais.

– E como chegar a isto?

– Tornando-as inteligentes – tentou Simone Signoret.

– Não, a inteligência nada tem a ver com isso.

– Ensinando a forjarem uma opinião fundada na vivência e nas experiências próprias – propus.

Afrodite aprovou:

– Exatamente. Tentar tudo, provar, acumular experiências, não utilizar aquelas do passado ou alheias para compreender e só se fiar em si mesmo e no presente.

Na Terra, em outra época, quando Raul e eu resolvemos explorar a morte, suscitamos desconfianças no seio até mesmo de nossas famílias. Para todo mundo, a morte e o além pertencem ao campo religioso. Somente os padres e os místicos estariam autorizados a lidar com isso. Que um indivíduo qualquer se interessasse pela morte, como terra incógnita, pareceu absolutamente obsceno, sobretudo se evocássemos minhas queridas noções de "espiritualidade laica", ou "espiritualidade individual e não coletiva". A espiritualidade, para mim, é o contrário da religião, pois pertence a cada indivíduo, enquanto a religião não passa de um previamente preparado, para quem for incapaz de encontrar seu próprio caminho de elevação. Eu lembrava que a palavra "espiritualidade" comporta o termo "espírito", significando também "humor", e que a maioria das religiões me parecia demasiadamente austera para que conservasse essa dimensão. Rapidamente, é claro, eu percebi ser melhor me calar e só discutir semelhantes coisas com Raul, que pelo menos me compreendia.

– Para incitar as pessoas a tentarem novamente o salto até o alto, é preciso ensinar a liberdade, e para transmitir esse ensinamento são necessários...

No quadro-negro, o giz de Afrodite rangeu, escrevendo: "Sábios."

– É esse o novo desafio. Introduzam sábios em seus povos, iniciados, homens de ciência – aconselhou. – Resumindo, seres do nível de consciência 6.

– Eles serão logo mortos – disse Bruno Ballard.

– Com o senhor, sim, é muito provável – disse rispidamente Afrodite, fixando Bruno de maneira dura.

– Comigo? O que tem contra mim?

A deusa do Amor partiu de maneira súbita na direção do aluno.

– O que tenho contra o senhor? – E continuou, com o dedo em riste. – Acha, então, que eu não vi?

Dei-me conta de nunca ter ido olhar a região do deus dos falcões.

– O que há, senhor Ballard, é que, à parte... pois é verdade que não invadiu nada, não causou até agora massacre algum, não... Mas, no entanto, a maneira como trata sua população. Aliás, o que tem contra as mulheres, senhor Ballard?

Bruno abaixou os olhos.

Eu não entendia mais nada, esperava reações assim talvez contra Proudhon, o agressor das mulheres-vespas...

– O senhor permitiu o estabelecimento de hábitos inqualificáveis. Já de início, de forma bem visível... a excisão. Mães que mutilam as próprias filhas. Cortam-lhe o clitóris! É o que faz o povo do senhor Bruno. E por que fazem isso?

– Bem... – gaguejou Bruno – não sei. Foram as mulheres que decidiram isso entre si. Acham que se não o fizerem não serão verdadeiras mulheres.

– E quem lhes enfiou essa ideia na cabeça?

– Bem... os homens.

– E por quê?

– Para que não forniquem com qualquer um.

– Não, senhor, porque não querem que as mulheres sintam prazer. Têm inveja do prazer feminino, que lhes parece superior, e de fato é. Essa é a verdade. E eu vi, em seu povo, meninas mutiladas para sempre, em condições de higiene e dor ignóbeis, por causa de uma... tradição!

Bruno Ballard teve um instante de hesitação.

– Não fui eu, foram meus humanos...

– Sim, mas nada fez para impedi-los. Um sonho, uma intuição, ou um raio teria bastado, quem sabe, para tornar esse ato um tabu. Para que ser deus, se deixa que façam o que bem entendem? Mas isso não é tudo, senhor Bruno... Pode-se também falar de infibulação, entre os seus. Meninas cujo sexo foi literalmente costurado sem anestesia. E isso, para que se mantenham virgens até o casamento...

As alunas-deusas lançaram olhares exprobatórios a Bruno.

– E vou também falar de algo ainda menos conhecido e pior, se passando com o seu povo, senhor Bruno... Em termos médicos, chama-se isso, em "Terra 1", "fístula obstétrica".

Eu ignorava o sentido do termo. Na sala inteira, soou um rumor. Eu me preparei para o pior.

– Vocês sabem o que é isso? Pois bem. Meninas são casadas à força, aos 12 anos, com velhos ricos. Vendidas pelos pais. Como esses infames, é claro, não tomam qualquer precaução, elas engravidam quando entram na puberdade. Mas o corpo não está pronto. Em geral, o feto não se desenvolve por muito tempo, mas comprime os tecidos que separam o sistema genital, a bexiga e o reto... A pressão cria brechas, chamadas fístulas. Resultado: a urina e também às vezes a matéria fecal saem pela via vaginal. Por mais que essas meninas se lavem, o cheiro é tão forte que os maridos as expulsam e suas famílias não as aceitam de volta. Elas perambulam desocupadas e atiram-lhes pedras. Meninas de 12 anos, senhor Bruno, 12 anos!

Todos olhávamos para ele, que encolhia a cabeça entre os ombros.

– Não fui eu, foram meus humanos – exclamou, como faria o dono de um cachorro que acabasse de morder uma criança.

Sua defesa não chegou a acalmar a deusa do Amor.

– Mas é exatamente para isso que seus humanos têm um deus! Para olhar por eles, educá-los, não permitir que façam qualquer coisa... E além disso, é tão fácil maltratar mulheres. Elas não têm a força física para se defender. Acabam aceitando tudo... E sem falar de algumas localidades suas, onde as mães têm tanta vergonha de parir meninas que preferem afogá-las quando nascem.

Bruno Ballard não dizia mais nada e eu tinha a impressão de uma grande raiva estar crescendo em seu interior. Estranhamente, ele não queria que Afrodite nos revelasse os costumes de seu povo.

Mas Afrodite já apontava para outros alunos.

– E que os coleguinhas não riam tanto... Acham que não vi? Ele não é o único a praticar esse tipo de coisa e, além disso... Vi quanto sacrifício humano inútil, vi incestos considerados como forma de educação infantil, vi redes de pedofilia estabelecidas por chefetes! E sem falar no canibalismo, na segregação em quarentena sistemática e nas condições ignóbeis de leprosos e deficientes. Vi as primeiras mulheres apontadas como feiticeiras e queimadas em fogueiras... Vi as primeiras câmaras de tortura serem construídas e a profissão de carrasco se tornar um trabalho em tempo integral. Vi tudo isso. Tudo que deixaram se constituir por pusilanimidade ou estupidez.

Seu olhar era duro.

– A não ser que seja por pura falta de caráter.

Muitos alunos abaixaram a cabeça. A deusa mudou o tom, atravessou a área central da sala, e sua toga esvoaçava ao vento. Voltou ao estrado. Cupido veio sentar-se num ombro seu. Ela respirou fundo.

– Então... de que falávamos mesmo? Ah sim, dos sábios. De início, sem dúvida, os sábios incomodam chefetes e sistemas estabelecidos. Para se verem livres, estes não pensam duas vezes antes de apelar para o uso da força, da violência ou mesmo do terror. Com certeza, logo começarão a ser perseguidos. Mas vocês devem procurar ver isso a longo prazo. Esses sábios mártires semeiam grãos que, provavelmente, eles mesmos não verão crescer. Tales, Arquimedes, Giordano Bruno, Leonardo da Vinci, Spinoza e Averrois não tiveram vidas fáceis, mas deixaram atrás de si marcas indeléveis. Esta é a próxima aposta de vocês.

"Sábios", sublinhou a deusa com um traço forte.

– As almas de "Terra 18" já sobem. Cabe a vocês fixarem uma direção, um rumo aos seus povos. Peço que anotem num papel o objetivo final que têm.

"Objetivo final", escreveu e, ao lado: "Utopia".

– O que importa, por trás de cada política, é a intenção oculta.

E acrescentou essa terceira palavra: "Intenção."

– Não se fiem em rótulos. Vocês podem ter uma democracia, mas se a intenção do presidente for o enriquecimento pessoal, o resultado é uma ditadura disfarçada. Da mesma forma, podem ter uma monarquia e se, no entanto, a intenção do rei for o bem-estar do povo, podem chegar a um sistema socialmente igualitário. Por trás dos slogans políticos, por trás dos chefes se escondem intenções pessoais, e é isso que se deve vigiar e controlar.

Como alguns alunos não compreendiam, a professora acrescentou:

– Todos têm na cabeça um mundo ideal para os humanos. Cada um alimenta uma utopia particular. Com a intenção de ver essa utopia se realizar, vocês farão surgir os sábios. Eles são, de certa forma, os guardiões da intenção divina e oculta de vocês. Eles aconselharão os povos e os chefes para que o conjunto das suas civilizações chegue a um objetivo elevado. Mas é preciso definir esse objetivo. Proponho que inventem um sonho para seus povos. Anotem por escrito o que, para vocês, é um mundo humano ideal; não apenas para seus povos, mas para o conjunto de "Terra 18".

Na sala de aula, o silêncio era total. Todos estávamos imersos numa mesma introspeção. Para mim, o que seria um mundo ideal? Nesse estágio, achei que o ideal seria a paz planetária.

Gostaria de um desarmamento geral. Num mundo assim, eu poderia orientar todas as energias do meu povo para o conhecimento e para o bem-estar, ou mesmo para a espiritualidade. Em letras maiúsculas, então, rabisquei: "A PAZ MUNDIAL".

Afrodite deu detalhes:

– Sendo o futuro ideal suscetível a mudanças com o desenrolar das aulas, coloquem a data referente à utopia. Estamos hoje na primeira sexta-feira.

A deusa recolheu todos os papéis e depois, sentando-se à escrivaninha, anunciou:

– Já é hora de apontarmos a classificação.

Todos retivemos a respiração. A professora parecia entregue a uma profunda reflexão. Verificou suas anotações e olhou-nos um a um, pronunciando o veredicto:

– Primeiro: Clément Ader e seu povo dos homens-escaravelhos.

Todos aplaudiram e eu me indignei. Os homens de Clément Ader seriam ainda um amontoado de caipiras broncos, se eu não lhes tivesse trazido escrita, matemática e pirâmides.

Impávida, a deusa do Amor colocou a coroa de louros de ouro na cabeça do meu hospedeiro. Explicou:

– Não só Clément Ader soube tirar partido do princípio de aliança, acolhendo os homens-golfinhos, mas compreendeu a vantagem de se construírem monumentos. É em sua sociedade que se podem hoje, em "Terra 18", ver as mais admiráveis construções. Custaram muito trabalho e energia, mas contribuem para o esplendor da civilização dos homens-escaravelhos, no tempo e no espaço. Recomendo a todos que se inspirem nos métodos de Clément Ader.

Deu dois beijos no rosto do aviador, apertando-o contra o peito.

– Segundo: o povo dos homens-iguanas de Marie Curie. Também erigiram pirâmides e construíram grandes cidades modernas, além de desenvolverem uma ciência da astrologia e da profecia. Faço apenas uma pequena crítica. Devem cessar os sacrifícios humanos, querida Marie, mas tenho certeza que saberá criar sábios que acabem com essa "besteira". Considere o prêmio como um incentivo nessa direção.

Marie Curie recebeu a coroa de louros de prata, sublinhando a qualidade de seus médiuns humanos, que souberam ouvi-la. Acrescentou que tudo faria para propalar no futuro as ideias dos homens-iguanas.

Como Clément Ader, Marie Curie evitou fazer alusão àqueles navios que, um dia, surgiram no horizonte, trazendo o saber necessário para o desabrochar de sua civilização... Provavelmente todos gostariam de me ver excluído, para nunca mais ter que manifestar qualquer reconhecimento.

– Terceiro prêmio, enfim: Joseph Proudhon e seu povo dos homens-ratos.

Com isso, um burburinho percorreu toda a assistência. A deusa acrescentou:

– Os homens-ratos, na verdade, estão *ex æquo* com as mulheres-vespas, mas como representam a força "D", concedi-lhes pequena vantagem, para que as três forças estivessem representadas no topo.

Novamente a sala entrou em ebulição.

Com um gesto irritado, Afrodite acalmou os protestos, sobretudo femininos, e prosseguiu:

– A civilização dos homens-ratos, na "Terra 18" atual, é a mais poderosa militarmente. Devem todos considerar isso. Creio que seu exército seja atualmente invencível. Suas armas têm qualidade excepcional.

Alguns apupos. A deusa, dessa vez, ficou visivelmente contrariada e bateu na escrivaninha, exigindo silêncio.

– Compreendam! Como vocês, sou ávida por amor e odeio a violência, mas não adianta nada querer fechar os olhos, um exército poderoso sempre há de vencer um povo pacífico. O forte se impõe ao fraco.

Ressoou em minha cabeça o lamento do meu povo, à espera da morte, durante a invasão dos homens-ratos. Ressoaram em minha cabeça as litanias do meu povo, no dia do dilúvio. Incapaz de lutar, apenas procurou passar dignamente da vida à morte. Não teria, então, valor algum, no código dos deuses do Olimpo, uma conduta nobre?

– Para que bons princípios quando se morre? – exclamou Afrodite, como se estivesse lendo meus pensamentos. – Muitos de vocês pecaram por angelismo. Como qualquer outro mundo, "Terra 18" é um lugar de confronto, uma selva. Se houvesse um só deus, ele poderia impor o sistema que escolhesse, mas não é o que acontece. Vocês são ainda uma centena. Sejam realistas antes de serem idealistas.

– Por que destruiu a civilização de Michael? – perguntou Mata Hari, de supetão.

– Entendo seu sentimento, senhorita – respondeu friamente a deusa –, e felicito-a pelas qualidades de seu coração. Só que não bastam. É preciso a isso associar a inteligência, para se compreender o mundo. Eu própria paguei caro por essa lição.

Dizendo isso, eu podia ler, em seu olhar claro, mil dramas, mil traições, mil sofrimentos não esquecidos.

– Michael não só trapaceou, como também criou um mundo falso. Era uma ilha de crianças mimadas, por assim dizer... sem contato com povos vizinhos. Certamente acumularam saber e espiritualidade, mas se tornaram demasiadamente "personalistas". Agora, pelo menos, propagam o precioso saber pelo mundo. Para que iluminar, com uma luz, o dia claro? Só nas trevas se vê a luz. Só se avalia a claridade na adversidade, e foi por isso que tiveram que abandonar a ilha e devem agora lutar pela sobrevivência. Mas acredito em Michael, ele saberá como fazer brilhar os seus, em plena escuridão.

Tive vontade de argumentar que, se ela os tivesse deixado se desenvolver, teriam acabado enviando navios para instruir outros povos, mas era preciso que pudessem dispor de algum tempo. Afinal, apesar de seus barcos com exploradores serem acolhidos a flechadas, a população da Ilha da Tranquilidade tinha continuado a enviá-los. Ela devia ter confiado em mim. Seu olhar, no entanto, era cúmplice e parecia, uma vez mais, querer me fazer entender que agira para meu bem. Mordi a língua para não me manifestar.

– Façam da melhor maneira, tentem se comportar como pessoas responsáveis, mas aceitem as regras do jogo – concluiu. – Os bons sentimentos funcionam bem no cinema e nos romances, não na vida real.

– Por que, então, criticou Bruno? – perguntou Voltaire.

Pela primeira vez, vi a deusa do Amor perturbar-se ligeiramente. Em voz baixa, admitiu:

– Tem razão. Sinto pelo que lhe disse, Bruno. Foi um ataque de mau humor. Você está entre os vinte primeiros colocados, e conduza seus humanos como bem entender. O que eu disse foi apenas um palpite de observador e não se sinta obrigado a levar em consideração.

Bruno logo estampou um semblante vitorioso.

Essa brusca reviravolta chocou-me mais do que tudo que se passara até então. Realmente, não entendia mais nada das regras do mundo dos deuses. Pensei em Lucien Duprès, achando que ele talvez tivesse razão, dizendo estarmos numa armadilha. Nós, cujas almas eram supostamente as mais puras e elevadas, éramos obrigados a colaborar com monstruosidades... Eu já não as aceitara em demasia?

Afrodite retomou a lista, prosseguindo a relação das notas. Uma vez mais, eu estava no final, mas não em último. O excluído foi o pintor Paul Gaughin, com seu povo dos homens-cigarras, que cantou muito bem, fazendo colheitas, mas esqueceu de fabricar a cerâmica que manteria as provisões no inverno. Mostrou-se, com isso, fraco para resistir à invasão dos homens-ratos. De sua civilização extraordinária e da arte tão à frente de seu tempo, nada restou.

Um centauro carregou o visionário de Pont-Aven e das ilhas Marquesas, que não esboçou resistência. A deusa, em seguida, citou sete outros deuses menos célebres que fracassaram, na maioria das vezes após guerras, epidemias e falta de víveres. Foram também levados pelos centauros.

Subtraindo: 92 – 8 = 84.

Atlas veio buscar "Terra 18".

Todo mundo se dirigiu à saída. Fiquei observando as pulgas em seus vidros sem tampa. Qual era a nossa tampa?

Olhei, distante, a montanha coberta de neve e tive certeza de que, um dia, saberia.

104. ENCICLOPÉDIA: OS DOGONS

Em 1947, o etnólogo francês Marcel Griaule pesquisou os dogons, uma tribo de mais de trezentas mil pessoas, vivendo isoladas no Mali, no acidentado relevo dos penhascos de Bandiagara, a uns cem quilômetros da cidade de Mopti.

Após se reunirem, os sábios da tribo consentiram iniciar Griaule em seus segredos e lhe apresentaram Ogotemmeli, um velho cego, guardião da grande caverna sagrada.

Os dois homens conversaram durante 32 dias. Ogotemmeli contou a Griaule a cosmogonia dos dogons, mostrando-lhe desenhos gravados na pedra, assim como mapas das estrelas e planetas.

Segundo a mitologia dogon, no início, o Criador Amma era ceramista. Com um pouco de terra, ele fabricou um ovo. Isso foi o espaço-tempo em que Amma fez germinarem os oito grãos fundamentais que dariam à luz a Realidade.

Amma engendraria, em seguida, os nommos, homens-peixes que seriam seus representantes. De início, quatro nommos masculinos e, depois, suas quatro nommos fêmeas. O primeiro nommo era o regente do céu e da tempestade, assistido por um segundo nommo mensageiro. O terceiro nommo reinava sobre as águas. O último nommo, Yurugu, se revoltou contra seu criador, porque não teve a fêmea que desejava. Amma, então, expulsou-o do ovo original. Mas Yurugu arrancou um pedaço do ovo e esse fragmento deu origem à Terra. Yurugu achou que poderia encontrar sua fêmea nesse planeta, mas ele era seco e estéril. Yurugu, então, voltou ao ovo original e fabricou, com placenta, uma companheira que se tornou sua esposa: Yasigui. Amma, porém, irritado, transformou Yasigui em fogo, dando origem ao sol, Yurugu não desistiu e arrancou um fragmento do sol, trazendo-o à Terra, onde o granulou, esperando tirar de sua germinação uma nova realidade que, enfim, lhe oferecesse uma companheira. Da mutilação do sol, nasceu a lua. Irritado com tanta provocação, Amma transformou Yurugu em raposa das areias.

A partir daí, estourou a guerra entre os nommos e eles arrancaram pedaços do ovo original, que vieram a se tornar os astros do universo. Desse combate nasceu uma vibração, atraindo os astros à sua espiral.

O que era perturbador na narrativa e nas gravuras antigas, mostradas por Ogotemmeli, era estarem todos os planetas do sistema solar em suas posições corretas, inclusive Plutão, Netuno e Urano que, por causa da dificuldade de suas respectivas localizações, só foram descobertos bem recentemente. Muito mais estranho, ainda, foi Ogotemmeli situar o local de vida do Criador, Amma, num ponto do céu que é ocupado pela estrela Sírius A. E também o fato dos mapas dogons colocarem, ao lado, uma outra estrela, que

Ogotemmeli definia como "o objeto mais pesado do universo". O calendário deles, aliás, se baseava em ciclos de cinquenta anos, correspondendo à rotação dessas duas estrelas muito distantes, uma ao redor da outra. Pois bem, há pouco tempo, descobriu-se Siriús B, uma anã branca, girando ao redor de Siriús A, tendo um ciclo de cinquenta anos e apresentando, se não contarmos os buracos negros, a maior densidade de matéria conhecida até os dias de hoje.

Edmond Wells,
***Enciclopédia dos saberes relativo e absoluto*, tomo V.**

105. O ALUNO MAIS IMPORTANTE

As estações recomeçaram o serviço. Tínhamos direito, naquela noite, a novos alimentos recém-descobertos por nossos rebanhos humanos... sobretudo manteiga, queijo e salame. A manteiga me pareceu tão boa que peguei um pedaço compacto e comi uma garfada, pura. Tinha um gosto de leite e, ao mesmo tempo, de amêndoa. Realmente deliciosa. O queijo e o salame também. Mas não estávamos com o espírito livre para saborear os pratos. Todo mundo comentava a partida e lamentava o fato de Proudhon, aquele invasor sem fé nem lei, estar ainda entre os três vencedores. Alguns afirmavam, no entanto, que a presença de um representante da força "D" era necessária e que o anarquista simbolizava a necessidade de domínio de alguns humanos. Outros replicavam que a vitória de Marilyn, sobre o implacável adversário, provava não bastar a violência para se vencer batalhas.

– No estado atual das coisas, quem poderia destroçar em definitivo seu exército de ratos? – perguntou Mata Hari.

– Um outro exército ainda mais poderoso, que tenha estudado, imitado e melhorado sua estratégia de combate – rebateu Raul.

Após ter dito isso, meu amigo aproximou sua cadeira da minha.

– Você retomou a Enciclopédia de Edmond Wells, não foi, Michael?

– É verdade, Edmond me passou a incumbência, antes de desaparecer.

– Está perdendo seu tempo.

– Ela me serve para alimentar a sabedoria dos meus homens-golfinhos.

A explicação não o convenceu.

– Preocupe-se também em armá-los, ou vão estar sempre na dependência de quem os hospeda. Parecem aqueles comerciantes chantageados por gangsters que lhes cobram uma "proteção".

– Alto lá, Raul, devo lembrar que seu povo é um dos que chantageiam o saber dos meus em troca de hospitalidade.

– Não quero que seja eliminado.

– Obrigado. Por enquanto, em todo caso, meu povo está vivo.

Ele concordou, sem muita convicção.

– Eu não gostei nada do que Afrodite lhe impôs – cochichou. – Em seu lugar, teria reclamado.

– E para quê? Reconheço que fraudei, é normal que pague.

Raul me passou uma fatia de bolo de mel.

– Num mundo em que tudo é tão incerto, comer um bom bolo, pelo menos, é um prazer garantido.

A orquestra dos centauros apareceu para acompanhar nossos quitutes. Aos tantãs, flautas e arco instrumental, haviam acrescentado cornetas.

Afrodite passava entre os convivas com uma palavrinha para cada um. Chegando perto de mim, parou. Raul discretamente desapareceu.

– Foi para o seu bem – disse. – Sem dificuldades, a gente se acomoda.

Engoli em seco.

– Se eu não me preocupasse com você – continuou a voz tépida –, teria deixado seu povo mofar naquela ilha, feliz da vida, sozinho no mundo e longe da vida real.

– Bem que eu gostaria.

– É o que pensa... Sua gente acabaria ficando arrogante, cheia de orgulho por seu saber e desprezando o resto da humanidade.

Afrodite pegou minha mão e alisou-a.

– Eu sei – sussurrou. – Os homens-golfinhos estão sendo perseguidos e explorados em todo lugar. Confiscam o saber que têm e agradecem com pontapés e chicotadas. Mas, pelo menos, estão vivos.

– De tanto serem maltratados, estão ficando paranoicos.

– Acredite, um dia, vai me agradecer.

De boca fechada, achei ainda estar distante esse dia e, por enquanto, todo meu esforço era para tentar que meus humanos pacíficos sobrevivessem entre povos violentos e belicosos.

– Achou a solução para o enigma? – perguntou, ainda.

"Melhor do que Deus, pior do que o diabo"... Era ela própria a resposta para o enigma. Afrodite, melhor do que Deus e pior do que o diabo... Fazendo-me apaixonar, era melhor do que Deus. E me destruiu de forma pior do que faria o diabo.

A charada me fez lembrar um passatempo de salão, o jogo do Post-it, em que os participantes, sentados em círculo, escrevem num papel autoadesivo o nome de alguém conhecido e nos colam na testa. Sem que saibamos quem representamos, devemos fazer perguntas para adivinhar: "Eu estou vivo? Sou homem? Sou famoso? Pequeno, grande? Músico, pintor, político?" Os demais respondem sim ou não e a cada "sim" a gente tem o direito de arriscar um nome. O jogo pode, às vezes, se tornar cruel, pois mostra um pouco como os outros nos veem. Os mais pretensiosos recebem frequentemente nomes de reis ou de ditadores; os mais sonhadores, nomes de artistas; os chatos, nomes de chatos notórios. "Com quem me estão identificando?", é o que se pergunta quem está na berlinda.

Eu gostava desse jogo, até o dia em que tive a ideia de escrever, na testa do meu parceiro, seu próprio nome. O efeito foi incrível.

Talvez a esfinge tivesse feito o mesmo com Afrodite. Melhor do que Deus, pior do que o diabo, a chave estava tão próxima que ela era incapaz de perceber.

– A solução do enigma é você.

Ela, primeiro, ficou surpresa; depois, soltou uma risada cristalina.

– Que simpático! Aceito a resposta como um elogio. Mas, sinto muito, não é isso! – E acrescentou: – Outros já tinham pensado nessa solução, sabe... Venha aqui.

Nós nos levantamos e ela me puxou contra seus seios. Eu estava mergulhado no perfume voluptuoso e retive a respiração.

– Você tem importância para mim. É o aluno que tem maior importância. Acredite, tenho intuições e raramente me engano. Estou convencida de que é "aquele que eu espero". – Suavemente, disse: – Não me decepcione. Resolva o enigma. Se isso puder ajudar... – e ela colou os lábios em meu queixo.

Senti sua língua em minha pele e estremeci. Com os dedos enlaçados nos meus, murmurou:

– Você não vai se arrepender.

Em seguida, virou as costas em definitivo e desapareceu entre as mesas, me deixando em estado de choque, com o suor escorrendo da testa até o pescoço.

– O que ela queria com você? – perguntou Marilyn, irritada.

– Nada...

– Venha conosco, então, vamos de novo ao território negro.

Sucessivamente, todos os teonautas vieram se agrupar para os preparativos da nova expedição e Georges Méliès se juntou a nós.

– Eu talvez tenha um truque que nos livre da grande quimera – disse ele.

– Qual?

– Nunca se deve esperar que um mágico revele seu segredo, ele precisa contar com o fator surpresa. E é assim, acredito, que vamos surpreender a grande quimera daqui a pouco.

106. ENCICLOPÉDIA: OS MÁGICOS

Um pergaminho egípcio de 2.700 antes de Cristo mencionou, pela primeira vez, um espetáculo de mágica. O artista se chamava Meidum e trabalhava na corte do faraó Quéops. Encantava os espectadores decapitando um pato e depois lhe devolvendo a cabeça, com um gesto mágico. A ave saía de cena, bem viva, andando com suas próprias patas. Levando adiante o truque, Meidum decapitou também um boi, que ele igualmente ressuscitou.

Na mesma época, sacerdotes egípcios praticavam uma magia sagrada e usavam trucagem mecânica para abrir as portas de um templo, a distância.

Durante toda a Antiguidade, a prestidigitação se desenvolveu com bolas, dados, moedas e copos. O primeiro arcano do tarô, o saltimbanco, representa um mágico praticando esse tipo de truque numa feira.

O Novo Testamento narra a história de Simão, o mágico, prestidigitador muito apreciado por Nero, o imperador romano. São Pedro confrontou seu próprio poder com o dele. Vencido, Simão resolveu, como derradeira performance, lançar-se do alto do Capitólio: um voo no céu. Para provar a superioridade da fé sobre a magia, os apóstolos, com orações, o fizeram cair. A partir daí, São Pedro utilizou o termo "simonismo" para designar a falsa fé.

Na Idade Média apareceram os primeiros truques com baralho, mais tarde completados com truques de mágica. Muitas vezes, no entanto, os mágicos foram confundidos com feiticeiros e terminaram na fogueira.

A distinção entre feitiçaria e mágica se fez claramente em 1584, quando o mágico inglês Reginald Scott publicou um livro revelando os segredos de diversos truques, com o intuito de fazer o rei da Escócia, Jaime I, parar de mandar executar ilusionistas.

Ao mesmo tempo, na França, a expressão "física divertida" substituiu o termo "mágica" e os prestidigitadores passaram a se chamar "físicos". Com isso, a mágica pôde se desenvolver em salas de espetáculo, com a criação de truques utilizando tampas falsas, cortinas e mecanismos camuflados.

Robert Houdin, filho de relojoeiro e ele próprio relojoeiro, o precursor da mágica moderna, criou o "Teatro das noites fantásticas", para o qual fabricou autômatos e sistemas ilusionistas complexos. Ele, inclusive, foi oficialmente enviado pelo governo francês à África, para provar aos marabutos regionais a superioridade da mágica francesa.

Alguns anos depois, Horace Godin inventou o truque da "mulher cortada ao meio" e um mágico americano,

Houdini, cognominado "o rei da fuga" por sua capacidade de escapar de qualquer tipo de cadeia, lançou grandes espetáculos de mágica, que deram a volta ao mundo.

Edmond Wells,
***Enciclopédia dos saberes relativo e absoluto*, tomo V.**

107. EXPEDIÇÃO NO VERMELHO

Uma hora mais tarde, deixando os colegas nos festejos e danças, os teonautas desapareceram discretamente. Saímos da cidadela de Olímpia e nos dirigimos à floresta azul, para tomar de assalto a montanha central da ilha.

Nossa esquadra, cada vez mais experiente, avançava com bom passo, utilizando os atalhos descobertos nas precedentes expedições.

O caminho começava a ser familiar. Andávamos e eu, talvez por ter passado dois dias afastado da companhia dos amigos, voltei a sentir o entusiasmo das primeiras vezes. Novamente tinha a sensação de estar expandindo os limites da *terra incógnita*.

Mata Hari abria o pelotão, espreitando o menor ruído, para o caso de algum querubim ou centauro mal-intencionado nos surpreender. Freddy e Marilyn, no entanto, conversavam despreocupados. Olhei-os e achei que Joseph Proudhon não conseguiria vencer Marilyn, por ter a ex-atriz uma capacidade de adaptação que faltava a ele. Tinha as artimanhas de um gato e, como tal, sabia cair de pé.

Fechando a fila, Georges Méliès carregava uma bolsa grande, contendo, segundo dissera, seu "truque de mágico".

Eu me sentia bem ali, com eles. Afinal de contas, a vida de minha alma era bem-sucedida. Eu chegara ao Paraíso.

Alcançara a ascensão. Tinha amigos, uma busca, uma responsabilidade, uma obra, uma fantasia a cumprir.

Minha existência tinha um sentido.

Raul passou o braço sobre meu ombro.

– Você forma um belo par com a deusa do Amor...

– O que está querendo dizer?

– Todos tivemos vida afetiva na Terra – disse, apontando com o queixo Marilyn e Freddy... – O amor é importante. O que seria uma vida sem mulher?

Desvencilhei-me de seu abraço.

– Por que está dizendo isso?

– É surpreendente. Pensei que no Império dos anjos ou em Aeden as paixões seriam como brasas se apagando aos poucos, mas não. Há anjos e há deuses recomeçando uma vida afetiva. Um pouco como o idoso que todos acham estar no fim da virilidade e, de repente, ele anuncia um divórcio para novamente se casar. É uma sorte estar apaixonado.

– Não tenho tanta certeza.

– Está sofrendo? Ela faz gato-sapato de você? Pelo menos está vivendo algo forte. Lembro-me de um provérbio que diz: "Em cada casal, há um que sofre e outro que se entedia."

– É simplista.

– No entanto, funciona com muita gente. É quem ama mais que sofre, e quem se entedia, em geral, que resolve romper. Mesmo assim... quem ama tem a melhor parte.

– Ou seja, quem sofre.

– Isso. Quem sofre.

Voltava a ter prazer em conversar com meu melhor amigo de antigamente. Talvez o desaparecimento de Edmond Wells tivesse algo a ver com isso.

– E aliás – continuou –, acho que li na Enciclopédia... O sofrimento é necessário para se avançar.

– O que quer dizer?

– Olhe como agimos com nossos humanos... Quando falamos com delicadeza, não nos ouvem. Sem sofrimento, não entendem nada. Mesmo que intelectualmente possam perceber um conceito. Enquanto não sentem de maneira aguda, na carne e com lágrimas, não assimilam de fato a informação. O sofrimento é a melhor maneira que anjos e deuses encontraram para educar os humanos.

Refleti.

– Tenho certeza de que o desenvolvimento da consciência pode tornar os homens melhores, sem os fazer sofrer.

– Ah, você será sempre um grande utopista, Michael, talvez seja o que mais gosto em você. Mas só crianças acreditam em utopias... Você é um menino. As crianças recusam a dor. Querem um mundo "água com açúcar". Um mundo imaginário que não existe, uma utopia como a Terra do Nunca de Peter Pan. Mas a síndrome de Peter Pan é uma doença psicótica de pessoas que não aceitam deixar a infância. Acabam no hospício. Pois o sentido do universo e da trajetória das almas não consiste em se permanecer criança, mas em se tornar adulto... E ser adulto é aceitar a negrura do mundo e também a sua própria. Olhe a trajetória de sua alma. Está cada vez mais adulta. É um nobre processo, que não termina. Em cada etapa você cresceu e amadureceu. Não deve voltar atrás. Sob nenhum pretexto. Mesmo em nome da gentileza e da suavidade...

Ele olhava para mim, com pena.

– Inclusive a história com Afrodite, você a vive como uma utopia infantil.

Atravessamos uma zona mais densa da floresta e eu sabia que o rio azul viria logo em seguida.

Subitamente, a montanha fez brilhar uma claridade.

– Afrodite não o ama.

– O que sabe disso?

– É incapaz de amar o que seja. Não amando ninguém, pode parecer que ama todo mundo. Você viu como é sedutora, como toca nas pessoas, massageia os ombros, dança, senta-se no colo sem o menor acanhamento. Se depois alguém tenta ir adiante, ela ergue uma barreira. Enche a boca com a palavra "amor" porque é o sentimento que mais lhe falta. Aliás, basta ver sua vida: amou praticamente todos os deuses do Olimpo e centenas de mortais. E, na verdade, nunca realmente amou nenhum.

A observação do meu amigo me pareceu correta. Seria a deusa do Amor incapaz de amar? Isso me lembrava os estudos de medicina em minha última vida, como Michael Pinson. Sempre me divertiu ver que cada médico escolhia se especializar no campo em que apresentava alguma fraqueza. Quem tinha placas de psoríase optava pela dermatologia; tímidos tratavam autistas; o constipado se tornava proctologista; havia até o esquizofrênico querendo ser... psiquiatra. Como se o convívio com casos mais graves lhes permitisse tratar a si mesmos.

– Somos todos deficientes em amor – constatei.

– Você menos que Afrodite. Pois o que você vive, o que sente por ela é bonito e puro. A ponto de não chegar a lhe querer mal por ter massacrado seu povo e colocá-lo prestes a ser excluído do jogo.

– Fez isso porque...

– Porque é uma descarada. Pare de arranjar desculpas

Continuamos a caminhar, mas eu me sentia, uma vez mais, abalado pelo que meu amigo dizia.

– Saiba, porém, que nunca vou zombar de seu sentimento por essa deficiente do coração... Acho que você está vivendo, Michael, uma iniciação pelas mulheres. Em cada provação, você evolui. Frustrado e infeliz, mas é uma matéria em ação. Lembro-me de uma história que meu pai contou.

Ao evocar o pai, Francis Razorback, meu amigo deixou transparecer uma leve nostalgia, recuperando-se, entretanto, rapidamente.

– Brincando, ele contou, se me lembro bem... "Aos 16 anos, os hormônios começaram a me perturbar. Eu sonhava com uma grande história de amor. Encontrei-a, mas a moça se tornou muito invasora e eu a deixei, procurando, em seguida, o contrário. Aos 20, sonhava estar nos braços de uma mulher experiente. Encontrei-a, bem livre e mais velha do que eu. Descobri com ela coisas novas. Ela queria continuar suas experiências e foi embora com meu melhor amigo. Procurei, então, o contrário. Aos 25, queria apenas uma boa moça. Encontrei-a, mas não tínhamos muito a nos dizer. Nosso casal se desmanchou sozinho. Novamente procurei o contrário. Aos 30, quis uma mulher inteligente. Encontrei uma, brilhante, e me casei. O problema é que nunca tinha a mesma opinião que eu e queria absolutamente impor seus pontos de vista. Aos 35, desejei uma jovem, que eu pudesse modelar a meu gosto. Desentoquei uma. Era muito sensível e via tudo de forma trágica.

Passei a querer uma mulher madura, serena, dona de espiritualidade própria. Encontrei-a num clube de ioga, mas ela insistiu para que eu abandonasse tudo e fosse acabar meus dias num *ashram* hindu. Aos 50 anos, eu só esperava uma coisa de minha futura companheira..."

– O quê?

– "... ter peitos grandes!"

Raul deu uma gargalhada. Eu não.

– Ah! A iniciação pelas mulheres, como eu disse. São todas maravilhosas, loucas, intuitivas, caprichosas, misteriosas, arrogantes, exigindo fidelidade, volúveis, generosas, possessivas, podendo nos levar ao cúmulo do prazer e do desespero. Mas, com elas, somos obrigados a aprender a nos conhecermos e, assim, evoluímos. É como a maturação da pedra filosofal... somos putrificados, evaporados, sublimados, calcinados, mas chegamos à metamorfose. O único perigo é pôr o foco numa só e ficar ali, preso como uma mosca no mel.

– Tarde demais, para mim, já está feito.

– Afrodite, quem sabe, quer apenas ensinar uma lição: a de saber abandonar. Ensinar que se devem evitar mulheres... como ela. É este seu ensinamento para você.

– Não sou mais capaz, ela já se tornou toda minha vida.

Curvei os ombros, e Raul voltou a me abraçar.

– Enquanto amar mais a si mesmo, ela não poderá destrui-lo.

– Não estou muito convencido.

– Ah, é verdade, esqueci uma frase que Edmond Wells dizia: "O amor é a vitória da imaginação sobre a inteligência." Infelizmente, você tem tanta imaginação que empresta a Afrodite qualidades que ela não tem. Não tem fim.

– É infinito... – completei.

E, com isso, pensei: "E com ela vou chegar nesse infinito, custe o que custar."

Parei. Tinha ouvido um barulho de passos entre a folhagem.

Uma criatura caminhava, protegida pelo mato, e se aproximou de mim. De repente, uma figura mal-encarada surgiu a minha frente. Tinha corpo de homem, pernas de bode terminadas por cascos, rosto com os olhos amendoados e pequenos chifres, saindo dos cabelos encaracolados. O sátiro me contemplou, com um ar maroto.

– O que quer comigo?

– O que quer comigo? – repetiu, balançando a cabeça peluda.

Esbocei um gesto para afastá-lo.

– Vai embora!

– Vai embora?

O monstrinho me puxou pela toga.

– Deixe-me em paz – reclamei.

– Deixe-me em paz?

– Deixe-me em paz?

– Deixe-me em paz?

Eram três sátiros, já, fazendo eco e me puxando pela toga, como se quisessem me levar a algum lugar e mostrar algo. Livrei-me deles com um empurrão. Raul os afastou com a ajuda de um galho de salgueiro. Os demais teonautas nos esperavam, alguns passos adiante.

– Eu até que estava achando divertido – disse Georges Méliès.

– Em todo caso, não são perigosos – observou Mata Hari. – Se quisessem nos denunciar, já o teriam feito há tempos.

Continuamos a avançar e os sátiros nos seguiram. Ao redor, o ar cheirava a musgo e líquens. Uma umidade estranha atravessava nossos pulmões. Respirando, expelíamos vapor.

Enquanto andava, a imagem obcecante de Afrodite me acompanhou.

As 12 batidas da meia-noite soaram no vale e chegamos diante do rio azul.

Georges Méliès pediu-nos que parássemos e esperássemos as primeiras claridades do dia, indispensáveis, segundo ele, para seu estratagema. Mesmo desconfiados, aquiescemos e nos sentamos sob uma grande árvore com raízes entrelaçadas. Para passar o tempo, pedi que ele me contasse o segredo do truque aritmético com o "kiwi". Georges Méliès concordou.

– Todos os algarismos, multiplicados por 9, dão sempre um número que, somado, resulta ainda em 9 – explicou. – Por exemplo: 3 x 9 = 27. 2 + 7 = 9; 4 x 9 = 36. 3 + 6 = 9; 5 x 9 = 45. 4 + 5 = 9, etc. Dessa forma, qualquer que seja o algarismo escolhido, eu sei que a adição será 9. Subtraindo 5, tenho 4. Quando peço que se associe a letra correspondente do alfabeto, sei, então, que será, obrigatoriamente ao "D". Ora, o único país da Europa, cujo nome em francês começa com "D" é a Dinamarca, que se escreve *Danemark*. Concluindo, a única fruta com nome começando por sua última letra, "K", é o kiwi.

Era apenas isso, então. Conhecer a realidade dos truques de mágica é algo bem decepcionante.

– Você acha que está escolhendo e, na verdade, não está. Simplesmente segue um trilho oculto, do qual não se pode desviar.

– Você acha que, aqui também, pensamos escolher e não podemos?

– Estou convencido – respondeu o ilusionista. – Pensamos representar algo, mas apenas atuamos em roteiros preestabelecidos. Alguns acontecimentos da história dos nossos povos não lembram outros, acontecidos em "Terra 1"?

– As amazonas pertencem à mitologia, não à história.

– Talvez tenham existido e desaparecido. Não se conhece a história dos antigos povos derrotados. É precisamente este o ponto de vista do Olimpo. Citamos os vencedores, esquecemos os vencidos. Em "Terra 1", os manuais de História só recenseavam os povos vitoriosos. Além disso, na Antiguidade, muitos ignoravam a escrita; a transmissão era oral. Com isso, só chegaram a nós as narrativas dos que pensaram em registrá-las em livros. Portanto, conhecemos a história dos chineses, gregos, egípcios e hebreus, e ignoramos a dos hititas, partos e das... amazonas. Todas as culturas orais foram desfavorecidas.

Isso me lembrava um dos fragmentos mais curiosos da Enciclopédia. A memória dos vencidos... Quem se lembra ainda das civilizações massacradas? Ao nos fazerem jogar mais uma vez uma partida já escrita, os deuses talvez nos estivessem fazendo sentir essa dor. A memória dos vencidos.

A história de "Terra 1" me parecia, porém, diferente da que se inscrevia em nossa esfera de "Terra 18".

Georges Méliès aprofundou seu raciocínio.

– Não vê nada em comum entre o povo dos escaravelhos e os egípcios, por exemplo?

– Não, pois fui eu quem os levei a construir pirâmides. Quanto à religião, foi por pura coincidência que me inspirei em práticas egípcias, descritas na Enciclopédia de Edmond Wells.

No escuro, podia adivinhar o sorriso se desenhando nos lábios de Georges Méliès.

– É o que você acha? E se essa... coincidência vier de um plano que nos ultrapassa, mas ao qual obedecemos, como quando achamos escolher e chegamos inelutavelmente à Dinamarca e ao kiwi?

Por mais que refletisse, sabia que qualquer decisão que eu, como deus, tomasse com relação à meu povo, tomava-a com alma e consciência inteiras. Não sofria qualquer influência. Assim sendo, considerava-me um deus submetido unicamente a meu pleno livre-arbítrio. Se porventura reproduzia elementos de "Terra 1", era por ser a única história que conhecia e da qual me lembrava. Era por vontade própria que assim fazia. Ou por falta de imaginação.

Além disso, não existem dez mil maneiras para se fazer evoluir um povo... Eles devem erguer cidades, travar guerras, inventar a cerâmica, construir navios e monumentos. Inclusive, no que se refere aos monumentos, não existe tanta liberdade de escolha. Pode ser um cubo como o templo de Salomão, uma pirâmide como Quéops, uma esfera como o geode de Paris, ou, ainda, arcos do triunfo como os dos romanos. Eu queria contradizer Méliès.

– Não houve, que eu saiba, um povo-rato.

– E como não? – respondeu calmamente. – Houve um povo comparável aos homens-ratos, mas, como desapareceu, foi esquecido. Os assírios foram um povo indo-europeu implantado na Ásia Menor, mais ou menos na atual Turquia. Eles aniquilaram todos os povos estrangeiros e criaram, com isso, um império guerreiro que outros indo-europeus, os mesopotâmicos, medos, citas, cimérios, frígios e lídios acabaram destruindo, para se verem livres.

Todos esses nomes me lembravam vagamente alguma coisa. Georges Méliès parecia conhecer bem a história dos povos invasores, esquecidos por não terem descoberto a escrita e o livro. No entanto, insisti:

– E os homens-ouriços de Camille Claudel não se parecem com nada que eu conheça.

Meu interlocutor permanecia imperturbável.

– Não sei, ainda. Nem sempre a gente reconhece facilmente esses animais-símbolos. Mas olhe, se considerar os homens-iguanas, outro povo com pirâmides, eles estão, como por acaso, do outro lado do oceano, como os maias, também peritos em pirâmides. Acredite, Michael, pensamos atuar, mas apenas participamos de roteiros já escritos.

Raul se calava, contente que alguém exprimisse o que ele próprio pensava.

Mata Hari, encostada no tronco, perto de nós, acompanhava a conversa e, há algum tempo, já estava louca para intervir.

– Em "Terra 18" – disse –, os continentes não têm a mesma forma que em "Terra 1". Essas diferenças geográficas mudam completamente os dados. Povos vizinhos em "Terra 1" podem estar afastados por um oceano, em "Terra 18".

Georges Méliès nada encontrou como resposta. Como também não respondeu a Freddy, que ponderou:

– Essas similaridades são fruto de nossa imaginação, que nos leva sempre a comparar o desconhecido com o conhecido. Como quando estávamos em Vermelho...

Nós nos lembrávamos daquela viagem, quando éramos anjos e nos aventuramos no cosmo, em busca de um planeta habitado. Descobrimos Vermelho, governado por quatro povos: os hibernais, os outonais, os estivais e os primaveris. As estações, ali, duravam cinquenta anos, dada a órbita original do planeta e, a cada uma delas, a civilização correspondente ganhava a supremacia sobre o conjunto dos continentes. O que tinha particularmente surpreendido nosso grupo foi a presença, em todo lugar, de um povo muito versado em ciências e comércio, os relativistas, oprimido e perseguido por razões irracionais. A gente desse povo fazia o que podia para ser assimilada e aceita, mas era sempre rejeitada, permanecendo estrangeira. Freddy deduzira, a partir disso, que em todo lugar há um povo-truta (as trutas, em geral, são introduzidas nos sistemas de filtragem das águas, para detectarem indícios de poluição, pois são muito suscetíveis a ela). Sozinhos, esses povos-trutas cumpriam as funções de detectores de perigos planetários iminentes.

– Se tudo já estiver escrito – retomou Georges Méliès –, eu gostaria de ter acesso ao roteiro geral, preparado para nós.

– Isso me lembra aqueles reality shows da televisão, que fizeram tanto sucesso durante um certo tempo – observou Freddy Meyer. – Os participantes pareciam decidir o que fazer, mas, afinal, constatava-se que todas as situações tinham sido previstas e, em cada caso, quando o programa era vendido no exterior, encontravam-se os mesmos arquétipos: a loura comovente com um filho desconhecido, a esnobe arrogante, o engraçado, o estranho, o sedutor...

Um suave perfume de lavanda foi trazido pelo vento. As folhas faziam ruídos e a noite se tornava um pouco menos escura.

E se eles tivessem razão? E se tudo já estivesse escrito de antemão, num roteiro? "Tudo começa e tudo acaba em romance", havia sugerido Edmond Wells. Eu, no entanto, me sentia chocado com a ideia de não passar de um fantoche, joguete de uma dimensão que nos ultrapassava.

– Meu povo dos golfinhos nunca existiu na história do mundo. Não me recordo de nenhuma população, em "Terra 1", cavalgando delfins e tratando a saúde por meio da percepção de campos de energia do corpo.

Georges Méliès fez um muxoxo.

– Espere ainda um pouco. Ou seus homens-golfinhos vão desaparecer como seus homólogos terrestres em seu tempo, o que explicaria terem sido esquecidos, ou se transformarão, ganhando aparência de algum outro povo. Admito, porém, que se o jogo de Y fosse interrompido agora, os golfinhos não constariam em nenhum livro de história.

É verdade que minha eterna posição de antepenúltimo não me dava muita esperança de figurar na memória da posteridade. Além disso, os raros escritos feitos até a época em que deixáramos o jogo evocavam apenas guerras e casamentos entre monarcas. Ninguém realmente se interessava por um bando de náufragos, desembarcados um dia e assimilados, transmitindo ciência e arte.

A conversa foi interrompida. O segundo sol surgiu, era uma hora e chegara o momento de enfrentar o monstro. Fizemos alguns alongamentos como aquecimento, para a eventualidade de um combate físico, e retomamos a caminhada.

Atravessamos a cachoeira do rio azul e adentramos a floresta negra. Apertamos o passo. À frente, Mata Hari fazia sinal de o caminho estar livre.

Eu não era o único a me preocupar, mas Georges Méliès parecia estar seguro de si. O que poderia haver em sua bolsa que lhe dava tanta confiança?

Ouviu-se um grunhido ao longe e Mata Hari parou. Nós também. A besta gigantesca nos havia pressentido. A ameaça veio a galope, aproximou-se e, de repente, estava à nossa frente.

Era aquilo, então, a grande quimera... Mais ou menos um corpo de dinossauro, com altura de dez metros, prolongando-se em três pescoços. E pensar que eu a tivera em meu encalço... Na ponta dos três pescoços, três cabeças de animais diferentes. A de leão rugia; a de bode babava um líquido viscoso e nauseabundo; a de dragão lançava chamas pela bocarra que, escancarando-se, revelou entre dois caninos um farrapo de toga, último vestígio de algum aluno que não correu rápido o bastante.

Estávamos cobertos pela sombra do animal.

– Qual é, então, o plano mágico? – perguntou Raul Razorback a Georges Méliès.

O pioneiro dos efeitos especiais abriu a bolsa e pegou um grande espelho.

Com toda calma, avançou em direção da besta e o apresentou, num instante de grande expectativa.

Uma em seguida à outra, as três cabeças da grande quimera olharam o objeto cintilante e contemplaram, incrédulas, o monstro que as encarava.

Diante do próprio reflexo, o animal se moveu, estremeceu e não conseguia se desviar da perturbadora imagem.

– Ela não se reconhece e tem medo – cochichou Marilyn.

A grande quimera estava interessada apenas em sua imagem. Agitava-se, recuava, voltava, mas não nos dava mais a menor atenção.

Prudentemente, com movimentos lentos e, depois, cada vez mais rápidos, saímos de seu campo de visão. Escapar tão facilmente nos pareceu incrível. O poder dos mágicos tinha sido certamente subestimado.

Felicitamos Méliès, que gesticulava para que nos afastássemos o mais rapidamente possível, antes que o animal mudasse de comportamento.

Avançamos pela zona negra, afinal com livre acesso. Lembrei-me de já ter me perdido por ali, perseguido pela grande quimera. Eu tinha caído, encontrado um subterrâneo, traços de um grupo humano e fora salvo por um coelho branco, de olhos vermelhos... Eram muitos os sortilégios daquele lugar. E tudo se resolvera com um simples espelho...

Ultrapassamos a zona negra, até uma subida que chegava a um planalto. Descortinou-se um novo território, vermelho dessa vez, a se perder de vista diante de nós. O chão era instável. Nossos pés se enfiavam numa terra argilosa.

– Após o azul, o negro. Após o negro, o vermelho – observou Freddy Meyer. – Estamos subindo em direção à luz, seguindo as fases de maturação da pedra filosofal.

As árvores cederam lugar a um imenso campo de papoulas. Tudo era muito vermelho, em nuance carmim. Foi exatamente o momento que o sol escolheu para se tingir e, com um brilho de fogo, iluminar a paisagem púrpura.

– Vamos parar.

– O que há?

Todos me olharam. Vieram-me à cabeça os tambores dos centauros em ressonância e tive a impressão de desmaiar.

– Vamos parar, preciso descansar um pouco... Tudo isso que está acontecendo é muito incrível. Não aguento mais.

– Mas a grande quimera...

– Ela está ocupada – disse Mata Hari, compreensiva.

O grupo dos teonautas hesitou e depois, por injunção de Raul, aceitou fazer uma pausa.

Afastei-me um pouco, dando-lhes as costas, sentei-me nas papoulas e fechei os olhos.

Precisava entender o que estava acontecendo comigo.

Tudo estava indo rápido demais para minha simples alma.

Eu fui homem, fui anjo e era deus.

Aluno-deus.

Eu que sempre pensei que ser deus seria dispor de todo poder, descobria consistir, sobretudo, em ter todas as responsabilidades. Se meus homens-golfinhos morressem, eu nunca me recuperaria. Disso eu tinha certeza. Não eram meros peões. Não, eram muito mais. Eram o reflexo da minha alma... Eram o meu espírito transmitido e habitando cada componente da tribo. Um pouco como esses hologramas que formam uma imagem. Se forem quebrados, vê-se a imagem completa em cada pedaço. Minha alma de deus estava nos homens do meu povo e enquanto pelo menos um deles vivesse, eu viveria. E se todos desaparecessem? Se eu vir meu último homem-golfinho solitário, como o último moicano diante do mundo que descartou sua gente... Aguardarei, impaciente, minha evicção do jogo ou assassinato, me transformando em quimera muda e imortal. Minha alma estará viva, mas nada mais podendo fazer senão implicar com os novos alunos-deuses, como a querubina implicou comigo. Talvez me tornasse centauro, ou leviatã, ou ainda... grande quimera, paralisada por um espelho. O pior é que não haverá mais nenhuma esperança de elevação. Nenhum mistério mais. Apenas carregarei o luto por meu povo.

Imagens se sucederam em meu espírito, como cartões-postais. Vi minha gente pacífica na praia, a velha mulher falando pela primeira vez com um golfinho. Vi a construção do navio e a entronização da primeira rainha...

A Ilha da Tranquilidade. A cidadela maravilhosa de pura espiritualidade... destruída pelo dilúvio. Em seguida, uma voz no fundo de mim: "Foi para o seu bem. Um dia vai me agradecer." Afrodite... Como podia ainda amar aquela mulher? Abri os olhos.

E o Grande Deus, lá no alto, quem seria? Zeus? O Grande Arquiteto? A Dimensão Superior?

Provavelmente, algo que não somos capazes de imaginar.

Uma ideia me fez sorrir. Era tão difícil ao homem compreender Deus quanto a um átomo do pâncreas de um gato compreender um faroeste passando na televisão dos humanos.

Quem seria Deus? Meu olhar não abandonava mais o alto da montanha.

Estar tão perto do mistério era tremendamente frustrante.

Como respondendo a minha questão, uma luz atravessou a opacidade da nuvem permanente que cobria o cimo da montanha.

Ilusão de ótica? A luz pareceu ter a forma de um 8...

Por que nos trouxe aqui? Por que nos educa? Para que sejamos seus substitutos e nos tornemos seus iguais? Talvez o Grande Deus estivesse cansado, quem sabe agonizante?

A ideia me causou um arrepio no pescoço. Lembrei vagamente as palavras de Afrodite:

"Alguns de nós creem nele, outros não."

Lembrei-me da morte de Júlio Verne: "Sobretudo não subir lá em cima." E, depois, Lucien... dizendo algo como: "Não compreendem que querem transformá-los em matadores?", "De qualquer maneira, seus rebanhos humanos morrerão, como em 'Terra 17'. Na melhor das hipóteses serão, pelo menos, cúmplices."

E o falecido Edmond Wells: "Estamos no melhor lugar para observar e compreender. Aqui, todas as dimensões se conectam."

Voltou-me a primeira aparição de Afrodite: "Seu amigo disse que você é tímido." Tocou em mim. Aquele contato com uma pele tão fina quanto a seda... a boca bem-desenhada, o olhar malicioso. "Tenho um enigma para você..."

De novo o maldito enigma perturbava meu espírito, como um roedor que me devorasse pelo interior.

"Melhor do que Deus, pior do que o diabo."

"É você, Afrodite, é melhor do que Deus e pior do que o diabo." Novamente ouvi o riso cristalino. "Sinto, não é isso..."

E Dioniso: "Você é 'aquele que se espera'?"

Se eu pelo menos soubesse quem realmente sou. Sei que não sou apenas Michael Pinson, mas quem sou, além disso? Uma alma que se expande e descobre seu verdadeiro poder...

Lembrei-me do leviatã: "A iniciação pela digestão aquática", disse Saint-Exupéry. Lembrei-me da expedição na casa de Atlas. Todos aqueles mundos quase iguais ao nosso, em que humanidades desajeitadas tentavam se virar como podiam... mais ou menos auxiliadas por seus respectivos deuses. Deuses que têm suas preocupações próprias, estilos próprios, seus próprios medos, próprias morais, próprias ambições, próprias utopias, próprias incapacidades.

E me lembrei do deicida. Como disse Atena: "Um de vocês está matando seus companheiros. Sua punição será maior do que tudo que puderem imaginar... Um de vocês... um dos 144 é um trapaceiro. Desconfiem, todos, uns dos outros." "E você Michael... desconfie de seus amigos", disse Afrodite.

Sempre Afrodite.

Seu beijo. Seu rosto. Seu perfume.

Preciso pensar em outra coisa. Meus antigos clientes. Igor, Vênus e Jacques, transformados em outros mortais e se debatendo em seus carmas, como eu próprio me debati em minha vida de mortal, sem nada compreender. "Tentam diminuir a infelicidade em vez de construir a felicidade." E a frase: "O ser humano ainda não surgiu, são apenas elos entre os primatas e o humano; cabe a nós, deuses, ajudá-los a se tornarem, um dia, seres de consciência 4. Por enquanto, são apenas 3,3..."

Olhei a montanha.

Fechei os olhos.

Tinha vontade de desistir. Dormir. Parar tudo.

Meus homens-golfinhos sobreviveriam sem mim. Afrodite encontraria outra alma para seduzir e atormentar. Os teonautas chamariam outros alunos-deuses para acompanhá-los na busca do último Mistério.

– Acorde, rápido, Michael!

Abri bruscamente as pálpebras e o que vi me deixou pasmo.

No céu, de repente, aparecera um olho, um olho imenso que obstruía o horizonte.

Seria possível que fosse...

Agradecimentos

Patrick Jean-Baptiste, Jérôme Marchand, Reine Silbert, Françoise Chaffanel, Dominique Charabouska, Stéphane Krausz, Jonathan Werber, Sabine Crossen, Jean-Michel Raoux e Boris Cyrulnik.

Acontecimentos ocorridos enquanto escrevia *Nós, os deuses*:

Filmagem do curta-metragem *Nos amis les humains* [Nossos amigos, os humanos]: um contracampo da peça de mesmo nome, em que extraterrestres analisam os costumes dos humanos, como num documentário da vida animal.

Redação de roteiro para o longa-metragem *La planète des femmes* [O planeta das mulheres].

Redação de roteiro para a revista em quadrinhos originária da continuação dessa história: *Les enfants d'Ève* [As crianças de Eva].

Criação do site arbredespossibles.free.fr para um levantamento de todos os futuros possíveis.

Outros sites:
www.bernardwerber.com
www.albinmichel.com

Impresso no Brasil pelo
Sistema Cameron da Divisão Gráfica da
DISTRIBUIDORA RECORD DE SERVIÇOS DE IMPRENSA S.A.
Rua Argentina 171 - Rio de Janeiro, RJ - 20921-380 - Tel.: 2585-2000